BUR

Biblioteca Universale Rizzoli

Cesare Marchi

Dante

Il poeta, il politico, l'esule, il guerrigliero, il cortigiano, il reazionario

BUR

SAGGI

ISBN 88-17-00075-2

Prima edizione BUR Biografie: aprile 1985
Prima edizione BUR Saggi: febbraio 2004

Il viaggio terreno

I

Guelfi & banchieri

Tutto cominciò con un matrimonio mancato. Il nobile fiorentino Buondelmonte de' Buondelmonti aveva promesso di sposare, a conclusione d'una controversia, la figlia di Lambertuccio Amidei, e il giorno delle nozze tutta la consorteria della sposa, gli Amidei, i Fifanti, i Lamberti aspettavano Buondelmonte, riuniti in festoso corteo davanti alla chiesa di Santo Stefano al Ponte, per partecipare al sacro rito. Ma il giovanotto non si fece vedere. Anzi, fece di peggio. Istigato da Gualdrada, intrigante moglie di Forese Donati, andò a casa di questo a combinare il matrimonio con la loro figlia. La vendetta degli offesi non tardò. Un gruppo guidato da Lambertuccio Amidei, Mosca Lamberti e Oddo Fifanti si appostò vicino al Duomo, e appena comparve sulla via Buondelmonte diretto in chiesa a impalmare la Donati, lo aggredirono abbattendolo a colpi di pugnale. Era la pasqua del 1216.

Il tragico fatto di sangue fu la scintilla che accese le polveri di antichi rancori, latenti fra le due potenti e ambiziose consorterie. Attorno al pianto delle due sposine mancate, Firenze si divise in due partiti, ma quelle lacrime furono presto dimenticate, erano solo un pretesto esterno, perché il doloroso episodio, da questione personale, familiare, divenne un fatto d'interesse pubblico: si politicizzò. Per suggestione delle lotte che in Germania avevano contrapposto gli svevi Hohenstaufen, signori di Weibling (ghibellini), ai discendenti di Guelfo, duca di Baviera (guelfi), i due partiti fiorentini assunsero quei nomi fatali. Gli attentatori, da tempo simpatizzanti per gli svevi, si chiamarono ghibellini; e gli avversari, per automatica contrapposizione, guelfi.

In Germania i ghibellini erano rigidi difensori dell'indipendenza nazionale, contro ogni ingerenza pontificia, mentre i guelfi dimostravano, nei confronti di Roma, un atteggiamento possibilista. In Italia, tale distinzione va presa con cautela. Varcate le Alpi, i nomi di guelfo e ghibellino perdono, strada facendo, il rigore ideologico. Da noi, non sempre il ghibellinismo è il partito dei sostenitori dell'unità d'Italia sotto lo scettro imperiale, e il guelfismo il difensore delle libertà civiche e di quella del papato. Anche nell'antinomia guelfi-ghibellini s'insinua, inquinandola, il "particulare" che caratterizza la storia italiana, di questo e dei secoli successivi. Essi sono dei partiti locali che si battono per motivi locali, aggregazioni contingenti di individui, fazioni, città, che uniscono le loro forze in coincidenza di certi interessi, e si sciolgono quando quegli interessi vengono meno. Nessuna superiore idealità politica o civile, nel loro schierarsi a favore dell'uno o dell'altro dei massimi poteri. Guelfo è chi spera aiuto dal papa, ghibellino chi lo spera dall'imperatore. Purché non lo debbano pagare troppo caro. Scrive Gaetano Salvemini: "Quando papa o imperatore che, per ragioni del tutto indipendenti dalle lotte locali, sono in lotta fra loro e aiutano i partiti comunali solo coll'intento di farsene degli alleati nella lotta generale e di acquistare il dominio nel comune; quando papa o imperatore mettono a troppo caro prezzo il loro aiuto, e tentano di imporre effettivamente ai comuni la propria sovranità, e cercano di spingere i partiti fuori della strada dei loro interessi immediati, allora i loro alleati non esitano a resistere, a ribellarsi, si alleano magari con il partito avversario, obbligano papa e imperatore a smettere le loro pretese. Così spesso vediamo nei nostri comuni i ghibellini resistere agli imperatori, e i guelfi mettersi in urto col papa, pur di custodire i propri interessi. E questo ci spiega perché gli imperatori e i papi non poterono mai acquistare stabile autorità neanche sui comuni e poi sui signori, che si dicevano ad essi fedeli".

Era una fedeltà fino al penultimo sangue, con un limite invalicabile: il "sacro egoismo" di città, di fazione, di casato, un individualismo di fondo anarcoide, riluttante ad ogni concetto di potere centrale. L'individualista infatti non vede altro centro all'infuori di sé. A questo furbesco ondeggiare tra papato e impero, pochi comuni fanno eccezione, tra essi Firenze e Pisa, la prima tenacemente guelfa, la seconda ferreamente ghibellina. Pisa lo è per necessità. Rivale marinara di Genova, che è amica degli Angioini alleati della Chiesa, e minacciata dall'espansionismo territoriale di Firenze, non può non riporre le sue speranze nelle fortune imperiali. Firenze invece sceglie la via del guelfismo, perché i suoi banchieri amministrano gli affari della Chiesa, riscuotono in suo nome le decime dell'orbe cattolico. Essere i finanzieri del papa offre, oltre a quella bancaria, una garanzia metafisica, perché il papa ha la facoltà di scomunicare i debitori insolventi. Comprano e vendono tutto ciò che può essere comprato e venduto, grano e lana, schiavi e reliquie. Hanno traffici e crediti in tutte le monete, su tutte le piazze della Cristianità; commerciano, cambiano, prestano, così guadagnano tre volte, come mercanti, come cambiatori, come prestatori.

Verso la fine del tredicesimo secolo Firenze è lanciata verso la grande avventura del capitale mobiliare, i suoi banchieri conquistano i mercati dell'Occidente, e ne condizionano i troni, prestando fiorini ai prìncipi eternamente squattrinati. Il papa incassava rendite in ogni parte del mondo, ma i soldi gli servivano in Italia, o in Francia quando la sede fu portata ad Avignone. Come avveniva il trasferimento dei capitali? Con questa semplice operazione: mediante i denari riscossi all'estremo lembo della Cristianità le compagnie fiorentine acquistavano in loco materie prime, prodotti esotici, che poi portavano in Italia, in Francia, rivendevano, e col ricavato versavano al papa le decime dovute, trattenendo per sé le spese di commissione e, ovviamente, il guadagno sulla compravendita delle merci. Papa Bonifacio VIII, che aveva posto il suo occhio goloso sulla Toscana e sperava di farne un feudo per la sua famiglia, disse in un momento di sincera ammirazione che i fiorentini, dopo la terra l'aria l'acqua il fuoco, erano il quinto elemento del mondo. Presenti dappertutto, anche negli affari sballati, ma ciò rientrava nel rischio d'impresa, come capitò ai Bardi e ai Peruzzi, che prestarono rispettivamente novecentomila e seicentomila fiorini a Enrico III d'Inghilterra, re insolvente. Per avere un'idea approssimativa del potere d'acquisto del fiorino, si pensi che nel 1344 Obizzo d'Este, con settantamila fiorini, comprò da Azzone da Correggio la città di Parma. E per ottantamila fiorini, quattro anni dopo, Clemente VI acquistò Avignone, proprietà di Giovanna di Napoli.

Tramontata a Benevento, con la sconfitta e morte di Manfredi (1226), ogni residua velleità ghibellina, in Firenze aveva definitivamente preso il potere la parte guelfa, e in seno a questa il ceto borghese e imprenditoriale, che emarginò dalla vita pubblica i grandi, i magnati. Con gli Ordinamenti di Giustizia di Giano della Bella (1293), le leve del potere passarono tutte nelle mani della classe mercantile e produttiva. Cioè delle arti. Chi non esercitava un'arte, era escluso dal governo. Venivano perciò estromessi gli aristocratici, i grossi proprietari del contado, orfani dell'ancien régime feudale, sorvegliati come pericolosi nostalgici, capaci di impugnare le armi per rovesciare il nuovo ordine democratico-borghese. Per essere catalogati tra i magnati non occorrevano prove, bastava la voce pubblica. Così 147 famiglie, tra guelfe e ghibelline, furono dichiarate magnatizie e private dei diritti politici. Non basta. Per loro fu creato un foro speciale, a rovescio, nel senso che un reato commesso da un nobile era considerato più grave di quello commesso da un popolano. Solo se accettavano di farsi popolani, i grandi potevano iscriversi ad un'arte e iniziare il cursus honorum. L'arte, poi, non era necessario esercitarla, bastava l'iscrizione, formale atto di omaggio reso dall'ozio aristocratico alle laboriose virtù dei borghesi. Chi non se la sentiva di abiurare al suo sangue, restava isolato in un sorta di ringhioso ghetto sociale, a ruminare sogni di rivincita. Unica consolazione, l'essere impiegati in saltuari compiti di rappresentanza, nelle fastose missioni diplomatiche, nelle quali l'astuta Signoria sfruttava, a suo pro, l'ostentata magnificenza delle grandi famiglie di antica tradizione. Come certi veleni, fu giustamente osservato, venivano adoperati solo per uso esterno.

All'estremità opposta della scala sociale, erano esclusi dalle arti, e quindi dal potere, i salariati, il proletariato, la plebe senza nome e senza volto. In questa repubblica fondata sul lavoro dei datori di lavoro, le paghe erano fissate dai padroni, gli operai non potevano far sentire la loro voce, vietato riunirsi in organismi rappresentativi. L'apprendista, essendo uno che deve imparare, non riceveva salario, il padrone della bottega gli passava vitto e alloggio, così si assicurava, mediante regolare contratto, una manodopera gratuita, per lunghi anni, in cambio, possiamo dire, d'un piatto di minestra. In un raptus di generosità, gli regalava un paio di scarpe vecchie. Se l'apprendista si ammalava, l'altro aveva l'obbligo di curarlo, non più di un mese. L'apprendistato durava tre, cinque, anche otto anni, secondo il mestiere, che i fanciulli iniziavano intorno all'età di dieci. Non si poteva assumere, pena gravi ammende, un apprendista scappato da un'altra bottega. Si lavorava dal termine della prima messa fino al tramonto, quindi più ore lavorative d'estate e meno d'inverno. Chiusura a Natale, sette giorni, a Pasqua cinque, più le numerose feste di santi, oggi declassati dal calendario (oltre trenta nell'arco d'un anno). In totale, considerando che il lavoro cessava al mezzogiorno del sabato, si lavorava per due terzi dell'anno solare.

Dopo la campana della sera era vietato fare rumori, battere il ferro, segare il legname. Per sottrarre le arti alla tentazione dei cartelli, fu varata una legge antitrust, che prevedeva la decapitazione per i trasgressori. La domenica i calzolai tenevano aperta la bottega fino all'ora della messa grande. Aperti anche i maniscalchi, l'equivalente degli odierni gommisti e benzinai. Aperti i fornai, i barbieri, gli speziali. Tutti gli statuti delle arti erano scritti "in nome della Trinità", come i bilanci delle aziende e i testamenti. Ogni arte aveva il suo santo protettore, il suo stemma, il suo patriottismo di categoria e quando un socio moriva le botteghe consorelle chiudevano l'uscio durante i funerali.

Tra la fine del Duecento e i primi del Trecento, Firenze navigava in pieno miracolo economico. Se Venezia e Milano tengono il primato demografico con oltre centomila abitanti, su Firenze le fonti discordano, però è sempre una delle città più popolate, certamente più di Londra, più di Amburgo. Un terzo dei fiorentini campa con l'industria della lana, che lavora settantamila panni per un reddito annuo di un milione e duecentomila fiorini d'oro. Centodieci chiese, ventiquattro monasteri di suore, molte delle quali maritate a Cristo perché il "mistico sposo" non pretende dote; trenta ospedali con mille letti, una media altissima anche per i nostri tempi; quarantasei forni, sessanta medici, ottanta cambiatori, seicento notai e ottanta giudici. Le arti sono divise in maggiori, medie, minori. Delle arti maggiori la più prestigiosa è quella dei giudici e notai, la più importante economicamente quella di Calimala (dal nome d'una stradetta del centro, ove erano concentrate le botteghe) che tratta di tutto, tessuti fini, spezie, frumento acquistato in Sicilia e piazzato in Toscana. Compra a dieci e rivende a quaranta, cinquanta, perché i rischi del trasporto sono molti, sul mare i pirati, sulle strade i briganti, non esistono le assicurazioni. Fa prestito su pegno, anche contro abiti vecchi; presta ai soldati mercenari, accettando in garanzia il bottino d'un saccheggio; presta ai cavalieri rimasti senza cavallo, agli aristocratici dalle mani bucate, che hanno molte terre, poco liquido, e spesso pochissimo cervello. Il tasso d'interesse parte dal trenta e arriva al cento per cento, opportunamente mascherato, per scansare i fulmini della chiesa contro gli usurai, come interesse di mora. Calimala custodisce il carroccio, controlla la coniazione del fiorino, tiene sotto la sua sorveglianza il Battistero e l'ospedale dei lebbrosi di Sant'Eusebio. Insegna dell'arte: aquila d'oro su un torsello bianco, in campo rosso.

La seconda per importanza delle arti maggiori è quella dei cambiatori. Controlla, assieme a Calimala, la coniazione del fiorino. Insegna: fiorini d'oro su campo vermiglio, come un tessuto *à pois*. L'arte di Por Santa Maria è specializzata nel vendere al minuto tessuti d'importazione, specialmente la seta. È diretta da due consoli. Insegna: porta rossa, chiusa, in campo azzurro. Arte della lana: è diretta da otto consoli, montone bianco in campo vermiglio. Medici e speziali: Madonna col Bambino, in campo scarlatto. Ultima ammessa tra le arti maggiori, quella dei pellicciai e vaiai, che comprava merci in Bulgaria, nel Turkestan, e aveva per insegna uno scoiattolo in campo azzurro e, in angolo, l'Agnus Dei.

Le sette arti mediane comprendevano il settore intermedio della borghesia, i produttori con un fatturato, diremmo oggi, più limitato, divisi in rigattieri e linaioli (leone di san Marco), maestri di pietra e legname (sega, scalpello e scure in campo rosso), fabbri (tenaglia nera su fondo bianco), calzolai (vessillo a strisce bianche e nere), beccai (un becco nero in campo giallo), lanaioli, setaioli.

Alle nove arti minori, lo strato più basso della borghesia, appartenevano i vinattieri (boccale), gli albergatori (stella rossa), i fornai (stella a otto punte), gli oliandoli e salaioli, i conciatori, i corazzai e spadaioli, gli scudai e correggiai, i legnaioli e mercanti di legname, i chiavaiuoli e ferraiuoli.

Il governo della Signoria, cioè il potere esecutivo, era nelle mani delle arti maggiori, e per far parte di queste occorreva sborsare una fortissima tassa d'iscrizione, così si teneva lontano dalla stanza dei bottoni chi non aveva una robusta posizione economica. Le arti maggiori nominavano i sei priori, una specie di consiglio dei ministri, rinnovato ogni due mesi. Alla vigilia dell'entrata in carica, il 15 d'ogni mese pari, i nuovi designati si riunivano in un convento, di solito Santa Croce, a ricevere le consegne dai priori uscenti. Le loro votazioni erano scrutinate da un religioso. Per due mesi abitavano nello stesso palazzo, in clausura collegiale, consumando il vitto passato dal comune. Era vietato ai cittadini avere contatti, parlare con loro, eccettuati i giorni fissati per l'udienza pubblica. Da questa bimestrale prigionia dorata, i priori potevano uscire solo per gravissimi motivi, per esempio la morte d'un parente, perché la borghesia capitalista che aveva sostituito, quale fonte del potere, il censo al sangue, sospettava di tutti. Compresa se stessa. La brevità delle magistrature e la pubblicità degli atti di governo miravano a prevenire ogni tentazione golpista, a scoraggiare il mai sopito revanscismo dei magnati, vinti ma non domi. Se uno di questi chiedeva l'iscrizione ad un'arte, doveva, tra l'altro, dimostrare di non aver avuto più di due cavalieri nell'ultima generazione.

Dante Alighieri, appartenente ad una famiglia di nobilucci decaduti, non ebbe difficoltà a dimostrarlo. E divenne speziale. Il più colto della categoria.

II

Beatrice e le altre

Il Boccaccio, usando un "luogo letterario" d'obbligo con i grandi personaggi, la visione premonitrice, racconta che la madre di Dante, poco prima di darlo alla luce, aveva sognato di trovarsi sotto un altissimo alloro. Tutt'intorno si stendeva un verde prato, a perdita d'occhio. Da una sorgente zampillava acqua chiara. Partorito il figlio, la madre lo vide tendere la piccola mano verso le fronde, mangiare alcune bacche e trasformarsi in uno splendido pavone. La mattina seguente narrò il fatto ai parenti, che trassero dal sogno lusinghieri auspici per il nascituro. Possibile che un figlio preannunciato da una così magnifica visione finisse dietro il banco d'un droghiere, a pesare spezie e pestare unguenti? Erano un centinaio gli speziali, e molti viaggiavano fino in Asia Minore a comprare coloranti, allume per la tintura dei panni, e soprattutto pepe, sul quale la Signoria vigilava, per smascherare gl'imbroglioni che vi mescolavano sabbia. Ma Dante non fece lo speziale, s'iscrisse all'arte perché era una formalità burocratica, necessaria per chi voleva darsi alla vita politica.

Della madre sappiamo poco. Si chiamava Bella, diminutivo di Gabriella, forse della famiglia degli Abati, ghibellini. Il padre Alighiero faceva il *campsor*, cambiatore, probabilmente anche l'usuraio, piccoli prestiti a breve termine, affari di modesto cabotaggio, senza avventurarsi, non avendone la forza, nell'alto mare della grande finanza fiorentina. Giuridicamente la già dubbia nobiltà scesa "per li rami" dall'avo Cacciaguida, cavaliere alle Crociate con l'imperatore Corrado, si era estinta da un pezzo. Il nonno Bellincione, padre di Alighiero, era un popolano. Anche la sorella di Dante sposò un popolano, Leone di Poggio, di professione banditore, qualcosa di mezzo tra il messo comunale e il vigile urbano. Con la sua non gloriosa professione, Alighiero procurò un misurato decoro alla numerosa famiglia: una casa a Firenze, due poderi in quel di Fiesole, due aree fabbricabili alla periferia della città. Non nutriva ambizioni politiche, non cercava "guai" come il suo tempestoso figlio. Nei documenti che parlano di lui, non troviamo premesso al nome né il "ser" del notaio né il "messer" del giurista. Una figura scialba, in ogni caso, che badava ai suoi affari, e quando nel 1260 i ghibellini vinsero a Montaperti, non lo esiliarono come altri guelfi, non lo consideravano un avversario pericoloso.

Dante nacque nel maggio 1265 sotto il segno dei Gemelli, costellazione che secondo gli astrologi predispone alla gloria, nella casa degli Alighieri (oggi scomparsa), situata nel popolo di San Martino del Vescovo, di fronte alla Torre della Castagna. Sconosciuto il giorno della nascita, accertato quello del battesimo, il 26 marzo 1266, sabato santo, che convogliò al sacro fonte, per una solenne cerimonia collettiva, tutti i nati dell'anno. Un mese prima i guelfi si erano presi la rivincita a Benevento e stavano rientrando in città. E così, grazie al disimpegno politico del padre, il poeta che ebbe, per la sua furente passione politica, in esilio la tomba, non ebbe in esilio la culla. Secondo alcuni, fu chiamato Durante (sincopato in Dante), in ricordo d'un parente ghibellino. Se ciò è vero, se *nomina sunt omina*, fin da allora era segnato il destino del poeta, nato guelfo per morire ghibellin fuggiasco.

La madre passò presto a miglior vita, lasciando il bambino di cinque, sei anni, e una bimba di pochi mesi. Alighiero si risposò con Lapa di Chiarissimo Cialuffi, che gli diede altri due figli, Francesco e Tana, abbreviativo di Gaetana. Ma della matrigna Dante tace sempre, come tace della madre. Risentimento di chi ebbe un'infanzia avara di affetti? Obbedienza alla regola retorica, che esige il silenzio sui parenti? Superato il primo livello di studi, ebbe guida e consigliere, più che maestro nel senso professionale della parola, l'enciclopedico Brunetto Latini, autore del *Trésor*, traduttore di Cicerone, notaio, ambasciatore e sodomita, vizio talmente diffuso in Firenze, da essere indicato, in Germania, col verbo "florenzen"; e si appassionò alla filosofia, andando a cercarla "là dov'ella si dimostrava veracemente" scrive nel *Convivio* "cioè ne le scuole de li religiosi e a le disputazioni de li filosofanti. Sì che in picciol tempo, forse di trenta mesi, cominciai tanto a sentire de la sua dolcezza, che lo suo amore cacciava e distruggeva ogni altro pensiero". La "scuola de li religiosi" è quasi sicuramente quella del convento domenicano di Santa Maria Novella, aperta ai laici. Ma non completò gli studi superiori. Quattrini gli Alighieri non ne avevano molti. A Bologna, una dispensa del *Corpus Juris* di Giustiniano costava dalle 14 alle 20 lire, prezzo astronomico, che avrebbe dissestato il bilancio di qualsiasi famiglia di medio calibro. Con 14 lire, dice un documento del 1337, si comprava un paio di buoi.

In città Dante era conosciuto come amabile e abile rimatore, un giovane brillante e dotto che prometteva bene in letteratura, di sentimenti democratici, che si esaltava al mito romantico dell'origine romana di Fiesole, e nello stesso tempo si batteva perché tutte le corporazioni di mestiere, anche le più umili, avessero diritto al voto. Amico di pittori e musicisti, frequentava le gaie brigate, gli piaceva andare a caccia, chiacchierare nella bottega dell'amico Belacqua, liutaio molto bravo e altrettanto pigro, che pregava sempre il Signore di mandargli pochi clienti. La sera gli stornellatori giravano per le vie, cantando sotto le finestre *Amor che nella mente mi ragiona*, parole di Dante, musica di Casella.

Un giorno passando per Porta San Piero vide un fabbro che cantava una sua canzone, ritmandola col martello sull'incudine. Ma smozzicava i versi, ne aggiungeva di suoi, maltrattava accenti e rime. Dante si lanciò contro il fabbro, gli strappò di mano il martello, gettandolo in mezzo alla strada.

"Che fate?" gridò l'artigiano.

Senza curarsi di rispondere, il poeta rovesciò l'incudine, buttando a terra quanti arnesi gli capitavano sotto mano.

"Siete impazzito?"

"Sono savio quanto voi."

"Ma voi avete rovinato la mia roba."

"E voi state rovinando la mia."

La "sua" roba: la poesia, sua unica ricchezza. A chi lo attaccava, rispondeva per le rime, a botta e risposta, in quelle acri e grevi tenzoni poetiche giovanili, dalle quali poteva aspettarsi al massimo la risata degli amici. In un alterco con l'amico-nemico Forese Donati lo accusa di lasciar vivere la moglie Nella al freddo, in condizioni di estrema povertà:

Chi udisse tossir la malfatata
moglie di Bicci, vocato Forese,
potrebbe dir ch'ella ha forse vernata
ove si fa 'l cristallo, in quel paese.

E rincara la dose, aggiungendo l'insinuazione d'insufficienza maritale:

Di mezzo agosto la truovi infreddata:
or sappi che de' far d'ogn'altro mese!
E non le val perché dorma calzata:
merzé del copertoio, c'ha cortonese.

All'allusione oscena della coperta corta, Forese reagisce, rinfacciandogli l'usura esercitata in vita dal padre, alla cui anima è vietata la pace del sepolcro:

L'altra notte mi venne una gran tosse,
per ch'i' non avea che tener adosso;
ma, incontanente che fu dì, fui mosso
per gir a guadagnar ove che fosse.
Udite la fortun'ove m'addusse:
ch'io credetti trovar perle in un bosso
e bei fiorin coniati d'oro rosso:
ed i' trovai Alaghier, tra le fosse,
legato a nodo ch' i' non saccio 'l nome,
se fu di Salamone o d'altro saggio!
Allora mi segna' verso 'l levante;
e que' mi disse: "Per amor di Dante,
sciômi"...

Toccato, Dante sfodera l'argomento di chi non ha altri argomenti, l'onestà della madre dell'avversario, aggiungendo l'accusa di ladro:

Bicci novel, figliol di non so cui
(s' i' non ne domandassi monna Tessa)
giù per la gola tanta roba hai messa
ch'a forza ti convien tôrre l'altrui.
E già la gente si guarda da lui,
chi ha la borsa a lato, là dov'ei s'appressa,
dicendo: "Questi, c'ha la faccia fessa,
*è piùvico (*pubblico*) ladron negli atti sui".*

Botta finale di Forese che ammette, sarcasticamente, la limpidezza dei natali di Dante. La pusillanimità dimostrata nel vendicare il padre, coinvolto in una faccenda di "aguglini", monete imperiali, dimostra, senza che vi possa essere alcuna ombra di dubbio, che Dante è figlio suo. E conclude, adombrando la parola di Cambronne:

Ben so che fosti figliuol d'Alaghieri
ed accorgomen pur a la vendetta
che facesti di lui sì bella e netta
de l'aguglin ched e' cambiò l'altr'ieri.
Se tagliato n'avessi uno a quartieri,
di pace non dovevi aver tal fretta;
*ma tu ha' poi sì piena la bonetta (*le brache*),*
che non la porterebber duo somieri.

Siccome visse in un'epoca in cui i matrimoni si combinavano nella culla (il principe Carlo Martello, suo amico, all'età di due anni fu fidanzato con Clemenza d'Asburgo, tre volte più vecchia, avendone sei), nessuna meraviglia se Dante a nove anni era già innamorato d'una bambina vicina di casa, Beatrice Portinari, figlia di Folco, facoltoso mercante. Ne restò colpito la prima volta che la vide, un fulmine a cuor sereno in casa di lei, a Calendimaggio, festa rituale della natura e delle fanciulle in fiore. Era vestita, c'informa l'innamorato, "di nobilissimo colore umile e onesto, sanguigno, cinta e ornata a la guisa che a la sua giovanissima etade si convenia". In altre parole, indossava un abito di "sanguigna", stoffa preziosa che veniva di Fiandra e solo un ricco sfondato come Folco, che aveva regalato a Firenze nientemeno che un ospedale, poteva permettersi il lusso di acquistare. Basti pensare che nel 1339 cinque metri di "sanguigna" per confezionare una gonnella furono pagati, da Giovanni di Tano Baroncelli, lire 6, soldi 11, denari 3, quasi il prezzo d'un bue.

Ma questi sono calcoli che facciamo noi, posteri pettegoli. Il fanciullo Dante non considerò queste cose, pensò soltanto a Beatrice e da quel giorno non se la cacciò più dalla mente. La rivide nove anni dopo (il 9, multiplo di 3, numero perfetto, ha un'arcana insistenza nella sua cabala poetica), lui diciottenne, lei qualche mese di meno. Questa volta indossava un abito bianco e passeggiava per la via scortata, secondo l'uso delle signorine per bene, da due severe donne anziane. Beatrice, appena lo vide, lo salutò "molto virtuosamente". Un saluto dopo quasi due lustri: troppo poco per un ragazzo comune, anche troppo per un poeta, che corse a casa, a comporre un vibrante sonetto, dimenticando che quella non sarebbe mai diventata sua sposa, perché già sposata, o promessa, a Simone dei Bardi, potente banchiere che le garantiva un avvenire neanche da confrontare con quello che poteva offrirle lui, studentello squattrinato. E dimenticava un altro particolare: lui era già stato promesso a un'altra vicina di casa, Gemma Donati, in virtù d'un contratto matrimoniale stipulato dalle due famiglie, con precisa quantificazione della dote, il 9 gennaio 1277, quando lui aveva dodici anni.

Per rimirarla, si appostava nell'unico luogo dove un giovane aveva la possibilità di contemplare indisturbato il suo bene: in chiesa. Inginocchiata insieme con le amiche, Beatrice canta le lodi della Madonna, e il poeta a pochi passi la guarda, beato. Ammira il Creatore nella creatura. Ma ecco che, nella traiettoria fra i due, s'inserisce un'altra donna la quale, credendo dirette a sé le attenzioni del poeta, gli lancia un'occhiata, che vorrebbe essere un rimprovero ed è un invito. Beatrice non s'accorge di nulla, è immersa nella preghiera, mentre Dante continua a lavorarsi con gli occhi la simpatica intrusa — da lui designata col nome di Violetta — al punto che i fedeli, oranti ma non troppo nei banchi vicini, credono che sia questa, non Beatrice, l'oggetto dell'amore del poeta. In breve, il nome di costei viene indicato e commentato, nei quotidiani pettegolezzi tra casa e chiesa, come quello dell'unica, vera donna di Dante. Il quale, lungi dal deprecare l'equivoco, fa di tutto per accreditarlo, colmando Violetta di sorrisi e di endecasillabi. Affinché la gente non sospetti del suo amore per Beatrice, ne coltiva uno fittizio verso questa ragazza, chiamata "donna dello schermo", appunto perché protegge i suoi veri sentimenti dalla curiosità del pubblico.

Ma la finzione, recitata con troppo impegno, si tramuta in realtà. "Con quella donna mi celai alquanti anni e mesi" confessa il poeta, inducendoci a sospettare che, fuor di metafora e fuori d'ogni schermo, abbia ottenuto da Violetta quello che da Beatrice non avrebbe mai potuto sperare. Quando Violetta lasciò Firenze per trasferirsi in un'altra città, egli era così abituato alla finzione che si procurò una "donna dello schermo numero 2", il cui indirizzo gli fu dato da Amore, mentre si tormentava per la partenza della "numero 1".

Quant'erano le donne belle di Firenze? Innumerevoli, ma le più belle erano sessanta, quante egli ne aveva conteggiate in un sirventese, andato perduto. Naturalmente colloca Beatrice al nono posto, numero magico; e al trentesimo, la prima "donna dello schermo", come apprendiamo nel delizioso sonetto, sognante un arcadico week end, in compagnia mista:

Guido, i' vorrei che tu e Lapo ed io
fossimo presi per incantamento
e messi in un vasel, ch'ad ogni vento
per mare andasse al voler nostro e mio;
sì che fortuna od altro tempo rio
non ci potesse dare impedimento,
anzi, vivendo sempre in un talento,
di stare insieme crescesse il disio.
E monna Vanna e monna Lagia poi
con quella ch'è sul numer delle trenta,
con noi ponesse il buono incantatore:
e quivi ragionar sempre d'amore,
e ciascuna di lor fosse contenta,
sì come i' credo che saremmo noi.

Una barca con tre coppie: il poeta Guido Cavalcanti assieme a Vanna, il notaio Lapo Gianni con Lagia, Dante con la non meglio identificata ragazza, corteggiata con tale insistenza, che Beatrice, un brutto giorno, gli toglie il saluto. Non si è mai capito bene il perché. Forse Beatrice, sposata (o promessa) a un borghese in vista, non voleva più avere a che fare con un pericoloso sottaniere? Oppure c'entrava un pizzico di gelosia? Sta di fatto che Dante si precipitò in camera, a piangere. Fin dall'alba della letteratura italiana, le camere dei nostri poeti hanno sempre grondato lacrime. In chiesa s'innamoravano, in camera gemevano e scrivevano. Ma questa volta, quelle di Dante non sono lacrime letterarie. Qualche tempo dopo, incontrò l'amata in casa di conoscenti e fu preso da tale turbamento che un amico lo sorresse sotto braccio, portandolo fuori a prendere un po' d'aria. Le compagne di Beatrice sghignazzarono. Poi s'ammalò ed ebbe una visione profetica della morte di Beatrice, puntualmente avveratasi il 19 giugno 1290, all'età di 24 anni. A questo punto il carnet di Dante registra una donna che lo consolò dell'amara perdita. Si chiamasse Lisetta o con altro nome, lo lasciamo discutere agli specialisti. Certamente fu una donna in carne ed ossa, non un'astrazione, una metafora, come credono i dantòlogi idealisti, che temono di profanare il loro idolo, attribuendogli carne, sangue e nervi d'uomo. E si sono affrettati a simboleggiare in questa donna la Filosofia, l'Etica, la Poesia, tutto fuorché una donna reale e viva, applicando al poeta lo stesso processo di idealizzazione da lui applicato a Beatrice. Esagerazioni. Dante fu grande artista perché fu uomo nella pienezza del termine, e delle passioni umane. Nel secondo girone dell'Inferno sviene davanti a Paolo e Francesca, forse perché teme eguale condanna per sé, dopo morto.

Per strada, se passava una bella donna, si voltava. Un giorno a Bologna era intento a guardare la Garisenda e non s'accorse che transitava a pochi passi una delle più celebrate bellezze della città. Adirato con se stesso, corse a scrivere una poesia, per maledire i suoi occhi, che si erano lasciati fuorviare da futili motivi architettonici:

Non mi poriano già mai fare ammenda
del lor gran fallo gli occhi miei, sed elli
non s'accecasser, poi la Garisenda

torre miraro co' risguardi belli,
e non conobber quella (mal lor prenda!)
ch'è la maggior de la qual si favelli.

Dopo la morte di Beatrice, molte donne gli avevano fatto sapere di gradire un suo eventuale omaggio poetico, rime brevi ma sincere, filtrate in quel dolce stil novo, che era l'ultimo grido della moda letteraria. Dante non era bello, aveva un nasone a rampino che pareva volesse agganciare la non lontana punta del mento sporgente, mascella volitiva, occhi d'uccellaccio arrabbiato. Era quello che si usa dire un uomo interessante, un po' orso, con artigli di velluto, i dolci artigli della poesia. Un orso che sviene davanti all'amata, deve avere l'anima d'una farfalla.

Donneava. Un po' per vanità mondana, un po' per esercizio letterario, i giovani poeti del dolce stil novo usavano donneare, corteggiare a distanza le donzelle, avvolgendole in un tenero assedio di rime alternate, o baciate (l'unico bacio ammesso in pubblico), così caste che potevano sottoscriverle i frati di clausura. Per questi poeti snob, la donna perde ogni connotato terrestre e carnale, diventa angelo, e Firenze una succursale del paradiso. Figurarsi se non avrà fatto piacere, alle scaltre fiorentine, sentirsi salutare messaggere di virtù, creature discese dal cielo in terra a miracol mostrare. Avevano poi elaborato, questi sofisticati intellettuali, una teoria che lusingava particolarmente il cuore femminile. La vecchia divisione razzista tra nobiltà e plebe non esiste più. La vera nobiltà è quella dell'animo, e non v'è animo più nobile d'un animo innamorato. Così insegnava Guido Guinizelli, il filosofo caposcuola, che predicava la coincidenza assoluta fra amore e cuor gentile. Perciò scrivevano liriche popolate di madonne cortesi e fanciulle leggiadre, incorporee come figurine su vasi cinesi. Sarebbe tuttavia curioso accertare fino a qual punto, nella teoria sentimental-teologica della donna-angelo, entrava la convenzione letteraria, la genuina poesia, e la trappola per catturare le ingenue colombelle. Questi poeti, Dante in testa, sapevano stare in chiesa coi santi e in taverna coi ghiottoni, passando con rapida disinvoltura dagli scherzi goliardici ai rapimenti mistici dell'amore idealizzato. Il fatto che non parlassero dell'amore sensuale, non basta a farci credere che lo disprezzassero. Forse erano dei furbi matricolati. Peccato confessato è mezzo perdonato, ma peccato taciuto non esiste nemmeno. Dante colloca in paradiso una sola donna fiorentina, la soave Piccarda, e questo autorizza il sospetto che anche lui abbia personalmente contribuito, in gioventù, a sfoltire il numero delle candidate al regno dei cieli.

Un bel giorno mette la testa a partito e si sposa. A pochi passi dal luogo della sua casa c'è la chiesa di san Martino, dove ogni venerdì diciotto nobili, provvisti dei più illustri blasoni fiorentini, la Compagnia dei Buonuomini, esaminano le richieste di aiuto, che i poveri scrivono su un pezzo di carta, infilandolo poi in una cassetta, sotto un dipinto del Ghirlandaio. Segreta la domanda, segreto il donatore. Così da secoli. A quell'altare Dante chiese, sposando Gemma di Manetto Donati, a lui promessa sin dalla fanciullezza, la carità d'un po' di pace, serenità e oblio dopo la crisi che, morta Beatrice, l'aveva prostrato nel corpo e nello spirito. Non mangiava, non dormiva più, i suoi occhi "pareano due abbondantissime fontane d'acqua surgente". Insomma, gli era capitato addosso un esaurimento nervoso in piena regola. Per rianimare l'affranto giovanotto, i parenti decisero di accelerare il matrimonio con Gemma che, non ricchissima ma più ricca di Dante, avrebbe portato in casa la bella dote di duecento lire.

Grosso sbaglio, commenta il Boccaccio. "Qual medico s'ingegnerà di cacciare l'aguta febbre con fuoco, o 'l freddo delle midolla delle ossa col ghiaccio o con la neve? Certo niuno altro, se non colui che con nuova moglie crederà l'amorosa tribulazione mitigare". Secondo l'autore del *Decamerone*, che nei confronti del matrimonio aveva trentadue denti avvelenati, gli uomini di lettere e di scienze non dovrebbero prender moglie, "lascino i filosofanti lo sposarsi ai ricchi stolti, a' signori e a' lavoratori; ed essi colla filosofia si dilettino, molto migliore sposa che alcuna altra". Prosegue informandoci che Dante "una volta da lei partitosi, che per consolazione dei suoi affanni le era stata data, né mai dove ella fusse volle venire, né sofferse che dove egli fusse, ella venisse giammai". Alla luce di queste notizie qualcuno ha visto in Gemma una riedizione della socratica Santippe, femmina inamabile, moglie petulante, la cui lontananza sarebbe bastata da sola a ripagare a Dante le amarezze dell'esilio. Hanno voluto riferire a lei quel passo del Purgatorio, dove il poeta, parlando dell'amore femminile, biasima la fretta avuta da Beatrice d'Este di passare a seconde nozze, morto il marito Nino Visconti:

Per lei assai di lieve si comprende
quanto in femmina fuoco d'amor dura
se l'occhio o il tatto spesso non l'accende.

Lontano dagli occhi, lontano dal cuore. Ma abbiamo prove per accusare Gemma d'indifferenza o, peggio, d'infedeltà? Ammessa per un istante la sua tiepidezza, Gemma non aveva tutti i torti. Prima di lei, altri due ideali occupavano il cuore del marito, Beatrice e la politica. Quale donna, anche dei nostri tempi più disinvolti e smaliziati, riuscirebbe a mantenersi sempre sorridente con un marito che aveva scritto per l' "altra" un romanzetto, in versi e prosa, la *Vita nuova*, e non se l'era più cacciata dalla mente, dal dì che l'aveva vista in chiesa?

Tanto gentile e tanto onesta pare
la donna mia quand'ella altrui saluta
ch'ogne lingua deven tremando muta,
e li occhi no l'ardiscon di guardare

aveva cantato nel libretto, andato a ruba tra gli amici, i curiosi e le comari. E lei, la prosaica moglie, oberata di figli, era forse meno gentile e meno onesta? Dante aveva fatto di peggio. Aveva giurato di scrivere, a esaltazione della defunta moglie di Simone dei Bardi, in un poema che avrebbe abbracciato il cielo e la terra, il bene e il male, la vita e la morte, cose mai dette da nessuno per nessuna donna al mondo. È vero che Beatrice, nel poema, rappresenta la fede e la sua persona si trasfigura in puro simbolo concettuale, teorema metafisico, ma una modesta madre di famiglia era in grado di capire questi arzigogoli di poeta? Il quale mantenne la parola e scrisse per Beatrice, che amò senza sposarla, la *Commedia*, riservando a Gemma, che sposò senza amarla, un ostinato silenzio. Egli non parla mai della moglie. Cacciato da Firenze, gira l'Italia per vent'anni, e Gemma non lo segue. I figli si ricongiungeranno al padre, la moglie non lo rivedrà più. Gemma è assente dall'esilio come dalle opere del poeta. In paradiso Dante si fa accompagnare da Beatrice, Gemma resta sulla terra. Vuol dire che, in compagnia di due donne, il paradiso non è più tale?

III

Soldato della patria

Per domare la ghibellina Arezzo, che nonostante la batosta degli imperiali a Benevento resisteva spavalda a Firenze e alla sua espansione verso sud, i guelfi le mossero guerra con un esercito multiregionale, toscani, bolognesi, romagnoli, in tutto 10.000 fanti, più 1600 cavalieri. Gli aretini opposero 800 cavalieri e 8000 fanti toscani, romagnoli, marchigiani. Con Arezzo erano schierati gli arrabbiati ghibellini, fuorusciti da Firenze; con Firenze, gli infuriati guelfi fuorusciti da Arezzo, gli uni e gli altri risoluti a far trionfare la parte sulla patria. Era l'11 giugno 1289, una giornata afosa, conclusasi con la vittoria dei fiorentini, un po' per la preponderanza numerica e il valore delle loro milizie, un po' per la miopia del comandante aretino, che invece che alla guerra sarebbe stato meglio se fosse andato dall'oculista. Alla vigilia dello scontro, svoltosi nella piana di Campaldino, i ghibellini si ritenevano sicuri di vincere, disprezzavano i fiorentini perché "si lisciavano come dame e si pettinavano le zazzere", e il fatto di avere 800 cavalieri contro 1600 non li preoccupava: uno dei nostri, dicevano, vale due dei vostri.

Bonconte da Montefeltro, uno dei loro capi, non condivideva questa disinvolta aritmetica e suggerì prudenza, ma l'impaziente vescovo di Arezzo, Guglielmino degli Ubertini, che soleva dir messa con elmo e spada, mandò il guanto di sfida. Purtroppo era corto di vista, e scorgendo da lontano gli scudi rettangolari del nemico, alti due metri, affiancati a barriera, dipinti di bianco col giglio scarlatto, li scambiò per mura, confondendo maledettamente le idee sull'esatta topografia del luogo. I guelfi disposero in prima fila 150 feditori a cavallo, il fior fiore della gioventù fiorentina; nella seconda il grosso della cavalleria, comandata da Amerigo di Narbona; nella terza la fanteria del popolo; ultima la riserva, agli ordini di Corso Donati. Il carroccio, per l'angustia del sito, fu lasciato nelle retrovie.

Anche gli aretini avevano adottato lo stesso schema tattico: 300 feditori, 500 cavalieri, i fanti in terza posizione. Nella prima fila dei fiorentini c'era Dante, ventiquattrenne, al suo battesimo delle armi, che pensiamo abbia acquistato di sua tasca, perché cavallo e armatura, per regolamento militare, erano a carico del cavaliere. Generalmente i poeti non conquistano medaglie sul campo. Alceo e Orazio fecero, davanti al nemico, fughe celebri quanto i loro versi. L'intellettuale Dante, cavaliere di prima fila, si comportò bene, anche se egli stesso ci confessa di aver provato "temenza molta", che alla fine della giornata si tramutò in "allegrezza grandissima".

Al grido di "San Donato!" i ghibellini attaccarono per primi, i guelfi risposero con "Narbona cavaliere!" ma furono caricati dai nemici, che sollevando un polverone d'inferno, sconvolsero le prime schiere dei fiorentini, li inseguirono con temeraria audacia, arrivando a strisciare sotto i loro cavalli e sventrarli col pugnale. A questo punto, la presunzione d'aver già vinto segnò la loro rovina. Spintisi troppo avanti, furono dapprima contrattaccati dal massiccio impeto della fanteria, poi attanagliati dalla riserva di Corso Donati, che con manovra avvolgente li prese alle spalle e li fece a pezzi. La riserva dei ghibellini restò bloccata da un temporale, lo stesso che fece misteriosamente scomparire il corpo di Bonconte, mai più ritrovato. Si disse che il diavolo in persona era venuto a prelevarlo, per portarlo all'inferno. Con lui cadde anche il vescovo Guglielmino. In totale, 1700 ghibellini uccisi, oltre 2000 prigionieri. L'ingiurioso motto "Quando un asino raglia un guelfo nasce" non l'avrebbe ripetuto più nessuno, per un pezzo. Nel successivo agosto, Dante combatté nella spedizione dell'alleanza guelfa contro Pisa, e fu uno dei quattrocento cavalieri che, al comando di Nino Visconti, conquistarono, dopo tre giorni d'assedio, il castello di Caprona.

In queste esperienze militari, assieme al poeta, andava maturando il cittadino. Se il dovere delle armi lo aveva reso partecipe delle sorti esterne della patria, rientrato in città la passione politica lo rese partecipe di quelle interne. Eliminato il pericolo ghibellino, i guelfi si concessero il lusso di dilaniarsi tra loro, e si divisero in due correnti, poi diventati due partiti, facenti capo a due facinorose famiglie, i Donati e i Cerchi. Bastava un niente per attaccar lite. Pretesto preferito, al solito, i matrimoni. Corso Donati, tracotante aristocratico, desiderava sposare in seconde nozze Tessa, ricca ereditiera (seimila fiorini!), figlia di Accerito degli Ubertini da Gaville. I parenti di lei non erano favorevoli, ma la madre, visto che era un bell'uomo, combinò le nozze contro il parere di tutti. Anche contro il parere dei Cerchi, parenti degli Ubertini, che brigarono per far diseredare la neosposina. La lite approfondì il solco che divideva Cerchi e Donati, fin da quando Corso s'era sbarazzato della prima moglie, una Cerchi, propinandole, pare, una larga dose di veleno.

Bisognava anche stare attenti ai gesti più semplici, più innocenti. Durante le esequie d'una Frescobaldi, un cavaliere s'alzò dalla sedia per accomodarsi la giubba spiegazzata. Càpita. Subito gli avversari immaginarono che stesse per impugnare la spada e scoppiò una zuffa generale, in cui per poco non ci scappò il morto, e un secondo funerale. La sera di Calendimaggio del 1300, i Donati con i loro amici, servi e simpatizzanti, cenarono in allegria, bevendo più del solito. Al levar delle mense, uno della brigata fece cadere il discorso sui Cerchi, gli odiati, danarosi plebei che non trascuravano occasione per ostentare le loro recenti ricchezze.

"Dove saranno i Cerchi a quest'ora?"

"In piazza Santa Trinita, a guardare le danze".

"Andiamo a darvi un'occhiata?"

"Andiamo, ho una gran voglia di menar le mani".

Arrivati a Santa Trinita, le gaie danze della primavera si tinsero di sangue. Un partigiano dei Donati si avventò contro Ricoverino dei Cerchi e con un colpo ben calcolato gli tagliò netto il naso. Sfregiare un nemico era molto più che ucciderlo, il mutilato diventava una dimostrazione vivente dell'abilità spadaccina del feritore, un deterrente per futuri avversari. Dopo questa zuffa, il partito guelfo si spaccò ufficialmente in due, prendendo i Cerchi il nome di Bianchi, i Donati quello di Neri, mutuati da Pistoia, anch'essa lacerata da due fazioni, i Cancellieri Neri e i Cancellieri Bianchi. Un altro episodio. Corso Donati odiava a morte Guido Cavalcanti, delicato poeta d'amore e fazioso partitante. Lo odiava a un punto tale che, durante un pio pellegrinaggio a Sant'Jacopo di Galizia, tentò di farlo uccidere da un sicario. Guido giurò di vendicarsi, e appena rientrato a Firenze gli tirò una freccia per strada.

Sangue e pellegrinaggi, rivoluzione e miracolo economico, Firenze scoppiava di salute e di beghe. Nel 1296 fu posta la prima pietra di Santa Maria del Fiore; e due anni dopo, la prima pietra del Palazzo della Signoria: monumenti della pietà cristiana e dell'orgoglio borghese. Ci si ammazzava nelle piazze, poi si correva in chiesa, a discutere di affari pubblici, e invocare la celeste benedizione. Erano tempi di strepitosa violenza, nell'amore e nell'odio. Rissosa e devota, Firenze inalzava al cielo torri e preghiere.

Quando Corso Donati usciva dal suo palazzo montando un cavallo bianco, il popolino gli si stringeva attorno gridando "Viva il barone". Egli aveva tutti i requisiti per piacere alla folla, univa in sé qualità complementari che, mescolandosi, sprigionavano un fascino straordinario: l'alterigia dell'aristocratico, la foga del tribuno, la baldanza del guerriero, l'impazienza dell'anarchico. Bell'uomo, parlava e vestiva bene, il soprannome di barone gli stava come un guanto. "Ha ragliato l'asino di Porta San Piero?" domandava alludendo a Vieri dei Cerchi, capo dei Bianchi. Risata generale. Vieri era un mercante venuto dal nulla, e lo si vedeva bene, "grande" per censo non per sangue, rappresentante della "gente nova", inurbatasi dal contado e arricchitasi con scandalosa rapidità.

Questo goffo plebeo, ricco sfondato, per fare dispetto ai Donati aveva acquistato il palazzo dei conti Guidi, poco lungi dalle loro case, l'aveva murato al pianterreno, trasformandolo in cupa fortezza; l'aveva restaurato, sopraelevato, riempito di servi e cavalli, menandovi una vita fastosa da parvenu. Corso lo chiamava asino, ma in cuor suo invidiava le incalcolabili ricchezze dei Cerchi, anche se erano state in parte accumulate col mestiere degli sciacalli. Si diceva infatti che quella famiglia comprasse sotto prezzo i beni confiscati agli eretici. Usurai da lunga data, in punto di morte regolarmente si pentivano, ordinando agli eredi la restituzione (parziale) del maltolto, oppure devolvendolo alla fabbrica del Duomo, che risentiva un immediato, benefico contraccolpo finanziario, ogni volta che uno strozzino in agonia vedeva spuntare, in fondo al letto, le fiamme dell'inferno.

È difficile tracciare un profilo netto del programma dei due partiti. Più che un preciso progetto politico, avevano l'ambizione del potere, fomentata dalle due famiglie rivali, pronte a tutto, anche ad usare, quale massa di manovra, il popolo minuto, sempre disponibile, non avendo nulla da perdere, ad ogni turbolenta novità. Guelfi erano i Neri e guelfi i Bianchi: i primi, filopontifici ad oltranza, per il semplice motivo che Bonifacio aveva assegnato agli Spini, di parte Nera, il monopolio degli affari della curia, provocando le ire dei Cerchi, cioè dei Bianchi. Questi, esclusi dalla ghiotta riserva di caccia, avevano, per delusione commerciale, assunto posizioni critiche nei confronti di Roma. Analogamente, fuori di Firenze, c'erano i ghibellini estremisti, fanatici, detti Secchi, e i moderati, i possibilisti, detti Verdi. Un guelfo Bianco si trovava ideologicamente più vicino a un ghibellino Verde che a un guelfo Nero, per un gioco di attrazione delle mezze ali, frequente nella storia dei partiti. L'ala destra d'un partito di sinistra lega spesso con l'ala sinistra d'un partito di destra. Per assicurarsi l'incondizionato appoggio di Bonifacio VIII, i Donati misero in circolazione la voce calunniosa, secondo cui i Cerchi e soci erano criptoghibellini. Il comportamento maldestro, contraddittorio, tenuto da questi nel difendersi dall'accusa, e la loro condotta ambigua verso i ghibellini fuorusciti, aggravò i sospetti. Papa Bonifacio andò su tutte le furie.

Dante fu guelfo Bianco e un programma l'aveva: lo stato di diritto, la pace sociale, la separazione del potere civile dal religioso, convertire al metodo democratico (pur nei limiti che questa espressione ha in tempi di "democrazia parziale") i clan dei nobili; impresa difficile, poiché costoro, simpatizzassero per i Bianchi o per i Neri, si servivano della democrazia per ucciderla. Erano affetti da una forma d'inguaribile reducismo, "Noi siamo i vincitori di Campaldino, noi abbiamo salvato la patria contro Arezzo" ripetevano a chi osava ricordargli che, cessata la guerra, *cedant arma togae*, le armi devono cedere alla toga, non si può stare ventiquattr'ore al giorno con l'elmo in testa. Anche Dante aveva combattuto a Campaldino, fatto il suo dovere, ma non assunse atteggiamenti da eroe. Capì che il coraggio richiesto nella vita civile, nell'amministrazione della cosa pubblica, è di qualità diversa, è più tenace, oscuro, paziente del coraggio sul campo di battaglia. Questo è una superba folgore che in un attimo guizza e si consuma, quello una fiammella sommessa e costante, che illumina e riscalda tutta una vita. E intraprese il cursus honorum, disdegnato dagli aristocratici per la sua modesta condizione economica, sospettato dai borghesi per la sua origine gentilizia, inviso ai Cerchi per avere sposato una Donati. Riuscì tuttavia a farsi strada, a farsi ascoltare nei principali organismi amministrativi del comune.

Ambizioso? Sì, certamente, di quell'ambizione che spinge i galantuomini a interessarsi e preoccuparsi della cosa pubblica, e senza i quali al potere andrebbero soltanto i farabutti, ambiziosissimi sempre. La politica era per Dante la terza natura, la seconda era la poesia. Qualunquista avanti lettera, il Boccaccio deplora che un uomo come lui, allevato nel seno della filosofia, abituato a considerare le vicende del mondo col distacco dell'uomo colto, non abbia resistito alla seduzione degli onori pubblici. Si meraviglia che la storia non gli abbia insegnato la fallacia delle cose umane, il rapido crollo dei regni, e l'alterno giocare della fortuna. Boccaccio non capiva che Dante aveva fatto della politica una santa, aspra milizia, il galantuomo non aveva il diritto di disertare la lotta, il peggiore di tutti i peccati essendo l'ignavia, tanto grave che lo rifiuta perfino Belzebù.

Incontanente intesi e certo fui
che questa era la setta de' cattivi
a Dio spiacenti ed a' nemici sui

dice degli ignavi incontrati nell'antinferno, anime che vissero senza infamia e senza lode, non parteggiarono per il bene né per il male, ragion per cui

fama di loro il mondo esser non lassa,
misericordia e giustizia li sdegna:
non ragioniam di lor, ma guarda e passa.

Ai primi del '300, l'anno decisivo della sua vita, andò a Roma (quasi tutti i dantisti lo ammettono) per il Giubileo, la prima grande assise della cristianità, convocata dal suo grande avversario personale, Bonifacio VIII. Nella Città Eterna il poeta cristiano non vide il mite pastore delle genti, il servo dei servi di Dio, ma un fastoso, dispotico monarca. Dai tempi di Gregorio VII e di Innocenzo III mai la chiesa era stata così forte e temuta. Ritornava con lui l'assolutismo teocratico di Gregorio, che nel *Dictatus papae* aveva solennemente affermato: "La chiesa romana è stata fondata solo dal Signore. Solo il pontefice romano è detto, a giusto titolo, universale. Egli solo può deporre o assolvere i vescovi. In un concilio, il suo legato è superiore a tutti i vescovi, anche se è inferiore per l'ordinazione, e può deporli. Nessuno può abitare sotto il tetto di chi sia stato scomunicato da lui. Il papa è il solo uomo cui i prìncipi devono baciare il piede. Il suo nome è unico nel mondo ed è l'unico pronunciato in tutte le chiese. Ha la facoltà di deporre gli imperatori. Non può essere giudicato da nessuno. Le sue sentenze non debbono essere modificate da nessuno, egli può modificare le sentenze di chiunque. Può sciogliere dal giuramento di fedeltà fatto agli ingiusti".

Bonifacio portò ad altezze vertiginose la chiesa dei legisti e dei canonisti, sorretta da una rigida organizzazione gerarchica e disciplinare. Contro questa chiesa, concepita come istituzione, serpeggiavano in alcuni ordini religiosi fermenti che reclamavano un ritorno alla primitiva purezza e povertà evangelica. Erano gli spiritualisti che, rifacendosi alla predicazione del calabrese Gioachino da Fiore, vagheggiavano una chiesa mistica e non politica, l'umiltà contro il trionfalismo, la voce della coscienza contro quella della gerarchia. Sfiorando, beninteso, l'eresia. Ma Bonifacio sconfinava sicuramente nella simonia, quando costringeva vescovi, arcivescovi e abati ad accettare prestiti forzosi, col tasso del sessanta per cento, dalla banca degli Spini, cui era interessato il nipote Jacopo Caetani. Gli Spini gli fornivano anche pellicce e velluti, con cui si confezionava paludamenti orientaleggianti, più adatti ad un satrapo che ad un pastore d'anime. Incedeva nei cortei con gli speroni dorati, la spada in una mano, nell'altra la croce, due valletti reggevano lo scettro e il globo, il tutto preceduto da un araldo di buoni polmoni, che proclamava alla folla essere il papa il sovrano universale, arbitro supremo delle cose del cielo e della terra.

C'era stato un momento in cui le speranze degli spiritualisti parvero prossime a realizzarsi. Pochi anni prima, alla morte di Nicolò IV, era salito alla tiara, col nome di Celestino V, frate Pietro da Morrone, un eremita che viveva di preghiere e digiuni, il corpo coperto di piaghe verminose, nelle spelonche della Maiella. Ultraottantenne, inesperto degli affari del mondo, e soprattutto del mondo degli affari, divenne rapida preda delle spregiudicate manovre del cardinale Benedetto Caetani, che lo indusse a dimettersi. Il suo posto fu preso proprio dal Caetani, che diventò Bonifacio VIII e, in ringraziamento di avergli ceduto la tiara, lo rinchiuse in una rocca presso Alatri. Temeva che un ex pontefice a piede libero diventasse, col suo demagogico pauperismo, un vessillo nelle mani dei suoi nemici, gli spiritualisti sul piano religioso, i Colonna su quello politico-militare.

Dopo breve tempo, Celestino morì. Ucciso, ripeté per secoli la voce popolare. Nel 1888, una commissione di scienziati, esaminato il cranio, vi trovò un foro rettangolare, che avvalorava le dicerie: l'ex pontefice era stato ammazzato nel sonno, da qualcuno che, certamente per ordini superiori, gli aveva conficcato un chiodo in testa.

Bonifacio vedeva Colonna dappertutto. Il giorno delle Ceneri del 1299 s'inginocchiò davanti a lui, in San Giovanni in Laterano, Porchetto Spinola, arcivescovo di Genova. Gli Spinola erano nemici dei guelfi, il che significava, per papa Caetani, amici dei Colonna. Come gli fu vicino, Bonifacio non seppe frenare l'ira, gli gettò negli occhi la cenere benedetta e al posto delle rituali parole "Ricordati, uomo, che sei polvere e in polvere tornerai", gli gridò: "Ricordati che sei ghibellino, e coi ghibellini sarai ridotto in polvere".

Due anni prima, il 3 maggio 1297, i Colonna, scendendo al livello dei ladroni da strada, avevano messo a segno un colpo che aveva profondamente toccato il papa, nel prestigio e nella borsa.

Assieme ad alcuni scherani, Stefano Colonna aspettò, sulla via Appia, un convoglio di muli che trasportava il tesoro pontificio e rapinò duecentomila fiorini d'oro. Poi i Colonnesi alzarono la mira, e appoggiandosi agli spiritualisti che negavano ogni legittimità al papa simoniaco e nepotista, si appellarono ad un concilio, chiedendo che Bonifacio fosse sottoposto ad un giudizio di vescovi, rovesciando così il principio dell'assolutismo monarchico, sancito nel *Dictatus papae*. Bonifacio rispose fulminando scomuniche, dichiarò i Colonna "eretici scismatici e blasfemi", bandì contro di loro una crociata equivalente, per l'acquisto delle indulgenze, a quelle combattute in Terrasanta. Uccidendo un Colonna si guadagnava lo stesso merito che sbudellando un infedele. Legate al papa da tanti interessi concreti, le città toscane si dichiararono solidali con lui. La guerra contro i Colonna si concluse con la distruzione di Palestrina, loro quartier generale. Affinché la città non risorgesse, Bonifacio fece arare le macerie e spargere il sale infecondo, "sull'esempio della vecchia Cartagine africana" (13 giugno 1299). Gesto melodrammatico, da grande regista della politica, destinato a far colpo sulla fantasia popolare, mentre i Colonna, sconfitti e dispersi, riparavano in Francia.

L'autoritario Bonifacio non tollerava obiezioni. Al cardinal Giovanni Monaco, che si era lamentato perché trascurava i diritti del Sacro Collegio, rispose: "Piccardo, piccardo, tu hai una testa piccardica, ma per Dio, io ti picchierò, e farò in ogni cosa il mio volere, e non l'abbandonerò per te o per tutti quelli che sono qui, come tanti asini". Perciò il cardinal Brancacci concludeva, sconsolato: "*Melius est mori quam vivere cum tali homine*" (è meglio morire che vivere con un simile uomo). Anche l'idea del Giubileo, mai concepita da altri pontefici prima di lui, va inserita in questa politica di *grandeur* teocratica, per la maggior gloria di Dio, e sua personale. Il 22 febbraio 1300, festa della cattedra di san Pietro, il papa annunciò l'indulgenza per tutti i fedeli, purché venissero a Roma a pregare sulle tombe degli apostoli. Esclusi dal beneficio "*illos falsos et impios christianos qui portaverunt vel portabunt merces seu res proibitas saracinis*" (quei falsi ed empi cristiani che portarono o portano ai saraceni merci o cose proibite), nonché i soliti Colonna, equiparati, poco ecumenicamente, ai saraceni.

In precedenza, la Città Eterna aveva visto altri pellegrinaggi, famosi quelli per la Veronica, l'immagine di Cristo stampata nel panno che la leggendaria Veronica gli aveva dato perché s'asciugasse il viso, durante la salita al Calvario. La reliquia era mostrata in San Pietro, e Dante, nel poema, ricorda con emozione

... colui che forse di Croazia
viene a veder la Veronica nostra
che per l'antica fame mai si sazia,
ma dice nel pensier, fin che si mostra
"Signor mio Gesù Cristo, Dio verace,
or fu sì fatta la sembianza vostra?"

Per il Giubileo, l'afflusso di pellegrini superò ogni precedente ed ogni previsione. A decine di migliaia questi antenati degli odierni turisti traversarono il col di Tenda, il Moncenisio, il Piccolo San Bernardo, il Gottardo, il Brennero e scesero verso Roma, sfidando il maltempo, le strade allagate, la malaria, le frane, i briganti, le difficoltà d'alloggio. Dalle Alpi a Roma non s'impiegava meno di quaranta giorni. Per l'occasione i bolognesi aggiustarono la strada da San Rufilio a Pietramala. Prima di partire, qualcuno vendette il podere, molti fecero testamento, perché si poteva morire durante il viaggio, tanto era lungo e tribolato, per fortuna la bolla pontificia assicurava l'indulgenza anche ai deceduti "strada facendo". Sbarrato l'uscio, intere famiglie si misero in cammino, baroni e contadini, soldati e mercanti, monache e casalinghe, gente d'ogni età, condizione e mestiere. Chi a cavallo, chi a piedi, chi in lettiga. A Modena, alcuni giovanotti, non essendo in grado di affittare una cavalcatura, presero i genitori in spalla, come fece Enea con Anchise. I notai di Siena, consenziente il governo, chiusero in massa gli studi e si fecero romei.

Arrivati in vista della Città Eterna, i pellegrini cantavano:

O Roma nobilis, orbis et domina,
cunctarum urbium excellentissima,
roseo martyrum sanguine rubea,
albis et virginum liliis candida
salutem dicimus tibi per omnia
te benedicimus: salve per saecula

(O Roma nobile, regina del mondo, la più eccellente di tutte le città, rossa per il rosso sangue dei martiri, candida per i bianchi gigli delle vergini, noi ti salutiamo e ti benediciamo per tutti i secoli: salve). Nella calca, più d'uno morì schiacciato. Fu necessario aprire nelle mura una porta supplementare, e per disciplinare l'afflusso fu istituita sul ponte di Castel Sant'Angelo, forse per la prima volta nella storia del traffico romano, la circolazione a due sensi per i pedoni. Secondo il Villani, che era presente, duecentomila pellegrini gremivano ogni giorno chiese, locande e taverne, in virtù della bolla che subordinava le indulgenze ad un soggiorno prolungato. Chiunque, pentito dei suoi peccati e comunicato, visitasse per quindici giorni, anche non consecutivi, le tombe di san Pietro e san Paolo (per i romani, trenta giorni), otteneva la remissione totale dei peccati. Indulgenza applicabile anche ai defunti. Ma per i pellegrini, poca indulgenza da parte degli osti. Il pernottamento d'un uomo e del cavallo non fu giudicato eccessivo farlo pagare un tornese, la decima parte d'un fiorino, il quale pesava grammi 3,54 d'oro. Un romeo cui era stato assicurato, per sé e famiglia, un letto di tre, quattro piazze, si trovò a doverlo spartire con otto compagni di viaggio, che divennero compagni d'insonnia. Molto caro il fieno, un prelato spagnolo si lamentò perché il pasto del cavallo costava più del suo.

Sulle tombe dei due apostoli, dall'alba al tramonto, monete di tutte le nazioni, fiorini, ducati, tarì, venivano rastrellate da due instancabili chierici, *rastellantes pecuniam infinitam* scrive un cronista, e uno storico americano li chiama *papal croupiers*.

Si calcola che in un anno la tomba di Pietro abbia fruttato trentamila fiorini d'oro, quella di Paolo ventunmila. Altre stime, più fantasiose, parlano di 1700 fiorini al giorno, pari a sei chili d'oro. Va subito detto che le spese della Camera apostolica si aggiravano sui centomila fiorini l'anno, e buona parte delle entrate dell'Anno Santo fu impiegata nei lavori della basilica di San Pietro, che per volontà del papa cominciò a prendere, nel cerimoniale liturgico, il posto di San Giovanni in Laterano. A partire dal Giubileo, il nuovo cuore della cristianità sarebbe stato San Pietro, non San Giovanni. Anche in questo vediamo un segno della potente personalità di Bonifacio, ai cui piedi s'inginocchiarono, come davanti ad un monarca universale, uomini e donne di tutto il mondo, perfino un'ambasceria di mongoli. Contro un re che li opprimeva, i fiamminghi si rivolsero a lui, quale giudice di "ogni diritto così del terrestre che del celeste impero". L'ebbrezza del trionfo lo spinse ad iniziare trattative con Alberto d'Austria, perché rinunciasse ai suoi diritti sulla Toscana, a favore dei suoi nipoti. Dopo Gregorio VII e Innocenzo III, mai un pontefice aveva affermato con pari orgoglio il suo potere personale. "Nella grandezza d'animo" scrive Ludovico Antonio Muratori "nella magnificenza, nella facondia ed accortezza, nel promuovere gli uomini degni alle cariche, e nella perizia delle leggi e dei canoni, ebbe pochi pari. Ma perché mancante di quell'umiltà che sta bene a tutti, e massimamente a chi esercita le veci di Cristo, maestro d'ogni virtù e soprattutto di questa, e perché pieno d'albagia e di fasto, fu amato da pochi, odiato da moltissimi, temuto da tutti".

IV

Condannato all'esilio e al rogo

Dante non lo temette. Come cattolico rispettava in lui il vicario di Cristo; come uomo non ne sottovalutava la statura, un gagliardo avversario degno di lui; come cittadino ne combatteva gli intrighi antifiorentini. Tornato in patria, cominciò l'esaltante scontro a distanza. A questo punto sorvoliamo sugli incarichi minori che il poeta ricoprì nella repubblica, come quello di ispettore ai lavori di via San Procolo, e veniamo al 13 giugno 1300, quando dalle urne escono eletti priori, per il bimestre 15 giugno-15 agosto, Noffo di Guido, Neri di Jacopo del Giudice, Nello d'Arrighetto Doni, Bindo di Donato Bilenchi, Ricco Falconetti e Dante Alighieri. A quei due mesi di governo, alle responsabilità coraggiosamente assunte in quell'estate politicamente caldissima, Dante imputerà la tragedia della sua vita, i vent'anni d'esilio. "Tutti li mali e l'inconvenienti miei dalli infausti comizi del mio priorato ebbono cagione e principio" scrisse in una lettera.

I primi provvedimenti all'esame dei nuovi priori sono d'una gravità tremenda. I priori del precedente bimestre, allarmati per le manovre del papa, che si diceva avesse mandato ad Alberto d'Asburgo due frati, con la minuta di una lettera, in cui il tedesco rinunciava ai diritti sulla Toscana, in cambio del riconoscimento della sua autorità imperiale, avevano spedito in gran fretta una missione a Roma, ad appurare quanto c'era di vero in tale notizia. Era tutto vero, mancava solo che Alberto ricopiasse la minuta in bella copia, la firmasse, ma a questo punto rispose di no, non se la sentiva di depauperare *de jure* una corona già largamente impoverita *de facto*. Capo della missione indagatrice era Lapo Salterelli, giurista e poeta di parte Bianca, il quale appena arrivò a Roma scoprì una cosa inaudita. Se Alberto rifiutava di consegnare al papa la Toscana, tre banchieri fiorentini, Simone Gherardi Spini, Noffo Quintavalle e ser Cambio da Sesto, stavano tramando per consegnargli Firenze. La Signoria emise una sentenza fulminea: duemila lire di multa ciascuno, e se non pagavano, il taglio della lingua. Un verdetto atroce, ma non ripugnante alla coscienza giuridica del tempo, che considerava equo far pagare la pena del reato all'organo che l'aveva commesso. Così il duca d'Atene fece tagliare la lingua ad un popolano che aveva sparlato di lui, e a Perugia la si strappava ai nostalgici, che rimpiangevano gli svevi e sfottevano gli angioini.

Appena conobbe la sentenza, papa Bonifacio minacciò l'interdetto sulla città, con le conseguenze, anche materiali, che esso comportava, tra cui il proscioglimento del debitore da ogni obbligo verso il creditore scomunicato. La repubblica non si spaventò, fu irremovibile. Entrati in carica, i nuovi priori, tra cui Dante, confermarono la condanna. Dante poi fece di peggio, per sfidare il papa. Al cardinale Matteo d'Acquasparta, che chiedeva cento cavalieri, spesati dal comune fiorentino, da impiegare in una guerricciola ingaggiata da Bonifacio contro gli Aldobrandeschi, aveva seccamente risposto, contro il parere della maggioranza Bianca, *nihil fiat*, niente da fare. Non è finita. Durante il suo priorato, una freccia scagliata da mano ignota sbagliò di pochi centimetri il cardinale, affacciato al balcone d'un palazzo. Deplorazione ufficiale dell'incidente da parte del governo. Solenne promessa di aprire un'inchiesta. Indennizzo immediato alla mancata vittima, mediante una coppa d'argento colma di duemila fiorini, caldi di zecca. Il cardinale, dopo un attimo di perplessità, rifiutò il dono. Ma non sentendosi più al sicuro, andò ad abitare oltr'Arno.

Matteo d'Acquasparta era arrivato a Firenze, legato del Papa, ufficialmente quale paciere, segretamente per favorire i Neri, i cui capi più facinorosi, otto per la cronaca, erano stati mandati in esilio, assieme ad altri sette, non meno turbolenti, capoccia Bianchi: e ciò torna ad onore dell'imparzialità del governo, e in particolare di Dante, che non esitò a bandire dalla città il suo caro amico, Guido Cavalcanti. Senonché i priori del bimestre successivo, meno imparziali, richiamarono in patria i Bianchi, scatenando le ire di Bonifacio il quale, disperando ormai di conquistare la città dall'interno, passò all'attacco esterno, tramite Carlo di Valois, fratello del re di Francia. Anche Carlo, come tanti stranieri prima e dopo di lui, era venuto in Italia in cerca di fortuna, e l'aveva ampiamente trovata presso il papa, che lo nominò capitano generale della chiesa e intermediario di pace per la Toscana, così come il cane è intermediario fra il cacciatore e la selvaggina. L'abboccamento che il Valois ebbe a Bologna con i Neri fuorusciti, il suo spavaldo scorrazzare lungo i confini della repubblica, come chi pregusti l'imminente preda, spaventò il governo Bianco. Dopo settimane d'angosciata incertezza, i priori non trovarono di meglio che inviare un'ambasceria a Roma, che era un modo di dichiararsi vinti prima ancora di battersi. I compagni di partito pregarono Dante di farne parte. Perplessità del poeta: "Se io vo, chi resta? E se io resto, chi va?" In altre parole, se lui si allontana da Firenze, chi rimane a difenderne la pericolante libertà? Poi cede alle insistenze e parte alla volta di Roma, assieme a Maso di Ruggerino Minerbetti e Corazza da Signa.

Poeti e letterati, si sa, hanno parola facile, eloquio convincente. In tempi di robusto analfabetismo come il Medioevo, chi ha bazzicato le muse si trova, anche senza volerlo, ai primi gradini della vita sociale, delle public relations. Dante Alighieri apre l'elenco dei letterati-ambasciatori (dopo di lui vi figurano gli altri due padri della nostra civiltà letteraria, Petrarca e Boccaccio), con quattordici missioni diplomatiche, secondo il Filelfo, umanista del XV secolo. Tutte condotte a termine in maniera brillante. Con Siena "per li confini che Dante compose nel migliore dei modi". Con Venezia "per istringere un'alleanza che egli effettuò come volle". Col re di Napoli munito di regali per stabilire un'amicizia "ch'ei contrasse indelebile". Col marchese d'Este in occasione delle nozze, "dal quale fu anteposto agli altri ambasciatori". Con Genova, per una questione di confini "ch'ei compose ottimamente". Ancora col re di Napoli, per liberare un certo Vanni Barducci, condannato a morte. Poi una missione a Perugia. Quattro a Roma, presso Bonifacio VIII. Due presso il re d'Ungheria "e ne ottenne ogni cosa". Una presso il re di Francia, col quale allacciò, parlando un perfetto francese, "un eterno vincolo d'amicizia". Insomma, ad ascoltare il Filelfo, ritenuto dai critici indegno di fede, perché dimentica l'unica ambasceria di cui possediamo un documento, quella a San Gimignano, pare che Dante fosse nato con la specifica vocazione del diplomatico. Peccato che proprio la missione più importante di tutte, che doveva decidere della sua vita e salvare Firenze dalla rivoluzione, sia miseramente fallita.

La storia non ha registrato il colloquio tra il papa e la missione fiorentina. Si sa soltanto che, dopo averli ascoltati, Bonifacio disse ai tre fiorentini: "Perché siete così ostinati? Umiliatevi a me, e io vi dico la verità, io non penso che alla vostra pace. Due di voi tornino indietro e si abbiano la mia benedizione se faranno in modo che venga ascoltata la mia volontà". Parole evasive, per guadagnar tempo. Rimase Dante, solo, e in certo sul da farsi, non senza un segreto compiacimento del papa, che mirava a tener lontano da Firenze uno dei più tenaci difensori della sua indipendenza. Sulle rive dell'Arno la situazione precipitava. I Neri mandavano a dire al papa che a Firenze non la libertà era in pericolo, bensì la religione, si affrettasse perciò a mandare Carlo di Valois, il castigamatti che avrebbe ridotto alla ragione i Bianchi, perfidi criptoghibellini, simpatizzanti per l'impero. Ghibellini voleva dire scomunicati. Ghibellini erano i più bei nomi dell'ateismo medievale. Quindi i Bianchi parteggiavano per i nemici della chiesa. E mentre sarebbe stato opportuno ribadire la propria fede guelfa, denunciando ogni deviazionismo ideologico, Vieri de' Cerchi, il miliardario dalla pelle di bisonte, ostentava atteggiamenti filoghibellini, che era un modo non metaforico di scavarsi la fossa sotto i piedi.

All'avvicinarsi delle truppe francesi, molti Bianchi si affrettarono a voltar gabbana. I pavidi suggerirono ai priori di richiamare gli esuli, i padroni di domani, prima che rientrassero al seguito delle armi straniere. Gli zelanti dell'ultima ora proposero addirittura di tirar giù "le porte dai gangheri". La vacillante repubblica fiorentina ebbe il suo Kerenskij in Dino Compagni, priore dal 15 ottobre al 7 novembre, uomo di candida rettitudine, che davanti all'uragano si era limitato a nutrire fiducia. Convocati in San Giovanni i notabili della città, li fece giurare che sarebbero stati buoni buoni, li supplicò di non ricorrere alle armi. Credeva nella coesistenza pacifica. Anche i fiorentini vi credettero. Messa ai voti la proposta di aprire le porte al principe francese, tutte le arti votarono a favore, soltanto i fornai videro giusto e dissero di no, "perché venia per distruggere la città".

Per maggiore tranquillità, Dino Compagni fece sottoscrivere al francese, prima che varcasse le porte, una dichiarazione che, teoricamente, gli legava le mani. Carlo firmò tutto. S'impegnò a non prendere "niuna giurisdizione né occuperebbe niuno onore nella città, né per titolo d'imperio né per altra cagione, né le leggi della città muterebbe né l'uso". Con un impegno come questo, chiuso nel cassetto, la repubblica fiorentina poteva dormire i suoi sonni tranquilli. I francesi sarebbero entrati in città come turisti, e Carlo come capo comitiva. E poi, Carlo era fratello di re, si poteva mettere in dubbio la sua parola?

Per prevenire tumulti, la Signoria dichiarò lo stato d'assedio. Ai perturbatori dell'ordine pubblico, trecento lire di multa oppure il taglio della mano. Per una ferita, mille lire, o il taglio delle due mani. Taglio della testa a chi osasse minacciare un cittadino. Vietati gli assembramenti di gente armata. I Bianchi ubbidivano, i Neri si armavano. Con uno stratagemma, il Valois catturò i capi Bianchi. A questo punto i priori s'accorsero che il patto firmato da Carlo non era altro che un pezzo di carta, e suonarono la campana. Troppo tardi. La gente, spaventata, non uscì di casa. Nessuno volle esporsi per salvare un governo che aveva fatto di tutto per autoaffondarsi. Dei Cerchi, nessuno scese in piazza. Per paura, o forse solo per taccagneria, non avevano assoldato squadre d'azione.

Trionfò il doppio gioco. Chi si era compromesso con i Bianchi cercò di procurarsi attestati di benemerenze Nere. Il giurista Andrea da Cerretto si convertì da ghibellino a guelfo fanatico. Il Bianco Donato Alberti corse a nascondersi nella cucina di Nuto Marignolli, un traditore dei Cerchi acrobaticamente passato al campo avverso. Incominciò la caccia all'uomo. I neoconvertiti gareggiavano nel denunciare gli ex compagni di partito, sperando di cancellare, con zelanti delazioni, i sospetti che macchiano le abiure troppo tempestive. Lapo Salterelli che aveva scoperto il complotto dei tre banchieri Neri, poi condannati al taglio della lingua, ora che il vento è mutato, vorrebbe non aver mai firmato quella sentenza, darebbe dieci anni di vita pur di non essersi immischiato nel maledetto affare. Cerca affannosamente aiuto, a destra e sinistra. Forse c'è uno che lo può salvare, Pazzino dei Pazzi. Quando questo capoccia Nero era stato sbandito dai Bianchi assieme ad altri facinorosi, Lapo lo aveva astutamente nascosto in casa sua. Non si sa mai. Pazzino avrebbe potuto ricambiargli il favore, il giorno d'una eventuale rivincita dei Neri. Mutano così rapidamente le fortune politiche in Italia, che giova di più tenersi buoni i nemici che non gli amici. Ma questa volta il trucco non funziona e Lapo, sfortunato campione del doppio gioco, viene condannato a morte. Per i Bianchi non c'è più scampo, Carlo di Valois autorizza stragi e saccheggi. "Rubare i pupilli; e uomini impotenti, spogliati de' loro beni" scrive l'ingenuo Compagni, narrando le sanguinose giornate di novembre nella *Cronica*, specchio del suo beffato candore e dell'altrui perfidia, "molti tesori si nascosono in luoghi segreti, molte lingue si cambiorono in pochi giorni, molte villanie furono dette a' priori vecchi, a gran torto, pur da quelli che poco innanzi gli avevano magnificati; molto gli vituperavano per piacere agli avversari." Disgustato da questo accorrere in aiuto dei vincitori, e sdegnato per il tradimento francese, Dino grida: "O buon re Luigi, che tanto temesti Iddio, ov'è la fede della real casa di Francia? O malvagi consiglieri, che avete il sangue di così alta corona fatto non soldato ma assassino, imprigionando cittadini a torto, e mancando della sua fede, e falsando il nome della real casa di Francia!"

E più oltre: "Gli uomini che temeano i loro avversari si nascondeano per le case dei loro amici; l'uno nimico offendea l'altro: le case si cominciavano ad ardere: le ruberie si faceano... i Neri potenti domandavano denari a' Bianchi: maritavansi fanciulle a forza: uccideansi uomini. E quando una casa ardea forte, messer Carlo domandava: 'Che fuoco è quello?' Erali risposto che era una capanna, quando era un ricco palazzo. E questo malfare durò giorni sei, ché così era ordinato. Il contado ardea da ogni parte".

Per rastrellar denaro ("io vi mando alla fonte dell'oro" aveva insinuato Bonifacio al Valois, spedendolo a Firenze), i Neri accusavano di congiura controrivoluzionaria i Bianchi più facoltosi, condannandoli a sborsare mille fiorini a testa. Pagata l'ammenda, questi venivano incriminati di nuove, cervellotiche colpe, cacciati di casa, espulsi dalla città. Furono messi al bando seicento cittadini, le requisizioni fruttarono ventiquattromila fiorini. Protetti dalle armi francesi, i Neri sfogarono la loro passione per lo sport nazionale preferito, il fratricidio.

"Niuno ne campò che non fosse punito. Non valse parentado né amistà; né pena si potea minuire né cambiare a coloro a cui determinate erano. Nuovi matrimoni niente valsero; ciascuno amico divenne nimico; i fratelli abbandonavano l'un l'altro, il figliolo il padre; ogni amore, ogni umanità si spense. Patto, pietà, né mercé, in niuno mai si trovò. Chi più dicea: 'Muoiano, muoiano i traditori' colui era il maggiore." La sera del 6 novembre, nel cielo di Firenze insanguinata, passò una cometa di colore vermiglio. "Il cielo è corrucciato con la nostra città" conclude l'angelico Dino.

Le prime settimane furono di saccheggi, incendi, violenze brutali. Poi subentrò una fase di più raffinate persecuzioni. Leggi retroattive, denunce anonime, epurazioni cavillose. Bastava la segnalazione della voce pubblica, perché uno del partito soccombente fosse accusato d'un reato qualsiasi, giudicato senza garanzie procedurali, condannato senza appello. La rivoluzione si imbellettò di legalità e la vendetta nascose il pugnale sotto il manto della giustizia. L'apparizione d'un banditore sulla pubblica via era accolta da tutti con comprensibile trepidazione. Bastava uno squillo di tromba perché le donne s'affacciassero spaurite al balcone e gli uomini, lasciati gli arnesi in bottega, corressero sull'uscio ad ascoltare le novità.

Vestito con gonnella e mantello verde, confezionati con buon panno "ultramontano", un banditore del Comune percorreva a cavallo, un pomeriggio di fine gennaio 1302, le vie di Firenze. A chi sarebbe toccato questa volta? Il banditore tolse da sotto il braccio un rotolo di pergamena, lo svolse con lentezza professionale, poi con voce *clara et bona* lesse la condanna che il podestà Cante dei Gabrielli, da Gubbio, infliggeva a cinque cittadini: Gherardino Diodati, Palmiero Altoviti, Lippo di Becca, Orlanduccio Orlandi e Dante Alighieri. La sentenza non parlava di colpe specifiche, personali e circostanziate, ma accennava vagamente a illeciti guadagni, fatti *da loro o da alcuni di loro*, quando rivestivano la carica di priori o dopoché l'ebbero deposta. A conferma delle accuse, nessuna prova, soltanto il "si dice" della gente. Li si incolpava di corruzione elettorale, di cattiva amministrazione, di frode, di estorsioni in denaro o cose. *Fecerunt baratterias et acceperunt quod non licebat vel aliter quam licebat per leges*, fecero baratterie, ricevettero ciò che non era lecito, o lo ricevettero diversamente da quanto era lecito per legge. Erano inoltre colpevoli di aver fatto cacciare da Pistoia il partito dei Neri, "servi devoti di santa romana chiesa" e, colpa suprema, di essersi opposti alla venuta in Firenze di Carlo di Valois. Perciò erano condannati a pagare entro tre giorni, contando quello della sentenza (27 gennaio 1302), cinquemila fiorini ciascuno e a restituire il maltolto. Trascorso il termine, i loro beni sarebbero stati confiscati o distrutti. Ma anche se avessero pagato, li aspettava l'esilio per due anni, fuori dei confini della Toscana, con l'interdizione perpetua dai pubblici uffici.

Dante, per fortuna, non era a Firenze. Era rimasto a Roma, trattenuto dal papa, probabilmente in attesa di nuove istruzioni, dopo il fallimento della disperata missione diplomatica. Al posto delle istruzioni, gli arrivò l'incredibile notizia della condanna (che secondo alcuni avrebbe appreso a Siena, sulla via del ritorno). Era partito da Firenze con l'incarico di ambasciatore, cittadino stimato e onorato, che portava a Roma i voti di quanti ancora amavano l'indipendenza della patria, e adesso doveva tornare nelle vesti del colpevole che va a giustificarsi, a chiedere clemenza. Clemenza di che? D'aver fatto ciò che la sua coscienza

sotto l'usbergo del sentirsi pura

gl'imponeva come un preciso dovere? D'aver parlato franco nelle assemblee, senza curarsi di precostituire ipocriti alibi e strizzare l'occhio al probabile vincitore di domani?

Egli non avrebbe mai immaginato, nel lasciare Firenze, che non vi avrebbe mai più rimesso piede; che l'abbraccio dato alla moglie Gemma prima di partire per le rive del Tevere sarebbe stato l'ultimo e non l'avrebbe più rivista; che avrebbe riabbracciato i figli solo molti anni dopo, quando, diventati ragazzi, anche loro sarebbero stati coinvolti nel bando che stava per colpire lui, difensore d'una causa oramai venuta a noia ai fiorentini.

La sentenza recava, abbiamo detto, la firma del podestà Cante dei Gabrielli. Un nome non nuovo. Il poeta si era già scontrato con lui per salvare un innocente, Neri di Gherardino Diodati, figlio di uno dei cinque condannati del 27 gennaio, accusato di omicidio a scopo di rapina. Neri non aveva commesso il delitto, su questo erano d'accordo anche i parenti della vittima, che l'avevano scagionato. Ciò nonostante il podestà, docile agli interessi dei Donati, l'aveva condannato a morte. L'altro si salvò con la fuga. Cante non si salvò dall'infamia dei posteri.

"Non era, lo ammetto, uno stinco di santo" dice il suo discendente Franco Gabrielli, medico dentista a Genova, "con i nemici non sempre rispettò la parola data, ma gli storici e i dantisti non hanno, nei suoi confronti, sempre rispettato la verità. Merezkovskj lo definisce meschina creatura del papa, scadente avvocaticchio e ottimo azzeccagarbugli. Lo scrittore russo ha preso un abbaglio. A parte il fatto che usciva da una famiglia che diede parecchi santi e beati alla chiesa, Cante fu un personaggio di primo piano, uno dei più grandi capitani del partito guelfo". Il dottor Gabrielli va raccogliendo, in giro per archivi e biblioteche, una poderosa documentazione sulle benemerenze dell'avo podestà. "Un episodio che gli studiosi di Dante ignorano è il seguente. Mentre Cante e la sua famiglia tenevano Gubbio, gli esuli ghibellini assoldarono Uguccione della Faggiuola, presero d'assalto la città, i Gabrielli rischiarono la totale distruzione. Via, siamo sinceri, chi vorrà meravigliarsi se, qualche anno dopo, Cante sottoscrisse di buon grado la condanna di Dante, amico di Uguccione? Anche nel Medioevo, soprattutto nel passionale Medioevo, valeva la proposizione 'l'amico del mio nemico è mio nemico'. Perciò è giunto il momento di rendergli giustizia" conclude il pronipote Franco, unico "cantista" d'Italia.

Dante non si presentò al magistrato. Nessuno dei cinque si presentò. Sapevano benissimo che, in mancanza di una colpa specifica, il giudice istruttore aveva a sua disposizione la tortura, con la quale gli avrebbe fatto dire tutto ciò che voleva, fornendo così, per bocca del torturato, un contenuto oggettivo, dettagliato, alla maliziosa genericità dei capi d'accusa. Dante non pagò i cinquemila fiorini di multa, anche perché una somma simile, in vita sua, non l'aveva mai vista. Non restituì il maltolto, per il semplice fatto che non aveva tolto niente a nessuno. Venne perciò dichiarato contumace. Identica sorte toccò agli altri compagni di condanna. Nel codice di procedura penale dei Neri vittoriosi, la contumacia equivaleva alla confessione e permetteva un inasprimento della pena. A poco più d'un mese di distanza, quindi, i Neri emisero un nuovo bando che condannava alla pena di morte Andrea dei Gherardini, Lapo Salterelli, Palmiero Altoviti, Donato Alberti Ristori, tutti giuristi, e poi Lapo Ammuniti, Lapo Biondi, Gherardino Diodati, Corso di Alberto Ristori, Innami de Ruffoli, Lippo di Becca, Dante Alighieri, Orlanduccio Orlandi, Simone Guidalotti, Guccio medico, Guido Bruno Falconieri. Tutti Bianchi, quasi tutti ex priori. È il 10 marzo 1302. La sentenza dice: *si in fortiam Communis pervenerit... igne comburatur sic quod moriatur*, se cadrà in potere del Comune, sia bruciato col fuoco in modo che muoia. I rei sono elencati in un rigoroso ordine di precedenza, secondo l'importanza e la dignità di ciascuno. Il boia rispettava il protocollo. Su quindici condannati al rogo, Dante occupa un posto di retroguardia, l'undicesimo.

Da questo momento egli deve guardarsi dal varcare i confini della repubblica fiorentina, stare in guardia a non cadere nelle mani di qualche birro travestito da amico, diffidare di tutti e di tutto. L'insidia si cela dove meno si crede. Corradino di Svevia non era stato tradito dai Frangipane, che l'avevano ospitato nel castello d'Astura per poi consegnarlo agli Angioini, che lo giustiziarono a Napoli? Quanto agli amici, che volentieri l'avrebbero nascosto nelle loro case di Firenze, bastavano i feroci decreti dei Neri a trattenerli da ogni slancio di generosità. Chi avesse ospitato un proscritto, rischiava una grossa multa e l'immediata demolizione della casa. Appena fosse apparso un esule in una via di Firenze, la campana civica avrebbe suonato l'allarme e gli abitanti del rione erano obbligati a dargli la caccia e acciuffarlo, pena gravi castighi per tutto il quartiere. Il piacere della vendetta toccava il vertice in una sorta di sadismo amministrativo, che destinava alla lotta contro i fuorusciti le rendite dei beni loro confiscati. Ogni tanto, nuove sentenze e nuove vittime. In un anno, 260 condannati alla decapitazione, 206 alla forca, 93 al rogo. Il

"Libro del chiodo" che registrava le sentenze (si chiama così per il chiodo che attraversa la rilegatura ed è tuttora conservato a Firenze, all'Archivio di stato) s'ingrossò fino a raggiungere le ottanta pagine, mentre la propaganda dei Neri parlava di "normalizzazione", di ordine, di pace portati dal nuovo regime alla martoriata città.

Col cuore gonfio d'amarezza e di rabbia impotente contro i nemici che l'avevano condannato a morte come un assassino, come un delinquente comune, Dante affrontò la via dell'esilio. Lo avevano accusato di aver fatto tutto per denaro. Per denaro aveva varato, assieme ai colleghi priori, la nuova legge elettorale. Per denaro aveva assegnato pubblici uffici. Per denaro aveva parlato contro Carlo di Valois. E le prove? Osserva il Davidsohn: "Che l'accusa di corruzione per l'elezione dei priori fosse del tutto infondata non si può affermare in base ad un esame obiettivo delle circostanze, e sarebbe assurdo sostenere che la fazione dei Cerchi e gli altri fossero innocenti, solo perché nelle loro file militava Dante. Dante stesso non si sarà certo abbassato a ricorrere personalmente a quei mezzi spregevoli, ma chi nelle azioni partecipa e lotta, può, in un dato momento, trovarsi avvolto nel turbine ed immerso nel fango, pur essendo i suoi fini e i suoi intendimenti purissimi ed elevatissimi".

Ironia della sorte: egli adesso non aveva un soldo in tasca e sulle sue case di Firenze gravava un mutuo, stipulato per fronteggiare le necessità familiari durante il suo priorato. Se aveva preso tutte quelle bustarelle, che bisogno c'era di far debiti? Gliel'aveva predetto l'avo Cacciaguida, incontrato in Paradiso:

Qual si partì Ippolito d'Atene
per la spietata e perfida noverca,
tal di Fiorenza partir ti convene.

Il casto Ippolito, accusato dalla matrigna di averle proposto quel peccato che lei invano bramava consumare con lui, era stato ingiustamente cacciato dal padre. Altrettanto capitò a Dante. Non aveva rubato. Se avesse rubato a favore dei Neri, invece dell'esilio gli avrebbero dato la medaglia. Priore, aveva cercato di fare le cose con giustizia, soffocando i suoi sentimenti personali, sacrificio che, ad un temperamento impetuoso come il suo, deve essere costato parecchio. Corso Donati e Guido Cavalcanti erano due facinorosi, abbiamo visto, l'uno Nero l'altro Bianco, che ignoravano il concetto di ordine pubblico. L'idea della legalità, per loro, era come l'America: ancora da scoprire. Per placare le fazioni, Dante mandò in esilio entrambi, Guido, il più caro amico; Corso, il più caro nemico, cugino della moglie Gemma. L'imparzialità non convinse i sospettosi avversari, i quali lo accusarono di aver favorito Guido, quando, malato di febbri, fu richiamato in patria (ma il provvedimento fu preso dai priori del bimestre successivo). I Neri non avevano creduto al certificato medico. Tanto meno adesso avrebbero creduto alle proteste d'innocenza dell'ex priore, condannato a morte.

Accresceva l'angoscia del fuoruscito il non aver notizie dei suoi. Dove si sarà rifugiata Gemma con i figli? Il primogenito non aveva dieci anni, l'ultimo strillava in fasce. Dopo la devastazione della casa, saccheggiata dai Neri, chi l'aiuterà ad allevare le creature? Lacerato negli affetti di padre e di sposo, offeso nell'onore di uomo, Dante cominciò a vagabondare per l'Italia, imparando a sue spese

... come sa di sale
lo pane altrui e come è duro calle
lo scendere e 'l salir per l'altrui scale.

Vent'anni di peregrinazioni da un paese a una città, da un castello a un convento, con quel pessimo biglietto di raccomandazione ch'è una condanna al rogo. Vent'anni di umiliazioni cocenti per chi, come lui, era capace di chinare la schiena solo per raccogliere un sasso e tirarlo in fronte all'avversario. Dover chiedere ospitalità ai potenti, lodare le loro bravate, ridere alle loro facezie. Mescolarsi ai cortigiani, ai giullari, sopportare gli scherni dei parassiti, che lo credevano uno dei loro. Dire sempre di sì ai signorotti cafoni, ai grossolani feudatari che lo mortificavano con la diffidente avarizia o, peggio, col fasto villano. "Signori di sì asinina natura" scrisse un giorno "che comandano il contrario di quello che vogliono; e altri che, senza dire, vogliono essere serviti e intesi; e altri che non vogliono che il servo si muova a fare quello ch'è mestieri, se nol comandano".

Sfortunatamente, dei luoghi visitati da Dante esule sappiamo ben poco, per non dire nulla. Rari documenti testimoniano la sua presenza in questa o quella località. E quando i documenti scarseggiano, le leggende popolari si moltiplicano, infiorando con la fantasia la striminzita verità storica. Il lettore dunque non si stupirà di trovare in queste pagine frequenti espressioni come "si dice", "può darsi", "non si esclude", così lontane dal temperamento dantesco, nemico del dubbio. Ma la colpa è proprio del divino poeta, che ha girato mezza Italia senza lasciare traccia di sé. Nemmeno un autografo possediamo. Per una sorta di pudore domestico, non parla mai della famiglia. Omero è così impersonale e "assente" dai suoi poemi che si dubitò perfino della sua esistenza. Per Dante vale un altro discorso. Egli è il protagonista della *Commedia*, vi ha calato dentro speranze e vendette, ideali e sconfitte, amici e nemici. Tutto, tranne la famiglia. Perché?

Ai luoghi dell'esilio accenna con perifrasi o allusioni vaghe. Tra le molte altre cose, la *Commedia* è anche un trattato di geografia, con ben 356 nomi di città, fiumi, monti eccetera. Eppure l'autore non dice mai "ci sono stato", "vi ho dormito due settimane". Per questa sua parsimonia autobiografica, ci troviamo nella condizione di sapere tutto sul conto d'un qualsiasi vincitore di premio letterario, poco o nulla sul conto del fondatore della lingua italiana.

V

Guerrigliero contro la patria

I primi mesi successivi alla condanna Dante li trascorre in territorio senese, presso i confini dello stato fiorentino, quasi ad origliare se, dalla patria matrigna che gli ha sbattuto la porta in faccia, giunga voce di qualche ravvedimento, o per lo meno notizie della famiglia, della casa saccheggiata, dei suoi beni confiscati. Ma i viaggiatori, i mercanti che incontrava sulla via di Siena e di Arezzo provenienti da Firenze, gli davano poche speranze circa un mutamento della situazione, che anzi si andava sempre più "normalizzando" nel senso voluto dai nuovi padroni, come dimostravano le nuove ondate di fuorusciti. Confidare in una revoca della sentenza non era sensato. I Neri avevano condannato lui al rogo, perché lui aveva condannato tre Neri al taglio della lingua. Sono "prese di posizione" che si pagano.

Il suo nome era scritto nel libro nero dei Neri, additato alla pubblica esecrazione come quello d'un amministratore corrotto, un poeta-filosofo che predicava bene e razzolava male. A Firenze certamente si parlava di lui, e probabilmente non bene. Per la presunzione di colpa che ogni condanna, anche la più ingiusta, sparge sull'onorabilità d'un innocente; per la forza propagandistica, apodittica, delle bugie diffuse dall'autorità comunque costituita; per il prono, furbesco consenso che circonda ogni vincitore, la gente avrà detto che, dopotutto, quel sedicente salvatore della patria aveva avuto quello che si meritava. Gli ipocriti, i girella, non cessavano di compiangerlo, per non perdere il piacere di biasimarlo.

Aveva più nemici che amici, né aveva mai fatto nulla per capovolgere tale rapporto. Dante se n'era accorto (se è credibile la storiella narrata da Lodovico Carbone, scrittore ferrarese del quindicesimo secolo) fin dal giorno in cui a Firenze, mentre ascoltava la messa, non s'inginocchiò all'elevazione. Subito alcuni ficcanaso corsero dal vescovo ad accusarlo: non si era inginocchiato, quindi non credeva nel mistero della transustanziazione, quindi era un eretico. Il vescovo lo mandò a chiamare, per farsi spiegare come fossero andate le cose. Dante gli rispose: "Veramente in quell'istante ero così assorto nella contemplazione di quanto avveniva sull'altare, che proprio non ricordo quali atti facessi o non facessi col corpo. Ve lo potranno dire quei signori, che durante l'elevazione pensavano a me più che a Dio. Se fossero stati intenti a pregare, non avrebbero avuto modo di curiosare quello che facevano gli altri". Il vescovo accettò la scusa.

Vedendo quel forestiero non alto, leggermente curvo sotto il mantello rosso, la pelle bruna, i capelli neri e crespi, la mascella volitiva, il naso a becco d'uccello, i senesi non avranno immaginato che a cento chilometri lo aspettava il rogo. Tipo strano, quel fuoruscito. Parlava poco, aveva sempre un'aria pensierosa. Interrogato, non rispondeva subito alle domande. Superbia? Apatia? Lentezza di riflessi? Sicuramente era un intellettuale, lo dimostrava la barba accuratamente rasata. Un giorno, nella bottega d'uno speziale, alcuni conoscenti gli mostrarono un libro che da tempo cercava. Se lo fece dare, uscì all'aperto e si sedette su una panca a leggere, dalle tre del pomeriggio fino al tramonto. A pochi passi folleggiava il carnevale. Dante non alzò mai la testa dal libro. Passò un senese:

"Ma come avete fatto a rinunciare a una festa così bella?"

"Io? Non mi sono accorto di nulla", e riprese a leggere.

Un altro giorno, sempre a Siena, entrò in una chiesa dei frati minori e si appoggiò col gomito all'altare, in assorta contemplazione. Un seccatore gli si avvicinò, importunandolo con domande sciocche. Allora il poeta:

"Mi sai dire qual è la bestia più grossa?"

"L'elefante".

"O elefante, lasciami stare e non mi essere molesto, ché io penso cose maggiori delle tue ciance".

Gli restava una sola via, la più decisiva e dolorosa, perché imponeva il superamento d'una crisi già affacciatasi alla sua coscienza, un dubbio che gli straziava l'anima. È lecito al fuoruscito prendere le armi contro la sua città, sia pure per liberarla dall'iniqua fazione avversaria? Ma era iniqua solo perché era avversaria? Entro quali limiti l'azione armata non offende la carità di patria? Da soli, i Bianchi fuorusciti non ce l'avrebbero fatta a rientrare in città, avevano bisogno dell'aiuto armato dei ghibellini toscani: ma alleandosi con questi vecchi conservatori che aspettavano soltanto l'occasione propizia per restaurare l'ancien régime feudale, non rischiavano forse di perdere la loro identità, e rafforzare indirettamente i Neri, costringendo Firenze guelfa a solidarizzare con questi, pur di evitare il male maggiore, i sempre odiati e stramaledetti ghibellini?

A Gargonza, vecchio castello degli Ubertini tra Siena e Arezzo, gli esuli s'incontrarono per esaminare la possibilità di mettere in piedi un "esercito di liberazione", con l'aiuto appunto degli Ubertini, arcighibellini arrabbiati, desiderosi soltanto di cancellare l'onta di Campaldino. Per ironia della sorte, Dante adesso va a Gargonza, ospite e supplice di coloro contro cui, a Campaldino, aveva valorosamente combattuto. Non doveva essere difficile farsi prestare armi e soldati dal ghibellinismo toscano e romagnolo, Firenze aveva seminato gelosie e risentimenti un po' dappertutto, specialmente tra i feudatari del contado, che non le perdonavano d'aver inaugurato una politica contraria ai loro interessi terrieri e padronali.

Gli Ubaldini, per esempio. Arroccati nei loro feudi del Mugello, da tempo facevano la guerra, fredda e calda, contro Firenze, colpevole d'aver emanato una legge demagogica, severamente commentata nei migliori castelli dell'Appennino: l'abolizione della servitù della gleba. Sull'esempio di Bologna, primo comune italiano abolizionista, la Signoria aveva decretato che non ci dovevano più essere schiavi nelle campagne. Liberi i contadini di cambiare cascina e padrone. Nessuno poteva più vendere o comprare coloni, insieme con le terre da lavorare. Esulta il Pascoli socialista nelle *Canzoni di re Enzio*:

Fuochi di gioia, ardete in mezzo all'aie
delle pianure! Ché non più, seguendo
la stiva in mano, i due gementi bovi
l'uomo dirà "L'aratro, i bovi e l'uomo
son tutti cosa che si compra e vende".
La sfogliatrice non dirà sfogliando
"Di qui né io né l'olmo può partire..."

Il contadino non era più una "cosa" commerciabile, ma una persona dotata di una volontà che "non è vincolata dall'altrui libero arbitrio", si legge nel decreto, "ma solamente dal proprio". Ai contravventori, multa di mille lire e automatica nullità degli atti di compravendita.

Agli Ubaldini non dispiaceva l'idea di fare un ennesimo dispetto a Firenze, ma chi avrebbe pagato i danni della guerra che i Bianchi venivano a proporre? Se le cose fossero andate male, chi avrebbe pagato i castelli distrutti, i raccolti devastati? Prevedendo con secoli d'anticipo le difficoltà che noi, posteri, avremmo incontrato per farci risarcire i danni di guerra nostri, vollero mettersi con le spalle al sicuro. In altre parole, pensavano che i danni di guerra vanno pagati prima, e pretesero che i capi Bianchi s'impegnassero, mediante garanzia ipotecaria, per la somma di duemila marchi d'argento, da sottoscrivere in proprio, a titolo di assicurazione. In cambio, concedevano l'uso del castello di Monte Accianico e un po' di soldati. L'otto giugno del 1302, una delle pochissime date sicure dell'esilio dantesco, diciotto fuorusciti salirono a San Godenzo, sulla strada che dal Mugello, attraverso il passo del Muraglione, porta in Romagna, e nel coro della chiesa, la Pontida dei Bianchi e dei ghibellini, misero la loro firma sotto il rogito, redatto dal notaio Buto d'Ampinana. Firmò anche Dante, sebbene povero in canna. Anche in questo documento egli occupa un posto di retrovia, il dodicesimo.

Nell'estate del 1944, durante la guerra, la chiesa di San Godenzo corse un brutto rischio. Nell'imminenza della ritirata, i tedeschi avevano minato case, strade e ponti. Perfino sotto la chiesa avevano infilato tubi di esplosivo, mentre una teoria di profughi, anche loro, come Dante, con scarse prospettive di ritorno, arrancavano verso la montagna, carichi di fagotti e di disperazione. Da un momento all'altro, tutto sarebbe saltato in aria. Monsignor Ermindo Melani, abate mitrato di San Godenzo, passò la notte in preghiera, al mattino corse al comando germanico, a chiedere udienza all'ufficiale più alto in grado. Per indurlo a risparmiare la chiesa, aveva a sua disposizione due armi dialettiche: o fare all'ufficiale un discorso esaltante, con la grandezza di Dante, i valori dello spirito e l'universalità della cultura, col rischio di scatenare, per reazione, la furia nibelungica del teutone in ritirata; oppure vellicarne i sentimenti nazionalistici, il che gli parve alla fine più opportuno e producente.

Libri alla mano, monsignore spiegò al comandante che la chiesa da lui minata era stata fondata, guarda caso, da un suo compatriota, il vescovo Jacopo il Bavaro, che intorno al Mille teneva giurisdizione su Fiesole e aveva fatto costruire a San Godenzo una chiesa sul modello di quella di San Miniato. Insomma, quello stupendo monumento romanico era nato per volontà tedesca, portava una firma tedesca... Conclusione: il giorno della ritirata tutte le case, nessuna esclusa, saltarono in aria con infernale fragore di scoppi, e quando il vento diradò il polverone delle macerie fumanti, riapparve in cima al paese, bella nitida intatta, la chiesa di Dante. È una costruzione di linee austere, a tre navate sorrette da sette pilastri per parte, in pietra viva. "Nell'esilio" scrive Ugo Ojetti" da questa di San Godenzo al San Zeno, al San Lorenzo, al San Giovanni di Verona, egli fino a Ravenna non incontrò che queste chiese nude, incrollabili, severe, che parevano l'immagine del suo cuore. E in ogni loro membro, volte, archi, cupole, colonne, pilastri, capitelli, cornici, anch'esse si modellavano sul ricordo di Roma imperiale."

Un vivace mosaico di Murano, dono di Mussolini, brilla nel catino dell'abside, turbando la silenziosa penombra. A destra un'acquasantiera: qui Dante si fece il segno della croce? Sotto la cripta, la pietà dei valligiani ha chiuso entro un'urna il corpo di san Godenzo, un anacoreta rifugiatosi sul Falterona, dopo aver conosciuto gli splendori e le miserie della corte di Teodorico. Veniva dalla stessa città che avrebbe offerto a Dante l'ultimo rifugio, Ravenna. Morto in solitudine dentro una spelonca, fu sepolto nella foresta. Trecento anni più tardi, alcuni cacciatori di cinghiali, nel perlustrare la fitta boscaglia, videro gli alberi illuminati da un misterioso bagliore. Era il corpo del santo, che risplendeva da sotto terra. Adesso, attorno all'urna venerata, larghe ombre di fumo macchiano il muro, perché durante l'ultima guerra i tedeschi impiantarono nel coro la cucina da campo. Agli occhi della truppa, invece del corpo del santo, brillavano le bragie, sotto le marmitte del rancio. Le SS mangiavano minestrone che sapeva d'incenso. Nel coro, dove gli esuli fiorentini firmarono il patto di guerra, spiove parcamente, da una finestra a feritoria, una tenera luce, su una panca semicircolare, dietro il sipario d'una tenda gialla che nasconde l'altar maggiore. In quale punto si sarà seduto Dante? Avrà sollecitato un'azione immediata o consigliato prudenza?

Più che come garante finanziariamente affidabile, Dante partecipò al convegno di San Godenzo nella veste di consigliere dell'*Universitas Alborum*, il "governo in esilio" dei Bianchi, che aveva sede in Arezzo, capitano generale il conte Alessandro da Romena, coadiuvato da quattro consiglieri segreti, e dodici consiglieri semplici. Il poeta era tra quest'ultimi. Risultati del governo fantasma: disastrosamente negativi. La sua azione politica e militare peggiorò la situazione, perché in Firenze la propaganda dei Neri ebbe buon gioco nell'alienare ai fuorusciti le superstiti simpatie interne. Non ci voleva molto. Si erano presentati a discolparsi? No, quindi erano concussionari e ladri pubblici. Erano corsi a rifugiarsi a Pisa, ad Arezzo, nemiche di Firenze? Sì, quindi andavano considerati nemici della patria. E affamatori, per giunta. A Firenze il pane scarseggiava. La siccità di quell'anno 1302 aveva fatto raddoppiare il prezzo del grano. Allora gli esuli bloccarono le vie di rifornimento, sequestrando i convogli che portavano frumento in città. I conducenti furono catturati, tagliati gli zoccoli ai muli, crudeltà irrilevante in tempi in cui si tagliava la mano ai cristiani. Ai Neri non parve vero di avere un pretesto per attribuire ai Bianchi la scarsità del pane.

Alla notizia del convegno di San Godenzo essi risposero incaricando un magistrato di inquisire con maggior severità sull'attività degli esuli, mettendone al bando i figli maschi e i nipoti, maggiori di 14 anni *tamquam scripti in libris exbannitorum*, come se anche loro fossero iscritti nel libro degli sbanditi. Giovanni, il primogenito secondo lo Zingarelli, doveva avere tale età, ma non possediamo prove che abbia raggiunto il padre ad Arezzo, dove il reduce da Campaldino stava chiedendo ospitalità forse alla vedova, forse all'orfano di qualche fante da lui ucciso in battaglia, tredici anni prima. Dante è solo, senza casa, senza soldi. Probabilmente qualche aiuto gli avrà dato ser Petraccolo, futuro padre di Francesco Petrarca anche lui cacciato da Firenze, che aveva casa in vicolo dell'Orto. Qualcosa, sottobanco, gli avrà portato qualche amico mercante, in viaggio con le lane verso il Sud, ma in gran segreto, perché se il governo Nero avesse scoperto che se l'intendeva con i ribelli, ci avrebbe rimesso la testa e, quel che più conta per un mercante, la licenza d'esportazione.

Nel quartiere dove abitava Petraccolo, c'era lo studio d'un notaio, ser Duccio di Dardo, con l'anticamera sempre colma di clienti, poveri esuli, che legate le briglie del cavallo all'inferriata, entravano a contrarre debiti. Impegnando il quadrupede, ottenevano prestiti di cinquanta, sessanta fiorini. Cifre favolose per profughi squattrinati. Con questa somma che cosa si poteva comprare? Qual era il costo della vita nel Trecento? È quasi impossibile stabilire analisi comparative fra le monete d'allora e le nostre. A titolo informativo, ecco qualche cifra. Un documento del 1375 c'informa che in Lombardia, con trenta lire (il fiorino valeva dalle due alle tre lire, la lira si divideva in venti soldi, il soldo in dodici denari) una persona si pagava vitto, alloggio e vestiario per un anno. Poco dopo, una famiglia benestante spese, nel bilancio complessivo annuale, cinquanta lire pro capite, inflazione spaventosa rispetto all'epoca di Carlo Magno, quando con una lira si comprava una schiava, e con mezza un orticello.

Agli inizi del 1100, un commerciante genovese manteneva la famiglia con meno d'una lira al mese. Due secoli più tardi, nel 1312, Giotto Peruzzi, uno dei più grossi azionisti della famosa bianca fiorentina, spese per sé e famiglia una cifra record, lire 333, soldi 5, denari 8, quasi una lira al giorno. Un bilancio da nababbi. La famiglia cresce, i figli diventano grandicelli, e due anni più tardi il costo del ménage arriva alle stelle: lire 435 e soldi 8. Il ceto medio s'accontenta di molto meno. Nel 1336, due coniugi piccolo-borghesi campano con lire 115, soldi 5, denari 7. Due anni dopo, Giovanni di Stefano Soderini mantiene la famiglia con lire 137, soldi 18, denari 10. Da queste cifre si deduce, con discreta approssimazione, che le cento lire formavano il bilancio annuo d'una famiglia di due persone, nella media borghesia fiorentina. I viaggi all'estero costavano cari. Simone di Gherardo Baroncelli, andato a Bruges per affari nel 1337, spese in un anno, da solo, 124 lire.

Carissimi i vestiti, le calzature, e in genere i prodotti della manifattura artigianale. Una tovaglia con dodici tovaglioli se la poteva permettere solo un banchiere, difatti Giorgio Peruzzi sborsò oltre 26 lire. L'incidenza del vestiario nel bilancio domestico spiega perché, nel dettare il testamento, il morente si preoccupava di designare non solo a chi dovesse andare il podere o il bestiame, ma anche la giubba, il cappello, le scarpe. Abbiamo visto che Gemma portò a Dante la dote, non trascurabile, di duecento lire. Nell'alta borghesia, la dote poteva arrivare fino alle settecento lire, assegnate da Donato Peruzzi, la solita famiglia di ricconi, alla figlia Mea. Una dote di mille lire era considerata astronomica. Costavano cari anche gli studi. Un anno di università assorbe il bilancio di quasi due anni d'una famiglia di medio livello. Se poi si va alla Sorbona, apriti cielo, è un posto per figli di papà. Chiaro Peruzzi dilapidò, in un anno, per vitto, alloggio e acquisto d'un solo libro, lire 226, soldi 16, denari 1: il prezzo di trenta buoi.

Medici e medicine assorbivano non meno del tredici per cento delle uscite annue, le pompe funebri pompavano il resto. Un funerale era una doppia disgrazia, perché al dolore per l'irreparabile perdita, si aggiungeva la preoccupazione delle spese per le esequie. Gli indumenti per vestire il morto, il panno per coprire la bara, gli abiti da lutto per i familiari, le candele accese in numero direttamente proporzionale al cordoglio, le elemosine imposte dalle consuetudini locali, portavano il costo complessivo d'un funerale intorno alle cinquanta lire, la metà del bilancio-tipo. Due funerali in un anno erano un lusso che soltanto i benestanti potevano permettersi.

Quando morì il suo amico e protettore, conte Alessandro da Romena, con castello nel Casentino, Dante non partecipò al funerale, perché non aveva un equipaggiamento adeguato, cioè il cavallo e le armi. Al funerale d'un feudatario non si poteva andare "in borghese"; d'altra parte, se avesse avuto un cavallo, l'avrebbe già impegnato, come gli altri esuli. Perciò mandò a Oberto e Guido, nipoti del defunto, una lettera di condoglianze e di scuse, imprecando contro "l'improvvisa povertà dell'esilio" che lo costringe a simili figuracce. Per fortuna, capitò ad Arezzo Francesco Alighieri, nato dal padre Alighiero in seconde nozze. Uomo pratico, che badava ai suoi affari senza impicciarsi di politica, probabilmente in cuor suo mandava all'inferno il fratellastro Dante, con i suoi rovinosi ideali di giustizia e libertà. Sebbene si tenesse lontano dalle lotte civili, l'ingombrante parentela con un condannato a morte cominciava a procurargli dei fastidi. Per colpa del poeta, fu messo anche lui al bando, fortunatamente per un breve periodo. Ma la voce del sangue, sia pure un mezzo sangue, non si cancella. Aveva concesso a Dante un prestito di novanta fiorini quando, priore del governo, era personaggio stimato e potente, baciato dalla fortuna; a maggior ragione doveva aiutarlo nell'esilio, sperduto fra gente straniera, preda di famelici usurai. E lo aiutò, anche se Dante, dei 14233 versi del poema, non ne userà neanche mezzo per ringraziarlo. I due Alighieri godevano in Arezzo la stessa quantità di credito, cioè nessuna, con la differenza che Dante viveva nel mondo della poesia, Francesco in quello degli affari. Nel tempo che l'uno impiegava a comporre un endecasillabo, l'altro si procurò un garante, un certo Capontuzzo dei Lamberti, esule ben fornito di quattrini. Insieme con lui andò a casa di Follione di Giobbe, spadaro di professione e prestatore per hobby, a contrarre un mutuo a favore di Dante. Capontuzzo mise l'avallo, Follione sborsò dodici fiorini. Pochi, ma meglio che niente.

L' "esercito di liberazione" registrò qualche successo iniziale, a Monte Accianico i Bianchi respinsero i Neri, il 17 agosto 1302. A questa operazione pare abbia partecipato anche Dante, il quale nel successivo autunno andò a Forlì, a chiedere l'intervento del ghibellino Scarpetta Ordelaffi. Nella primavera del 1303 avvenne lo scontro di Castel Pulicciano, una vecchia proprietà degli Ubaldini a otto chilometri da Firenze. Guidati da Scarpetta, i Bianchi stavano per aprirsi la via verso la città, quando piombò su di loro, seguito da milizie decise a tutto, il nuovo podestà Fulcieri da Calboli, forlivese, la cui fama di sanguinario bastava da sola a far tremare Bianchi e ghibellini. Fulcieri si batté come un leone, non tanto per amore verso Firenze che gli passava lo stipendio, quanto per odio contro Scarpetta, forlivese come lui e nemico personale. I Bianchi si squagliarono, gettando armi e bagagli per meglio sottrarsi all'inseguimento delle scatenate milizie di Fulcieri, e dei maramaldeggianti contadini, che li braccavano sui monti, sperando una ricompensa per la cattura.

Color di cener fatti son li Bianchi
e vanno seguitando lor natura
degli animali che si noman granchi,
che pur di notte prendon lor pastura.
Di giorno stanno ascosi e non son franchi,
e sempre della morte hanno paura

li schernì un poeta nemico, Guido Orlandi. Chi non fece in tempo a nascondersi, fu trascinato a Firenze, sottoposto a tortura, messo a morte: i nobili decapitati, i popolani impiccati, secondo una lugubre etichetta che voleva rispettate anche sul patibolo le differenze di classe. Messer Donato Ristori fu tra i primi. Era costui, nella Firenze dei Bianchi, un cittadino ragguardevole, un notabile, diremmo oggi, che all'avvicinarsi di Carlo di Valois s'era illuso che i trattati non fossero *chiffons de papier*. Quando il principe francese inviò ai comuni toscani un messaggio per protestare il suo rispetto delle autonomie locali, gli aveva creduto, scrivendo di suo pugno il trattato col quale Carlo s'impegnava a non toccare la costituzione fiorentina. Il documento era stato scritto nelle dovute forme, recava tutti i crismi della legalità, Donato s'intendeva di queste cose, era un giurista. Santa ingenuità. Pochi giorni dopo la cerimonia della firma, anche Donato, assieme a centinaia di fiorentini compromessi col passato regime, dovette dire addio alla patria, che adesso rivedeva per l'ultima volta, tragico protagonista d'una farsa macabra.

Vestito da villano, i Neri lo issarono su un mulo e gli fecero attraversare la città tra gli insulti e gli sputi del popolaccio, che gridava "Traditore", i più educati commentavano "Ben gli sta!" Con eroica fermezza, Donato disse al podestà che i traditori erano Andrea da Cerreto e gli innumerevoli altri giudici e avvocati, ex compagni di partito, passati al vincitore la vigilia del colpo di stato. Per tutta risposta, Fulcieri lo fece torturare, invitando la folla ad assistere agli spasimi dell'infelice, trascinandolo infine, più morto che vivo, sul ceppo dove il boia lo decapitò.

Dante bollò la ferocia di Fulcieri con versi di fuoco:

Io veggio tuo nepote che diventa
cacciator di quei lupi in su la riva
del fiero fiume, e tutti li sgomenta.
Vende la carne loro essendo viva;
poscia li ancide come antica belva:
molti di vita e sé di pregio priva.

Dante fu a Castel Pulicciano? Alcuni lo ritengono probabile. Una cosa è certa. In quel tempo andava maturando in lui, davanti all'improvvisazione, al dilettantismo, alla disorganizzazione dei Bianchi, una motivata sfiducia nelle loro possibilità di successo. C'era poco da sperare da quell'accozzaglia di fuorusciti, c'era piuttosto da aver paura. Capi mediocri, gregari turbolenti, poche idee, pochissimi ideali.

Per procurare aiuti alla causa, dopo la missione a Forlì, ne compì un'altra a Verona, presso Bartolomeo della Scala, che l'accolse benignamente. Secondo alcuni, vi sarebbe andato con l'intenzione di fermarsi per sempre ma, fu osservato, sarebbe uno strano ambasciatore quello che va in una città per eseguire un incarico e poi vi si stabilisce come rifugiato politico, abbandonando i compagni. A questo riguardo, l'incertezza delle notizie cammina di pari passo con l'incertezza, l'insoddisfazione politica di Dante, che col passar dei mesi si sentiva sempre più critico e scettico nei confronti di compagni, di cui condivideva la sventura, non il comportamento.

Che considerasse Verona non soltanto la meta d'un viaggio diplomatico, bensì un rifugio, il primo rifugio stabile del suo esilio, ce lo dice lui stesso, per bocca dell'avo Cacciaguida:

Lo primo tuo refugio, il primo ostello
sarà la cortesia del gran Lombardo
che su 'n la scala porta il santo uccello.

Questo era l'aquila imperiale, simbolo ghibellino, e i della Scala erano ghibellini della prima ora, anche loro, come ogni famiglia di rispetto, col loro assassinato in famiglia. Mastino, capitano della città, era morto di pugnale, lasciando la successione ad Alberto, il quale ebbe tre figli legittimi, Bartolomeo, Alboino, Cangrande, e il bastardo Giuseppe. A quest'ultimo fu data, come premio di consolazione, l'abbazia di San Zeno. Bartolomeo tenne la signoria della città con metodi tanto pacifici quanto sarà guerrafondaio, appena prenderà il potere, il fratello minore Cangrande.

Era era uno dei pochi signorotti che davano prima ancora che il postulante parlasse. Capiva a volo. Aveva la civetteria della generosità. A Dante, poi, Verona non poteva dispiacere, la grande S dell'Adige, il verde diadema dei colli, gli ricordavano il volto della patria perduta. E vi ascoltò anche le voci. Se detestava il dialetto veronese specialmente in bocca alle donne, ebbe tuttavia occasione di parlar fiorentino in questa città frequentata, come tutto il Veneto, da toscani emigrati per lavoro e da ghibellini cacciati per motivi politici. Ma quale diversità, dietro quel volto. Verona gli appariva come una città serena, immune dalle lotte sociali che travagliavano Firenze. Là il popolo odiava i grandi, li aveva estromessi dal potere, qui se l'intendeva benissimo, e non prendeva la politica sul tragico. Alla corsa del palio, i veronesi "tuti mati" premiavano anche l'ultimo arrivato, con una coscia di maiale nelle gare a cavallo, un pollo in quelle a piedi.

Forse è da riferire a questo primo soggiorno veronese di Dante un sonetto di quella mala lingua di Cecco Angiolieri. Dante lo aveva punzecchiato per la sua attività di begolardo, cioè buffone, a Roma, presso il cardinal Petroni, e a Cecco non par vero di rendere la pariglia:

Dante Alighier, s'io son buon begolardo
tu mi tien bene la lancia a le reni;
s'io desno con altrui, e tu vi ceni;
s'io mordo il grasso, e tu vi suggi il lardo;
s'io cimo il panno, e tu vi freghi il cardo:
s'io son discorso, e tu poco raffreni;
s'io gentileggio, e tu misser t'avveni;

s'io son fatto romano, e tu lombardo.
Sì che, laudato Deo, rimproverare
poco può l'uno l'altro di noi due:
sventura o poco senno cel fa fare.
E se di questo vòi dicere piùe,
Dante Alighier, io t'averò a stancare,
ch'io son lo pungiglion e tu sei il bue.

Il 7 marzo 1304 muore Bartolomeo e Dante lascia Verona. Cattivi rapporti col successore Alboino? Non sappiamo. Sicuramente sulla decisione della partenza influì la grande, luminosa notizia giunta da Roma: Bonifacio VIII è morto e gli è succeduto un mite frate domenicano, Nicolò Boccasino, "uomo di pochi parenti e picciolo sangue", che col nome di Benedetto XI inaugura una politica opposta a quella del suo tempestoso predecessore. Egli vuole che a Firenze sia ristabilito lo *status quo ante* l'arrivo di Carlo di Valois, ripristinata la vecchia costituzione e non fa mistero della sua intenzione di rimettere in città i Bianchi fuorusciti. Anche se il loro palese collegamento con i ghibellini rende l'operazione abbastanza delicata. E spedisce a Firenze in veste di paciere il cardinale Niccolò da Prato, al quale occorre un mandato dell'*Universitas Alborum*, una delega che l'autorizzi a trattare in nome loro. Dante, lo scrittore più svelto di cui dispongano i fuorusciti, scrive, a nome di tutti, una lettera al cardinale, aderendo alla richiesta "di cessare da ogni assalto ed azione guerresca e di rimettere noi stessi nelle vostre paterne mani". E dopo aver aggiunto che "deposte ormai le spade, ci sottoponiamo al vostro arbitrio con spontanea e leale volontà", supplica "la pietà vostra clementissima, con voce filiale e infinito affetto, di voler irrigare del sopore di tranquillità e pace quella Firenze così a lungo agitata, e di considerare come un pio padre noi, che sempre siamo stati alla difesa del suo popolo e le cose che sono nel nostro diritto; noi che, come non desistemmo mai dall'amore della patria, così non intendiamo uscire mai dai confini dei vostri ordini, ma ubbidire sempre, con obbligata devozione, a qualsiasi vostro comando".

Dante segue con trepidazione le trattative del cardinale, ne conosce i rischi e le difficoltà. Per i Neri, che nel frattempo si erano divisi in due sottopartiti, i partigiani dei Donati e i partigiani dei Tosinghi, richiamare gli esuli significava restituirgli i beni confiscati, riammetterli alle cariche pubbliche, innestare una "controrivoluzione" dagli sviluppi imprevedibili. Ciononostante il paziente prelato ottenne che una rappresentanza di dodici Bianchi, uno per sestiere, s'incontrasse in città con altrettanti Neri. Le cose parvero mettersi bene. Troppo bene. Il 26 aprile fu giurata la pace nella piazza di Santa Maria Novella, feroci nemici si baciarono sulla bocca alla presenza del Legato, il popolo agitò rami d'ulivo ed era tanta l'allegrezza che nessuno s'accorse della pioggia che scendeva a catinelle. Purtroppo era una pace fasulla, accettata dai Neri solo per guadagnar tempo. Acconsentirono, è vero, a togliere dal gonfalone della città lo stemma angioino, ma era una concessione puramente formale. Non era pensabile che essi cedessero, senza contropartite, posizioni di potere conquistate appena due anni prima, né Benedetto XI aveva, nel sostenere i Bianchi, la forza che aveva avuto Bonifacio VIII nel combatterli. Benedetto scriveva messaggi, Bonifacio inviava soldati. Il mese successivo la missione del cardinal da Prato poteva considerarsi fallita. Ai primi di giugno, temendo per la propria vita, egli lasciò la città e i Neri passarono all'azione, dando fuoco alle case dei nemici. Quello scellerato incendio distrusse la decima parte di Firenze. E i dieci decimi delle speranze di Dante.

L'infelice conclusione della mediazione pontificia riversò su di lui, colpevole di avervi tenacemente creduto, le rabbiose recriminazioni dei Bianchi oltranzisti, che sordi alle recenti batoste militari, insistevano, con pericoloso ottimismo, sulla necessità di ritentare la sorte delle armi. Soltanto queste, pensavano, potevano riaprire le porte della città. A differenza di Dante, non capivano che gli sporadici colpi di mano, le azioni di commandos, non avrebbero mai concluso nulla; il problema andava affrontato in sede politico-diplomatica, altrimenti era meglio mettersi il cuore in pace. Di questo discussero lungamente in Arezzo i consiglieri dell'*Universitas Alborum*, con un accanimento inasprito da tre fattori: l'essere tutti fiorentini; tutti esuli incolleriti; tutti sospettosi dell'unico che suggeriva prudenza e vedeva nei chimerici progetti di guerra una via sicura all'autodistruzione: Dante Alighieri. Nelle accese polemiche di quei giorni il poeta fu messo in minoranza, gli rinfacciarono anche la sconfitta di Castel Pulicciano. Quell'assalto, progettato per l'inverno 1303, era stato, per suo suggerimento, rinviato alla primavera e in primavera era avvenuto il disastro. La colpa, quindi, era di Dante. I rapporti tra lui e gli altri esuli, tra il poeta consapevole della sua superiorità intellettuale e morale, e quella "legione straniera" di malcontenti, incapaci e ambiziosi, di fanatici insofferenti di consigli, di violenti assetati di vendetta, si fecero tesi, quasi drammatici. Sottovoce, lo si accusò d'intendersela con i Neri, *existimatus quod a Florentinis corruptus fuisset*, sospettato d'essere stato corrotto dai fiorentini. Qualcuno, forse, pensò d'ucciderlo. In luglio, i capi di parte Nera furono chiamati a Perugia, dal papa, a discolparsi delle offese arrecate al cardinal legato, e dell'incendio "politico" della città. Questo è il momento di agire, Firenze è sguarnita, e noi la prenderemo come un frutto maturo, dissero i più esagitati dei Bianchi. Abbagliati dall'allettante progetto, lo misero ai voti. Dante votò contro, ben conoscendo l'impreparazione, il dilettantismo di quella gente. Qualche giorno dopo, i fatti gli diedero ragione.

Le bande dei fuorusciti, che giocavano alla guerra con leggerezza suicida, scesero dai monti e si attestarono alla Lastra, un sobborgo di Firenze sulla via Pistoiese, dove cercarono di allacciare contatti con i partigiani dei Bianchi, operanti dentro le mura. Firenze aspettava i liberatori. Ma ancora una volta mancarono l'unità del comando e il coordinamento delle forze. Un ambizioso capoccia, Baschieri della Tosa, temendo che qualche collega gli soffiasse il merito della sicura vittoria, non aspettò che giungessero sul luogo convenuto, all'ora stabilita, i reparti promessi dagli alleati ghibellini. Difatti dovevano ancora arrivare gli uomini dei Gherardini, dei Lucaresi, degli Scolari di Val di Pesa, in aggiunta ai 1200 cavalieri bolognesi, romagnoli, aretini, già pronti per l'attacco, con le bianche sopravvesti. La notizia che i Bianchi erano accampati a due miglia dalla città, seminò il terrore tra i Neri che, rimasti senza guida, incerti quale decisione prendere, fecero quello che molti politici fanno quando scocca l'ora feroce dell'homo homini lupus: si rivolsero a Dio, creatore dell'homo e del lupus "e se ne nascosono nei munisteri" scrive Dino Compagni, "e molti si vestivano come frati per paura di loro nimici, ché altro riparo non aveano". Di notte i partigiani dei Bianchi uscirono di città e salirono alla Lastra, raccomandando all' "esercito di liberazione" di fare presto. Avrebbero provveduto loro a far insorgere la popolazione, non appena fossero entrati i primi drappelli. Incoraggiato da queste informazioni e spinto, come abbiamo detto, dalla vanità di essere lui il vincitore, Baschieri anticipò l'attacco in pieno giorno, sotto il sole di luglio che soffocava uomini e cavalli, "il caldo era grande sì che parea che l'aria ardesse". Un minimo di buon senso avrebbe consigliato di aspettare il fresco della sera, soprattutto per dar modo ai partigiani di agire con maggior sicurezza, all'interno dell'abitato. Ma anche il buon senso era stato cacciato in esilio.

Sventolando le bianche insegne, agitando spade e ramoscelli d'ulivo, gli uomini di Baschieri varcarono le mura gridando "pace, pace". Una pattuglia si spinse sino a piazza del Duomo e "pur quelli che più superbamente soleano parlare contro gli usciti, mutarono il parlare, dicendo che degna cosa era che tornassero nelle loro case". Il solito doppio gioco. Triplo, questa volta. Gli opportunisti, nel tempo impiegato dai Bianchi a penetrare nel cento della città, mutarono bandiera, cioè tornarono all'antica. Firenze sembrava già liberata. Ma bastò un nonnulla, un principio d'incendio, il subitaneo timore d'essere circondati e, chissà, traditi da questi fiorentini così larghi di sorrisi verso i nuovi venuti, perché i Bianchi voltassero i cavalli, in preda al panico, e nulla valse a fermare la loro fuga, neanche l'aver incontrato per strada, proveniente in senso contrario, l'alleato Tolosato degli Uberti, che si presentava puntuale, con i suoi pistoiesi, ad una battaglia già perduta, per colpa di chi aveva avuto la smania di anticiparla. "Così la speranza e l'allegrezza loro tornò in pianto; ché i loro avversari, vinti, divennero vincitori, e presero cuore come lioni". Spossati dalla calura, gli aggressori-fuggitivi si dispersero ingloriosamente nei campi, stramazzarono al suolo, qualcuno morì di sete. I bolognesi che erano rimasti alla Lastra, di riserva, appena seppero il Baschieri in ritirata, vilmente scapparono verso l'Appenino. Quattrocento tra Bianchi e ghibellini caddero sul campo. I Neri celebrarono lo scampato pericolo issando a Porta San Gallo forche come fossero alberi della cuccagna. Ventun prigionieri furono impiccati. Gli altri, i più svelti di gambe, fuggirono senza dimenticare, gli Aretini, di portare con sé un ridicolo souvenir, il chiavistello e la toppa della Porta degli Spadai, che depositarono in duomo, trofeo di guerra, per vendicare lo scudo e l'elmo del vescovo, che i fiorentini avevano preso a Campaldino ed esposto in Battistero. Vecchia Italia delle secchie rapite, adesso le due città erano alla pari.

Era il 20 luglio 1304. Quel giorno nasceva ad Arezzo, figlio di esuli, Francesco Petrarca.

VI

Dove andare?

L'insuccesso della Lastra, causato non dalla mancanza ma dalla sovrabbondanza di capi, segna il definitivo distacco del poeta dagli altri fuorusciti. I Neri l'hanno cacciato, i Bianchi hanno fatto di peggio: l'hanno disgustato. Non gli brucia tanto l'esilio, quanto l'averlo dovuto affrontare con questa accozzaglia di sciagurati avventurieri, che alla prova dei fatti non si sono rivelati migliori degli altri, lasciati in città.

E quel che più ti graverà le spalle
sarà la compagnia malvagia e scempia
con la qual tu cadrai in questa valle:
che tutta ingrata, tutta matta ed empia
si farà contr'a te, ma poco appresso
ella, non tu, n'avrà rossa la tempia.
Di sua bestialità il suo processo
farà la prova, sì ch'a te fia bello
averti fatto parte per te stesso

gli aveva predetto l'avo Cacciaguida. Adesso è solo, maledetto dai Neri e dai Bianchi, unico conforto la titanica forza dell'ingegno, la cristallina voce della coscienza, e uno smisurato scontroso orgoglio, anestetico d'ogni sventura. Ma dove andare? Anche il genio ha bisogno d'un letto per dormire, di vestiti per coprirsi, deve mangiare tre volte al giorno come gli altri mortali, pur essendo candidato all'immortalità.

In Arezzo non spirava aria buona per i fuorusciti, da quando il podestà Uguccione della Faggiuola, da ghibellino Secco, s'era inumidito in ghibellino Verde, stillando gocce di simpatia per i guelfi Neri. Più che di crisi ideologica, si trattava di calcolo politico, egli mirava a crearsi una sua personale signoria e a questo ideale era disposto a sacrificare tutti gli altri. Avendo capito che, per ambizioni di questo genere, la via più breve è la più lunga, quella che passa per Roma, aveva dato in sposa una figlia a Corso Donati, triplice vedovo, ricevendo dal papa la promessa d'un cardinalato per suo figlio. L'improvvisa mansuetudine filoguelfa del podestà Uguccione, ex tigre ghibellina, sconsiglia agli esuli di prolungare il soggiorno in città. E da Arezzo partono tutti. Parte anche Dante. Ma per dove? Da buon fiorentino, non dissimula, nei confronti degli altri toscani, una insolente superiorità.

Se di Firenze scrive:

Godi, Fiorenza, poi che se' sì grande,
che per mare e per terra batti l'ali,
e per lo 'nferno tuo nome si spande!

di Pisa dice:

Ahi, Pisa, vituperio delle genti
del bel paese là dove 'l sì suona
poi che i vicini a te punir son lenti,
muovasi la Capraia e la Gorgona,
e faccian siepe ad Arno in su la foce,
sì ch'elli annieghi in te ogni persona!

di Siena:

Or fu già mai
gente sì vana come la sanese?

di Pistoia:

Ahi Pistoia, Pistoia, ché non stanzi
d'incenerarti sì che più non duri,
poi che in mal far lo seme tuo avanzi?

Anche il resto d'Italia gode largamente le sue antipatie. Parlando di Genova:

Ahi Genovesi, uomini diversi
d'ogne costume e pien d'ogni magagna,
perché non siete voi del mondo spersi?

e dei Romagnoli:

O Romagnoli, tornati in bastardi!

La penisola è un covo di violenza e di sopraffazione:

ché le terre d'Italia tutte piene
son di tiranni, ed un Marcel diventa
ogni villan che parteggiando viene.

Considera Bologna colma di ruffiani. Non parliamo di Lucca, città zeppa di barattieri, tanto che istituisce un servizio di collegamento giornaliero, per il trasporto dei dannati dalla città all'inferno. La Marca Trevigiana è "terra prava", i padovani "genti crude al dovere", gli aretini "botoli ringhiosi". Un uomo così ricco di antipatie, difficilmente poteva riuscire simpatico. I dialetti della penisola, per una ragione o l'altra, li detesta tutti. "Il volgare romano" scrive nel *De vulgari eloquentia*, "non volgare, ma piuttosto tristiloquio, è il più brutto di tutti i volgari italiani, e non deve far meraviglia, dacché i romani, anche per deformità di costumi e d'abiti, appaiono i più fetenti di tutti". Anche gli altri li scarta, senza pietà. Via il dialetto milanese, via quello bergamasco, non parliamo poi degli aquileiesi, degli istriani "che con quel loro accento ferino pronunciano *Ces fas-tu?*". E assieme a queste buttiamo via, prosegue il *De vulgari eloquentia*, "tutte le parlate montanare e campagnole, come quelle dei casentinesi e degli abitanti di Fratta, che col loro accento aberrante da ogni regola suonano in modo da far a pugni col linguaggio di chi abita nel centro delle città". I genovesi sono pieni di zeta. "Se perdessero, per smemoratezza, la lettera zeta, dovrebbero o ammutolire del tutto o rifarsi una nuova parlata. Quanto ai sardi, che non sono italiani, ma andranno associati agli italiani, via anche loro, dato che sono i soli a risultare privi d'un volgare proprio, imitando invece la grammatica, come fanno le scimmie con gli uomini. E infatti dicono *domus nova* e *dominus meus.*"

Il volgare siciliano? "Non merita assolutamente l'onore di essere preferito agli altri". Quanto agli apuli, "o per loro crudezza, o per la vicinanza delle genti con cui confinano, *turpiter barbarizant*, dicono sconci barbarismi". Perugia, Orvieto, Viterbo, non li prende in considerazione, per la loro parentela con i romani e gli spoletini. A nord dell'Appennino, i romagnoli hanno un dialetto così effeminato e molle, " che anche chi lo parli con tanto di voce virile, viene preso per una donna". All'incontrario, ci sono dei linguaggi così irsuti per vocaboli e aspri per accenti, che quando una donna li parla "la crederesti un uomo". Esempio: tutti quelli che dicono *magara*, cioè bresciani, veronesi, vicentini, e aggiungiamo pure i padovani, con la loro mania di troncare i participi, nè dimentichiamo i trevigiani, che dicono *nof* per nove, *vif* per vivo, "macroscopico barbarismo". Da questa rassegna vanno escluse Trento e Torino, perché "sono situate talmente vicino ai confini d'Italia, che non possono avere una parlata pura; tanto che, anche se possedessero un bellissimo volgare — e invece l'hanno bruttissimo — dovremmo negare, per come è mescolato coi volgari d'altre nazioni, che si tratti di lingua veramente italiana".

Questa è la mappa dell'Italia linguistica, che si presenta all'esule brontolone e sofistico, in procinto di lasciare la Toscana. Non meno complessa e tormentata la mappa politica. Una cinquantina di stati tra grandi, medi, piccoli e microscopici. Regni feudali e repubbliche marinare. Liberi comuni al tramonto e dispotiche signorie nascenti. Demagoghi guelfi e tirannelli ghibellini. Città che invocano l'imperatore, città che confidano nel papa. Montecchi e Capuleti, Monaldi e Filippeschi, a seconda del vento che tira nel bosco politico italiano:

Italia è fatta in forma d'una fronda
di quercia, lunga e stretta, e da tre parti
la chiude il mar e percuote con l'onda

dice il poeta Fazio degli Uberti, contemporaneo di Dante.

In un'Europa di settanta milioni di abitanti, essa ne conta dodici, tre meno della Francia. A Milano (100.000 anime) i Visconti lottano con i Torriani per la signoria della città, in cui prospera l'industria tessile e metallurgica, le nuove strade del Sempione e del Gottardo gettano le premesse del suo destino mitteleuropeo, e un entusiastico cronista, fra Bonvesin da la Riva, scrive che è una città così bella, ricca e grande che meriterebbe di ospitare il papato. A Venezia (90.000 anime) duecento famiglie dell'aristocrazia si sono assicurate il potere, con la serrata del Maggior Consiglio, e sviluppano nel Mediterraneo orientale la felice avventura coloniale, iniziata con la quarta Crociata. Genova ha umiliato Venezia alla battaglia di Curzola catturando un prigioniero d'eccezione, Marco Polo, e sebbene non goda stabilità politica, è pur sempre, con Barcellona, il primo porto del Mediterraneo occidentale. A Ferrara, Obizzo d'Este ha ottenuto la città in feudo dal papa. Bologna è la culla del diritto civile e canonico. Napoli conta centomila abitanti, ma la sua economia è controllata dai toscani, dai liguri e dai francesi. Palermo esporta frumento, Salerno le ricette della famosa scuola di medicina. Roma vive di turismo, indulgenze e banche guelfe.

Al nord, Piacenza guelfa teme Pavia, ostinatamente ghibellina. Alba, per non cadere nelle mani di Asti, si consegna agli Angioini. Parma, Reggio e Modena si ribellano al marchese di Ferrara. Mondovì oscilla tra il suo vescovo e gli Angioini. Firenze e Lucca meditano di distruggere Pistoia, irriducibile covo di Bianchi. Faenza ed Imola obbediscono a Maghinardo Pagano, ghibellino bifronte, che ha nello stemma un leone in campo bianco:

Le città di Lamone e di Santerno
conduce il lioncel dal nido bianco
che muta parte dalla state al verno

mentre Cesena

... cu' il Savio bagna il fianco
così com'ella sie' tra 'l piano e 'l monte
tra tirannia si vive e stato franco.

Altre tessere dell'inquieto mosaico: il marchesato del Monferrato, quello di Saluzzo, la contea di Tenda, la contea di Nizza. A Trento il principe-vescovo, in Alto Adige i conti del Tirolo, e poi il patriarcato di Aquileia con le valli di Cortina, la contea di Gorizia. I da Camino tengono Treviso, Feltre e Belluno, gli Scaligeri Verona, i da Polenta Ravenna, i Malatesta Rimini. Poi c'è la Marca Anconitana, il patrimonio di San Pietro comprendente Lazio ed Umbria, il piccolo comune di Cortona bramato dal vescovo di Arezzo, quello piccolissimo di Città di Castello, in lotta con Arezzo e Perugia. Nel Giardino d'Europa, turisti di turno sono gli Angioini nel Napoletano, gli Aragonesi in Sicilia. Fra qualche anno scenderà l'imperatore Arrigo VII di Lussemburgo. Nella penisola, grande albergo di popoli, i tedeschi hanno sempre la stanza prenotata.

Questa è l'Italia dove Dante trascorrerà vent'anni, il resto della sua vita: una grande Firenze, anch'essa lacerata da antiche divisioni e odi recenti. E in questa nuova patria andrà cercando ciò che l'altra gli aveva negato: un tetto, il risarcimento del suo onore calpestato, e soprattutto le condizioni di spirito e d'ambiente per comporre il poema che gli ruggeva dentro. Vent'anni di vagabondaggio; ma non furono inutili. Scrive Umberto Cosmo:

"Era necessario che andasse peregrinando per ogni terra della penisola, perché avvertisse la luce comune d'italianità che covava in ogni parlata: bisognava provasse acuto il fastidio d'ogni municipalità, perché si sollevasse al concetto di una lingua che tutti affratellasse gli scrittori, e perciò i parlanti stessi d'Italia, e di essa e del popolo che l'avrebbe adoperata sorgesse interprete e profeta. I grandi spettacoli della natura trovarono ora una eco profonda nel suo cuore; il paesaggio, così scarso e così incerto nelle prime poesie, si fuse con gli stati della sua anima per diventare esso stesso uno stato di lei. Tutte le bellezze d'Italia in quel continuo peregrinare s'impressero nei suoi occhi, per colorare di tinte sempre diverse le scene della sua poesia. La squilla della sera avrebbe pianto senza ascolto le melancolie del giorno morente; il vento sarebbe passato senza eco attraverso la pineta di Chiassi, se, sotto il peso del dolore, egli non avesse sentito ogni giorno morire una parte di sé. Ma ogni giorno le voci della natura, parlandogli della patria e degli affetti lontani, gli raccesero il desiderio e la speranza di lei. In quel peregrinare egli vide le ingiustizie di tutte le terre d'Italia, sentì i lamenti e le imprecazioni di tutti gli infelici. Capì che la sua sofferenza non era se non un caso dell'universale sofferenza, ed accese in sé il desiderio di asciugare, con le proprie, le lacrime di tutti i figli d'Eva. Con l'anima arsa da una sete inestinguibile di universale giustizia, si sollevò fino alle altezze degli antichi profeti, e dal comune salendo alla nazione, da questa al mondo, pensò e sognò l'unità fraterna di tutti gli uomini, in una società informata dall'etica e illuminata dalla ragione."

Lasciata la Toscana, Dante sceglie il Veneto, ma non torna a Verona, dove pare che Alboino non gli fosse favorevole. Si dirige nel Veneto

in sul paese ch'Adige e Po riga

sulle orme dei molti toscani che nella loro diaspora, fosse politica o soltanto mercantile, l'avevano preferito alle altre regioni, per fervore di traffici, affinità culturale, tranquillità sociale, splendore di corti. Stabilire una cronologia e una topografia esatte delle peregrinazioni di Dante in questo periodo, fantasma senza fissa dimora, è impresa difficile; probabilmente fu ospite del "buon Gherardo" da Camino, signore di Treviso, città dove le cronache parlano d'una cospicua colonia di toscani, addirittura sessanta famiglie fiorentine aventi la tomba nella chiesa di Santa Margherita. A Treviso trovarono rifugio anche gli Uberti (tomba nella chiesa di San Francesco), e quasi a saldare idealmente i legami tra questa città e la cultura toscana, qui avranno sepoltura un figlio di Dante e la figlia del Petrarca. Nel Veneto si trapiantarono rami di casate illustri, dagli Acciaiuoli ai Cavalcanti, dai Medici agli Adimari agli Albizzi. Già nel 1290 mercanti fiorentini avevano ottenuto il permesso di soggiorno sulla laguna, e poco dopo artigiani e mercanti lucchesi vi fecero fortuna, salendo al patriziato. In quel torno di tempo compare a Udine una *Societas Tuscorum*, associazione di toscani, a Padova una *Natio Florentinorum*, nazionalità di fiorentini. Tra questi, il più famoso era Giotto, immigrato per ragioni di lavoro.

Dante fu a Padova? Il documento addotto dai padovani a favore della loro città è un codice posseduto dalla famiglia dei conti Papafava da Carrara, che parla d'un prestito di 1075 lire, fatto da Filippo di Canto de Somaio a messer Bonifazio da Carrara, e sottoscritto da alcuni testimoni, fra cui *Dantino quondam Alligerij de Florentia*, Dantino del fu Alighiero di Firenze. Data: 27 agosto 1306. Non è possibile, obiettano alcuni, che quel Dantino sia il sommo poeta, non è pensabile che il notaio ignorasse il vero nome dell'esule fiorentino, senza contare che *Dantino* appare anche in documenti posteriori alla morte del nostro, quindi deve trattarsi d'un'altra persona.

Possibilissimo, rispondono altri, che il notaio adoperasse il diminutivo, secondo un uso assai comune nel Veneto, dove non si dice porta ma *portesela*, la sposa è sempre una *sposeta* e non esistono poveri, tuttalpiù *poareti*.

Lasciamo la questione agli specialisti e veniamo alla tradizione, la quale vuole Dante presente a Padova, contemporaneamente a Giotto, impegnato nei lavori della Cappella dell'Arena. Un giorno il pittore stava affrescando questo sacro edificio, costruito da Enrico degli Scrovegni, per farsi perdonare da Dio e dal popolo le strozzinerie compiute da suo padre Reginaldo, usuraio defunto in odore di zolfo. Improvvisamente entrò di corsa il sagrestano, ad annunziare che, fuori, un forestiero domandava di Giotto.

"Non ti ha detto chi è?"

"No."

"È solo?"

"È accompagnato da uno degli anziani della città, e poi c'è anche il dottore Pietro d'Abano, quel professorone, filosofo, astrologo e medico che ha insegnato anche a Parigi, quel gran mago, per intenderci, che muta gli uomini in asini, a volontà."

"E il forestiero, com'è vestito?"

"Porta una larga tunica rossa, un berretto simile al vostro, ha il naso a punta, un principio di gobba dietro il collo."

"Il suo accento?"

"Se non sbaglio, deve venire dalle vostre parti, perché parla con l'asma e dice *hasa*, *hane*, *havallo*."

Appena vide entrare l'Alighieri, Giotto saltò dall'impalcatura e con le mani sporche di colore abbracciò il concittadino, in una reciproca commozione, che soltanto la presenza degli estranei impedì che colasse in lacrime. Da quanto tempo non si vedevano? Di poco più giovane di Dante, il grande pittore, che non voleva assolutamente essere chiamato maestro, era sempre in giro per la penisola, a dipingere chiese: prima quella di San Francesco ad Assisi, poi San Giovanni in Laterano, adesso a Padova la Cappella degli Scrovegni. Quanta strada, dal giorno in cui Cimabue l'aveva scoperto, intento a ritrarre dal vero una pecorella:

Credette Cimabue nella pintura
tener lo campo, e ora ha Giotto il grido,
sì che la fama di colui è scura.

I due maggiori artisti del secolo, il genio della penna e del pennello, si scambiarono notizie delle loro famiglie, della patria lontana. Giotto chiese a Dante, buon intenditore di pittura, un parere sugli affreschi che andava eseguendo, tra i quali il Giudizio universale, con il solenne Cristo che domina la scena dei beati e dei dannati; ma non sappiamo se il poeta gli abbia confidato che anche lui stava meditando un suo personale giudizio universale scritto in terzine, diviso in tre cantiche, in cui avrebbe processato, secondo un personalissimo codice dei delitti e delle pene, e senza diritto di appello (l'arte infatti è inappellabile), principi e popolani, guelfi e ghibellini, viventi e defunti.

Il giorno dopo, Dante fu invitato a casa di Giotto, che desiderava presentargli la sua famiglia. Appuntamento all'una. Il poeta, puntualissimo, arrivò all'abitazione dell'amico, maledicendo in cuor suo il destino che aveva permesso a Giotto, grande pittore, di continuare a godere gli affetti domestici, condannando lui, grande poeta, a restarne disperatamente lontano. Giotto gli presentò la moglie Gilda e i quattro figlioletti, piccoli e brutti, d'una bruttezza insuperabile. Erano un capolavoro dell'orrido. Non si poteva guardarli due volte. Mobilitando tutte le sue risorse di ex diplomatico, Dante porse alla signora Gilda i più vivi rallegramenti per la bella, si fa per dire, famigliola, poi, preso in disparte l'amico, gli disse, da maledetto toscano:

"Come mai, tu che fai degli affreschi così belli, hai dei figli tanto brutti?"

E l'altro, riprendendo una facezia dello scrittore latino Macrobio:

"Perché, caro Dante, gli affreschi li faccio di giorno..."

Nel poema, Dante non tratta molto bene i padovani, li chiama traditori, troppo attaccati al denaro. Li maltratta quasi quanto i fiorentini. Per motivi d'interesse, erano sorte beghe tra Firenze e Padova; alcuni mercanti fiorentini, indebitatisi con prestatori padovani, non avevano onorato la loro firma. Questi chiesero le rappresaglie di legge contro gli insolventi e Firenze spedì in gran fretta un procuratore a Padova, perché tentasse di placare gli imbestialiti creditori. Litigiosi sulla terra, litigiosi nell'aldilà. Nell'*Inferno*, il padovano Giacomo da Sant'Andrea calpesta e strazia il cespuglio in cui abita l'anima d'un suicida fiorentino. E un girone più in basso:

Con questi fiorentin son padovano

dice Reginaldo degli Scrovegni, condannato nel sabbione di fuoco. Fra tutti gli usurai che Dante aveva personalmente conosciuto o di cui aveva sentito parlare nell'esilio, Reginaldo fu il più spietato e sozzo. Dopo aver dissanguato mezza Padova, era morto impenitente, urlando nel delirio "le chiavi, non vi do le mie chiavi". Per difendere il suo denaro dagli appetiti dei servi e dei parenti, aveva applicato al forziere un diabolico meccanismo, che faceva piombare una enorme sbarra di ferro sulla testa di chiunque infilasse una chiave nella toppa.

Per un puro caso, la prima vittima non fu il figlio Enrico, suo erede universale, andato ad aprire la cassaforte. Intanto la plebe padovana s'era radunata sotto le finestre dell'eretico strozzino, spirato fra la generale soddisfazione. Ma quella folla non prometteva nulla di buono e pareva decisa a vendicare nel figlio le vessazioni subite dal genitore. Enrico non voleva, per colpa di quel denaro maledetto, perdere l'anima, né perdere il primo per salvare la seconda. Tanto meno gli sorrideva l'idea di finire linciato dai padovani, che minacciosi accerchiavano il palazzo. Lo salvò un amico, suggerendogli un intelligente compromesso: promettere alla plebe inferocita di erigere subito una cappella, a riparazione delle infamie del defunto Reginaldo, da tutti considerato un'incarnazione del demonio. Perciò fu detto, non senza ragione, che Enrico si difese da una terzina di Dante con una chiesa di Giotto.

Quando il poeta si scaglia contro gli usurai, riflette probabilmente una dolorosa esperienza personale, sicuramente il giudizio dell'opinione pubblica e il pensiero ufficiale della Chiesa. *Nummus nummum parere non potest*, il denaro non può produrre denaro, si diceva sulla scia del pensiero aristotelico. Il seme che, sepolto nella zolla, genera la pianta, agisce secondo natura. Ma la moneta non può creare moneta, essa nasce soltanto della fatica: sono i postumi della caduta d'Adamo. L'usura, indipendentemente dal tasso d'interesse, è ozio, e l'ozio non può generare ricchezza. Se ciò avviene, è contro le leggi naturali.

La Chiesa combatteva gli usurai, pareggiandoli agli eretici (concilio di Vienne, 1312). Li aveva combattuti sin dal suo primo concilio, quello di Nicea, in obbedienza al precetto del vangelo di san Luca "*mutuum date nihil inde sperantes*", prestate senza nulla pretendere in cambio. Nel 1179 il terzo concilio Lateranense aveva sancito: "Gli usurai manifesti non siano ammessi alla comunione dell'altare e qualora muoiano in questo peccato non ricevano sepoltura cristiana". Poco dopo era apparso il trattato *De usura* del cardinale Roberto de Courçon. Implacabile contro gli usurai, egli condanna ogni prestito ad interesse, qualunque sia il tasso. Unica eccezione, le usure fatte dai crociati in Terra Santa. Pretendere un interesse dai saraceni non è peccato, perché tutto ciò che appartiene ai saraceni è, da sempre, proprietà dei cristiani, non si fa altro che riprendere ciò che è nostro, dice l'intransigente prelato che, guarda caso, poco dopo lasciò la pelle in una crociata contro gli infedeli. Ma la sua condanna va oltre i prestatori, e colpisce anche chi fruisce del plusvalore da loro accumulato, ad esempio gli ecclesiastici che accettano, per le necessità del tempio, denaro offerto dall'usuraio, per lavare, con la beneficenza, la sua sporca anima. La veemente requisitoria del cardinale propone addirittura di demolire le chiese edificate con queste immonde donazioni. Per fortuna l'idea non ha trovato consensi, altrimenti si sarebbero dovute abbattere, o rinunciare a costruire, parecchie chiese, vanto dell'arte e della cultura cristiana. Cominciando dalla Cappella degli Scrovegni.

Anche il teatro, allora in fasce, si allineò su queste posizioni teologico-finanziarie. Nelle sacre rappresentazioni, si vedeva un usuraio, che svelava le angherie con cui aveva sfruttato la povera gente, facendo morire orfani e vedove. Alla fine, compariva in scena il demonio che, afferrato per il collo lo strozzino, lo trascinava sghignazzando all'inferno, mentre il pubblico, composto in buona parte di debitori abituali, batteva le mani al provvidenziale *diabolus ex machina.*

Nonostante i fulmini della Chiesa, che col passar del tempo mitigò la sua intransigenza, ammettendo alcuni casi di interesse "lecito", gli usurai prosperavano, specialmente nei piccoli centri, dove il circolante scarseggiava. Quando il denaro è poco, diventa il tiranno di tutti, compresi i re. Federico II voleva prescrivere agli ebrei l'interesse massimo del dieci per cento annuo; in pratica, affamato di soldi, si rassegnò anche lui a pagare il cinque per cento, mensile, con capitalizzazione degli interessi dopo tre mesi, vale a dire quasi l'equivalente del capitale, dopo un solo anno.

Le persecuzioni contro i prestatori producevano l'effetto contrario: l'aumento del tasso. Le cose proibite si pagano di più. Le scarse garanzie individuali e sociali alzavano alle stelle il costo del denaro. Ma dove regnava stabilità politica ed economica, a Venezia per esempio, una tranquilla Svizzera bancaria del Trecento, ci si accontentava di molto meno. Mercanti e signorotti consideravano un eccellente affare investire soldi presso i banchieri della Serenissima, al tasso irrisorio del cinque per cento. Poco, ma sicuro.

Non si hanno notizie di altri debiti contratti da Dante, dopo quello stipulato in Arezzo, per la mediazione del fratellastro Francesco. Dovunque si fosse presentato, avrebbe trovato tariffe superiori alle sue forze. A Padova, il venti per cento per prestito su pegno, il trenta senza pegno. A Verona il dodici. A Genova il quindici. A Siena, il cosiddetto "uso senese", dal venti al trenta. A Chieri e Ivrea il venti, pure il venti in Francia, a Francoforte il ventidue. Alcuni mercanti fiorentini praticavano nella madrepatria tassi sopportabili, dal sette al quindici per cento, non per generosità, ma perché si rifacevano largamente nel Napoletano, in Francia, in Inghilterra. Quando all'estero riuscivano a conquistare posizioni di monopolio, vi applicavano interessi fino al cinquanta, all'ottanta per cento.

Anche gli esuli Bianchi e ghibellini si diedero agli affari. Falliti i tentativi di rientrare in Firenze, si sparsero per l'Italia, ricostruendosi una nuova vita, una seconda patria, nelle città ghibelline o neutrali. Fecero i mercanti, trafficarono in cento modi, nemici giurati dei Neri, ma come loro, nel fiutare il guadagno, nell'imbastire scaltre speculazioni, fiorentini sempre. Molti puntarono verso l'Istria, area depressa, e vi fecero fortuna. Vi andarono Cambino di Donadio degli Agolanti, Tignoso di Gero Goldanieri, appartenente ad una famiglia di fieri ghibellini che si facevano seppellire a cavallo, Lieto di Fede Accati, Ciuppo degli Scolari, Corso Ristori. Quest'ultimo era fratello di quel Donato, decapitato durante la tragica pagliacciata, seguita al combattimento di Castel Pulicciano. Anche Corso figurava, assieme a Dante, tra i condannati del 1302. Anche lui aveva sperato nell' "esercito di liberazione" e dopo il rompete le righe aveva detto addio per sempre a Firenze e alla Toscana, trasferendosi a Trieste, dove impiantò bottega di stoffe e vini. Dalla politica agli affari. In questi ebbe più successo. A Pirano fece l' "usuraio autorizzato", con soddisfazione del comune che gli concesse il diritto di cittadinanza e speciali privilegi. A Trieste accumulò in breve quattromilacinquecento lire, senza contare altri beni in Padova.

E Dante? Egli non era in grado di passare agli affari; vendeva una merce, la poesia, scarsamente richiesta sul mercato. L'unico prestito che potesse fornire ai suoi simili era la ricchezza del suo genio, che gli avrebbe reso, usura gigantesca, il mille per uno. Ma dopo la morte. Dopo aver salito il duro calvario. Dopo aver ramingato per castelli, corti, conventi, elemosinando il pane, cercando di nascondere l'imbarazzante fedina penale:

E se 'l mondo sapesse il cor ch'elli ebbe
mendicando sua vita a frusto a frusto,
assai lo loda, e più lo loderebbe.

VII

Una giornata al castello

Al calar delle tenebre, o all'approssimarsi dei nemici, veniva alzato il ponte levatoio e il castello, circondato da un fossato, restava isolato dal mondo. Attorno ad esso, come pulcini attorno alla chioccia, sorgevano le case dei servi della gleba, legati da un vincolo di sudditanza al castellano che ricambiava accogliendoli nel castello nei momenti di pericolo. L'edificio sorgeva su un'altura, per evitare gli attacchi di sorpresa, e la malaria delle paludi. Sull'orlo delle mura, lungo il "cammino di ronda", passeggiavano le sentinelle, dietro i merli forati da fessure longitudinali, per il lancio delle frecce. In caso d'assedio si rovesciano sulla testa del nemico pietre, pece fusa, olio bollente.

Il castello era reggia, fortezza, zecca, tribunale, prigione e magazzino. Figlio dell'orgoglio e della paura, non poteva non poggiare su una economia chiusa, autosufficiente, che gli consentisse di fronteggiare le scorrerie di masnade, forestiere o indigene, al servizio del solito feudatario limitrofo, impaziente di allargare i propri confini a spese altrui. Attorno al mastio, dimora del signore e famiglia, sorgevano il mulino, il forno, le cucine, le stalle, i granai, l'armeria, la cappella. Alle scuderie andavano le cure più premurose del castellano, di solito prode cavaliere, e appassionato di cavalli come ai nostri tempi un cavaliere del lavoro è appassionato di Maserati. C'era un cavallo per ogni contingenza e necessità della vita. Alla guerra, il nobile signore andava col destriero, così chiamato perché lo scudiero reggeva la briglia con la mano destra. Per le grandi parate, o per far colpo su una ritrosa castellana dirimpettaia, montava il palafreno, cavallo nobile da sella, usato anche nei lunghi viaggi. I lavori di fatica, di traino, incombevano al ronzino che, con l'umile somiere, portatore di some, completava il parco-cavalli.

La giornata-tipo, nei periodi di pace, fortunatamente non lunghi, scorreva monotona. All'alba il gallo canta e il signore si sveglia, dà un calcio al cane che, accucciato in fondo ai piedi, gli ha fatto da piumino. Hanno dormito bene entrambi. D'estate, durante la notte, alcuni servi sono rimasti in piedi, a bastonare le acque del fossato, affinché le rane, gracidando, non disturbassero il sonno del padrone. Il quale si alza, fa una toilette non più laboriosa di quella del suo cane, perché in questi tempi la pulizia è considerata un lusso e, d'inverno, mancando il riscaldamento, un suicidio.

Anche se disabbigliato, il signore non ha bisogno di tirare le tende, da fuori nessuno lo vede. Al posto dei vetri, le finestre sono chiuse con le impannate, pezze di panno o pelli di capra, rese traslucide con un bagno nell'olio di lino. I vetri costano un occhio della testa. Quando un conte Guidi di san Godenzo ne mise alcuni alle finestre del suo palazzo, il popolo sbalordito da tanto scialo lo battezzò "il palazzo degli specchi". E quando nel 1333 l'Arno inondò Firenze, un frate predicatore spiegò il flagello come un giusto castigo del cielo, sdegnato per il lusso dei troppi vetri.

Terminata la toilette prima ancora di cominciarla, il castellano s'infila la camicia, quella della sera prima. C'è poco da scegliere, l'una addosso, l'altra in fosso, recita un proverbio. Le mutande saranno inventate molto più tardi, nel Quattrocento, secolo della scoperta dell'America. Niente armadi. Se intende mutar d'abito, il signore corre verso la cassapanca e tira fuori giubbe, mantelli, cappucci, giubbotti guerniti di pelliccia, che la castellana ha buttato dentro alla rinfusa, cospargendo con abbondante pepe, la naftalina del Medioevo. Ma bisogna far presto, d'inverno, se no si gela, spifferi d'aria entrano un po' dappertutto, e il fumo, mancando spesso il camino, esce per la via più breve, il tetto.

Alle dieci, il primo pasto, servito nel salone più ampio, su tavole distinte e mobili, in cui gli ospiti vengono divisi per gruppi e per dignità. Quelli di rango più elevato siedono a tavole rialzate, insieme col signore, perché l'uomo del Medioevo feudale non dimenticava mai, nemmeno a pranzo, di essere la piccola tessera d'un immenso mosaico sociale, l'infinitesimo granello di sabbia che contribuiva a formare la grande piramide, chiamata gerarchia. Qualora lo strato di paglia steso sul pavimento non riesca a mitigare il gelo che esala dai lastroni di pietra, i commensali si scaldano tracannando vino e mangiando gagliardamente. Il valore d'un uomo si misura dalla quantità di cibo. Chi mangia di più, sarà anche il più bravo in battaglia.

Esclusi dal banchetto i vecchi e i ragazzi. Le donne servono personalmente gli ospiti, prendendo delicatamente con pollice, indice e medio (somma scortesia usare le altre due dita) pezzi di cinghiale, cervo, stambecco, capriolo, una montagna di carne cotta al forno o allo spiedo, aromatizzata con pepe, noce moscata, garofano, ginepro, benzoino e quanto v'è di più piccante nella bottega dello speziale. Quando non era alla guerra, il feudatario riempiva la giornata con la caccia, qualche partita a scacchi, larghe bevute con ospiti di passaggio. Letture, nessuna. Un compatto analfabetismo, congiunto a quel gaio animalesco senso della vita prodotto dal vivere in primitivo contatto con la natura, corazzava la classe feudale contro i rischi della sfibrante melancolia degli intellettuali. Tutto nel castello dimostrava che il signore, dovendo scegliere la grazia, la leggiadria, la finezza, il delicato comfort, oppure la forza, la potenza, la grossezza, la rude sicurezza, aveva optato per il secondo gruppo. Erano tempi di ferro, e ci si vestiva di ferro. Negli androni immensi, nei bigi corridoi, teste di cinghiali, di lupi, di cervi, aquile imbalsamate testimoniavano l'abilità venatoria del padrone di casa, impegnato saltuariamente a ricevere i castaldi, per fare un po' di conti sulle rendite del feudo, quanto grano, quante olive, mentre le donne, appartate, ascoltavano le ultime novità dei trovatori.

Erano questi dei poeti nomadi che cantavano accompagnandosi al liuto o alla mandola, una specie di cantautori a domicilio, che si ispiravano alle gesta dei guerrieri carolingi, come oggi fa in Sicilia il teatro dei pupi, o raccontavano mirabolanti favole d'Oriente, senza dimenticare di rivolgere un omaggio alla misteriosa "donna gentile", non meglio identificata, per non destare la gelosia del castellano. Unica parentesi delicata, in un mondo che aveva dedicato alla violenza anche il tempo libero. Difatti il secondo passatempo, dopo la caccia, era il torneo (lotta a squadre) e la giostra (lotta a coppie), finti combattimenti con lance spuntate, che tuttavia facevano sgorgare sangue vero, sotto il grandinare di applausi delle dame sedute nei palchi.

La sera, altro pranzo robusto, col solito contorno di salse spietate, esplosive, per cui alla fine il piacere della gola, sul punto di assopirsi, svegliava la lussuria, inquilina del piano di sotto. La successione dei diritti feudali passava al primogenito. I cadetti ripiegavano verso la cavalleria, istituzione in un certo senso provvidenziale, perché assorbiva la disoccupazione dei ceti alti. Alle figlie si offrivano due possibilità, il matrimonio o il convento. Fu questa ingiusta legge del maggiorascato che evitò il frantumarsi dei feudi. La terra era considerata l'unica fonte di ricchezza e di prestigio. Presso i Franchi, soltanto i possessori di terra erano ammessi all'onore delle milizia. Nella chiusa economia curtense non c'era posto per l'industria, per la libera intrapresa. Languendo gli scambi, scarseggiava la moneta, ma bastava la terra, con i suoi prodotti, a sostentare l'immobile comunità. Gli ostacoli canonici contro la libera attività capitalistica e creditizia sembrarono legittimare l'antico disprezzo degli uomini d'arme, e di magnanimi lombi, verso i mercanti plebei. E non fu senza significato il fatto che il padrone della terra, conte o marchese, assumesse quale cognome il nome geografico del feudo, come per ribadire che fonte del potere era la terra, e chi non aveva terra non aveva ricchezza né rango.

Se nasceva un figlio illegittimo, poco male. Perdeva i diritti feudali, ma lo si metteva nella condizione di vivere più che decentemente. L'abbondanza dei rami dinastici, compresi quelli bastardi, testimoniava la fruttifera gagliardia della pianta. Niente falsi pudori, ignorati i complessi. Erano tempi di crudele schiettezza, di beffarda vitalità. Col nome di Gran Bastardo passò alla storia Renato di Savoia, combattente alla battaglia di Pavia, dove lasciò la pelle. Essere bastardi non era un disonore, voleva dire che la madre aveva dormito con un prode cavaliere. Guglielmo il Conquistatore lo chiamavano il Bastardo e lui si guardava bene dall'offendersene. Ai figli illegittimi, i marchesi Malaspina, proprietari di castelli in Lunigiana, mettevano nome Fedespina. Una soluzione molto più generosa che non il nostro N.N.

Presso i Malaspina, nel 1306, troviamo Dante. È una delle poche date certe del suo esilio. Dopo il soggiorno padovano, il poeta fu benevolmente accolto da questi signori, i quali, masticando poco di lettere, considerarono una vera fortuna avere a disposizione un uomo che, oltre a leggere e scrivere bene, possedeva una discreta praticaccia di affari diplomatici. Decisero perciò di affidargli pieni poteri per mettere fine alla guerra, più calda che fredda, in corso da vent'anni fra loro e il vescovo di Luni.

Dell'antichissima città, distrutta qualche secolo avanti per un errore di geografia (un re normanno aveva scambiato la foce della Magra con quella del Tevere, e aveva saccheggiato Luni credendola Roma), restavano erbosi ruderi e putrescenti paludi. Uno spettacolo di desolazione e di morte. Unico segno di vita, le carovane dei mercanti in transito verso la Lunigiana, via obbligata fra la Liguria e Roma. Il vescovo dimorava nella rocca di Castelnuovo, fronteggiando dall'alto il castello dei Malaspina. Una valle con tanti castelli è un pollaio con tanti galli. Temerarie incursioni, selvagge imboscate, morti e feriti, rappresaglie contro i valvassori e i valvassini dell'uno o dell'altro signore. Dalla rocca di Fosdinovo, i Malaspina spedivano a valle le loro masnade a rapinare i convogli. Il bottino serviva a mantenere il lusso dei nobili mandanti, discendenti addirittura da Ugo, il primo signore di Toscana. Ma spesso i loro uomini s'incontravano con quelli del vescovo, che abitando nel vicino castello aveva fatto lo stesso pensiero.

Un giorno il vescovo, Enrico da Fucecchio, riuscì a conquistare due castelli degli odiati marchesi e li rase al suolo. Il marchese Opizzo fece il minimo che ci si potesse aspettare in simile situazione, inviò tre ambasciatori a protestare presso il vescovo, il quale invece fece il massimo: tagliò la testa, lì in episcopio, ai tre malcapitati. Per troncare la lunga spirale di vendette, si avviarono faticosi approcci, che si conclusero con un incontro ad alto livello. La mattina del 6 ottobre 1306, dopo essere stato sulla piazza della Calcandula, a Sarzana, solennemente investito, da Franceschino Malaspina, di tutti i poteri, Dante salì a Castelnuovo, con un mandato di procuratore *plenum, liberum, speciale et ge-*

nerale, cum plena, libera et generali totorum bonorum administratione. Un incarico lusinghiero, non c'è dubbio, una dimostrazione di fiducia assoluta, che però a Dante avrà fatto venire i brividi. Per fortuna, il feudo dal sanguinario Enrico era passato al mite Antonio de Camilla, genovese, il quale invece di tagliare la testa all'ambasciatore del nemico, la prese teneramente fra le mani e baciando prima la guancia destra, poi la sinistra, pronunciò la formula rituale della riconciliazione: *Pacem meam do vobis*, vi do la mia pace.

Oggi si sale al castello del vescovo lungo una strada che serpeggia sotto l'argento degli ulivi, fino a raggiungere Castelnuovo, una borgata a dieci minuti d'auto da Sarzana. Dell'antica fortezza rimane un'ardita torre quadrata, alta una sessantina di metri, scortata da un tondo torrione, più basso. Una quercia inclinata di quarantacinque gradi, ferita dai mitragliamenti della seconda guerra mondiale, si appoggia ad una stampella di mattoni, premurosamente costruita dal municipio. "È la quercia di Dante, c'era già quando il poeta venne a baciare il vescovo" afferma il segretario comunale, con la sicurezza d'un testimonio oculare.

Da Castelnuovo a Fosdinovo, nonostante la breve distanza in linea d'aria, la strada compie un lungo giro, per terminare a cinquecento metri di quota sopra l'ultimo tratto della Magra, che brilla nel fondovalle come i fiumi di stagnola, messi dai bambini tra il muschio dei presepi. Fosdinovo non è un paese, è un nido d'aquile, a picco su una voragine, un cono rovesciato, che gli abitanti pretendono abbia suggerito a Dante l'idea topografica dell'inferno. Nell'interno del castello si sale anche a cavallo. La sala da pranzo ostenta ai lati d'un monumentale camino gli stemmi dei Visconti e degli Scaligeri, imparentati con i Malaspina, poi si passa nella sala del trono, e di lì nella camera dove la tradizione vuole che Dante abbia dormito. Lo stanzino misura metri 3.50 per 2.50, dimensioni inversamente proporzionali alla grandezza dell'ospite.

Del lettino si vede l'orma rettangolare sul pavimento, alla destra di chi entra. Scavata nel muro, una nicchia per la lucerna da notte; nella parete sinistra, una finestra dà sulla valle. I muri sono affrescati a rettangoli grigi e viola. Il letto, autentico o falso che fosse, manca per colpa dei tedeschi che, durante la seconda guerra mondiale, non usarono verso Dante, a Fosdinovo, i riguardi che ebbero a San Godenzo. Nelle loro frequenti visite al castello saccheggiarono biancheria e argenteria, tanto che il custode, Antonio Bianchi, morì di crepacuore. Passati nella stanza del poeta, gettarono dalla finestra il lettino, che si sfasciò rotolando per una scarpata.

La moglie del custode urlava:

"Che cosa fate, è la roba di Dante".

E un soldato ubriaco, sputando nella nicchia dove il poeta poneva la lampada da notte:

"*Desinfektion*, *Desinfektion*".

A Mulazzo, dove i Malaspina possedevano un ennesimo castello, la gente racconta, all'ombra della Torre di Dante, questa leggenda. Un giorno il poeta arrivò a Mulazzo, sporco, malvestito, senza possibilità di documentare la sua identità ai soldati del marchese, di guardia al maniero. "Sono il poeta Dante Alighieri" disse. Nessuno gli credette. E rinchiusero quel forestiero, dall'aria sospetta, dentro la torre, in attesa di accertamenti. Sono cose che ai poeti, spesso viaggianti con la testa fra le nuvole, càpitano. Capiterà qualche secolo più tardi a Goethe, che arrivato a Malcesine, sul lago di Garda, terra veneziana, fu accusato d'essere una spia, perché ritraeva a matita il castello.

Dante dall'interno urlava che gli aprissero. Non ottenendo risposta, si vendicò come poté e con un chiodo incise sul tavolaccio questi versi, nettamente inferiori alle sue capacità di rimatore: "Mulo Mulazzo - qui ti trovo e qui ti lascio". Dov'è ora il tavolaccio di Dante? Solo nella fantasia del popolo, che considera il poeta uno di casa e, nonostante il leggendario insulto, conserva l'abitudine d'imporre il suo nome ai neonati. Così come i Malaspina, discendenti dall'illustre casato, rinnovano i nomi degli avi. Esercitano professioni meno avventurose di Moroello, gran fulmine di guerra e protettore di Dante. Sono avvocati, medici, il dottor Moroello fa il farmacista, a Villafranca in Lunigiana. Omaggio a Dante, iscritto all'arte degli speziali?

Nei castelli dei Malaspina, il poeta raddolcì la solitudine grazie alla compagnia del giudice Cino da Pistoia, poeta pure lui, un Nero non fazioso, uno di quegli uomini di parte che sanno comprendere le ragioni degli altri. Per vincere un avversario che abbia regalato al giudice un bue, dice Franco Sacchetti, basta regalargli una mucca col vitellino. Cino non apparteneva a questa categoria. Dopo la resa di Pistoia alle milizie Nere, guidate da Moroello (10 aprile 1306), i compagni di partito reclamarono da Cino feroci epurazioni, ma lui voleva giustizia, non vendetta, e piuttosto che diventare docile strumento degli estremisti, si rifugiò presso il potente Moroello, che aveva portato la sua fazione alla vittoria. Così in casa del capitano dei Neri s'incontrarono il Nero Cino e il Bianco Dante. Ma Moroello era un soldato, non un ideologo, faceva le guerre per passione, o per spirito di avventura, senza impegno politico. Altrimenti non avrebbe accolto sotto il suo tetto un Bianco condannato a morte e un Nero dissidente. Superiore ad ogni pregiudiziale politica, era il comune amore per la poesia. Dante e Cino si scambiarono sonetti, dedicandone alcuni a Moroello, al quale pensiamo facessero più piacere d'una medaglia sul campo.

I due poeti s'erano incontrati qualche anno prima a Bologna, erano vecchi amici, stilnovisti della prima ora, Dante cocciutamente fissato su Beatrice, Cino innamorato volubile. Amore di donna e amore di patria lontana. Leggevano, studiavano, scrivevano. Pettegolezzi con le castellane e commenti ai fatti del giorno. Ma perché il nuovo papa Clemente V si era messo in testa di restare ad Avignone? E Bonifacio VIII, che brutta fine aveva fatto. Proprio lui, che aveva chiamato i francesi contro Firenze, era stato sequestrato ad Anagni, dal francese Guglielmo di Nogaret, ministro di Filippo il Bello, morendone di crepacuore. Dio mio, che tempi. Dove mai andremo a finire? Cino, che veniva da Firenze, avrà raccontato le ultime novità, i recenti aumenti di tasse, l'avveniristica decisione di illuminare di notte le vie urbane, a che punto erano i lavori del Duomo, malaguratamente interrotti dopo la morte del progettista, un certo Arnolfo di Cambio, un capomastro di cui si parlava tanto bene.

L'ospitalità dei Malaspina è generosa, sollecita, proprio da veri signori, noti per la loro liberalità che il poeta paga con terzine contanti:

... ma dove si dimora
per tutta Europa ch'ei non sien palesi?

La fama che la vostra casa onora,
grida i signori e grida la contrada,
sì che ne sa chi non vi fu ancora.
E io vi giuro, s'io di sopra vada,
che vostra gente onrata non si sfregia
del pregio de la borsa e de la spada.

Al poeta non manca nulla, tranne la patria. Oramai ha varcato i quarant'anni, età veneranda in secoli di vita media assai corta; la famiglia è lontana, scarse le possibilità di comunicare. Nei subitanei sconforti dell'esilio, quando la fierezza del partigiano cede agli affetti dell'uomo, egli si abbandona ai ricordi, sospirando un impossibile ritorno.

"Ahi piaciuto fosse al dispensatore de l'universo" scrive nel *Convivio* "che la cagion de la mia scusa mai non fosse stata! ché né altri contra me avria fallato, né io sofferto avria pena ingiustamente, pena, dico, d'esilio e di povertate. Poi che fu piacere de li cittadini de la bellissima e famosissima figlia di Roma, Fiorenza, di gittarmi fuori del suo dolce seno — nel quale nato e nutrito fui infino al colmo de la vita mia, e nel quale, con buona pace di quella, desidero con tutto lo cuore di riposare con l'animo stancato e terminare lo tempo che m'è dato — per le parti quasi tutte a le quali questa lingua si stende, peregrino, quasi mendicando, sono andato, mostrando contra mia voglia la piaga de la fortuna, che suole ingiustamente al piagato molte volte essere imputata.

"Veramente io sono stato legno senza vela e senza governo, portato a diversi porti e foci e liti dal vento secco che vapora la dolorosa povertate; e sono apparito a li occhi a molti che forseché per alcuna fama in altra forma m'aveano imaginato, nel conspetto de' quali non solamente mia persona invilìo, ma di minore pregio si fece ogni opera, sì già fatta, come quella che fosse a fare".

È vero, la presenza diminuisce la fama, specialmente una presenza nei panni del profugo affamato. Quale credito può pretendere un poeta mendicante? In questo periodo Dante spera il perdono dalle autorità fiorentine, evita ogni contatto con altri fuorusciti, tiene una condotta politicamente ineccepibile. Cerca inoltre di liberarsi dall'accusa di "levezza d'animo", che qualcuno poteva addossargli come a frivolo cantore d'amori giovanili. Ora è un uomo maturo, profondi pensieri di filosofia occupano la sua mente, le meschine fazioni non l'interessano più

ché si conviene ormai altro cammino
a la mia nave più lunge dal lito.

Se si accingerà a scrivere qualcosa di impegnato culturalmente, forse i fiorentini si pentiranno d'aver cacciato un personaggio così addottrinato e sapiente. Insomma Dante, fallito il tentativo delle armi, spera di rientrare in città mediante i libri. Ragionamento non infondato. Quando Bologna mise al bando i ghibellini, risparmiò la famiglia degli Accursi, sommi giuristi, perché essi, insegnando diritto all'università, avevano diffuso il nome di Bologna nel mondo.

Così comincia a scrivere il *Convivio*, massiccio trattato di filosofia, estetica, teologia e astronomia, secondo i gusti del tempo, tendenti al genere "mattone". Convivio significa banchetto, dove si spezza il pane della scienza, tutta la scienza dell'epoca, scritto in volgare, perché il suo scopo era appunto quello di volgarizzare. Con tale opera intende anche procurarsi un biglietto da visita, una lettera di accredito che, ai futuri suoi ospiti, lo presenti non come il solito giullare scroccone, ma come poeta-filosofo in grado di dare lustro alla casa dell'ipotizzato benefattore. Tuttavia il suo rovello resta Firenze, e nella canzone "*Tre donne intorno al cor mi son venute*" aspetta clemenza dai "neri veltri"

che fuggir mi convenne,
ma far mi poterian di pace dono.
Però nol fan che non san quel che sono:
camera di perdon savio uom non serra,
ché 'l perdonare è un bel vincer di guerra.

Ma la clemenza non arriva. E non arriva neanche Gemma. Perché non si ricongiunge al marito? Il Foscolo, cavalleresco col gentil sesso, difende Gemma, osservando che, se avesse raggiunto l'esule, insieme con i figli ancora piccoli, ne avrebbe aggravato disagi e preoccupazioni. Gli sarebbe stata di peso. Gemma si trovò nella delicata situazione di chi ama o, quanto meno, sposa una persona appartenente a famiglia nemica della sua. Giulietta Capuleti, piuttosto di perdere l'adorato nemico Romeo Montecchi, bevette il sonnifero, sfidò il gelo del sepolcro, ma queste sono cose che avvengono di solito sul palcoscenico.

Gemma era una povera donna, non certo votata all'eroismo, vittima d'un gioco di passioni più grande di lei; una donna di casa come tante, cui il turbine della politica aveva tolto la serenità familiare. A lei non interessava avere un marito autorevole, importante, attentamente ascoltato nelle riunioni del partito Bianco, prima d'ogni decisione di governo. Nel suo istinto femminile presentì l'avvicinarsi della bufera. Ogni giorno che passava, ogni gradino che Dante saliva nella carriera politica, in lotta diretta con i Donati, accresceva il suo turbamento di donna legata per sangue ai Neri e per nozze ai Bianchi.

Conosceva i suoi terribili parenti, gente dalla lancia facile; conosceva il crudele Corso, che volendo darla in moglie ad un amico aveva fatto rapire da un convento, da una masnada di sgherri, la sorella Piccarda, monaca di santa Chiara:

Dal mondo, per seguirla, giovinetta
fuggi'mi, e nel suo abito mi chiusi,
e promisi la via de la sua setta.
Uomini poi, a mal più ch'a ben usi,
fuor mi rapiron de la dolce chiostra:
Iddio si sa qual poi mia vita fusi

racconta Piccarda a Dante, in paradiso. Allora tutti i rami, principali e collaterali, delle famiglie più ragguardevoli si legavano in consorterie, obbedienti ad un privato codice dell'omertà, vincolate da un puntiglioso senso dell'onore e del reciproco soccorso. Erano clan esclusivi, che l'orgoglio della comune origine, la bramosia gentilizia di predominio e l'impegno del tutti per uno, uno per tutti, fanatizzava alla minima occasione, col più futile pretesto.

Alighieri e Donati avevano le case vicine, quasi gomito a gomito, la vicinanza acuiva attriti e malumori. Quando Dante mandò in esilio i capi dei due partiti, tra cui Corso, Gemma a casa gli avrà fatto una scenata? Non possiamo dirlo, navighiamo nel mare delle congetture; ma anche se avrà taciuto in lei l'arrogante spirito di consorteria, avrà almeno parlato il trepido sentimento di moglie e di madre, la preoccupazione per l'avvenire della famiglia, su cui l'intransigente azione politica del marito addensava ogni giorno nubi più grosse.

Che cosa le importava dei successi del marito filosofo, poeta, priore, e ambasciatore? Lei si preoccupava dei figli, esposti ai colpi dell'imminente rivoluzione; sapeva che se i suoi parenti avessero vinto, avrebbe potuto sperare qualche indulgenza per sé, non certo per i piccoli, che portavano il nome d'un Bianco. Senza contare che ogni sua parola, ogni suo atteggiamento era sospettabile: di tradire la sua nascita (e Corso, vigilante capo tribù, non gliel'avrebbe perdonato) se parteggiava per il marito; il marito, se si schierava con la famiglia d'origine; perciò sperava con tutta la forza dell'animo che non s'arrivasse all'urto aperto, allo scontro decisivo, dal quale lei sarebbe uscita sconfitta, in ogni caso.

Avvenuto il disastro, esiliato il marito, confiscata la casa, si era ridotta a vivere presso i parenti, cercando di salvare il salvabile, nascondendo un po' di roba, quello che poteva trasferire altrove senza dar nell'occhio, prima che arrivassero i birri e la plebaglia a distruggere ogni cosa. Il nipote Nicolò, figlio d'un fratello, l'aiutò a sottrarre qualcosa alla confisca, stipulando in gran fretta vendite fittizie. L'ufficio dei beni dei ribelli passava a lei, come alle altre mogli dei fuorusciti, una esigua pensione annua, poche staia di grano. Come avrebbe potuto sfamare sé e i figli? E quanti erano precisamente i figli?

Su questo punto biografi e dantòlogi filano nel più perfetto disaccordo. Il Filelfo dice: quatto figli, Pietro, Jacopo, Alighiero ed Eliseo. Il Pelli e il Balbo: sette, Pietro, Jacopo, Gabriello, Alighiero, Eliseo, Bernardo e (caro nome) Beatrice. Il Fraticelli: sette, ma sostituisce a Bernardo una femmina senza precisarne il nome. Il Passerini: sei, Jacopo, Pietro, Alighiero, Eliseo, Beatrice, Imperia. Lo Scartazzini: quattro, Pietro, Jacopo, Antonia e Beatrice. Lo Zingarelli: quattro, Pietro, Jacopo, Giovanni e Antonia (che andrà in convento col nome di Beatrice).

Il silenzio del poeta sulla sua famiglia e la lacunosità delle fonti ci vietano di conoscere con certezza non solo il numero e il nome dei figli, ma quasi tutto ciò che riguarda la vita, gli affari di casa. Abbiamo già detto che, del suo esilio, conosciamo poche date inoppugnabili, mentre l'abbondanza di notazioni geografiche che gremiscono il poema hanno scatenato la loquacità dei cultori di memorie locali, degli installatori di lapidi. Si domanda: quando il poeta descrive un luogo, significa che c'è stato personalmente oppure l'ha letto sui libri, ne ha sentito parlare da terzi? Rispondono gli uni: non è necessaria la presenza fisica. Dante possedeva tanta fantasia da "vedere" con rigorosa precisione anche i monti, castelli, fiumi, chiese, città, appresi di seconda mano.

Niente affatto, ribattono coloro che considerano il poema una sorta di *Reisebilder*, e l'esule un commesso viaggiatore al servizio delle vanità municipali. Così tirano per il mantello questo Dante, vagante attraverso l'Italia, per fermarlo dove più fa comodo. Non c'è paese toccato dal poeta nel suo itinerario, reale o presunto, dove lo studioso locale non indichi con suprema certezza il luogo preciso dal quale egli trasse l'ispirazione per quel certo episodio della *Commedia*, canto tale, terzina tale. Culto per il sommo poeta o speranzella turistica?

Il Foscolo usa parole sdegnate, e forse troppo cattive, contro queste "favole create e adulate dall'istinto degli italiani, chiamato amore di patria, e che impone di compilare volumi per la gloriuccia d'una provincia, d'una città o d'un villaggio, a danno della verità e dell'Italia; le favole giurate per fatti storici, sopra l'unica autorità d'un illustre scrittore che tu non puoi chiamare ad esame e non farti reo della colpa di lesa maestà letteraria; le favole accolte scientemente, al fine di adornarle di erudizione, e procacciare al loro illustratore il nome di chiarissimo su tutti i giornali; le favole nelle quali le potentissime assurdità, le invenzioni puerili, le imposture si stanno, non pure dissimulate o inosservate, ma ricoperte di magnificenza di parole, di apparato di vario sapere (...) pericolose a combattersi perché sono difese dall'animosità provinciale, dalla vanità letteraria, e talvolta anche dalla venalità".

Che sotto gli esagerati fanatismi si celi l'interesse personale, il Foscolo lo spiega citando il caso d'un critico "che andò magnificando tutto il poema, con improperi contro chiunque non trovi sovrumana ogni sillaba, e con eiaculazioni d'ammirazione perpetua fin anche dove le imperfezioni rivelano che la è pure opera d'uomo; e nondimeno, sì tosto certi antenati de' padroni del critico sono biasimati da Dante, l'estatico ammiratore diviene in subito esecratore fanatico, e accusa il poeta di trascuraggine rea e di accanita malignità".

Di questa perfidia lo spirito di Dante, vissuto in tempi pravi non meno dei nostri, non si stupirà eccessivamente. Quanto ai critici e ai dantòlogi, è purtroppo vero che non se ne trovano mai due completamente d'accordo. Hanno il terrore dell'unanimità. Sono così scarse ed evanescenti le informazioni sulla vicenda umana del poeta, che si fanno un obbligo di dubitare di tutto, anche delle poche notizie sicure. Di Dante conosciamo l'anno (1265) e il mese (maggio) in cui è nato, non il giorno. Il poeta lo ripete più volte. Troppe volte, obietta un commentatore di naso fino, il quale s'insospettisce e domanda: perché ripetere il luogo di nascita, se il fatto è fuori discussione? Dunque, il poeta non è nato a Firenze. Il ravennate Tommaso Tomai, vissuto nel sedicesimo secolo, nega due delle poche cose certe che sappiamo: che sia stato ospite di Cangrande, e che sia morto nel 1321. Lo fa morire dieci anni prima.

Anche sulla cronologia dell'esilio, discordia completa. Il poeta fu a Padova? Nel 1306 (Gloria), mai (Ricci). In quale anno andò alla corte di Cangrande? Non molto prima del 1316 (Foscolo); nel 1312 (Petrocchi); non si sa (Ricci). Quando si rifugiò a Ravenna? Nel 1320 (Troya, Balbo, Fraticelli, Wegele, Camerini); nel 1319 (Pelli); nel 1317 (Ricci). Dante, scrisse Giovanni Papini, patì in vita sotto i fiorentini, e in morte sotto i dantisti. Questi tuttavia meritano qualche attenuante. Se lui avesse parlato di più, loro parlerebbero meno. Scrivendo di Dante, a voler essere pignoli, bisognerebbe a ogni verbo premettere un "forse". Perfino la grafia del suo cognome è opinabile, i codici registrano diciannove varianti: Alegheri, Alegeri, Aleghieri, Alleghieri, Allaghieri, Allighieri, Allageri, Allagheri, Allegheri, Allegeri, Alageri, Alagheri, Alaghieri, Aldigherri, Aldighieri, Adeghieri, Aligeri, Aligheri, Alighieri.

VIII

Segretario delle contesse

È opinione comune che Dante abbia cominciato a scrivere la *Commedia* dopo l'espulsione da Firenze. Non prima. È la ferita dell'esilio, il dramma della patria perduta, la necessaria matrice da cui sgorga il grande poema della rabbia e del rimpianto. Senza dramma, niente capolavoro. Né è arrischiato supporre che questo non sarebbe mai nato, se Dante fosse vissuto sino alla fine dei suoi giorni, cittadino rispettato in una Firenze tranquilla, poeta-filosofo di chiara ma limitata fama, politico duttile e possibilista, apprezzato da tutti per la sua capacità di mediare gli estremi in una città socialmente equilibrata, senza fazioni e senza risse.

Merita tuttavia d'essere raccontato l'aneddoto che, fonte il Boccaccio, accreditò per secoli l'ipotesi contraria.

Il nipote Andrea Poggi, figlio d'una sorella, un buon diavolo che del grande zio possedeva soltanto la statura fisica, il naso aquilino e l'andatura un po' curva, frugando tra le carte lasciate dall'esule scovò un plico al quale, sulle prime, non attribuì soverchia importanza. La zia Gemma lo aveva pregato di cercare, nei bauli nascosti al tempo del saccheggio, alcuni documenti. Probabilmente le servivano nella sua azione contro il fisco, implacabile nel perseguitare le famiglie dei ribelli. Tentava, la povera donna, di ricuperare, tra i beni confiscati al poeta, quelli della dote, non incriminabili come "profitti di regime". Andrea continuò a rovistare nelle casse e nei bauli. Quante carte, appunti, brogliacci. Quand'era in patria lo zio, sebbene impegnato nella politica, nelle brigate bontempone, nei cenacoli letterari, negli svenimenti davanti a Beatrice, trovava il tempo per studiare e scrivere, restava in piedi fino a tarda notte, lettore onnivoro, al lume d'una lucerna, affaticandosi la vista. Proprio nei giorni in cui componeva la canzone *Amor che nella mente mi ragiona* si ammalò d'occhi e dovette stare un lungo periodo al buio, farsi impacchi d' "acqua chiara".

Adesso Andrea ha tra le mani quel plico voluminoso, sbucato in fondo al baule, in mezzo a sonetti, abbozzi di poesie, scarabocchi indecifrabili. Incuriosito, guarda il primo foglio e legge

Nel mezzo del cammin di nostra vita
mi ritrovai per una selva oscura,
ché la diritta via era smarrita.
Ah quanto a dir qual era è cosa dura
esta selva selvaggia e aspra e forte
che nel pensier rinova la paura!

Pur non intendendosi granché di poesia, Andrea ebbe la sensazione di trovarsi davanti a una cosa fuori dell'ordinario. Sfogliò il plico, vide che erano tutte terzine a rima incatenata, secondo lo schema ABA, BCB, CDC, raggruppate in canti. Centotrentasei versi del canto primo, centoquarantadue del canto secondo, in tutto sette canti.

Il terzo cominciava con parole che facevano accapponare la pelle:

Per me si va nella città dolente
per me si va nell'etterno dolore
per me si va tra la perduta gente

e, poco oltre, un verso terrificante:

Lasciate ogni speranza, voi ch'entrate.

Il nipote, dopo una scorsa frettolosa, capì che in quelle pagine si parlava d'un tale che scendeva vivo nel regno dei morti e conversava coi dannati, facendosi confessare le loro colpe. Quel bizzarro personaggio era suo zio. E che cosa era andato a fare, vivo, all'inferno? Al canto quinto Andrea lesse d'un fiato la storia di Paolo e Francesca, i tragici amanti uccisi una ventina d'anni prima, di cui la gente chiacchierava ancora, come d'un "caso Mayerling" dell'epoca.

Bernardino da Polenta, fratello di Francesca, era stato commilitone di Dante alla battaglia di Campaldino, poco dopo la tragedia. Probabilmente il poeta aveva appreso dal compagno d'arme i particolari del fattaccio:

Noi leggiavamo un giorno per diletto
di Lancialotto come amor lo strinse;
soli eravamo e sanza alcun sospetto.
Per più fiate li occhi ci sospinse
quella lettura, e scolorocci il viso;
ma solo un punto fu quel che ci vinse.
Quando leggemmo il disiato riso
esser baciato da cotanto amante,
questi, che mai da me non fia diviso,
la bocca mi baciò tutto tremante.
Galeotto fu il libro e chi lo scrisse:
quel giorno più non vi leggemmo avante.

Andrea non aveva mai letto in vita sua poesie di questo genere e andò a sentire il parere di uno che, di queste cose, s'intendeva meglio di lui, il poeta Dino Frescobaldi, buon amico di Dante. Dino ne restò ammirato e lo consigliò di rintracciare subito il recapito dell'esule, che cambiava spesso indirizzo, e di spedirgli il manoscritto. Dante si trovava allora in Lunigiana, presso i Malaspina. Ricevuto il plico, il marchese Moroello lo passò a Dante, incitandolo a continuare l'opera.

Non restava altro da fare. Caduta ogni speranza di rientro in patria, il poeta doveva cercare nell'arte la ragione della sua vita, lo scudo contro i colpi della sventura, la riabilitazione dalla condanna, la consacrazione alla gloria dei posteri. Sua casa l'esilio, suo conforto la poesia. Per i Bianchi, giungevano notizie sempre peggiori. Anche Bologna, che doveva essere il fulcro geografico d'una grande alleanza fra i Bianchi e i ghibellini padani e toscani, un patto di mutua assistenza, in funzione antiguelfa, cui avevano aderito Verona, Mantova, Brescia, Parma, Imola, Forlì, Faenza, Pisa, Arezzo, Pistoia, aveva improvvisamente abbandonato il campo, passando ai Neri. La peggiore di queste notizie, per le speranze dei Bianchi fuorusciti, fu senza dubbio la caduta di Pistoia, di cui abbiamo già parlato, arresasi dopo un disperato assedio, teatro di episodi feroci, amputata ai prigionieri una mano o un piede, le giovinette vendute come schiave. Né Dante aveva il diritto di scandalizzarsi. Quella era la prevedibile rappresaglia per le violenze commesse alcuni anni prima dai Bianchi, i quali non contenti di tenere Firenze, avevano cacciato i Neri da Pistoia, insanguinandola. Contro queste dure repressioni Dante, allora autorevole esponente del partito, non aveva parlato, o l'aveva fatto in maniera debole, il che fornì ai Neri, entrati in Firenze al seguito del Valois, un pretesto per metterlo al bando.

Il "latin sangue gentile" non scherzava, Dante lo sapeva bene. Nemmeno lui aveva scherzato, col taglio della lingua per i tre banchieri, spie di Bonifacio VIII. Quanti colleghi intellettuali, quanti scrittori di parte Nera avrebbero assistito con piacere, sulla pubblica piazza, alla esecuzione, mediante rogo, del pericoloso rivale in letteratura. Erano tempi d'una ferocia grandiosa, teatrale; un tumulto popolare, una guerriglia tra nobili si concludeva mozzando ai palazzi le torri, ai loro inquilini il naso.

Dopo la cacciata dei ghibellini (1266), le case degli Uberti, famiglia superghibellina, furono rase al suolo, sulle macerie fu pavimentata Piazza della Signoria, e l'omonimo palazzo sorse con un fianco storto, perché non si permise che toccasse il suolo appartenuto alla fazione sconfitta. I rancori varcavano anche le soglie del tempio, dove il passionale uomo del Medioevo s'inginocchiava a pregare, con sacrilego candore, un Dio che voleva fazioso e vendicativo, a propria immagine e somiglianza. Nelle litanie dei santi fu inserito l'empio versetto: *Ut domum Ubertam eradicare et disperdere digneris*, cui il popolo rispondeva: *te rogamus, audi nos* (affinché tu ti degni di sradicare e disperdere la casa degli Uberti, noi ti preghiamo, ascoltaci). Tentare il doppio gioco non serviva. Supplicare i vincitori invocando "Ho famiglia" voleva dire coinvolgere anche questa nei rigori della vendetta.

I figli di Dante, raggiunto il quindicesimo anno d'età, devono anche loro lasciare la patria, colpiti da un bando che fa ricadere sui figli le colpe, vere o presunte, dei padri. E partono, fra lo strazio della madre, appena temperato dal pensiero che andranno a confortare la solitudine del poeta. Lasciata la Lunigiana, questi si è trasferito intorno al 1307 nel Casentino, ospite dei conti Guidi, una casata tra le più antiche della Toscana, appartenente all'aristocrazia ghibellina e terriera. I Guidi, che non avevano mai accettato la nuova costituzione borghese, e piuttosto di rientrare in Firenze, e viverci come cittadini qualsiasi, avevano preferito vendere il loro palazzo (poi finito in mano ai Cerchi), erano divisi in vari rami, i Guidi di Porciano, di Battifolle, di Romena, spesso in lotta fra loro, ma uniti nella nostalgia dell'ancien régime. Uno dei loro antenati, Guido Guerra il Vecchio, era stato amico dell'avo Cacciaguida e questa circostanza, congiunta alla parentela con gli Elisei, amici dei Guidi, contribuì a far aprire a Dante le porte dei numerosi castelli che la ramificata famiglia possedeva sull'Appennino.

Nell'estate del 1902 Gabriele d'Annunzio andava spesso, cavalcando il focoso "Malatesta", a visitare il castello di Poppi, dimora di Guido da Battifolle, noto per aver sposato, letteralmente, la figlia d'un morto di fame, madonna Gherardesca, figlia del conte Ugolino. D'Annunzio dava venti lire di mancia al custode, si faceva aprire tutte le porte, esplorava ogni stanza, nervoso e avido, come se cercasse qualcosa d'introvabile. Era l'unico visitatore che riuscisse a fare star zitto il custode, parlava sempre lui, facendo da cicerone al cicerone, e a Eleonora Duse, che lo seguiva pigramente, trascinata da un cagnolino nero.

D'Annunzio aveva preso in affitto una casetta, sotto il vicino castello di Romena, per comporre nel silenzio dei colli toscani le pagine dell'*Alcyone*. Nelle pause del lavoro, un po' per distrarsi, un po' per riaccendere l'ispirazione, girava per i luoghi dove sei secoli prima il "collega" Dante aveva trovato ospitalità. Gabriele viveva splendidamente, gli editori gli anticipavano i diritti d'autore dei libri non ancora scritti. Dante, per vivere, fece da segretario alle belle castellane.

Madonna Gherardesca aveva ricevuto da Margherita di Brabante, moglie dell'imperatore Arrigo VII una gentile lettera che le chiedeva notizie della sua sventurata famiglia, e pregò Dante, lui che sapeva scrivere così bene, di rispondere con alcune righe di ringraziamento. Dante prontamente obbedì. Gherardesca non s'intendeva di lettere, di protocollo, era più svelta di lingua che di penna. Un giorno passeggiava assieme ad un'amica (si fa per dire) nei paraggi di Campaldino, dove una ventina d'anni prima Firenze aveva sconfitto Arezzo. Questa amica era Manentessa, figlia di Bonconte da Montefeltro, il capo ghibellino caduto in quella battaglia, e moglie anche lei di un conte Guidi, Guido Selvatico di Dovadola. Unite nel parentado, divise dalla politica, Gherardesca teneva per i guelfi, Manentessa per i ghibellini. Arrivate al famoso campo di battaglia, la figlia del conte Ugolino, quasi su una vena di umorismo nero, esclamò:

"O madonna, guardate quant'è bello questo grano e questa biada dove furono sconfitti i ghibellini. Sono certa che il terreno risente ancora la grassezza di quei cadaveri".

E Manentessa, alludendo alla fine del povero conte:

"Bello senza dubbio, ma credo che prima che sia pronto faremo in tempo a morir di fame".

Rivivevano così sotto gli occhi del poeta, nelle persone dei protagonisti, dei loro parenti, dei testimoni, i più sensazionali avvenimenti dell'epoca, scandali, delitti e vendette portate come fiori all'occhiello. Ogni castello racchiudeva il fantasma d'una storia, l'eco d'un fattaccio di cronaca, che Dante trasferì nel poema. Manentessa gli ricordò la misteriosa fine di Bonconte, il suo cadavere scomparso durante la battaglia. Cronaca gialla. Nel castello di Romena era stata scoperta una zecca clandestina gestita, per conto dei conti Guidi, da un abile falsificatore di fiorini, certo mastro Adamo, che fu arso vivo. Cronaca nera. Un figlio di Aghinolfo, della famiglia dei Guidi, aveva sposato una figlia di Paolo Malatesta, passato a fil di spada assieme a Francesca da Rimini. Cronaca nerissima. Non mancava la cronaca sexy. Si racconta che Manentessa fosse più bella che virtuosa, e che Dante, ospite del marito, Guido Selvatico, lo mettesse in guardia contro i rapporti troppo confidenziali che la moglie intratteneva con un frate francescano, assiduo frequentatore del loro castello, a Pratovecchio. Restavano, i due, ore ed ore in camera, a pregare. Dante ne dubitava. Ma il conte lasciò cadere il discorso, aveva troppa fiducia nel frate. Allora il poeta lo provocò con questa quartina, respinta dai dantisti, perché grossolana e indegna di Dante, ma meritevole tuttavia di essere registrata perché, se non fa parte della biografia del poeta, appartiene alla sua immortale leggenda:

Chi nella pelle di un monton fasciasse
un lupo, e fra le pecore 'l mettesse,
dimmi, cre' tu, perché monton paresse
ched'ei però le pecore salvasse?

Tra le molte castellane che accolsero Dante nei loro gelidi stanzoni, ce ne fu mai una innamorata di lui? Il Boccaccio ci avverte che, durante il soggiorno sui monti del Casentino, egli s'invaghì d'una donna, senza specificare se fosse contessa o popolana, giovincella o tardona. Dice soltanto che era gozzuta. D'altra parte, Dante bello non era. Però piaceva.

Dice un epigramma:

Dante era brutto. Egli, veduto a caso
una fanciulla: "Son - disse - persuaso
che nella città nostra di quest'una
non sia più bella alcuna".
Ed ella nel veder quel brutto aspetto:
"Tanto di te non può - disse - esser detto".
Ed ei: "Lo si potrà, donna loquace,
s'è ver che sei, com'io lo fui, mendace".

Gozzuta o no, una donna nel Casentino fece vibrare d'amore il cuore dell'esule, rimasto, dopo la morte di Beatrice e il distacco da Gemma, vedovo di affetti femminili. Non si trattò d'un flirt passeggero. Lo confessa lui stesso, in una lettera in latino indirizzata al marchese Moroello Malaspina. Scusandosi del lungo silenzio, lo informa di essere stato colpito da un amore "simile a una folgore", una passione che nonostante il suo proposito, data l'età, di non pensare più alle donne e dedicarsi interamente agli studi speculativi, lo tiene incatenato senza pietà. Ma diamo la parola al poeta, che davanti a questa montanara, forse gozzuta, spasima di passione, come la prima volta che vide Beatrice: "O quanto fu il mio stupore a quella apparizione! Ma lo stupore cessò per il terrore del tuono che ne seguì. Poiché come al baleno succede il tuono, così, appena vidi la fiamma di questa bellezza, il dio Amore, tremendo e imperioso, s'impadronì di me. E come un signore che, cacciato dalla patria, ritorni dopo lungo esilio nelle sue terre, questo feroce padrone uccise o cacciò o imbavagliò tutto ciò che, dentro di me, poteva opporsi a lui. Uccise dunque quel proposito lodevole per cui mi tenevo lontano dalle donne e dai loro canti, e cacciò empiamente, come sospette, le assidue meditazioni con le quali andavo considerando le cose del cielo e della terra. Infine, perché l'anima mia non potesse più ribellarsi, incatenò il mio libero arbitrio, ed io ora vado non dove voglio io, ma dove vuole lui. Così regna Amore in me, non resistendogli alcuna virtù. Come esso mi tiranneggi, lo apprenderete più avanti".

Con queste parole presenta all'amico una canzone, allegata alla lettera, dove sospira

Io non posso fuggir ch'ella non vegna
ne l'imagine mia,
se non come il pensier che la vi mena

e per colpa di questa donna, bella e ria

com'io risurgo, e miro la ferita
che mi disfece quand'io fui percosso,
confortar non mi posso
sì ch'io non triemi tutto di paura.

In questa valle alpestre, non c'è nessuno che lo consoli, non le donne gentili della *Vita nuova*, che avevano intelletto d'amore:

Lasso, non donne qui, non genti accorte
veggio, a cui mi lamenti del mio male:
se a costei non ne cale,
non spero mai d'altrui aver soccorso.

Rivolgendosi direttamente all'Amore, dice che l'insensibile donna

... non cura colpo di tuo strale:
fatto ha d'orgoglio al petto schermo tale
ch'ogni saetta lì spunta suo corso,
per che l'amato cor da nulla è morso.

Insomma, è talmente cotto di lei, che anche se i Neri revocassero il bando, rinuncerebbe a tornare in città:

O montanina mia canzon, tu vai:
forse vedrai Fiorenza, la mia terra,
che fuor di sé mi serra,
vota d'amore e nuda di pietate;
se dentro v'entri, va' dicendo: Ormai
non vi può far lo mio fattor più guerra:
là ond'io vegno una catena il serra
tal che, se piega vostra crudeltate,
non ha di ritornar qui libertate.

Morale: amor di donna vince amor di patria.

Notizie un po' più precise, sempre nel significato particolare che questo aggettivo assume quando si parla dell'esilio dantesco, le abbiamo a Lucca, dove troviamo il figlio Giovanni, testimonio in un atto mercantile, rogato il 21 ottobre 1308 dal notaio Rabitto Toringhelli. Giovanni è amico di mercanti e di banchieri, e con lui è il padre, che finalmente comincia a ricostruire dopo sette anni, sia pure in parte (però qualcuno sostiene che c'era anche Gemma), l'unità della famiglia.

Se era da compiangere la condizione degli esuli, non molto più allegra appariva quella dei fiorentini rimasti in città, esposti ai sobbalzi di sempre nuovi tumulti, allo stillicidio della guerriglia urbana, ai tentativi di colpi di stato. Una nuova guerra civile era scoppiata nell'autunno di quel 1308, per l'inestinguibile ambizione di Corso Donati, una specie di Catilina borghese, che sebbene ultracinquantenne e gottoso, puntava, con l'aiuto del suocero Uguccione della Faggiuola e di alcuni magnati, a farsi signore della città. Lo era stato, de facto, nei giorni della rivoluzione Nera, quando era entrato dall'esilio al seguito del Valois, con licenza di rapinare e proscrivere, e tutti lo salutavano, con atterrita ammirazione, "barone". Adesso sperava di rinnovare quei fasti, pensava che Firenze fosse matura per liquidare la traballante democrazia borghese e contava sul fascino che la superiorità della sua intelligenza e il suo ardimentoso orgoglio, degno d'un antico cavaliere, esercitavano sui fiorentini. Specialmente sulla plebe, da lui carezzata con pose demagogiche, vecchio trucco di chi aspira alla tirannia.

Gli avversari, per screditarlo presso l'opinione pubblica, lo fecero condannare per debiti, ma dalla breve prigionia egli uscì con l'animo invelenito, ancor più risoluto a giocare il tutto per tutto. La mattina del tre ottobre, uno dei leoni mantenuti dal comune nella gabbia del Battistero fuggì, e subito si diffuse la voce che fosse stato Corso ad aprire la gabbia, per attaccare a tradimento, nella confusione provocata dalla fuga della belva, le case dei suoi nemici. Egli contava su 400 cavalieri e 4000 fanti del suocero Uguccione, in marcia da Arezzo, ma prima che arrivassero a Firenze il podestà Pietro Corradi della Branca lo dichiarò colpevole di alto tradimento per i suoi accordi con Uguccione. Le sue case, tramutate in fortezze, furono assaltate dal popolo e dai magnati, rimasti fedeli alla repubblica.

Uguccione distava due dozzine di chilometri. Se fosse giunto in tempo, Corso avrebbe sicuramente vinto e conquistato la signoria della città. Ma gli altri ebbero la meglio grazie ad uno stratagemma: mandarono incontro ad Uguccione un messaggero a cavallo, il quale spacciandosi per un inviato di Corso, lo scongiurò di affrettarsi, perché la situazione era gravissima, non c'era un minuto da perdere, le case dei Donati erano state abbattute, disse il falso amico, e Corso, catturato, era stato condannato a morte. Il perfido trucco ottenne il risultato sperato, perché Uguccione, uomo pratico, si guardò bene dal rischiare la vita, sua e dei suoi uomini, per una causa già perduta, e anziché accelerare il passo, ordinò il dietro front. Corso, abbandonato da quei magnati che gli avevano promesso aiuto, combatté disperatamente; poi, inseguito dai nemici, cadde dal cavallo che lo trascinò per un buon tratto, finché una lancia pietosa gli diede il colpo di grazia. I frati vallombrosani lo seppellirono nel loro monastero, e pregarono per lui; Dante lo sprofonda nell'inferno:

Or va', diss'el, che quei che più n'ha colpa,
vegg'io a coda d'una bestia tratto
invêr la valle, ove mai non si scolpa

si fa predire, nel purgatorio, dal fratello Forese.

Seguì la consueta ondata di vendette ed esilii, periodica emorragia di Firenze. Molti si rifugiarono in territorio di Lucca, città favorevole a Corso, ma poco dopo la Signoria spedì ambasciatori per intimare al governo lucchese di non ospitare gli sbandati fiorentini, e questo, con un editto del 31 marzo 1309, li cacciò tutti. Compreso Dante. Il quale aveva nel frattempo conosciuto una simpatica gentildonna, abitante in via Fillungo, e ne aveva apprezzato le doti; lei, dal canto suo, non era rimasta insensibile alla singolare personalità di quel forestiero che alternava ai magnanimi sdegni repentine tenerezze.

El mormorava; e non so che "Gentucca"
sentiv'io là, ov'el sentia la piaga
della giustizia che sì li pilucca:
"O anima" diss'io "che par sì vaga
di parlar meco, fa sì ch'io t'intenda,
e te e me col tuo parlare appaga".
"Femmina è nata, e non porta ancor benda"
cominciò el "che ti farà piacere
la mia città..."

Così annuncia al poeta il lucchese Bonagiunta Orbicciani, tra i golosi del purgatorio.

C'erano in città due Gentucche, l'una moglie di Bernardo Morla Allucinghi, l'altra di Buonaccorso (o Cosciorino) Fondora. Probabilmente quella che aprì a Dante la porta della sua casa, se non del suo cuore, come negano i critici puritani, che confondono Dante col suo monumento, e lo vogliono di marmo anche da vivo, fu la seconda. Ma a parte ciò, a parte l'elegante dubbio se si sia trattato soltanto d'amore platonico, questa Gentucca fu una donna di rare qualità, se riuscì a far piacere allo scontroso esule una città classificata ai primissimi posti, nella lunga graduatoria delle sue antipatie. Purtroppo anche da Lucca il poeta dovette far fagotto per le proteste non del marito bensì, come abbiamo visto, dell'occhiuta Firenze.

Addio Gentucca, addio "bella di Dante", come la chiameranno nei secoli i concittadini lucchesi. L'esule riprende il cammino, poi ricompenserà le sue attenzioni, immortalandone il nome nel poema.

Viaggiava con un mulo o con un ronzino oppure con la muta dei cavalli che facevano servizio postale. Qualche fagotto di roba legato mediante cinghie di cuoio, le sue carte gelosamente custodite, un coltello per difesa personale infilato nella cintura stretta attorno alla tunica, la penna d'oca accanto al coltello. Mangiava e beveva poco, la barba sempre rasata. Non godeva molta salute, respirava male, aveva il setto nasale deviato a sinistra. Tuttavia i disagi fisici, i colpi della mala sorte non ebbero ragione di quest'uomo che pareva fatto apposta per sfidare ostacoli d'ogni genere, le lotte politiche, le passioni dell'animo, le umiliazioni dell'esilio, l'invidia dei dotti, l'incomprensione degli ignoranti, la lontananza dalla famiglia, l'indigenza cronica, precario l'oggi, incerto il domani.

La sua rovina come uomo politico coincise con l'inizio della sua gloria poetica. Egli trovò la forza di comporre il poema in mezzo agli sconquassi d'una vita amarissima. Queste bufere gonfiarono, come il vento le vele, la forza del suo animo, moltiplicandovi furori e nostalgie, magnifici slanci e cupi abbandoni. Era un pilota per oceani tempestosi, sarebbe morto di tedio nei laghetti d'Arcadia, mentre ci sono molti, d'ingegno altrettanto grande quanto delicato, osserva il Petrarca, alludendo probabilmente a se stesso, "che basta un soffio a sviarli dall'occupazione dell'animo, il che più spesso avviene a quelli che scrivono versi, i quali, dovendo badare non soltanto ai concetti e alle parole, ma anche al ritmo hanno più degli altri bisogno di silenzio e quiete".

Al Petrarca il destino assegnò onori di prìncipi che lo trattavano come un loro pari, canonicati e prebende, mondanità e ozi letterari, chiare fresche e dolci acque. A Dante, un inferno sulla terra. Eppure la sua infelicità contiene una lezione virile che la rende meno compassionevole di quanto sembri a prima vista. Scrive il Leopardi:

"Dei nostri sommi poeti, due sono stati sfortunatissimi, Dante e il Tasso. Di ambedue abbiamo e visitiamo i sepolcri: fuori delle loro patrie ambedue. Ma io, che ho pianto sopra quello del Tasso, non ho sentito alcun moto di tenerezza a quello di Dante: e così credo che avvenga generalmente. E nondimeno non mancava in me, né manca negli altri, un'altissima stima, anzi ammirazione, verso Dante: maggiore forse (e ragionevolmente) che verso l'altro.

"Di più, le sventure di quello furono senza dubbio reali e grandi; di questo appena siamo certi che non fossero, almeno in gran parte, immaginarie: tanta è la scarsezza e l'oscurità delle notizie che abbiamo in questo particolare: tanto confuso, e pieno continuamente di contraddizioni, il modo di scriverne del medesimo Tasso. Ma noi veggiamo in Dante un uomo d'animo forte, d'animo bastante a reggere e sostenere la mala fortuna; oltracciò un uomo che contrasta e combatte con essa, colla necessità, col fato. Tanto più ammirabile certo, ma tanto meno amabile e commiserabile.

"Nel Tasso veggiamo uno che è vinto dalla sua miseria, soccombente, atterrato, che ha ceduto all'avversità, che soffre continuamente e patisce oltre modo. Sieno ancora immaginarie e vane del tutto le sue calamità, la infelicità sua certamente è reale. Anzi senza fallo, se ben sia meno sfortunato di Dante, egli è molto più infelice".

Non era un letterato da tavolino, meditava il poema, concepiva i suoi canti a cavallo, da un rifugio all'altro, traendo ispirazione dai luoghi e dalle persone incontrate. Nel suo turismo coatto, la necessità pratica divenne occasione lirica; la condanna dei contemporanei, uno stimolo a seguir "virtute e conoscenza". Caduta ogni speranza di rientro in patria, si mise in cammino verso la Francia, per ascoltare a Parigi (questo viaggio è accettato da buona parte della critica) i più illustri maestri del secolo. Più controverso, da taluni respinto come inverosimile, è l'episodio seguente.

Un giorno, al monastero di Santa Croce del Corvo, fondato dai camaldolesi sui monti fra Lerici e la foce della Magra, un certo frate Ilaro vede uno sconosciuto aggirarsi, smarrito, attorno all'edificio.

"Che cerchi?" domanda il frate.

L'altro non risponde, e con aria assorta rimira l'ingresso.

"Che cosa vuoi?" ripete Ilaro, attorno al quale si è raccolto un gruppetto di confratelli, incuriositi.

"Pace" risponde finalmente il forestiero.

Trattolo in disparte, Ilaro si fa dire nome e cognome, dichiarandosi lieto di conoscere personalmente un poeta del quale in Lunigiana si era già sparsa larga fama. Procuratore dei Malaspina, autore di canzoni, perseguitato politico, chi non aveva sentito parlare di lui? Vista la buona disposizione del frate, Dante estrae un libretto:

"Ecco una parte dell'opera mia, che tu forse non hai mai veduta. Vi lascio questo documento, affinché non vi dimentichiate di me".

Ilaro getta un'avida occhiata su quei fogli, sono i trentaquattro canti dell'*Inferno*, poi guarda il poeta, con contrariata meraviglia.

"C'è qualcosa che non va?"

"Nulla. Anzi, ti ringrazio del dono, solo mi domando se sia possibile esprimere in lingua volgare pensieri così profondi. Non era meglio usare il latino?"

"A dir la verità, avevo cominciato a scrivere in latino, poi ho rinunciato, perché oggi la lingua dei dotti non la comprende più nessuno. Ti prego di far pervenire questo manoscritto al mio grande amico Uguccione della Faggiuola e dirgli che, se vorrà conoscere la seconda cantica, il *Purgatorio*, dovrà rivolgersi a Moroello Malaspina, e per la terza, il *Paradiso*, a Federico, re di Sicilia. A questi tre amici infatti ho dedicato il mio poema. Addio fratello, parto per la Francia".

Leggenda, un tessuto di assurdità e menzogne, afferma Nicola Zingarelli, per il quale Dante fa la figura d'un autore di mezza tacca, in giro a offrire copie delle sue poesie al primo incontrato. Senza contare che Dante non conosceva Federico di Sicilia, e il *Paradiso* lo dedicò a Cangrande della Scala.

È una delle cose meno incerte della vita di Dante, risponde Cesare Balbo.

IX

Non si laureò

"Guai ai soli" era il motto della società medioevale. Ogni individuo era assorbito in una comunità, in un'associazione. "L'individuo isolato era condannato alla scomunica o all'esilio" scrive Lewis Mumford, "in pratica, poco meno della morte. Per vivere, bisognava far parte d'una associazione, d'una famiglia, d'un maniero, d'un monastero o d'una corporazione. Non esisteva sicurezza all'infuori del gruppo. Si viveva e si moriva nello stile particolare della propria classe e della propria corporazione".

La corporazione era detta *universitas*, e insegnava ai suoi soci un mestiere, ne tutelava i diritti, stabiliva precisi doveri, mirando a raggiungere nella propria sfera d'azione, mercantile o professionale, una posizione di monopolio. La più monopolistica di tutte era l'*universitas magistrorum*, cui spettava il privilegio esclusivo della ricerca scientifica e dell'insegnamento a mano a mano che la cultura, uscendo dai monasteri e dalle scuole vescovili, si laicizzò. Un poco alla volta l'*universitas magistrorum* e l'*universitas scholarium* divennero l'*universitas* per antonomasia, l'università, la più importante, organizzata e privilegiata delle corporazioni medioevali.

Superato l'esame finale, lo studente otteneva la *facultas docendi*, cioè la facoltà d'insegnare, da cui l'attuale nome di facoltà universitaria. Soltanto una minima parte degli studenti passava dai banchi alla cattedra, assumendo la qualifica di *doctores legentes*, cioè lettori (donde: lezione). I più s'avviavano alle professioni borghesi, col titolo di "messer" i giudici, di "ser" i notai. Le università avevano statuti rigorosi, godevano di immunità sancite dall'autorità imperiale, quasi uno stato nello stato. Le più prestigiose erano Bologna e Parigi. "*Vade Bononiam vel Parisiis*" si consigliava a chi voleva studiare sul serio.

Nella prima vigeva un singolare sistema di autogestione, diremmo oggi, democratica, di base. Rettore era uno studente; gli studenti eleggevano i professori, contrattavano lo stipendio che pagavano di tasca propria (fino a quando l'ateneo non diventò comunale), fissavano l'orario, la durata, il numero delle lezioni. Se l'insegnante arrivava in ritardo, se non svolgeva tutto il programma, multa sacrosanta. Chi non era in grado di pagare l'insegnante, dava in pegno i libri, oggetti in quel tempo veramente preziosi. Chi non era in grado di comprarli, li noleggiava, poi occorreva un domestico di buoni muscoli, che aiutasse a portarli, tant'erano pesanti. Nelle città universitarie il furto di libri era frequente come oggi quello d'auto.

A Parigi invece il potere cattedratico era saldamente in mano ai docenti, e il rettore veniva nominato dai maestri rappresentanti le quattro nazionalità: la franco-latina, la normanna, la piccarda, l'anglo-tedesca. A capo d'ogni facoltà stava il *decanus*, l'attuale preside. Gli studenti portavano ricchezza, ma anche turbamento all'ordine pubblico. Bevevano, e qualche volta ci scappava il morto. A Napoli fu esposto un cartello "Non si affitta a studenti e prostitute"; a Parigi non si dava ospitalità a "*meretrices aut homines perversi aut studenti rixosi*".

Gli studenti, quelli danarosi ovviamente, cambiavano spesso università e il loro vagabondaggio culturale da Bologna a Parigi, da Parigi a Oxford era favorito dalla unicità della lingua, in tutte le scuole d'Europa si parlava latino, l'esperanto del Medioevo. Avevano una propria divisa: tunica con cappuccio e tabarro nero, chiuso sul davanti con fibbie. Di quell'antico abbigliamento è rimasta traccia nel cappello a punta, che gli universitari oggi indossano per la festa della matricola. In alcune città avevano perfino tribunali propri, e questo privilegio, congiunto a molti altri (esenzione dalle imposte, l'affitto bloccato, ecc.) fece sì che molti prolungassero fino alla vecchiaia la condizione di studente.

Non era certo questo il caso di Dante. Egli non riuscì mai a conseguire un titolo accademico, né a Bologna né a Parigi, per insufficienza di mezzi finanziari, non per cialtronismo di goliardo bontempone. Alla Sorbona, fondata dal canonico Roberto de Sorbon, occorrevano per il dottorato in teologia otto anni di studio e l'età minima di 35 anni. Dante disponeva del secondo requisito e ne avanzava (era sui 45), ma non era in grado di soddisfare il primo.

L'università parigina si trovava nel Vicus Straminum, la Contrada degli Strami, presso il Boulevard Saint Germain. L'appellativo deriva dall'abitudine degli studenti di portarsi a scuola, in mancanza di banchi, stuoie di paglia o mucchi di fieno, con l'aggiunta di erbe odorose nei giorni particolarmente solenni. Nella zona c'è tuttora una Rue Dante, e l'idea che il nostro maggiore poeta si sia abbeverato alla fonte più alta della cultura francese ha lusingato i francesi i quali, sebbene del viaggio parlino soltanto il Boccaccio e il Villani, gli hanno eretto una statua, davanti al Collegio di Francia.

Come e dove vivesse, non sappiamo; ma la sua avidità di apprendere era tale che lo immaginiamo primo ad entrare in aula ed ultimo ad uscirne. A Parigi avevano insegnato i più grandi filosofi del tempo; Alberto Magno, tanto estimatore degli arabi Averroé e Avicenna, da salire in cattedra vestito alla foggia araba; e il suo alunno Tommaso d'Aquino, entrambi domenicani:

Io fui delli agni de la santa greggia
che Domenico mena per cammino
u' ben s'impingua se non si vaneggia.
Questi che m'è a destra più vicino,
frate e maestro fummi, ed esso Alberto
è di Cologna, e io Thomas d'Aquino

dice a Dante il filosofo della scolastica. E aggiunge, additando in paradiso l'ex avversario Sigieri di Brabante, formidabile dialettico, ucciso a coltellate da un fanatico:

Essa è la luce etterna di Sigieri,
che, leggendo nel vico delli strami,
sillogizzò invidïosi veri.

Durante il soggiorno parigino, il poeta arricchì la sua poderosa cultura filosofica e teologica. Se non aveva possibilità di acquistare libri, avrà supplito con la sua prodigiosa capacità mnemonica. Un giorno un tizio gli chiese:

"Qual è il miglior cibo?"

"L'uovo" rispose Dante.

Dopo un anno, quel tizio incontra il poeta e riprende il discorso a bruciapelo:

"Con che cosa?"

"Col sale".

La storiella, una delle tante inventate sul conto del poeta, rivela controluce una trama di verità, la sua fama di uomo di eccezionale memoria. Lo conferma il Boccaccio: "Fu ancora Dante di meravigliosa capacità e di memoria fermissima, come più volte nelle disputazioni di Parigi e altrove mostrò". Villemain racconta (ma non è obbligatorio crederci) che alla Sorbona Dante strabiliò i professori, sostenendo con brillante esito una discussione contro quattordici contraddittori, su altrettanti quesiti di scienza e di teologia.

Egli ripeté con esattezza i quattordici quesiti nello stesso ordine in cui gli erano stati posti, ribattendo e controribattendo le obiezioni, come un giocatore di scacchi che disputi più partite contemporaneamente.

Dalla Francia passò in Inghilterra? Il Boccaccio dice di sì, Giovanni da Serravalle specifica che studiò sacra teologia a Oxford, che era una delle tante università nate per scissione. Nel 1167, un gruppo di studenti inglesi aveva abbandonato Parigi per dar vita all'ateneo inglese. Analogamente, un gruppo di studenti, per protestare contro i soprusi delle autorità, abbandonò Bologna per Firenze, creando il primo nucleo della nascente università toscana. Un altro gruppo, da Bologna andò a fondare l'università veneta, che il senato della Serenissima, temendone l'irrequietezza, non volle sulla laguna, e relegò a Padova.

Torniamo a Dante, di cui Giorgio Petrocchi considera leggendario il viaggio a Oxford, e così pure il ritorno via Reno, con sosta a Colonia. Le località che presumono d'aver dato ospitalità a Dante sono più numerose di quelle che hanno dato i natali a Omero. Il Petrocchi le riunisce in tre gruppi. Le certe: Verona,

Pisa, Genova, Milano, Mantova, Venezia, il Casentino, la Valdichiana, e Ravenna, ultimo rifugio. Le probabili: Bologna, Padova, Ferrara, Perugia, Urbino, Fonte Avellana, Urbisaglia, Massa Trabaria, Assisi ecc. Le incerte, anzi improbabilissime: Avignone, Duino, Sicilia, Sardegna, Montecassino, Puglia. "La sola registrazione delle ipotesi, oltre che risultare impossibile data la gran copia d'esse, obbligherebbe ad un inerte elenco bibliografico".

A San Benedetto dell'Alpe, sul versante romagnolo del passo del Muraglione, i valligiani indicano, a settecento metri d'altezza, la Cascata di Dante: più che una cascata, una rapida, formata da un torrentello, l'Acquacheta, luccicante di spume e di trote. La domenica qualche escursionista sale lassù, richiamato dal profumo di vasti tappeti di funghi e dal pecorino che un pastore ricava dal latte di cinquanta pecore, sparse all'alpeggio. Il pastore dorme nella Casa dei Romiti, la stessa dove salivano i benedettini a *orare et laborare*. Trote, funghi e *Divina Commedia*. "Qui Dante veniva molto spesso" giura la gente "se non altro, è dovuto passare per andare a Forlì, a chiedere rinforzi a Scarpetta Ordelaffi. Sarebbe bello costruire un albergo, si incrementerebbe il turismo. Dopotutto, Dante è stato un grande turista".

Scendendo verso Forlì, a una dozzina di chilometri da San Benedetto, l'esule non avrà mancato di soffermarsi nel paesello di Portico, per cercare, con lieve sussulto dell'anima, la casa del banchiere Folco Portinari, che una volta veniva a villeggiare con la famiglia. Oramai quella casa era vuota. Morto Folco, morta anche la figlia, la soave Beatrice, moglie di Simone dei Bardi. Due famiglie di banchieri, un matrimonio d'interesse. Poi Simone si era schierato con i Neri, i Portinari con i Bianchi, e travolti nella rovina economica delle compagnie legate ad essi, erano emigrati a Bruges.

Ora la Casa di Beatrice, una modesta costruzione al centro del paese, è abitata da una vedova e da un coldiretto. Nella parte sinistra del disadorno edificio, la Cooperativa del Popolo. Sulla facciata, una bacheca di legno, con i giornali di partito. "Purtroppo, nel nostro paese non abbiamo l'abitudine di mettere alle bambine il nome di Beatrice" spiega la guardia comunale, e abbassa gli occhi, quasi per scusarsi.

Quando quelli di Portico vogliono far arrabbiare quelli di Marradi, un paese a nord, nella parallela valle del Lamone, tirano fuori un aneddoto, uno dei tanti che vanno presi, superfluo ricordarlo, con le dovute cautele, ma rappresentano, per chi desideri orientarsi nella nebulosa geografia dell'esilio dantesco, l'arcano segno d'una vicina presenza fisica, una specie di canto dell'allodola prima dello spuntar del sole.

Raccontano, dunque, quelli di Portico che un giorno il poeta, passando per Marradi, legò il cavallo ad una inferriata, entrò in una casa e quando uscì non lo trovò più. Allora si mise a inveire contro gli abitanti del luogo, lanciando aggettivi che, a un Dante arrabbiato, sicuramente non mancavano.

Offeso nell'onore, uno del posto protestò:

"Si ricordi che noi, qui in paese, siamo tutti galantuomini".

"Galantuomini sì, ma... radi".

Un giorno il poeta passò per Lugo, Fusignano e Bagnacavallo. Nel primo paese fu imbrogliato sul peso da un mercante, nel secondo condannato a una piccola multa, nel terzo insultato dal popolino. La sera, nel recitare le preghiere prima di coricarsi, invocò il Signore: "*A statera Luci, a justitia Fusignani et ab infami plebe Balneocaballi, libera nos Domine*", dalla stadera di Lugo, dalla giustizia di Fusignano e dall'infame plebe di Bagnacavallo, liberaci o Signore.

Non sono aneddoti che aggiungano molto alla gloria del poeta. Più significativa la storiella, anche questa di origine popolare, che ha protagonista il Petrarca. Il cantore di Laura aveva fatto dipingere nel suo scrittoio la figura di Dante, impiccato per un piede (pena riservata ai ladri).

"Perché?" gli domandò un amico.

"Perché mi ha rubato la possibilità di scrivere cose buone."

Analoga a questa storiella (che riflette un dato di fatto, la scarsa simpatia del Petrarca per Dante), quella raccontata a Ravenna. Un insegnante e uno scolaro discutono sul valore di questo fuoruscito fiorentino, che studia e scrive dalla mattina alla sera, incessantemente.

"È un poeta molto bravo" osserva lo scolaro.

"Un villano, ecco che cos'è".

"Perché lo offendete?"

"È un villano, perché nella sua poesia ha detto tutto, e non ha lasciato dir nulla agli altri".

A Portico, la gente indicando la Casa di Beatrice racconta che la ragazza, nei lunghi pomeriggi estivi, soleva affacciarsi alla finestra, a guardare il passeggio, cosa improbabile, perché nel Duecento alle ragazze serie era vietato stare alla finestra, a curiosare. L'unico contatto col mondo esterno, la sola occasione di far quattro chiacchiere, di vedere e farsi vedere, la trovavano andando alla messa, sempre accompagnate, beninteso. In chiesa i giovanotti avevano tutto l'agio di guardare chi volevano, senza dar sospetti, rapiti in una contemplazione il cui oggetto non era il buon Dio. In chiesa, nel Medioevo, si faceva di tutto: elezioni, riunioni corporative, lezioni universitarie. Perfino congiure e assassinî. Il luogo più opportuno per pugnalare un avversario era il tempio, mentre la vittima stava inginocchiata in preghiera. A confronto di questi crimini, guardare una bella ragazza in chiesa non era un peccato, bensì un riconoscimento della bravura del Creatore. Il resto della giornata la ragazza lo trascorreva in casa, non usciva nemmeno per fare la spesa, ci pensavano gli uomini, o la servitù. Di solito veniva maritata fra i tredici e i sedici anni. Giulietta Capuleti andò sposa a quattordici. A venti, una non sposata si considerava zitella. A trenta, un rudere.

Erano abilissime nel dipingersi il viso. Franco Sacchetti dice che superavano Giotto, "...una figura pallida e gialla, con artificiali colori la fanno in forma di rosa". Si depilavano la fronte, con unguento a base di calce, per farla diventare alta, lucente, *bombé*. Un concilio aveva vietato di tingere i capelli e mettersi la parrucca, considerata oltraggio alla natura, a Dio. Ma le donne non rispettarono mai questi divieti, e nemmeno li rispettarono gli uomini, se è vero che un maschio condottiero come Francesco Sforza si faceva vedere a corte "un dì cum li capilli negri et l'altro cum li soi naturali". Perciò vanno perdonate anche quelle principesse che convocavano a corte i paggi biondi, li rapavano e con le chiome recise si facevano la *mèche*. Era di moda il tipo biondo, i capelli chiusi in reticelle, o arrotolati sulla nuca attorno a un'armatura metallica che ne gonfiava fittiziamente il volume, a guisa di turbante.

Piacevano le silhouettes sottili, slanciate, flessuose, che facevano del Trecento un secolo di indossatrici avanti lettera, la pelle bianca, lattea, le sopracciglia a sesto acuto. Era la verticalità, lo stile gotico delle chiese, osserva Piero Bargellini, applicato all'eterno femminino. Grande uso di belletto, che Cecco Angiolieri chiamava "il fattibello". L'odiosissima moglie sua, appena svegliata, s'impiastricciava la faccia con allume, biacca e scagliola. Detestata la tintarella. Per imbiondire i capelli, le donne si esponevano per ore al sole, coprendo il viso affinché non abbronzasse. Chi aveva fretta, li imbiondiva con la ricetta di Arnaldo di Villanova (1238?-1311) medico e alchimista di Bonifacio VIII e di Clemente V: "Tuolli centaurea onze 4, draganti gumma rabica ana onze 2, savon saldo onze 1, lume de feza l(ibre) 1, e può te unzi li capilli al sole".

Spesso l'abito s'allunga nella *cauda*, lo strascico, che la gareggiante vanità femminile tende ad allungare sempre più, finché i vescovi intervennero a stabilire la misura massima. Ogni abito aveva più maniche di ricambio, attaccate con bottoni o nastri. Dalle crociate era stato importato il gusto dei veli, che scendevano a mezza spalla, oppure fino a terra. Veli vaporosi fluttuavano sul copricapo delle aristocratiche, a forma di bicorno, le nubili indossavano il tricorno, le serve una cuffia con le tese abbassate, a campana. La camicia era un indumento diurno, a letto si dormiva nudi, con una pelliccia d'inverno. Le donne non portavano mutande, tranne quando andavano a cavallo. Nel Trecento compaiono i primi busti, metallici, rivestiti di seta o di pelliccia secondo il clima. A passeggio si usavano scarpe ortopediche, altissime.

Contro il lusso femminile si stabilì che "se qualche donna vorrà portare in capo qualche ornamento d'oro o d'argento o di pietre preziose o di perle, anche false, sia tenuta a pagare al comune di Firenze cinquanta lire ogni anno. È permesso indossare fili d'oro o d'argento, sino ad un valore massimo di tre lire. Chi vorrà guarnire il mantello di fregi d'oro o d'argento o di seta intessuta d'oro o d'argento, o portare ornamenti di perle in altre parti delle sue vesti, pagherà al suddetto comune cinquanta lire l'anno".

Seguono altri fulmini del comune: "Non presuma alcuna donna portare in capo corona d'oro o d'argento, restando peraltro sempre concesso l'oro e l'argento filato, né indossi abito che strascichi a terra per più d'un braccio". Provvedimenti a puro scopo fiscale o programma moralizzatore?

Le mogli, le figlie dei banchieri fiorentini che finanziavano mezza Europa; dei mercanti che trafficavano accumulando fortune favolose; degli artigiani che producevano nelle loro botteghe i più raffinati articoli di abbigliamento, le squisite scintillanti inutilità indispensabili a decorare la bellezza femminile, si saranno rassegnate alla austerity o avranno preferito pagare la tassa? Sicuramente avranno pagato, perché le leggi suntuarie, da che mondo è mondo, permettono ai governi di sanare l'erario, fingendo di sanare i costumi.

Quando un maestro d'arte aveva obbedito agli obblighi della sua corporazione: giurare sul Vangelo di svolgere bene il proprio mestiere, non fare concorrenza sleale, rispettare la domenica, non bestemmiare, dare ai dipendenti le paghe pattuite, fornire all'apprendista vitto, alloggio e vestiario; quando, assolti i suoi doveri e chiusi i bilanci a fine d'anno, trovava disponibile per il ménage familiare un larghissimo attivo, chi mai poteva impedirgli di avvolgere le sue donne in vesti splendide, coprirle di perle e monili, e farle sfilare per la via, dirette alla messa o alla festa di Calendimaggio, dimostrazione vivente della conquistata agiatezza borghese? E poi, perché risparmiare? Si faceva così presto a morire, a perdere beni mobili e immobili, nella Firenze dei duelli e delle proscrizioni. Rimpiangendo il buon tempo antico, l'Alighieri sospirava:

Fiorenza dentro dalla cerchia antica,
ond'ella toglie ancora e terza e nona,
si stava in pace, sobria e pudica.
Non avea catenella, non corona,
non gonne contigiate, non cintura
che fosse a veder più che la persona.

In una città patriarcalmente povera, non esisteva l'incubo della dote:

Non faceva, nascendo, ancor paura
la figlia al padre; ché 'l tempo e la dote
non fuggìen quinci e quindi la misura.
Non avea case di famiglia vote;
non v'era giunto ancor Sardanapalo
a mostrar ciò che 'n camera si pote.

La smania del guadagno non spingeva i mariti ad emigrare, in cerca di mercati sempre più redditizi:

Oh fortunate! ciascuna era certa
della sua sepoltura, ed ancor nulla
era per Francia nel letto diserta.

Perciò inveisce contro coloro che, venuti dal contado, si erano sovrapposti, contaminandola, all'antica, parca popolazione cittadina; contro i banchieri, i trafficanti arricchitisi nel passaggio dalla severa economia rurale allo sfacciato consumismo industriale e mercantile. E, irato, predice sventura:

La gente nova e i subiti guadagni
orgoglio e dismisura han generata,
Fiorenza, in te, sì che tu già ten piagni.

I triboli dell'esilio l'avevano inasprito; si aggiunga, al rancore personale, il trabocchetto della nostalgia, illusione ottica della mente che fa apparire bello solo ciò che è passato, perché il sentimento, avanzando l'età, diventa presbite. Dante vedeva soltanto i lati negativi della nuova Firenze artigiana e imprenditoriale, non avvertiva il senso del profondo ricambio sociale, della impetuosa crisi di crescenza che si manifestava secondo moduli non previsti nei trattati di filosofia. La lontananza dalla città gli aveva impedito di costatare di persona che il diavolo della nuova borghesia non era così brutto come lo si dipingeva, le donne fiorentine non erano tutte "sfacciate", Firenze si arricchiva di palazzi e chiese magnifiche.

E non solo Firenze. Il mondo attraversava una fase di transizione fra due epoche, una lenta rivoluzione morale, oltre che sociale. Se la superbia era stato il grande peccato della feudalità terriera e guerriera, che disdegnava il lavoro manuale e il contatto con la vile moneta, l'avarizia, intesa come avidità, sete di guadagno, è il grande peccato della emergente classe mercantile e borghese. Lo spartiacque simbolico fra questi due modi di pensare e di vivere fu segnato, anzi proclamato, il giorno in cui, sulla fine del Duecento, Benedetto Zaccaria, armatore e mercante genovese assolutamente privo di complessi, sfidò quelli che condannavano (ma solo a parole) il denaro, battezzando la maggiore delle sue navi *Divizia* (Ricchezza), anziché col nome d'un santo, come s'era usato fino allora.

X

Profeta del passato

Nella lotta per il primato tra papato e impero s'inserisce, all'alba del Trecento, un terzo, vivace elemento: la Francia, che sotto la guida di Filippo il Bello aspira ad occupare lo spazio politico lasciato libero dagli Asburgo, imperatori più di nome che di fatto. Filippo cominciò con lo sfidare Bonifacio VIII, pretendendo che anche il clero pagasse le imposte necessarie alle sue guerre. Bonifacio aveva risposto con la scomunica, e Filippo aveva replicato vietando l'esportazione di capitali dalla Francia, provvedimento che feriva l'erario pontificio. Alla fine il re si appellò agli Stati Generali, ottenendone l'incondizionata approvazione della sua politica di indipendenza dalla chiesa. Bonifacio stava meditando di deporre Filippo, quando il sette settembre 1303 Guglielmo di Nogaret, ministro francese, e Sciarra Colonna, della famiglia più odiata da papa Caetani, entrarono nel palazzo di Anagni, arrivarono fino alla stanza del trono, e s'impossessarono della persona del papa, che tenne un contegno superbamente intrepido, rispondendo agli aggressori "Ecco il mio collo, ecco la mia testa". Condotto via prigioniero e liberato dal popolo, egli morì il mese successivo, di crepacuore.

Seguì il brevissimo regno di Benedetto XI, poi la tiara passò a Clemente V, papa francese, già arcivescovo di Bordeaux. Non sentendosi sicuro in Italia, questi portò la sede in Francia, con immensa soddisfazione di Filippo, che avendo collaborato alla sua elezione, era convinto di poterlo manovrare come docile strumento per la sua politica di grandeur. Difatti il neoeletto esordì creando nove cardinali francesi, assolse gli aggressori di Anagni, non protestò per i beni confiscati da Filippo all'ordine religioso dei Templari e, premuto dalla sua insistenza, inscenò un processo contro la memoria del papa aggredito (bolla del 23 settembre 1309). Filippo pretendeva addirittura che Bonifacio fosse condannato come eretico e depennato dall'elenco dei pontefici. Su un argomento il papa non cedette: la nomina dell'imperatore, al posto di Alberto d'Asburgo, ucciso da un parente il primo maggio 1308.

Filippo appoggiava con ogni mezzo, palese e occulto, la candidatura del fratello Carlo (il Valois che era costato l'esilio a Dante), per realizzare l'ambizioso sogno di ridare alla Francia la corona che era stata di Carlo Magno. Ma il papa temeva di essere lui il primo a farne le spese: aveva più paura degli alleati francesi, saldamente arroccati nel Napoletano, che non dei nemici ghibellini, politicamente orfani e inconcludenti. Perciò sostenne la candidatura di un outsider, Arrigo conte di Lussemburgo: sulla quarantina, statura media, guercio, sbarbato, capelli rossicci, poliglotta, d'educazione più francese che tedesca, in fama di buon amministratore.

Tra gli elettori tedeschi, Arrigo godeva l'appoggio dell'arcivescovo di Treviri, che era suo fratello Baldovino. Il 27 novembre fu eletto all'unanimità re di Germania, a Francoforte sul Meno, e il 6 gennaio 1309 incoronato re ad Aquisgrana. Mancava l'incoronazione imperiale, da fare a Roma, ed Arrigo si procurò il consenso del papa riconoscendo subito la supremazia del potere spirituale su quello temporale e promettendo di organizzare quanto prima una crociata in Terrasanta. Commosso per il gentile pensiero, Clemente ringraziò di cuore "*carissimum filium nostrum Henricum*". Insomma, era un sorprendente idillio che oltre a svelenire l'antica polemica tra papato e impero, ingenerava una buffa confusione di schieramento, poiché non si capiva se fosse più ghibellino il papa o più guelfo l'imperatore.

Temperamento romantico e idealista, convinto del potere taumaturgico della parola impero, Arrigo decide di scendere in Italia non solo per cingere la corona, ma per mettere ordine e pace nella dilaniata Penisola. È la prima volta che un imperatore cala in Italia con la benedizione del papa. Non si accontenta di regnare, vuole governare. Grandi cose ci si aspetta da lui. E grandissime se le aspetta Dante, che appena saputa la notizia, abbandona Parigi e torna in Italia. Ancora una volta la politica lo strappa alla quiete degli studi; non è più tempo di meditazione, è il momento di agire, anche se in Italia lo aspettano nuove tempeste e nuovi disinganni. Il poeta non può ignorare l'eccezionale evento. Nemmeno il cielo resta indifferente. "Il 10 maggio del 1309, di notte, quasi al primo sonno" racconta il cronista Giovanni Villani, "apparve in aria un grandissimo fuoco, grande in quantità d'una grande galera, correndo dalla parte d'Aquilone contro il meriggio con grande chiarore, sicché quasi per tutta Italia fu veduto, e fu tenuto a grande meraviglia; e per li più si disse che fu segno della venuta dello Imperatore".

Nell'esule si ridestano le sopite speranze. Ecco l'uomo che farà giustizia, e porrà fine alle beghe dei comuni, nell'augusto segno dell'aquila imperiale. Egli ridarà una patria agli esuli e protezione ai perseguitati. Che importa se l'imperatore è tedesco? Egli è portatore d'un valore universale, l'impero, e ciò che è universale non è straniero a nessuno. A lui spetta, nella concezione politica di Dante, che in questo tempo va meditando le tesi filosofico-politiche del *De Monarchia*, il compito di riordinare le cose terrene, come al papa spetta quello di curare le cose dello spirito. Le due autorità sono indipendenti. Errano quei papisti che, paragonando l'imperatore alla luna, e il papa al sole, sostengono che l'imperatore riceve dal papa l'autorità, così come la luna dal sole la luce. Questi due massimi poteri sono investiti direttamente da Dio. Il papa non deve interferire nelle faccende terrene, lo conferma la risposta data da Cristo a Pilato "Il mio regno non è di questo mondo". Sono due istituti distinti, cospiranti a due fini paralleli. Per questo, scrive Dante nel *De Monarchia*, "fu necessario all'uomo una duplice guida corrispondente al duplice fine: cioè il sommo pontefice, che conduce il genere umano alla vita eterna per mezzo delle dottrine rivelate; e l'imperatore, il quale indirizzi il genere umano alla felicità temporale, per mezzo della filosofia".

Il 10 maggio 1310 Arrigo spedì ambasciatori in Italia, ad annunciare il suo imminente arrivo. Lui si trovava a Losanna, dove aspettava che i ghibellini andassero a riverirlo, disposto ad accogliere benevolmente anche i guelfi, purché facessero atto di sottomissione. Il tre luglio, una missione imperiale composta da Luigi di Savoia, il vescovo Filippo di Rathsamhausen, il vescovo Gerardo di Wippingen, il giurista Bassiano de' Gaschi e Simone Filippi de' Reali, andò a Firenze per protestare contro le vessazioni ai danni di città ghibelline, e intimare alla Signoria di inviare entro l'autunno una delegazione a Losanna, per giurare fedeltà all'impero. Rispose Betto Brunelleschi che "mai per niuno signore i fiorentini piegarono le corna", parole brusche nella forma, e false nella sostanza, perché le corna le avevano piegate dieci anni prima, davanti al Valois. Il tono sprezzante della risposta non piacque neanche ai fiorentini, che incaricarono Ugolino Tornaquinci di ripetere gli stessi concetti, ma in forma più diplomatica.

A differenza dell'irriducibile Firenze, Arezzo si disse disposta ad accogliere l'imperatore "*tamquam sponsum in thalamum suum*" come uno sposo nel proprio letto. Pisa gli offrì diecimila tende per l'esercito, più una tenda per lui, di seta, intessuta d'oro e costellata di pietre dure. Dono deliberato non tanto per compiacere Arrigo, quanto per indispettire i fiorentini. Si aggiungano sessantamila fiorini d'oro, a pronta cassa, più altrettanti non appena Arrigo fosse arrivato a Pisa. A Siena i messi imperiali furono accolti dalla banda comunale. Dante intanto corre ad ossequiare, non sappiamo esattamente in quale città, l' "alto Arrigo" che vede in lui un poderoso propagandista della causa imperiale, autore di infuocati messaggi ad amici e nemici. Bisogna accogliere l'imperatore con fiduciosa sottomissione, proclama il poeta, perché egli viene a restaurare la giustizia, a portare la pace. Ma quale era, alla fine del primo decennio del Trecento, la vera giustizia? Scrive Romolo Caggese, in una sua limpida pagina:

"Per i Visconti, a Milano, erano ingiusti i Torriani che li avevano spogliati del potere e scacciati. Per Venezia, l'ingiustizia era tutta dalla parte della chiesa, che voleva la sua umiliazione e la sua sconfitta. Per gli esuli ghibellini delle città guelfe dell'Italia settentrionale, ingiusti erano i crudeli concittadini che avevano loro chiuso in faccia le porte della patria. Per i Bianchi e i ghibellini di Toscana, i traditori, i nemici, i persecutori erano i Neri, quelli che avevano pagato uno straniero per farsene strumento di vendetta, che avevano seguito Bonifacio VIII nei suoi folli disegni di distruzione della libertà fiorentina, che avevano scaldato con le passioni loro il germe della tirannide. Per i signorotti di Romagna, per i sudditi della chiesa, per i fuorusciti di Perugia, di Todi, di Spoleto, per quanti erano gli scontenti, gli umiliati, i cupidi di novità, cioè per legioni sterminate, giustizia significava abbattimento dei nemici, restaurazione di situazioni impossibili, capovolgimento di ordinamenti politici, persecuzioni, esilii novelli, nuovi tormenti e nuovi tormentati.

"Per 'drizzare l'Italia' l'imperatore doveva richiamare gli esuli, indennizzare gli spodestati, restituire una casa e una fortuna a chi l'aveva perduta, umiliare i potenti di oggi, risollevare i caduti, schiantare la selva selvaggia delle passioni cittadine, spegnere le fiamme di quell'incendio immane onde il pensiero del poeta era riscaldato e tinto, le signorie si alimentavano, i comuni ardevano come in un furioso tripudio di vita e di creazione. Ma tutto questo era guerra, non la pace, la guerra di dentro, e di fuori, generale e senza quartiere, guerra d'idee e d'interessi, di uomini e d'istituzioni, dalle Alpi alla Sicilia, dall'uno all'altro mare, che avrebbe investito Roma e Napoli, scrollata la chiesa, distrutto quel che restasse del simulacro imperiale, reso impossibile ogni civile ordinamento. Il sogno dantesco era striato d'iridi soavi, ma queste nascono e si spengono nei cieli, lontano dalle bassure della terra; invece Arrigo, Clemente V, Roberto d'Angiò, Matteo Visconti, Federico di Trinacria, i nobili romani, erano uomini di questo mondo, e nulla di questo mondo intendevano immolare al trionfo di una unità superiore".

Ahi serva Italia, di dolore ostello,
nave sanza nocchiere in gran tempesta,
non donna di provincie, ma bordello!

Chi potrà salvarla? Soltanto Arrigo, l'agnello di Dio venuto a portare la pace, insiste il poeta, che spargendo metafore e iperboli a piene mani lo chiama via via pacifico Titano, sole nostro, un secondo Mosè, vicario di Dio, successore di Cesare e d'Augusto, domatore della impazzita Italia, santissimo gloriosissimo e felicissimo trionfatore, unica guida del mondo, ministro di Dio, promotore della gloria romana, eccetera.

Il 23 ottobre 1310 l'imperatore, attraverso il Cenisio, arriva a

Susa, poi entra a Torino, Asti, Vercelli, Novara. Il 23 dicembre è a Milano e ordina ai due rivali, Guido della Torre e Matteo Visconti, di rappacificarsi, nel nome dell'impero. Una parola. Difatti l'impero è ormai soltanto una parola, puro *flatus vocis*. Arrigo non s'accorgeva, nel suo astratto idealismo, che il mondo era cambiato, bisognava fare i conti con la realtà nuova dei comuni, dei rissosi regimi popolari, ed era perniciosa illusione sognare la restaurazione di ideali e valori oramai fuori del tempo e della storia. Lui, e con lui Dante, si battevano per risuscitare un passato scomparso dalla memoria e dai desideri della gente; l'avvenire, sia pure convulso e insanguinato, apparteneva alle città, alle istituzioni comunali, alle nascenti signorie, alle nuove unità nazionali, forze centrifughe che sgretolavano quel poco che era rimasto del monolitico Sacro Romano Impero. Erano due profeti del passato, e questo rende ancor più patetica la lettera che, nell'autunno del 1310, il poeta invia ai signori, ai potenti d'Italia, invitandoli ad accogliere degnamente "il nuovo Mosè che libererà il suo popolo dalla schiavitù degli egiziani", "il pacifico Titano si leverà e il raggio della sua luce farà rifiorire la giustizia illanguidita come un girasole privo di luce". E prosegue, con enfasi profetica: "Rallègrati, o Italia, tu che eri caduta tanto in basso da essere commiserata dagli stessi saraceni, ora sarai invece oggetto d'invidia perché sta arrivando il tuo sposo, per la gioia del mondo e del tuo popolo; il clementissimo Arrigo già si accinge alle nozze".

Firenze risponde organizzando con la diplomazia e soprattutto col denaro, argomento decisivo nella dialettica politica, un fronte anti-Arrigo, che polemicamente chiama re di Germania, non re dei Romani. Come aveva fatto Milano contro il Barbarossa. Nel marzo del 1311 Dante scrive una apocalittica lettera agli "scelleratissimi fiorentini di dentro", minacciando castighi alla città che ha osato sfidare l'imperatore, vale a dire il Cielo, perché da esso deriva la legittimità dell'impero. La vera libertà consiste nel rispetto della legge, e l'impero è la legge. Chi si ribella, pagherà. Se insisteranno nei loro preparativi di resistenza, i fiorentini aggraveranno la giusta, immancabile punizione di Arrigo, vedranno le loro mura incendiate, le case distrutte, saccheggi e rivoluzione, condanne ed esilii. Non pensano alla fine che ha fatto Sagunto ad opera di Annibale? Hanno dimenticato il castigo che il Barbarossa inflisse a Milano?

Firenze non si spaventò. Per fronteggiare le spese dell'imminente guerra, aumentò le tasse. Per sottrarre aiuti all'imperatore ed eliminare la quinta colonna dei fiorentini legati, per parentela o per amicizia, ai fuorusciti, concesse un'amnistia a migliaia di esuli meno compromessi col passato regime. Voleva tentare una "unione sacra" contro la minaccia esterna. Ma le passioni di parte, a dieci anni dalla rivoluzione, vibravano ancora. Il giurista Baldo d'Aguglione compilò una lista degli esclusi del condono, centocinquanta famiglie della città, trentotto del contado, millecinquecento persone circa. Tra queste, il padre di Francesco Petrarca e, superfluo aggiungerlo, Dante Alighieri. A lui, mandato ingiustamente in esilio per aver difeso l'indipendenza di Firenze contro il papa, venne, meno ingiustamente, confermato l'esilio per aver invocato contro la patria le armi dell'imperatore. "Nessun'altra città, nessun altro stato" osserva Robert Davidsohn, "dei tempi antichi o moderni avrebbe potuto agire diversamente da Firenze, quando nel settembre del 1311 rifiutò di annullare la condanna inflitta al poeta. Anche se ciò gli fosse stato concesso, egli si sarebbe visto costretto a vivere di nuovo in volontario esilio, a causa dell'odio che dovevano aver suscitato le sue lettere dirette al re".

Dante è schierato dall'altra parte, ghibellino per ira, per orgoglio e per necessità. Con zelo partigiano appoggia le rivendicazioni dei diritti imperiali (Arrigo voleva da Firenze 158 castelli) illudendosi di cancellare con un colpo di spugna una situazione giuridica, politica, economica consolidatasi sia pure con arbìtri e usurpazioni, ma che era pur sempre il prodotto di secoli di storia. E la storia raramente segue le vie del diritto. Dante, studioso di storia, doveva saperlo. La sua faziosità, per nulla inferiore a quella dei suoi nemici, gli annebbiò la serenità del giudizio, impedendogli di vedere la contraddizione in cui cadeva augurandosi la resa di Firenze ad Arrigo, lui che si era battuto perché non si arrendesse a Bonifacio. Non erano entrambi potenze straniere? No. Per lui Bonifacio era un nemico, Arrigo un liberatore. Siccome gli esuli Bianchi e ghibellini vedevano nelle armi di costui l'unica possibilità concreta di tornare in patria, ecco che Dante, per l'identificazione partigiana del partito con la patria, lo saluta come liberatore della medesima.

Firenze intitola i bandi del comune: "A onore di Santa Chiesa e a morte del re della Magna". Dante, nel datare le lettere, conta gli anni dalla calata di Arrigo, considerata l'inizio d'una nuova èra. Firenze cancella le aquile dalle porte e dalle decorazioni dei palazzi, multando chi ne dipinga di nuove o non tolga le vecchie. Dante saluta il "santo uccello" simbolo dell'impero, pacificatore d'Italia. Ma perché Arrigo tarda a scendere in Toscana? Che cosa fa in Lombardia?

Arrigo è in Val Padana, impegnato in grossi guai. Il primo, fu l'incoronazione a re d'Italia, a Milano, con una cerimonia cominciata male. La corona ferrea non si trovava più. Era sempre stata religiosamente custodita nel duomo di Monza, simbolo di pietà oltre che di autorità: conteneva un sottile cerchio di ferro, ricavato da un chiodo della croce di Cristo. Sennonché i Torriani, signori di Milano, a corto di soldi, l'avevano data in pegno ad un usuraio. Per non rinviare la cerimonia, si ripiegò su una corona d'emergenza, commissionata in tutta fretta ad un orefice e posta sulla testa di Arrigo da Cassone della Torre, patriarca di Aquilea. Ad Arrigo presentarono i loro omaggi Cangrande della Scala, i Savoia, i Malaspina (dello "spino secco", quelli dello "spino fiorito" erano guelfi), gli Uberti e tutti i più bei nomi della ghibellineria nazionale. Inizialmente, abbiamo già visto, il tedesco era disposto a ricevere anche i guelfi, perché si considerava superiore alle fazioni, "parte guelfa e parte ghibellina non voleva udire ricordare" scrive Dino Compagni. Fu la forza delle cose che lo spinse ad abbandonare i propositi di imparzialità. Alla sua corte, i fuorusciti Bianchi e ghibellini erano ovviamente i preferiti per certi delicati incarichi diplomatici ed amministrativi, ed essi non potevano non influenzare la politica di Arrigo in senso antiguelfo. Sui muri apparve, disegnata a carbone, un'aquila, simbolo imperiale, impiccata. Si aggiunga la ribellione di Brescia, Cremona, Reggio, Parma e altri centri padani, che, costringendolo ad una azione repressiva, gli strappò dal capo l'aureola di arbitro neutrale e conciliante.

Lusingata dalle promesse di Firenze, Cremona era insorta contro l'impero, ma un po' per la scarsa voglia degli abitanti di battersi fino all'ultimo uomo, un po' perché Firenze mandò solo denaro, anziché milizie, si arrese offrendo ad Arrigo le chiavi. I notabili gli andarono incontro in camicia, con una corda al collo. Umiliazione inutile. L'imperatore fece abbattere le mura e tutte le torri, eccetto la più alta, il Torrazzo; gettò in carcere centinaia di persone e si fece baciare i piedi, in segno d'obbedienza, da un magistrato della città. Consulente dell'imperatore, e ispiratore delle rappresaglie, fu il giurista Palmiero Altoviti, esule Bianco, compagno di Dante nelle sentenze del gennaio e del marzo 1302.

Dopo la resa di Cremona, Arrigo commise un grave errore. Invece di marciare, sull'onda del successo, verso Bologna e Firenze, dirottò su Brescia, la cinse d'assedio, diversione inutile, anzi dannosa, perché sciupò l'effetto psicologico di terrore che la sconfitta dei cremonesi aveva suscitato oltre Appennino. Vedendo che Arrigo, invece di valicarlo, deviava verso Brescia, Firenze tirò un respiro di sollievo e perfezionò le sue difese, intensificò per vie diplomatiche la rete di solidarietà, anche Bologna, Siena e Lucca aderirono al fronte anti-imperiale. Ai bresciani stretti da assedio la Signoria inviò denaro con un messaggio: "State fermi e costanti in difendere la libertà nostra. Pensate ciò che il tedesco medita ai nostri danni comuni e ricordate la qualità della gente che egli conduce, a voi e a noi per natura e genio secolarmente inimica, sconosciuta, in tutto e per tutto disforme..."

Brescia si batté per quattro mesi, con un coraggio degno dell'appellativo di "leonessa". Per sollecitare aiuti dagli alleati, la sua propaganda inventò vittorie mai esistite. Un giorno spedì a Firenze un messaggero con una lettera annunciante la morte in battaglia di quattromila nemici, e la fine imminente dell'esercito di Arrigo. Si affrettassero dunque i fiorentini a inviare denaro, molto denaro. Col solito mezzo: i frati. Il successo finale era solo questione di giorni. Non era vero niente, era vero il contrario. Il postino venne scoperto mentre attraversava le linee nemiche, perquisito e messo a morte.

Non si contarono, sotto le mura di Brescia, gli spettacoli di belluina crudeltà. Messer Tibaldo Bruciati, ex podestà di Firenze, accusato di tradimento, venne preso dagli imperiali e legato alla coda d'un asino, che lo trascinò in giro per il campo di battaglia, come fece Achille col corpo di Ettore. Con la differenza che

Tibaldo era vivo. Ma ancora per poco. I carnefici infatti gli legarono mani e piedi a quattro cavalli, che, frustati, lo squartarono. Il cuore del Bruciati (nomina sunt omina?) fu bruciato e la testa infilata in una picca. Questa atrocità, insieme con i pesanti castighi inflitti a Cremona, alienò ad Arrigo le residue simpatie dei guelfi moderati, a vantaggio della propaganda antimperiale degli oltranzisti fiorentini.

Per rappresaglia contro gli imperiali, i bresciani, quando ne catturavano uno, lo issavano tra i merli delle mura, perché i compagni lo vedessero bene, poi lo scorticavano. Controrappresaglia degli assedianti, che impiccavano i bresciani affamati, usciti di città a cercare un po' di cibo. Caduta la città, Arrigo si trovò alle prese con un delicato problema di coscienza. Durante l'assedio, aveva fatto voto di tagliare il naso a tutti i bresciani, ma a resa avvenuta adottò più miti consigli, e si accontentò di tagliarlo alle statue che trovava nelle chiese e nei palazzi.

Nell'ottobre 1311 Arrigo, sottomessa Brescia, arrivò a Genova, accolto trionfalmente. Finalmente trovava una città docile ai suoi voleri. Finalmente i genovesi trovavano il modo di placare le lotte interne, affidandosi all'augusto arbitro. Ma ben presto cominciarono, per l'uno e per gli altri, profonde amarezze. Ad Arrigo morì di peste la consorte, Margherita di Brabante. A Roma le contese fra Colonna e Orsini lasciavano sperare poco di buono per la prossima incoronazione nella Città Eterna alla quale, come tutti gli imperatori tedeschi, egli attribuiva importanza somma. I genovesi raffreddarono il loro entusiasmo quando s'accorsero che l'esercito imperiale aveva portato in città il regalo della peste. La freddezza si mutò in malcontento non appena Arrigo fece sapere che aveva bisogno di sessantamila fiorini, subito, per mantenere le truppe.

Restava sempre aperto il conto con Firenze. Per restaurare l'autorità imperiale, Arrigo aveva, tra l'altro, vietato il conio e l'uso di monete che non fossero le sue. La notizia d'una zecca imperiale progettata a Milano, seminò furibondo sgomento tra i fiorentini, che rischiavano di vedere messo fuori legge il fiorino, la superba moneta che aveva conquistato tutti i mercati e abbagliato tutti i prìncipi del mondo. Ciononostante, la proterva città non tralasciava occasione per esasperare il monarca. A due suoi ambasciatori negò l'accesso in città, questi per giunta vennero aggrediti in albergo, depredati dei cavalli e del bagaglio. Non era possibile tollerare simili offese all'autorità imperiale, perciò Arrigo decise di dare una lezione e inscenò a Genova un processo contro la città toscana, intimandole di inviare rappresentanti, a discolparsi davanti al suo tribunale.

Nessuno si presentò.

La vigilia di Natale, Arrigo mise al bando dell'impero tutti i fiorentini, dichiarandoli "figli di Lucifero". In virtù di questo provvedimento ogni suddito dell'impero era obbligato a catturare i fiorentini che gli capitassero sotto mano e consegnarli a lui, tranne beninteso gli esuli Bianchi e ghibellini, passati al suo servizio. Per i mercanti di Firenze fu un pessimo Natale, perché il decreto imperiale annullava automaticamente tutti i loro crediti. E non soltanto i debitori erano liberati dall'obbligo del pagamento, ma ogni suddito aveva ampia facoltà di appropriarsi i beni e le merci dei fiorentini. Il decreto del monarca elevava il furto a dignità di benemerenza politica.

All'annuncio delle sanzioni economiche e finanziarie i commercianti e gli esportatori fiorentini, presenti a Genova, tremarono. Qualcuno, fiutato il vento, aveva fatto in tempo a trasferire le sue mercanzie. Altri, per evitare le persecuzioni, presero gli ordini religiosi, con le annesse immunità. Ma nonostante gli ingegnosi stratagemmi, molti magazzini colmi vennero sequestrati per conto dell'erario imperiale, cronicamente bisognoso di soldi. Firenze s'affrettò a richiamare i mercanti che operavano nella ghibellina Pisa. La strada fra le due città fu interrotta.

Dante si è spostato nel Casentino, per seguire più da vicino i preparativi di Firenze, che aspetta serenamente l'arrivo degli imperiali. Ma perché Arrigo non si muove? Contro Firenze ci vuole la guerra, non i processi. Durante l'assedio di Cremona gli aveva scritto esortandolo a non perdere tempo in Val Padana: non è lì il nemico da colpire, l' "idra dalle mille teste" che formenta la ribellione. Il nemico è Firenze, "la vipera che si rivolta contro le viscere materne, la pecora appestata che infetta tutto il gregge del padrone, la Mirra scellerata ed empia che arde negli amplessi del padre Ciniro". L'imperatore ha il sacrosanto dovere d'intervenire subito, ridurre all'impotenza il mostro che ammorba col suo fetore tutta la Toscana; inutile perdere tempo con le città padane. Sottomessa una, altre dieci solleveranno la testa. Se si vuole la pace definitiva, bisogna umiliare Firenze con la forza delle armi. Estirpato il nido della ribellione, conclude Dante con tono da profeta biblico, si aprirà per tutti una èra di serenità, "e come ora, memori della santa Gerusalemme, piangiamo esiliati in Babilonia, così allora, ridiventati cittadini e respirando in pace, ricorderemo nell'allegrezza i tempi dell'infelicità e del caos".

Che cosa avranno pensato di Dante in Firenze, dell'autore di questi apocalittici fulmini? Che era un traditore venduto al nemico, un collo da forca al servizio del tedesco invasore. Molti si saranno indignati per la compiaciuta insistenza con cui invocava, sulla città matrigna, i più feroci castighi, pochi erano in grado di capire che le sue furenti invettive erano il grido d'una coscienza morale lacerata nell'onore e negli affetti, erano l'imprecazione d'un intelletto che non riusciva a capacitarsi come mai i concittadini respingessero ciò che a lui appariva semplice, chiaro e salutare come la luce del sole: e cioè che soltanto il monarca universale avrebbe portato pace a Firenze, alla Toscana, a tutta l'Italia. Che l'imperatore fosse tedesco per Dante rappresentava un particolare di secondaria importanza. L'impero, il "suo" impero, trascendeva il concetto di nazionalità.

Dante fu un precursore, un "moderno" in molte cose: nel sostenere la fine del latino lingua universale e la necessità storica delle lingue romanze; nell'anticipare dottrine che porteranno alla separazione del potere temporale da quello spirituale. Ma la sua formazione, la sua mentalità resta sostanzialmente medioevale, non avverte le nuove idee che avanzano in opposizione alle sue, e mentre lui predica l'origine divina della sovranità, Marsilio da Padova proclama che la fonte d'ogni potere, civile ed ecclesiastico, è il popolo. Lo stesso edificio della scolastica su cui Dante è arroccato mostra le prime crepe, filosofia e scienza sono in movimento, per adeguarsi ad una realtà in movimento che il poeta, gli occhi rivolti al passato prossimo, non vede. Un gran vento di curiosità spira verso gli orizzonti aperti, o sfiorati, da audaci mercanti e viaggiatori, spintisi fino all'estremo lembo dell'ecumene. Reduci dall'Oriente, Marco Polo scrive il *Milione*, Giovanni da Pian del Carpine l'*Historia Mongolorum*. Per suggestione del favoleggiato Gran Khan dei Tartari, un bambino della casa Scaligera viene battezzato Cane. Ma Dante esorta tutti a non coltivare smodati desideri di conoscenza, pericolosi qualora escano dai confini, segnati da Dio il giorno della caduta d'Adamo. "*State contente umane genti al quia*" ammonisce il poeta, ricordandoci l'impenetrabile mistero che ci avvolge. Chi lo viola, sarà punito, come Ulisse dopo aver oltrepassato le Colonne d'Ercole, È vero che l'uomo è fatto "*per seguir virtute e conoscenza*", purché questa si svolga in una sola direzione: accelerare, non rallentare, l'*itinerarium mentis in Deum*.

Mentre il mondo s'apriva all'eccitante avventura dell'umanesimo borghese e scientista, lui si chiudeva nel suo doloroso pessimismo, e camminando in senso contrario alla storia, salì a ritroso, lungo la via dell'esilio, dalla municipalità all'impero, dalla democrazia all'assolutismo, dall'insanguinato tormento delle repubbliche alla pace sotto il manto del monarca universale. Ai suoi occhi non si presentavano altre soluzioni. Se cedere Firenze al Valois gli era sembrato tradirne l'indipendenza, sottometterla all'imperatore ora sembra, al "reazionario" Dante, l'unico modo di salvarla.

Certo, egli conosceva la storia, sapeva che gli stranieri non avevano l'abitudine di calare in Italia solo per la bella faccia degli italiani. I bizantini erano venuti a cacciare i goti, poi si erano fermati qui da noi. I franchi, scesi per liberare la penisola dai longobardi, vi avevano addirittura fondato un impero. Gli angioini accorsi a debellare gli svevi nel Meridione, e gli aragonesi a spazzar via gli angioini dalla Sicilia, prontissimi tutti alla chiamata, avevano dimostrato scarso desiderio, finita la guerra, di tornare a casa loro.

Commenta il Manzoni:

Il forte si mesce col vinto nemico
col novo signore rimane l'antico:
l'un popolo e l'altro sul collo vi sta.
Dividono i servi, dividon gli armenti,
d'un volgo disperso che nome non ha.

Ma con Arrigo, secondo Dante, sognatore non meno di Arrigo, le cose cambiano. Non c'è più sottomissione allo straniero, bensì la volontaria accettazione d'un principio universale: la legge dell'impero, che promana da Dio. Naturalmente questi discorsi, anziché convincere i fiorentini, li aizzarono ancor di più contro il concittadino, colpevole d'un nuovo reato, che oggi chiameremmo intelligenza col nemico. Perciò furono mandati sbirri, narra la tradizione, al castello di Porciano, nel Casentino, ad arrestare il poeta, ospite dei conti Guidi.

Porciano sorge nell'alta valle dell'Arno, a un chilometro da Stia. Nel 1921, sesto centenario della morte del poeta, un terremoto distrusse tutto il paese, tranne la Torre di Dante (il poeta, in occasione delle celebrazioni centenarie, opera spesso, lo vedremo più avanti, qualche miracolo). La torre, piantata sulla punta d'un colle come una civetta in cima a un pagliaio, sembra il posto ideale per gente braccata, che abbia conti in sospeso con la legge. Gli sbirri non vi possono piombare all'improvviso.

Un giorno il poeta, stanco di stare rinchiuso a spiare verso la valle, scese a fare una passeggiata lungo l'Arno. Camminava e guardava il fiume, quelle amate acque che, a differenza di lui, avevano libero ingresso in città. Ad un tratto s'imbatté in due bravacci, che all'aspetto promettevano poco di buono. E quel poco, lo promettevano male. Senza riconoscerlo, i due gli domandarono se quello era il castello di Porciano e se per caso abitava lassù un certo Dante Alighieri, di professione scrittore.

"Come no" rispose svelto l'esule, senza girare la testa, "è sempre al castello, che studia dalla mattina alla sera, andate andate, lo troverete sicuramente." Secondo un'altra versione della popolare storiella, il poeta avrebbe giocato gli interroganti rispondendo "Quand'io v'ero, ei v'era".

Finalmente il 6 marzo 1312 Arrigo arriva a Pisa, via mare, dopo un viaggio tempestoso iniziato a Genova diciotto giorni prima, ed entra, sotto un rosso baldacchino tempestato di gemme, nella fedelissima città che gli aveva già dimostrato, in fiorini contanti, la sua fede ghibellina. Anche se ne ha vietato il conio ai fiorentini, l'imperatore ha un debole per questa pregiata moneta, tanto da autorizzare gli Spinola e il marchese del Monferrato a battere fiorini falsi, usando il conio di Firenze. Il suo arrivo ridesta in Toscana gli entusiasmi dei ghibellini, da ogni parte accorrono cavalieri ad arruolarsi sotto le sue bandiere, l'entusiasmo sconfina nel fanatismo. Un nobile di Arezzo battezza il figlio col nome di Lussemburgo, inaugurando al fonte battesimale la serie, lunghissima nei secoli venturi, dei nomi imposti ai figli quale bandiera delle passioni politiche o musicali dei padri: Menotti, Benito, Lincoln, Palmiro, Libero, Libertario, Radames, Aida, Turandot.

Anche Dante accorre a Pisa, a sollecitare l'azione militare, sempre intralciata da nuovi ostacoli. A Pisa s'incontra col Petrarca, ma non gli è possibile stringere una calorosa amicizia. Lui ha quarantasette anni, il cantore di Laura otto. "A questo fanciullo d'otto anni" scrive il Carducci, "a questo futuro poeta dei tempi eleganti, fu mostrato dal padre o dai familiari l'uomo magro e bruno che già era segnato a dito tra i fuorusciti, il poeta dei ghibellini corrucciosi che scendeva in inferno per trovarvi i papi e i traditori, e dir loro villania e pestarli. Codesta idea e l'aspetto arcigno e il profilo superbo dell'uomo dovevano stamparsi nell'animo di quel fresco e roseo fanciullo con un senso quasi di terrore: dové restargliene una ricordanza più tosto paurosa che splendida. Tant'è vero che, ingannato forse da quella vista, ei lo tenne allora e seguitò a tenerlo poi per più vecchio del padre suo".

Invece aveva dodici anni di meno. In esilio s'invecchia rapidamente. È vero che anche il padre di Francesco era stato cacciato in esilio, ma, come scriverà Petrarca al Boccaccio, l'aveva serenamente accettato, dedicandosi tranquillamente alla famiglia e agli affari. Dante non si rassegnò, e si bruciò l'esistenza sognando, dapprima, la riabilitazione civile e, svanita questa, il supremo compenso della gloria poetica.

XI

Collaborazionista dei tedeschi

In aprile Arrigo lascia Pisa, diretto a Roma, per cingervi la corona. Quasi tutta l'Italia centrale gli è contro: Firenze, Lucca, Siena, Pistoia, Prato, Volterra, Perugia, Orvieto, Città di Castello, San Miniato, San Gimignano. I comuni a lui fedeli si contano sulle dita d'una mano: Arezzo, Pisa, Cortona, Montalcino. Ma lui confida nell'appoggio, anzi nella promessa del papa. Era stato il papa a volerlo imperatore, in opposizione a Carlo di Valois. E quando i due massimi poteri del mondo vanno d'accordo, ragionava il candido Arrigo, il mondo deve piegarsi alla loro volontà. "Egli non è, fra gl'imperatori medioevali, il più valoroso, né il più sagace, né il più fiero, né il più colto" scrive Isidoro Del Lungo "ma certo è l'imperatore più sinceramente persuaso della santità del suo ufficio, il più fervidamente devoto a quello". Ma l'entusiasmo non bastava. Ignaro, ed estraneo per temperamento, degli intrighi di corte, privo di abili informatori e consiglieri, non ebbe alcun sentore delle trame con cui Filippo il Bello lavorava per attrarre il papa nella sua orbita, facendogli balenare il pericolo che, con un Arrigo troppo risoluto difensore dei diritti imperiali, si rinnovasse per il papato la minaccia degli svevi Federico Barbarossa e Federico II. Se Clemente abbandonava Arrigo al suo destino, Filippo era perfino disposto a sospendere il processo contro la memoria di Bonifacio VIII, iniziativa carica d'incognite, perché se fosse approdata, putacaso, ad una sentenza di eresia, avrebbe comportato lo sfratto del cadavere dalla tomba, con conseguente rogo pubblico. Senza contare che i cardinali creati dal papa condannato avrebbero dovuto dare le dimissioni: che valore può avere un cappello cardinalizio concesso da un eretico?

Dopo le lusinghe, Filippo adoperò le minacce, avvertendo il papa che l'incoronazione romana del tedesco Arrigo costituiva un grosso pericolo per il confinante regno di Napoli, tenuto dall'angioino Roberto, imparentato con i reali di Francia. E la Francia non avrebbe tollerato affronti al suo sangue. Sofferente di stomaco, spaventato dall'arroganza di Filippo che, non dimentichiamolo, aveva fatto morire di crepacuore Bonifacio, papa Clemente gettò molta acqua sulle sue simpatie per Arrigo, raccomandandogli, ed era il massimo che poteva fare, di accordarsi direttamente con re Roberto. Il tedesco obbedì e iniziò trattative per un matrimonio tra sua figlia Beatrice e il figlio di Roberto, Carlo di Calabria.

Del ventilato matrimonio, che al candido Arrigo parve la soluzione d'ogni problema, Roberto fece lo strumento d'una astuta macchinazione. Il suo piano, a tempi lunghi, era il seguente: Arrigo, come dono di nozze, avrebbe nominato il genero Carlo vicario imperiale per la Toscana, così quella ricca regione passava praticamente sotto il controllo angioino. Per dieci anni, Arrigo avrebbe potuto nominare vicari imperiali per la Lombardia, purché li scegliesse in un elenco di persone gradite agli angioini. In cambio, egli acconsentiva all'incoronazione di Arrigo, salvo l'impegno, da parte dell'incoronato, di lasciare Roma subito dopo la cerimonia.

"L'autorità dell'impero doveva essere caduta molto in basso" osserva il Davidsohn "se il principe franco-napoletano poteva osare porre tali patti, solo per permettere l'incoronazione imperiale". Il doppio gioco di Roberto, alleato tradizionale delle città guelfe toscane, aveva come prima vittima designata la loro indipendenza. Firenze si preoccupò quando seppe che l'amico Roberto stava diventando consuocero del nemico Arrigo. E Arrigo montò su tutte le furie, quando apprese che un fratello del futuro consuocero, Giovanni conte di Gravina, era entrato in Roma con quattrocento cavalieri, in assetto da guerra, compiendo un atto di provocatoria ostilità contro chi si apprestava a cingervi, di lì a qualche giorno, la corona imperiale.

Insomma lo spregiudicato Roberto era disposto a ingannare,

secondo le opportunità, amici e nemici; a prendere alle spalle i guelfi, d'accordo con Arrigo; a combattere Arrigo, d'accordo con i guelfi. La scelta dipendeva dall'andamento delle trattative. Intanto con l'occupazione di Roma, avvenuta per interposto fratello, si era garantito un vantaggio contrattuale, mascherando la brutalità del fatto compiuto con una ridicola giustificazione: mandò a dire ad Arrigo che Giovanni era entrato a Roma non per pre-occuparla, ma per allestire degni preparativi, in vista della sua gloriosa incoronazione. Era una bugia così grossa che perfino Arrigo non abboccò. C'è di più. L'impudente malafede dell'angioino gli aprì gli occhi, spingendolo a prendere contatti col più vicino e animoso nemico di Roberto, l'aragonese Federico, re di Sicilia. Previo accordo matrimoniale, come era d'uso. Così la povera Beatrice, moneta di scambio, come tutte le principesse, per transazioni politiche e territoriali, mutata la politica del padre mutò fidanzato, e al posto di Carlo fu promessa a Pietro, figlio ed erede di Federico.

Il sette maggio Arrigo entrò a Roma, combattendo quartiere per quartiere; ma non la conquistò tutta. Angioini e Orsini gli contrastarono il passo a Ponte Mollo, ritirandosi dopo aspra resistenza. Ma a San Pietro Arrigo non poté arrivare, la strada era sbarrata dalle milizie del conte di Gravina, quello mandato per i "festeggiamenti". In aiuto dell'imperatore, accorsero i Colonna, tradizionali nemici degli Orsini, e si aspettava, da un giorno all'altro, il contingente dei pisani, purtroppo le loro galere furono intercettate alla Meloria, isola che già gli aveva portato sfortuna nel 1284, e vi perdettero 1500 uomini.

Nonostante le macchinazioni, già trapelate, dell'ambiguo Roberto (chiamato Re Berta, per i suoi atteggiamenti femminili), i fiorentini inviarono contro Arrigo molte e agguerrite milizie, cosa che non fecero altre città guelfe, generose soltanto a parole. L'imperatore stabilì il quartier generale a San Giovanni in Laterano, e per le strettezze finanziarie impose subito tributi a quella fetta di Roma che era sotto il suo controllo. La plebe rumoreggiava, voleva l'incoronazione, e subito, non tanto per motivi folcloristici, quanto per stanchezza. Una volta incoronato Arrigo, pensavano i romani, questi se ne sarebbe andato al nord e in città sarebbe tornata la pace.

Quale prestigio, quale sacralità possa avere l'incoronazione fatta in una Roma abbandonata dal papa, straziata dalle fazioni, occupata da milizie indigene e forestiere, nessuno riesce a capire. Ma Arrigo insiste. Il motto del suo inguaribile romanticismo pare sia: o Roma o morte. Le avrà entrambe, come vedremo più avanti. Siccome San Pietro è occupata dai nemici, ripiega su un altro tempio. Dubbio canonico: è valida un'incoronazione fatta lontano dalla tomba dell'Apostolo? Bisognerebbe sottoporre il quesito a Clemente V. Troppo lontano, ci vorrebbe troppo tempo. Così i cardinali scelgono San Giovanni in Laterano, che è pur sempre la prima, in ordine cronologico, chiesa della cristianità, quella dove il vescovo di Roma ha la cattedra, "madre e capo di tutte le chiese dell'urbe e dell'orbe" si legge sulla facciata.

Il 29 giugno, festa di san Pietro, il cardinale Niccolò da Prato incoronò Arrigo, settimo imperatore con questo nome. Seguì un gran banchetto all'aperto, sul colle Aventino, con i tavoli di altezza proporzionata alla dignità dei commensali, l'imperatore assiso al tavolo più alto; un pranzo cominciato in allegria e finito con lancio di sassi e insulti da parte dei seguaci degli angioini, e fuga dei convitati dentro le mura.

Arrigo che aveva tanto sudato per mettersi in testa quella corona, appena ne diede comunicazione ufficiale ai potenti della terra, s'accorse che era una corona di latta. Filippo il Bello gli rispose negandogli ogni diritto di precedenza sul re di Francia; Clemente V, oramai definitivamente passato dalla parte franco-angioina, lo rimproverò di non essersi accordato con Roberto, gli vietò di muovere le armi contro Napoli, e gli ordinò di lasciare immediatamente gli stati della chiesa e di non tornarvi mai più, senza il suo permesso. Per colmo di umiliazione, evitava nelle lettere di chiamarlo imperatore.

In luglio fece molto caldo e Arrigo si trasferì a Tivoli. Nella seconda metà d'agosto partì verso il nord, dopo aver sprecato quasi due mesi, con immenso vantaggio per Firenze, che essendo il primo obiettivo militare del neoincoronato monarca, ebbe modo di perfezionare le difese. Strada facendo, Arrigo perdette altro tempo devastando con dispersive e inconcludenti incursioni punitive il territorio dei guelfi perugini. Il sette settembre fu accolto festosamente in Arezzo, ribollente serbatoio di fuorusciti fiorentini. Nonostante il voltafaccia del papa, Arrigo non raffreddò la sua fede cristiana e salì in pellegrinaggio alla Verna, per chiedere a san Francesco aiuto contro Firenze, che le sue truppe stavano cingendo d'assedio.

Aveva 2000 cavalieri e circa 15000 fanti, compreso mezzo migliaio di esuli fiorentini, impazienti di rientrare in patria e prendere vendetta, sui Neri, delle vendette che essi avevano preso sui Bianchi. C'erano magnati ghibellini, ansiosi di restaurare il vecchio ordinamento aristocratico; il ceto popolano era rappresentato da un fabbro, un fabbricante di sapone e alcuni stiratori di panni. Dante non c'era. Aveva partecipato alla guerriglia del 1302-1304, ma da questa guerra si astenne. Gli ripugnava prendere ancora le armi contro la patria? E perché non gli ripugnava il pensiero che altri le prendessero per lui? Le ragioni dell'assenza possono essere più d'una: l'età non più giovanissima, andava verso la cinquantina; il disgusto provocato nel suo cuore di *florentinus natione non moribus*, fiorentino di nazionalità, non di costumi, dalle notizie provenienti dalla zona d'operazioni. Durante l'assedio, che pure aveva invocato e benedetto, i Bianco-ghibellini si comportavano non meno ferocemente degli alleati tedeschi, ammazzando, stuprando, incendiando. Pur avendo chiamato "vipera" la patria, questa volta non combatté contro di lei. La ragione politica cedette al sentimento.

"Accade sovente" scrive Cesare Balbo "essere uno stato in una via buona e giusta di politica generale, far tuttavia ingiustizie personali. Ingiusta la prima condanna di Dante; non fu costanza ma ostinazione repubblicana il resistere alle prime istanze di lui per rimpatriare. Quindi l'ira del generoso; ira giusta, ma che passò i termini, forse, nelle ingiurie. E qui Dante ebbe il merito di fermarsi primo. Avea mosso la lingua, s'astenne dall'armi."

Ciò tuttavia non gli diminuì l'odio dei fiorentini di dentro né gli accrebbe la simpatia di quelli di fuori. Se nel 1301 soltanto il sindacato dei fornai aveva votato contro il francese Carlo, contro il tedesco Arrigo tutti vogliono resistere, anche perché l'imperatore possiede un esercito così striminzito che riesce a circondare sì e no metà della cinta muraria. È un assedio per modo di dire, i fiorentini entrano ed escono liberamente, portando armi e viveri, forti della loro schiacciante superiorità numerica. Assieme agli alleati, totalizzano 4000 cavalieri e 60000 fanti, molti dei quali alloggiati nei conventi, negli edifici religiosi, sotto la benedizione di Antonio degli Orsi, vescovo d'assalto, estremista Nero, che ha mobilitato i preti per la patria in pericolo.

Inizialmente gli imperiali registrarono un successo all'Incisa, dove colsero di sorpresa il nemico, costringendolo a fuggire. Fuggirono anche i civili, che non s'aspettavano l'audace incursione. Entrate nelle case deserte, le milizie di Arrigo trovarono la minestra che cuoceva sul fuoco. Da allora i fiorentini se ne stettero in città, evitando la battaglia. Sapevano che il tempo lavorava a loro favore, d'altra parte Arrigo non aveva la stoffa del condottiero. Gli mancava il servizio d'informazioni, non seppe creare collegamenti con i molti Bianchi e ghibellini non fuorusciti, organizzare nell'interno la quinta colonna. Invece Firenze fruiva di buoni servizi segreti, assicurati da spie sguinzagliate nel campo avversario, incuranti della pena che le attendeva: il taglio del piede.

Il quartier generale imperiale si trovava presso il convento di San Salvi, a est della città. Un giorno Amedeo di Savoia, conversando con i frati, disse che l'imperatore non credeva ad una vecchia profezia, secondo la quale, con le sue conquiste, sarebbe sicuramente arrivato "in capo al mondo". I frati non riuscirono a trattenere un risolino.

"Perché? Non lo credete?"

"Tutt'altro. La profezia si è già avverata".

"Come sarebbe a dire?"

"In questa contrada c'è un vicolo chiamato 'Capo di Mondo'."

Arrigo non andò oltre quella contrada. Da Roma giungevano cattive notizie; Orsini e Colonna, i due galli del pollaio romano, si erano accordati per cacciarne il presidio imperiale. Si aggiungano le pessime notizie del bollettino medico. Arrigo febbricitava, si trattava sicuramente di malaria. Il fratello Baldovino insisteva perché togliesse l'assedio e riparasse in Arezzo, ma al romantico Arrigo ciò parve una viltà. Segreti contatti diplomatici gli fecero capire che i fiorentini erano disposti ad accettare la nomina di vicari imperiali nei comuni guelfi, a due condizioni: che fossero nomi graditi ai comuni guelfi, e che Arrigo s'impegnasse a non mettervi mai piede. Condizioni respinte, perché troppo lesive dell'onore dell'impero. Così continuò l'assedio, uno dei più stracchi e buffi della storia militare, con gli assediati che stavano benone entro le mura, e tenevano chiuse solo le porte che davano sul davanti, sul campo nemico. Persa ogni speranza di conquistare la città, Arrigo aspettava un motivo che gli consentisse di ritirarsi, salvando la faccia. Questo motivo glielo fornì il cielo, rovesciando un diluvio di piogge che gonfiarono paurosamente l'Arno, compromettendo le comunicazioni e i trasporti. I mulini sul fiume non funzionavano più, la piena preoccupò Arrigo e ringalluzzì gli assediati, che annunciarono un imminente attacco, facendo circolare ad arte la data, l'undici novembre. Temendo di non potersi più ritirare se il fiume disgraziatamente continuava a crescere, la notte d'Ognissanti l'imperatore tolse l'inconcludente assedio, durato sei settimane.

Da Firenze a San Casciano, nei quartieri invernali. Sospettando che da questa località l'imperatore si trasferisse a Poggibonsi, strategicamente più importante, i fiorentini lo prevennero mandando pattuglie a incendiarla, così Poggibonsi, ridotto un mucchio di cenere, pagò la sua posizione geografica e le sue simpatie ghibelline. Scorrerie, scaramucce, rappresaglie proseguirono da ambo le parti, con alterna fortuna e senza episodi di superbo coraggio, se è vero che un soldato, da solo, legò ad una fune cinquantasei pisani e li trascinò, buoni come agnellini, in prigionia.

Se l'assedio di Firenze è fallito, non per questo l'ostinato Arrigo rinuncia alla guerra contro Roberto, e nonostante la diffida del papa, trascorre l'inverno a preparare la spedizione. Primo atto giuridico, la messa al bando di Roberto "ribelle della maestà imperiale", e la condanna a morte per gli aiuti dati alla ribelle Firenze. Roberto rispose con tono sprezzante, dicendo che la sentenza del conte (*sic*) di Lussemburgo era scritta " con la loquace garrulità delle donnette che invecchiano". I fulmini imperiali scatenarono, da Avignone, quelli papali: la scomunica, qualora Arrigo osasse invadere il Napoletano. Un colpo duro per Arrigo, e durissimo per Dante, che accusò il papa di tradimento e si affrettò a prenotargli un posto all'inferno, nella buca dei simoniaci.

L'imperatore non si spaventò, forte del suo buon diritto. Purtroppo, aveva solo quello. I rinforzi attesi dalla Germania tardavano; e i signori ghibellini glieli concedevano col contagocce, in cambio di immunità e privilegi che esautoravano, dal di dentro, l'autorità imperiale non meno di quanto facesse, dall'esterno, la pertinace ostilità guelfo-angioina. Era così affamato di quattrini e di milizie, che tutti i signori d'Italia, fossero amici o nemici dell'impero, lo ricattavano, sapendo che era troppo debole per misurarsi con loro. Così il suo iniziale, utopistico programma politico scese a malinconici compromessi con la realtà delle cose; e invece di scegliere lui i messi regii, gli ufficiali dell'impero da inviare nelle città turrite, si rassegnò, in cambio di forti somme, a riconoscere come tali coloro che vi erano stati eletti capitani del popolo, per volontà popolare.

Ai primi d'agosto del 1313 mosse da Pisa, con 4000 cavalieri, diretto verso il Sud, ma arrivato presso Siena i dolori articolari e il mal di testa si fecero sempre più acuti. Nonostante la febbre, volle montare a cavallo, ignorando i consigli dei medici. Soffriva anche d'insonnia, aveva l'orina scura, sintomi di pleurite. L'età avrebbe probabilmente superato la crisi, se la sua fibra non fosse stata logorata dai disagi dei lunghi trasferimenti, dalle fatiche della guerra. Morì a Buonconvento, presso Siena, il 24 agosto, festa di san Bartolomeo, assistito dal suo grande amico Amedeo di Savoia. Nel breve arco di due anni un triste destino aveva sterminato la famiglia imperiale, scesa in Italia con l'entusiasmo di chi si avvia verso la terra del sole, della gioia, della bellezza: morti il fratello Walramo sotto le mura di Brescia, la moglie a Genova, lui in Toscana. Con la famiglia imperiale fu distrutto il sogno di restaurazione autoritaria, distrutte le speranze di Dante di rientrare in Firenze.

Qualcuno mise in circolazione la voce che Arrigo fosse stato ucciso dal suo confessore, il frate domenicano Bernardino da Montepulciano, che corrotto dall'oro fiorentino gli avrebbe fatto la comunione con un'ostia avvelenata, oppure, secondo un'altra versione, gli avrebbe pestato un diamante nel calice. Da allora fu odiatissimo dai ghibellini tedeschi l'ordine dei domenicani, ma si tratta di un'accusa priva di fondamento. Se fosse vera, non solo Dante non l'avrebbe taciuta nel poema, ma avrebbe istituito nell'inferno un girone apposito per gli avvelenatori. E se il frate avesse ricevuto tutto quell'oro da Firenze, non sarebbe stato costretto a vivere, come in realtà poi avvenne, di questua.

Ciononostante, nei paesi di lingua tedesca l'ipotesi del delitto fu creduta per molto tempo. Un poeta augurò ai fiorentini, presunti mandanti, di morire tutti di peste. Un altro scrisse una "Lamentazione in morte di Arrigo VII" che dice:

Scariotis geniturae
aequipollent quippe iure
mundi, martyrem
Henricum imperatorem
ministrando sacramentum,
tradiderunt:
Sic quod dixit Dominus
veniunt falsi
ovium lupi...

vipereae periturae
qui rectorem
florum florem
ob argentum
morti dirae
heu delirae, dies illa dies irae...
de iisdem verificatur
prophetae in vestimentis

(Si possono a ragione paragonare alla viperina stirpe di Giuda Iscariota, stirpe destinata a rovina, coloro che per denaro, nell'amministrare un sacramento, hanno consegnato a crudele morte il rettore del mondo, il martire fiore dei fiori, l'imperatore Arrigo: oh, giorno d'ira forsennata, quel giorno... Così trae conferma da loro quello che disse il Signore: vengono i falsi profeti, lupi con vesti d'agnelli...)

Arrigo fu sepolto nel duomo di Pisa, accompagnato dal dolore dei pisani, che piangevano la perdita del monarca, e dei molti fiorini d'oro, versati per la sua causa. Lo piansero anche i poeti. Secondo Cino da Pistoia, assessore al tribunale di Roma ai tempi dell'incoronazione, non era morto l'imperatore

ma quei son morti i quai vivono ancora,
che avean tutta la fede in lui formata.

Sventurati quelli che sono rimasti, mentre è felice in cielo, abbracciato alla sua sposa

Arrigo imperator, che del profondo
e vile esser qua giù, su nel giocondo
l'ha Dio chiamato, perché 'l vide degno
d'esser cogli altri nel beato regno.

Dante gli aveva già preparato una poltrona in paradiso, facendosi dire da Beatrice

E 'n quel gran seggio a che tu li occhi tieni
per la corona che già v'è su posta,
prima che tu a queste nozze ceni,
sederà l'alma, che fia giù agosta,
dell'alto Arrigo, ch'a drizzar Italia
verrà in prima ch'ella sia disposta.

Un altro perseguitato politico, Sennuccio del Bene, compianse in versi l'imperatore

largo, prudente, temperato e forte
giusto più ch'uom che mai venisse a morte

e Fazio degli Uberti, del gran casato ghibellino, commentò il luttuoso evento dicendo

che i ghibellin ed io rimasen come
mozza la testa poi rimane il busto.

Sulla sponda opposta i guelfi esultavano. In tutte le città guelfe furono accesi fuochi di gioia, preti e vescovi sfilarono in processione per ringraziare il Signore. Alla morte di Nerone la plebe romana si vestì a festa. Al funerale del Re Sole i parigini devastarono i campi di cipolle, strizzandosele negli occhi, per simulare un beffardo dolore. Morto Arrigo, i fiorentini inviarono squillanti messaggi di giubilo ad amici ed alleati.

"*Congaudete nobis*", rallegratevi con noi scrissero con impietosa franchezza, "vi annunciamo la grande novella che il Signore misericordioso di noi e della salvezza della Chiesa ci ha preparata, cioè la morte del tiranno Arrigo, di colui che i ribelli e gli implacabili nemici della Chiesa, i ghibellini nemici nostri e vostri, chiamavano re dei romani e imperatore, e che nel nome dell'impero aveva seminato la distruzione. Gli aretini e i conti Guidi hanno ripiegato verso Arezzo, pisani e alemanni sono andati a Pisa col cadavere del loro imperatore, tutti i ghibellini che gli stavano accanto si sono dispersi disordinatamente". Nessun omaggio cavalleresco all'avversario caduto, nemmeno l'ipocrisia delle condoglianze ufficiali. Mai bollettino della vittoria fu più crudelmente sincero. Reggio Emilia diede una lauta mancia ai messaggeri che avevano portato la bella notizia, e siccome la morte di Arrigo era avvenuta il giorno di san Bartolomeo, i fiorentini gli dedicarono una statua, i cremonesi proclamarono festivo il suo giorno, che è un modo tutto fazioso, medioevale e italiano di coinvolgere il cielo nelle beghe della terra, arruolando i santi a difesa dei fanti.

XII

Condannato alla decapitazione

Il 20 aprile 1314 morì Clemente V. In soli otto mesi scomparvero dalla scena del mondo i due protagonisti della passione politica di Dante, l'imperatore che ne aveva acceso le speranze e il papa che le aveva tradite. Anche la morte di Clemente fu avvolta da un fosco alone di romanzo. Per lui non fu tirato in ballo il veleno, bensì la maledizione di una sua vittima, il francese Jacques de Molay, gran maestro dei Templari, ricchissimo ordine religioso-cavalleresco. Geloso e goloso delle sue colossali fortune, Filippo il Bello, consenziente il papa, l'aveva fatto dichiarare eretico e mandato al rogo. Prima di essere avvolto dalle fiamme, il de Molay, con un gesto di sfida suprema, citò Clemente e Filippo a comparire davanti al tribunale di Dio. Clemente moriva dopo soli quaranta giorni, di cancro; Filippo entro l'anno, in un incidente di caccia. E la gente cominciò a domandarsi se per caso il Signore non si fosse schierato dalla parte dell'eretico.

Dante non fu il solo a maledire la "laida opra" di Clemente, condannando nella buca dei simoniaci il "pastor senza legge". Egli aveva scontentato e danneggiato un po' tutti: i romani, portando la sede ad Avignone; i ghibellini, abbandonando Arrigo per Filippo il Bello; i partigiani dei Caetani, intentando il processo alla memoria di Bonifacio VIII. Il comportamento personale era adeguato a quello politico: nepotista, concubino, mercante di cose sacre. Alla sua morte il trono subì una vacanza lunghissima, oltre due anni, che sembra un male minore, rispetto al rischio che vi salisse un altro del suo stampo.

Il Sacro Collegio chiamato a nominare il successore era formato da ventiquattro cardinali, di cui solo otto italiani (Napoleone Orsini, Jacopo e Pietro Colonna, Jacopo Stefaneschi, Francesco Caetani, Niccolò da Prato, Guglielmo Longhi, Luca Fieschi), cinque francesi e undici guasconi, creature del guascone papa defunto. Il conclave si riunì a Carpentras, in Provenza, e subito ci si accorse che non era una mistica adunanza in attesa dell'ispirazione divina, bensì un comitato d'affari e d'intrighi sul quale, più che i suggerimenti dello Spirito Santo, contavano quelli dei principi della terra, di re Filippo, poi tolto di mezzo da un cinghiale, di Roberto d'Angiò e di altri potenti, interessati a favorire la scelta d'un cardinale amico.

Così il conclave si trascinava per le lunghe, dopo ottantacinque giorni di discussioni era ancora al punto di partenza. Alla morte di un altro Clemente, il quarto, era seguito un conclave interminabile, quello di Viterbo, durato quasi tre anni, tanto che i viterbesi, spazientiti, scoperchiarono la sala. I guasconi ebbero meno pazienza, e il 14 luglio mandarono un gruppo di armati che fecero strage degli scrivani addetti alla segreteria dei cardinali, devastarono i loro alloggi privati, saccheggiarono e bruciarono quanto capitava sotto mano, e finalmente penetrarono, armi in pugno, nella sala del conclave per uccidere i cardinali italiani, sostenitori d'una candidatura a loro sgradita. Questi si salvarono attraverso un buco nel muro.

Tali notizie addolorano Dante, quasi ghibellino in politica, ma cristiano prima di tutto. E invia a Carpentras, ai cardinali italiani, una dolente e severa lettera, per ricordargli le condizioni in cui si trova Roma, "la signora delle genti fatta simile a una vedova". Ergendosi a giudice, li richiama alle loro responsabilità, rimproverandoli d'avere, come Fetonte col carro del sole, fatto uscire dal retto solco quello della Chiesa, "e voi che dovevate far luce al gregge attraverso i pascoli di questa peregrinazione, lo avete condotto assieme a voi al precipizio".

Insieme con la giusta ira del cattolico deluso, la lettera riflette il dramma d'un uomo, che ha pagato di persona per il disordine morale e politico, di cui la corruzione della chiesa è la causa, non l'effetto. Come ogni giudice, tiene pronto il castigo: "Pensate alla sferza, pensate al fuoco e non disprezzate la pazienza di Colui che vi aspetta a penitenza". E prosegue l'implacabile requisitoria: "Ciascuno ha preso in moglie, come voi, la cupidigia che non è mai, come la carità, generatrice di pietà e di equità, bensì di empietà e d'iniquità... Vergognatevi dunque d'essere accusati e ammoniti tanto dal basso".

Roma ha perduto le due luci che l'illuminavano, il papato e l'impero, cadendo in uno stato così miserevole "che farebbe compassione allo stesso Annibale". Il poeta scrive ai cardinali con la medesima, ragionata coerenza con cui si era rivolto ad Arrigo. Impero e Chiesa formano i due cardini che reggono la sua concezione del mondo. A Roma deve essere incoronato l'imperatore, a Roma deve risiedere il pontefice. La lettera termina additando con una appassionata perorazione la via della salvezza, raggiungibile "se tutti concordi, voi che foste gli autori di siffatto traviamento, vi batterete vigorosamente per la Sposa di Cristo, per la sede della Sposa che è Roma, per la nostra Italia, e in senso più completo, per l'intera umanità pellegrina sulla terra, affinché (...) l'obbrobrio dei guasconi che, ardendo di così funesta bramosia, tentano di usurpare la gloria latina, serva di esempio ai posteri, per tutti i secoli futuri".

Torna in scena Uguccione della Faggiuola. Con Cangrande della Scala, è la punta di diamante della riscossa contro i guelfi, i quali liberatisi della minaccia di Arrigo, devono fare i conti con i molti vicari e signori che l'imperatore, bisognoso di aiuti, aveva creato o rafforzato, cosicché morto lui e svanito il suo utopico ideale di unità, gli era subentrata, per ironia del destino, una anarcoide e centrifuga galassia di signorotti, aspiranti tiranni locali. Astuto, facondo, abile spada e gagliarda forchetta, Uguccione podestà di ventura aveva giurato a se stesso di non morire, senza aver prima fondato un saldo dominio personale. Bandiera disponibile a tutti i venti, negli ultimi tempi s'era riconvertito alla causa imperiale, e a lui pensarono i pisani quando, scomparso Arrigo VII, ebbero bisogno d'un capo che li proteggesse dalle minacce guelfe. Così Uguccione, ex ghibellino ed ex guelfo, divenne loro podestà e capitano del popolo. Durata dell'incarico, dieci anni: un primo passo verso la signoria a vita.

Con un colpo di mano Uguccione s'impadronì di Lucca e vi mise podestà il figlio Francesco. Dalla signoria alla dinastia il passo è breve. Egli sognava grandi cose, debellare i guelfi, umiliare Firenze, soggiogare la Toscana. Con la sua scaltra eloquenza convinse i pisani a muovere guerra contro l'antica avversaria. Firenze si trovava in cattive acque. Per rinsanguare l'erario, istituì una specie di imposta sul valore aggiunto degli affari e scambi, che colpiva tutte le categorie, dai medici ai sarti, dai mercanti ai cuochi ai nettacessi. La farina scarseggiava, Uguccione scorrazzava nella zona di San Miniato, Firenze chiese aiuto ai romagnoli e al re di Napoli.

Nel maggio di quello stesso anno 1315 (secondo altri, in settembre) promulgò un'amnistia agli sbanditi, col duplice scopo di placare i rancori nel fronte interno e raggranellare un po' di quattrini. Si ripeté, nella sostanza, il provvedimento di clemenza deliberato davanti alla minaccia di Arrigo VII. Generale, questa volta, o almeno larghissimo, poiché vi è compreso il condannato numero uno, Dante Alighieri. Per antica tradizione il governo di Firenze graziava, in occasione della festa del patrono san Giovanni, alcuni condannati comuni, ladri o malfattori in genere. Il suo durissimo codice penale era infatti ammorbidito da periodici provvedimenti di clemenza, che comportavano o una notevole riduzione delle pene, o il rinvio dell'esecuzione d'una sentenza di dieci, e perfino cinquant'anni, il che equivaleva ad una grazia. Poteva capitare che uno, condannato al taglio della mano, si vedesse sospendere la sentenza per cento anni. Gli amnistiati venivano condotti in processione al Battistero e "offerti" a san Giovanni, come per un secondo battesimo laico, che li purificava delle colpe di cui si erano macchiati. Talvolta si concedeva l'amnistia perfino ai defunti, in singolare parallelismo con l'indulgenza che la chiesa accorda alle anime del purgatorio. L'orfano d'uno sbandito da Firenze non poteva ereditarne le sostanze, se prima non otteneva che fosse "amnistiato" il caro estinto. Nella faziosa città, l'odio e il formalismo legalitario non si fermavano neanche davanti alle tombe.

Nella processione penitenziale a San Giovanni i rei portavano in testa una mitra di carta bianca, con nome e cognome, e un cero in mano. Era una cerimonia non priva d'intendimenti pedagogici: borseggiatori, ruffiani, biscazzieri, bestemmiatori, il volto atteggiato a pentimento apparentemente sincero, sfilavano tra due ali di cittadini galantuomini, o reputati tali, che da quello spettacolo ricavano una sensazione gratificante, l'orgogliosa certezza di poter dire, tra sé, "noi non siamo come loro".

Quell'anno si pensò di estendere il condono anche agli esuli politici, purché pagassero mezzo soldo per ogni lira di multa, in ogni caso mai oltre un massimo di cinquanta lire. Non sarebbero stati messi in carcere, ci si accontentava che ne varcassero per un istante, simbolicamente, la soglia. Insomma, bastava la mossa.

Gli amici sollecitarono Dante a cogliere quell'occasione d'oro. Un nipote della moglie, Nicolò di Foresino, che ben conosceva le condizioni della famiglia, e quanto urgesse la riabilitazione del padre, di cui aveva salvato alcuni beni intestandoli a sé, con compravendite fittizie, gli fece osservare che un'amnistia così generosa non sarebbe mai più capitata. Ma il nipote non conosceva la fierezza dello zio, la sua forza d'animo. All'esule, quella "mossa" parve più infamante del rogo. Riconoscere, sia pure per un'istante, d'essere colpevole e subire quell'umiliazione, sia pure formale, urtava contro due bastioni della coscienza di Dante: lo smisurato orgoglio e la consapevolezza di non aver rubato. Già immaginava i risolini di scherno che avrebbero fatto i suoi nemici, mentre si recava, in avvilita processione, verso il carcere simbolico, lui che pochi anni prima, ai tempi dell'assedio di Arrigo, aveva tuonato contro Firenze, promettendo agli "scellerati" concittadini, perfino con una punta di sadismo, rovina e morte. Bastava quel pensiero a fargli respingere l'ipotesi del rientro. Caratteristica costante di Dante, come ha osservato Giuseppe Prezzolini, è la magnanimità, "sia che scriva di sodomiti o di santi, di fraudolenti o di benefattori, sempre canta inni di lode allo spirito umano nelle sue manifestazioni individuali di grandezza: sentire fortemente, agire risolutamente, peccare appassionatamente, e pensare audacemente: ecco ciò che muove l'animo suo". Fu questa magnanimità a dettargli la lettera di risposta, che basterebbe da sola a formare la gloria d'un uomo. Lo scritto, indirizzato in latino ad un prete che, assieme al nipote, aveva insistito perché tornasse, dice:

"Dunque è questo il generoso provvedimento col quale Dante Alighieri verrebbe richiamato in patria dopo aver sopportato l'esilio per quasi tre lustri? Questo è il risultato della sua innocenza, riconosciuta oramai da tutti? Questo gli ha fruttato il lungo, faticoso sudore dello studio? Sia ben lontana da un uomo nutrito di filosofia una bassezza di cuore così temeraria, da accettare di essere offerto, quasi in ceppi, alla stregua d'un Ciolo qualsiasi e di altri scellerati. Non sia mai detto che un uomo che ha predicato la giustizia paghi, dopo aver sofferto il torto, il suo denaro a quelli che l'hanno offeso, ringraziandoli come benefattori.

"Non è questa la via del ritorno in patria, padre mio; ma se riuscirete, voi od altri, a trovarne una che rispetti la fama e l'onore di Dante, io l'accetterò a passi non lenti. Che se per nessuna siffatta via in Firenze non s'entra, in Firenze non entrerò giammai. E che dunque? Forse che non potrò contemplare, dovunque mi trovi, le sfere del sole e degli astri? Forse che non potrò meditare dolcissime verità, sotto qualsiasi cielo, senza dover prima rendermi spregevole, anzi carico di ignominia, al popolo e alla città di Firenze? Né il pane mi mancherà".

La fierezza morale di Dante riposava su una precisa consapevolezza del proprio valore intellettuale e talento poetico. Dante non indulge alle calcolate modestie, travestimenti dell'orgoglio raffinato, che con insincero rossore respinge la lode, per il piacere di sentirsela ripetere. Semmai peccava sul versante opposto, per superbia sprezzante e scostante. Sapeva quanto valeva, non lo nascondeva a nessuno. È questo un connotato frequente nei grandi artisti. "Dico che alcun si sovverrà di me nei dì futuri" (Saffo). "Non morirò del tutto, ho costruito un monumento più duraturo del bronzo" (Orazio). "La mia opera sarà capita fra cinquant'anni" (Stendhal). "Ho l'impressione che questo libro [*Novum Organum*] durerà finché dureranno i libri" (Bacone). "Mia cara madre, sono convinto che, per quante poche opere io lasci, esse si venderanno molto bene dopo la mia morte" (Baudelaire).

Dante s'aspettava che la sua città gli decretasse un ben diverso ritorno, l'alloro di poeta nel Battistero, altro che il cero e la multa dell'amnistiato.

Se mai continga che 'l poema sacro
al quale ha posto mano e cielo e terra,
sì che m'ha fatto per più anni macro,
vinca la crudeltà che fuor mi serra

del bello ovile ov'io dormi' agnello,
nimico ai lupi che li danno guerra,
con altra voce omai, con altro vello
ritornerò poeta, ed in sul fonte
del mio battesmo prenderò 'l cappello.

Il suo "bel San Giovanni". Quand'era priore, vi aveva salvato un bambino. Un gruppo di monelli giocava a rincorrersi in piazza, ed uno per nascondersi entrò in chiesa, infilandosi dentro uno dei pozzetti rotondi, scavati nel marmo, che servivano per la cerimonia lustrale. Entrato nel pozzetto, il ragazzino non riusciva più a tirarsi fuori, imprigionato nello stretto pertugio. Urla del poverino, strilla delle donnette accorse a far confusione, disperazione degli amici. Non si trovava il modo di estrarlo dal buco. Dante arrivò sul posto, si fece portare una mannaia e menando botte sul marmo lo spezzò in blocchi, liberando il malcapitato monello. La gente applaudì la sua presenza di spirito.

Torniamo a Uguccione. Il 29 agosto 1315, pur con milizie numericamente inferiori, egli sconfisse Firenze e i suoi alleati nella battaglia di Montecatini. Da tempo la città del giglio non registrava una batosta così severa. Molti caduti, moltissimi prigionieri, forse troppi: i guelfi non si batterono come leoni. Il gran caldo della giornata estiva li aveva fiaccati, l'abilità manovriera di Uguccione fece il resto.

La velocità di fuga dei cavalieri fiorentini provocò lo sdegno d'un poeta guelfo, Folgore da San Gimignano, che prima se la prende con Dio, accusandolo empiamente di favorire i ghibellini:

Eo non ti lodo, Dio, e non ti adoro
e non ti prego, e non ti rengrazio,
e non ti servo: ch'eo ne so' più sazio
che l'anime di stare 'n purgatoro;
per che tu hai mess'i guelfi a tal martòro
ch'i ghibellini ne fan beffe e strazio,
e se Uguccion ti comandasse il dazio,
tu 'l pagheresti senza perentoro.

Poi, rivolto ai fiorentini ingloriosamente sconfitti:

Guelfi, per fare scudo de le reni
avete fatti i conigli leoni,
e per ferir sì forte di speroni
tenendo vòlti verso casa i freni.

Non meno sarcastico il lucchese Pietro dei Faitinelli, un altro guelfo arrabbiato, che si sfoga contro i vanesi cavalieri fiorentini, dicendo che sono buoni tutt'al più a colpire la quintana, il pupazzo bersagliato nelle giostre:

Voi gite molto arditi a far la mostra
con elmi e con cimiere inargentate
e par che lo leon prender vogliate
per Firenze entro, quando fate giostra (...)
Lassate far la guerra a' perugini,
e voi v'entramettete de la lana
e de goder e raunar fiorini.
Voi solevate soggiogar Toscana;
or non valete en arme tre fiorini,
se non a ben ferir per la quintana.

In altre parole, tiratori da luna-park. Ma contro l'abilità di Uguccione non c'è niente da fare. Lo riconosce lo stesso poeta:

Veder mi par già quel da la Faggiuola
re di Toscana: eo dico d'Uguccione,
il qual terria le volpe tutte a scòla.

Il successo di Uguccione assomigliò, in trentaduesimo, a quelli di Annibale: bello ma sterile. Il ghibellino non sfruttò la vittoria, puntando diritto su Firenze, e la città si riebbe dal colpo abbastanza presto. Non solo. Passato lo spavento, il governo si accinse a rivedere la posizione dei condannati che avevano rifiutato l'amnistia. La loro ostinazione equivaleva ad una sfida e Firenze aggravò le pene. Oramai il rogo non basta più. Dante, non avendo fatto atto di sottomissione, fu trasferito dalla categoria degli esuli a quella dei ribelli, di coloro che "*spreverunt nostra banna et precepta*" disprezzarono i nostri bandi e comandi, dice la sentenza del 6 novembre 1315. Perciò fu condannato alla decapitazione, assieme ai figli, non più protetti dall'età. Il nuovo, feroce bando risparmia la pena solo ai minori di 15 anni e ai maggiori di 70. "Se cadrà in mano del comune" vi si legge "sarà trascinato al luogo di giustizia, perché il capo gli venga mozzo dalle spalle". La sentenza inoltre autorizza chiunque lo desideri a danneggiare e offendere Dante, negli averi e nella persona. Non sarà un reato, bensì atto di patriottismo molestare, percuotere e magari uccidere l'ostinato ribelle, che aveva popolato di fiorentini e di toscani i più malfamati gironi dell'inferno.

Il poeta riprende le sue peregrinazioni per l'Italia, portando con sé il prezioso carico dei manoscritti. Non sono tutti inediti. Qualche brano del poema già circola, in edizioni orali, inevitabilmente storpiate nel passare di bocca in bocca. A questo punto la grossa questione: Dante rese pubblica l'opera sua, tutta, a mano a mano che la componeva? Non rappresentava un grave pericolo per lui, in quei tempi di feroci vendette private, di sicari servizievoli ai voleri dei potenti e dei prepotenti, lasciar circolare specialmente i canti dell'*Inferno*, nel quale aveva sprofondato molti dei personaggi più in vista del suo tempo, e taluni ancora vivi?

Il Foscolo si domanda:

"Dove si sarebbe egli mai sperato rifugio, se non sotterra, da tanti che in tutti i suoi versi irritava fieramente ad opprimerlo?... Né quegli illustri dannati erano tutti fiorentini e molti de' loro figliuoli tiranneggiavano potenti nelle città di Romagna, dove egli andavasi ricoverando: e chi crederà che leggessero la *Commedia*, e si rassegnassero pazientemente all'infamia? La sentenza celebrata da Dante 'che bello onor s'acquista in far vendetta' sarebbe stata ritorta contro di lui, e giustificata dall'esempio ch'ei ne porgeva. Era il grido, il sentimento e legge di tutta l'Italia: né poteva essere trascurata, senz'ignominia e delitto di crudeltà all'ombre dei morti. La religione non aveva che rimutato i nomi alle antiche opinioni. La vendetta dei congiunti offesi non era solamente costume, com'altri crede, portatovi da' Germani, ma insieme eredità degl'Italiani...

"Anche i fuorusciti con lui di Firenze gli pareano compagnia malvagia e scempia; e poiché s'armarono a rientrarvi e furono rotti, ei gl'incolpava d'avere ridotto le cose a rovina per la loro bestialità; e dolevasi che si volgevano ingrati, matti ed empi contro a lui solo. Accuse vere forse, o tutt'al più esagerate; ma s'ei le avesse fulminate pubblicamente mentre viveva, come noi le troviamo nella *Commedia*, ei si sarebbe circondato di persecutori anche fra i compagni del suo lunghissimo esilio". E più avanti: "Oggi chi mai, che dicesse altrettanto e non fosse accompagnato d'eserciti, traverserebbe impunemente l'Italia disarmata com'è e incallita a udire ogni cosa?"

Aggiorniamo l'ipotesi del Foscolo e supponiamo che nasca oggi, secolo ventesimo, di costumi meno ringhiosi, un nuovo Dante che scriva una nuova *Commedia*, nella quale metta all'inferno presidenti di repubblica, politici, industriali, attori, collocando noti ministri tra gli ignavi, famosi giornalisti tra gli indovini, alcuni sindacalisti fra i seminatori di discordia, qualche banchiere tra gli usurai: tacerebbero gli interessati? Il meno che capiterebbe al redivivo Dante sarebbe una collezione di querele per diffamazione a mezzo stampa. Nel Trecento, ci si querelava a mezzo pugnale. Per esempio, a Genova viveva il potentissimo Branca d'Oria, che il poeta destinò al lago di Cocito, nella zona riservata ai traditori dei commensali, reo d'aver ucciso il suocero durante un pranzo. L'assassino era ancora al mondo, vivo e vegeto, ma la sua anima era stata spedita da Dante fra i dannati, e il corpo affidato in gestione a un demonio, facente funzioni di anima. Al momento della morte, il corpo sarebbe andato a ricongiungersi con l'anima, già scesa nel gelo di Cocito il giorno del delitto. Ebbene, con quale coraggio Dante si sarebbe presentato a Genova dove Branca, al tempo della calata di Arrigo VII, era pressoché padrone della città? Secondo uno dei tanti aneddoti fioriti nella lussureggiante foresta del mito dantesco, il poeta si sarebbe presentato a Genova insieme con l'amico Uguccione e altri ghibellini, e i servitori del d'Oria l'avrebbero preso a calci in pubblico.

Nessun dubbio che, se avesse collocato in paradiso tutti i potenti dell'epoca, avrebbe goduto un esilio dorato, corti e municipi se lo sarebbero conteso, nessuna porta si sarebbe chiusa davanti ad un poeta lacché, dispensatore di apologie, in scala mobile col salario. Ma Dante, preoccupato del giudizio di coloro

che questo tempo chiameranno antico

non rinunciò alla sua missione di giudice passionale ed aspro, ma sempre in buona fede. L'avo Cacciaguida l'aveva esortato a dire coraggiosamente la verità, anche se scotta, anche se

a molti fia sapor di forte agrume

perché questo è il suo dovere di poeta morale, che parla nell'interesse dell'umanità

e lascia pur grattar dov'è la rogna.

Per la pericolosità delle cose scritte da Dante nel poema, tali da mettere a repentaglio la sua sicurezza personale, alcuni pensano assieme al Foscolo che tra il gran pubblico la *Commedia*, lui vivo, non fu mai divulgata. Né canto per canto, né in blocco. Fu pubblicata tutta in una volta, dicono, dopo la morte dell'autore. Petrocchi e Quaglio invece ritengono che l'*Interno* era già divulgato intorno al 1314.

La questione è complessa e ancora insoluta, e si può articolare in queste tre ipotesi:

1) Dante, fidando anche nella protezione di Cangrande, non rinuncia al piacere della sfida e pubblica il poema come un guanto lanciato contro i suoi nemici;

2) più diplomaticamente, confida alcuni canti agli amici, tenendo accuratamente segreti i più "esplosivi";

3) ne lascia sornionamente trapelare qualche terzina, quel tanto di minacciosamente generico che induca i suoi ospiti a considerare che, dopotutto, una linguaccia come la sua è sempre meglio tenersela amica.

Il titolo da lui messo all'opera è volutamente riduttivo: *Commedia*. La sua concezione estetica distingue, in letteratura, tre stili: quello elevato, adatto alla tragedia; uno mediano, per la commedia; uno umile, per l'elegia. La tragedia ha una partenza tranquilla (*quieta* dice il poeta) e un epilogo drammatico (*horribilis*, dice sempre il poeta, in latino). Invece la commedia presenta una situazione iniziale dura e difficile, per concludersi col lieto fine. Difatti la *Commedia* comincia con l'*Inferno*, regno della dannazione, e finisce col *Paradiso*, trionfo di Dio.

Circa la divulgazione del poema, una cosa è certa: a Bologna, negli ultimi anni dell'esilio, i primi canti dell'*Inferno* erano noti. I giullari nelle strade cantavano qualche terzina; i notai, nei polverosi ozi degli archivi, trascrivevano qualche verso già famoso sui margini dei rogiti. Un impiegato del podestà copiò una terzina del terzo canto su un pezzo di carta. Un anonimo semianalfabeta trascrisse a memoria un brano del canto quinto, deformando nella seguente maniera il povero Minosse:

Staua mi nosse ore uilmente e rngia
e çamina le cholpe del lentrata
giu dicha e manda sechondo chauingia.

La terzina originale dice:

Stavvi Minòs orribilmente, e ringhia:
esamina le colpe ne l'entrata;
giudica e manda, secondo ch'avvinghia.

Un giorno il poeta, quando era ancora a Firenze, passeggiando per strada vide un asinaio addetto alla raccolta delle spazzature, che cantava una sua canzone, inserendo ogni tanto, rivolto al quadrupede, l'incitamento "arri". Dante gli andò appresso e gli sferrò un pugno sulla spalla, protestando:

"Questo 'arri' io non ci misi".

Tale popolarità è lecito immaginarla ancora maggiore fuori delle mura di Firenze, nelle città e borgate visitate durante l'esilio, nelle quali trascorse circa un ventennio, il periodo artisticamente più intenso della sua non lunga vita. Osserva il Carducci che se l'aneddoto, raccontato da Franco Sacchetti, riflette una tradizione popolare, questa riposa pur sempre sopra un fondamento di verità. "Qual romanziere scriverebbe oggigiorno che un fabbro o un vetturale, in mezzo alla loro opera, cantano del Foscolo o del Leopardi?".

Aggiorniamo il Carducci e domandiamoci: ai nostri dì, quale garzone di lattaio recita Quasimodo o Montale?

XIII

Una giornata in convento

Abbiamo ricordato, in un precedente capitolo, il "guai ai soli" che incombeva sulla società medioevale, articolata in una grande varietà di strutture associative. Chi non era inserito in un gruppo (famiglia, corporazione, confraternita, maniero, università) si esponeva al rischio dell'emarginazione. Ci fu tuttavia chi non solo non temette la solitudine, ma di proposito la scelse, lasciò il mondo e le sue pompe, e andò a vivere lontano, da solo, *mònos* in greco, donde la parola monaco. E si ritirò sulla montagna, o nel deserto, a pregare, cibandosi di poche erbe e molta fede in Dio.

Erano gli eremiti, gli anacoreti, che si maceravano corpo e anima tra gli incubi e le visioni d'una solinga vita contemplativa; ma in un secondo tempo si sviluppò, per l'invincibile legge di natura che ha creato l'uomo animale socievole, una più ragionevole forma di monachesimo associato, frati riuniti in vita comune (*koinòs bìos*, sempre in greco, donde cenobiti), governati da una regola che fissava i pesanti doveri e gli scarsi diritti di questi volontari esiliati dal mondo. Essi pronunciavano i voti di castità, povertà, obbedienza, sottoscrivendo un corollario di obblighi complementari, il digiuno, la preghiera, il lavoro, il silenzio.

Come i castelli, i monasteri erano unità autosufficienti, organizzate in rigida gerarchia, piccole monarchie assolute, accettate con sorridente umiltà da chi aveva fatto dell'umiltà il fondamento della propria vita. Sulla scorta di san Benedetto, Tommaso d'Aquino distingue, nientedimeno, dodici gradi di umiltà. Primo, mostrare sempre umiltà col cuore e con le opere; secondo, profferire poche e ragionate parole e mai a voce clamorosa; terzo, non essere pronti e facili al riso; quarto, conservare il silenzio fino a che non si è interrogati; quinto, osservare le regole della comunità; sesto, dichiarare se stessi più bassi di tutti; settimo, credersi e confessarsi indegni e inutili a qualunque ufficio; ottavo, essere sempre primi a riconoscere i propri peccati; nono, essere pervasi di pazienza in tutte le avversità e durezze della vita; decimo, sottoporsi con intima obbedienza ai superiori; undicesimo, non compiacersi di adempiere la propria volontà; dodicesimo, osservare scrupolosamente gli undici gradi in precedenza descritti.

Sono i concetti già impliciti nel *làthe biòsas*, vivi nascosto, del pagano Epicuro, poi ripresi nell'*ama nesciri*, cerca di essere ignorato, dell'*Imitazione di Cristo*.

Il preposito del monastero talvolta aveva la dignità di abate, eletto dai confratelli dopo una notte trascorsa in preghiera nelle nude celle. L'abate esercitava il potere, scegliendosi alcuni collaboratori, una specie di giunta: il vice, il cellario addetto alla cella (cantina) e al servizio annonario, il portinaio che sistemava i pellegrini, un frate curava la preparazione dei novizi, un altro sorvegliava i lavori agricoli. Nel monastero di tipo benedettino, la cui organizzazione fu presa a modello dai fondatori di altri ordini religiosi, c'era tutto: mulino, frantoio, infermeria, magazzini, biblioteca, la bottega del fabbro, del maniscalco, del falegname, del barbiere. Chi trascriveva pazientemente codici antichi, chi distillava elisir, chi si dedicava all'orto, coltivando alla lettera la vigna del Signore.

Davanti a quell'oasi di pace si fermavano il tumulto delle passioni mondane e l'onda della guerra, per cui chi era dentro sentiva raramente il bisogno di uscirne; al contrario, chi era fuori domandava di entrare, specialmente i viandanti, che vi trovavano cibo e alloggio, mancando all'esterno quella che oggi si chiama attrezzatura turistico-alberghiera. Provvidenziali in tal senso gli ospizi aperti dai frati sulle strade dei valichi alpini (San Bernardo). *Ora et labora*, esortava la regola di san Benedetto, che riteneva il lavoro il più efficace antidoto contro le tentazioni del peccato, e la migliore risposta a chi accusava i monaci di parassitismo, di fuga dalle responsabilità sociali.

Capo incontrastato nella sua abbazia, l'abate era indipendente dalle abbazie consorelle, non era subordinato nemmeno al vescovo. *Abbas in abbatia est imperator.* Taluni avevano il rango di feudatario, il titolo di conte, e fornivano truppe al re; i loro conventi erano *castra munita*, vere fortificazioni, e gli abati avevano facoltà di giudicare, condannare a morte. Nominavano i notai e i magistrati. Imponevano tasse. Concedevano indulgenze. Per i peccati di particolare gravità, l'assoluzione era riservata all'abate. All'occorrenza, i frati deposto il rosario impugnavano la spada, come capitò nel 1567 agli inquilini dell'abbazia delle Tremiti, che spararono con le colubrine contro l'assedio delle navi turche. Alla fine la flotta della Mezzaluna si ritirò e i bravi fraticelli, respinti coraggiosamente a colpi di cannone gli assalti degli infedeli, tornarono nelle loro celle a respingere, a colpi di cilicio, quelli del Maligno.

Le abbazie ebbero proprietà immense. L'Abruzzo fu praticamente spartito fra le abbazie di Farfa, Casauria e San Vincenzo al Volturno. L'abate di Farfa possedeva seicentottantatré chiese, due città, sette porti, ottocentododici mulini. Quello dell'Amiata era padrone d'un territorio che andava dal Trasimeno all'Argentario, per circa cento chilometri. Molto potente anche l'abbazia di Santa Croce di Fonte Avellana, sull'Appennino umbro-marchigiano, da cui dipendevano chiese e monasteri sparsi un po' dappertutto, da Pomposa alle Marche, alla Toscana. In questa abbazia, secondo alcuni biografi, soggiornò per qualche tempo l'esule Dante.

L'edificio si trova sulle pendici del monte Catria e spunta improvvisamente dietro un velario di faggi e castagni, in una conca alpestre da cui si contempla un ettaro di cielo. Sulla soglia del parlatorio il priore accoglie i visitatori avvolto in un mantello di lana color crema, la sigaretta seminascosta nella mano. È il suo unico "vizio" e Dante sicuramente lo scuserà, il *Purgatorio* non prevede cornici riservate ai fumatori. Un vento gelido guizza tra le colonne del chiostro, dove lui incede stringendo al petto uno scaldino, che costituisce tutto il suo impianto di riscaldamento per i mesi invernali. Ha un bel profilo forte, savonaroliano. Ogni tanto batte con l'indice la sigaretta, facendo cadere la cenere nello scaldino, infilato a mo' di sporta nel braccio sinistro. *Memento homo quia pulvis es...*

La regola di questi frati camaldolesi è pressappoco quella del Trecento, quando il poeta salì quassù, a cercare la pace di Dio, dopo aver invano implorato quella degli uomini. Sveglia alle 3.30, indi preghiera e officiatura nella cappella, fino alle 8. Una tazza di caffelatte, poi quattro ore di lavoro: nell'orto, al forno, in cucina. Chi ha attitudine agli studi, s'immerge in grossi volumi di teologia, di patristica, di morale, fino a quando il ritocco della campana annuncia che è arrivata, col mezzogiorno, l'ora del pallido pasto.

Carne tre volte la settimana. Durante la quaresima, di venerdì, viene servita a mezzogiorno una minestra con un piatto d'erbe crude, la sera un'insalata con frutta; nei rimanenti giorni, rarissime uova, tollerata qualche sardina. In silenzio si mangia, mentre un confratello legge le vite dei santi, quasi un telegiornale dell'Aldilà. In silenzio si lavora, cercando di imitare quelle vite. Il cielo è a due passi da Fonte Avellana, settanta monaci sono saliti dal convento all'onore degli altari. Tre volte la settimana è concesso un breve passeggio con conversazione, un'ora di "aria" per i volontari prigionieri di Dio. Alle ore 15 recita del vespero, poi ancora lavoro o studio; alle 18 meditazione, alle 19 cena, alle 20 infine tutti a letto. Giornali non ne arrivano. Né radio né televisione.

Nella sua cella il priore, capitano d'una nave che ha lasciato per sempre la terraferma delle miserie umane, tiene una radiolina per seguire, lui solo, i più importanti avvenimenti del lontano mondo e comunicarli, ove lo ritenga opportuno, al mistico equipaggio. Come ai tempi di Dante, la comunità poggia su un sistema di monarchia assoluta, a base elettiva. Il priore dispone d'una autorità quasi illimitata, per la durata di sei anni, terminati i quali chiede la riconferma. Riunito in assemblea sovrana, il capitolo ha facoltà di rinnovargli la fiducia, oppure rimandarlo nei ranghi.

Il venerdì ogni confratello, durante la meditazione nella sua stanza, si spoglia a torso nudo e si flagella; il sabato, nella sala del capitolo, confessione pubblica delle infrazioni alla regola. È una disciplina dura, che richiede nervi a prova di solitudine. L'eremo ha accolto gente d'ogni condizione, papa Giulio II, il frate Guido d'Arezzo cui si attribuisce l'invenzione delle note musicali; perfino il brigante Musolino, poco prima che fosse catturato (*chillu filu!*) ad Acqualagna.

La cella dove si vuole abbia dormito il poeta è un quadrato di quattro metri di lato, il soffitto a vele, il pavimento di mattoni a spina di pesce. Nella nicchia d'una parete, un busto in marmo, uno dei più antichi che si conoscano, risale al 1557. La tradizione del soggiorno del poeta poggia su una lapide che, in quello stesso anno, il priore Filippo Ridolfi, fiorentino, murò per ricordare lo stanzino "*in quo Dantes Aligherius habitasse in eoque non minimam praeclari et paene divini operis sui partem composuisse dicitur*" (nella quale si dice che Dante Alighieri abbia abitato e composto parte non minima della sua insigne e quasi divina opera). A chi adduce, quale prova della presenza dantesca in questi luoghi, la precisione dei termini che li descrivono nel poema, è facile obiettare che tale criterio, applicato in assoluto, farebbe di Dante, più che un esule, un danaroso giramondo che ha visitato tutta Italia e mezza Europa, tante sono le località di cui parla con diligente esattezza.

Senonché padre Bernardo Ignesti, priore negli anni Cinquanta trovò, frugando nell'archivio, un documento del sedicesimo secolo, il quale afferma che "poco dopo il 1410" (ma si tratta d'un banale errore dell'amanuense, bisogna evidentemente leggere 1310) "dimorò in questo monastero il poeta volgare Dante Alighieri e anche oggi è chiamata Camera di Dante la stanza ove egli abitò". Le parole, vergate con inchiostro ocra, sono chiaramente leggibili.

È opinione accettata da molti che il poeta, per consultare gli scritti di san Pier Damiano

> *che pur con cibi di liquor d'ulivi*
> *lievemente passava caldi e geli*
> *contento ne' pensier contemplativi*

non poteva non recarsi sul Catria, dove il santo, che si firmava Pietro Peccatore, era salito intorno al Mille, a far penitenza, a predicare e a scrivere contro la corruzione del mondo. Dante ne ammirava la purezza di vita e la dottrina. Abate, poi cardinale, aveva rinunciato alla porpora per continuare, nella solitudine del monte, i lunghi colloqui con Dio, da cui nascevano pagine roventi contro i contemporanei, specialmente quelli che indossavano indegnamente un abito religioso.

Pietro non parlava, tuonava. La sua penna non scriveva, scorticava. Ai suoi apocalittici inchiostri dobbiamo il *Gomorrhianus* (superfluo tradurre), violento sermone che condanna, con realistica crudezza di linguaggio, il peccato contro natura, "simile a cancro che striscia fino a colpire la categoria degli ecclesiastici". Ai sodomiti Dante riserva una pena non priva di teatrale nobiltà, costretti come sono a camminare senza posa su sabbie ardenti, sotto una pioggia di fuoco. Pier Damiano, per i "*masculi in masculis turpitudinem operantes*", propone un sozzo e umiliante castigo. Dice infatti che "il chierico o il monaco che corre dietro agli adolescenti o ai ragazzini deve essere pubblicamente flagellato, rapato a zero, coperto di sputi in faccia, legato in ceppi e messo in prigione per sei mesi, a pane d'orzo tre giorni la settimana". Inoltre bolla con sarcasmo i religiosi che, commesso questo peccato, per non farlo conoscere a terzi, si confessano e si assolvono tra loro, cosicché i colpevoli diventano giudici.

Contro i religiosi proprietari di beni mobili o immobili scrive che, prima di prendere gli ordini, devono distribuirli ai poveri, oppure devolverli alla comunità. Nel *De vili vestitu ecclesiasticorum* (Il dimesso vestire degli ecclesiastici) ricorda ad un abate elegantone che Cristo non si vergognò di girare per la Palestina con abiti da quattro soldi. Nel *De perfecta monachi informatione* (La perfetta educazione del monaco) tesse l'elogio della sporcizia, che è disprezzo del corpo, strumento di Satana. In altri sermoni, il suo oltranzismo integralista stigmatizza i preti servi del potere politico, la cupidigia di denaro, ed elogia la santa ignoranza, contrapposta alla baldanzosa scienza.

Il sant'uomo, poi proclamato santo, aveva con sé due nobili giovani di Gubbio, di nome Pietro e Rodolfo, che persuasi dalla sua parola donarono al convento i loro possedimenti, compreso il castello "munito d'inespugnabili fortificazioni". Espugnati dalla fede, si erano convertiti alla vita monastica. Un giorno Pier Damiano, stupito della loro pietà, scrisse a papa Alessandro II: "Se dovessi riferirti tutte le notizie mirabili intorno a Pietro, verrebbe a mancare questo foglio quando ancora ci sarebbero cose da scrivere". Pietro e Rodolfo ascesero agli altari, l'uno beato, l'altro santo, raggiungendo nella gloria un loro parente, il nobile Forte, priore nello stesso monastero, pure lui beatificato. Pietro, Rodolfo, Forte appartenevano alla casata dei Gabrielli.

Un nome non nuovo. Erano avi di Cante, podestà di Firenze nel tragico 1302. Dante dormì sotto lo stesso tetto, forse nelle stesse celle in cui avevano vegliato in preghiera gli antenati di chi lo condannò a morte.

XIV

Cortigiano fallito

Cangrande della Scala, penultimo ospite di Dante, sbagliò la data di nascita. Gli sarebbe stato più congeniale vivere due secoli più tardi, in pieno Rinascimento, perché il suo culto della forza e dell'azione, l'amore del fasto, la consuetudine con i letterati e gli artisti, la simultanea dedizione al dolce e spericolato vivere, fecero di lui, nella opaca società italiana del Trecento, un solitario anticipatore di quella scintillante stagione dello spirito.

Sbagliò anche la data di morte, perché scomparve a soli 38 anni, troncando a mezzo un ambizioso, ma non utopistico, disegno di espansione territoriale, che avrebbe posto su basi durature le fortuna della sua casa, e del partito ghibellino, di cui Arrigo VII lo aveva designato erede e difensore, allorquando, dice un carme latino composto per la sua morte,

disposuit testamentum
constituens vicarium
fidelem commissarium
Canem de Verona

(fece testamento creando vicario il fedele commissario Cane di Verona).

Sbagliò anche la causa del decesso. Avrebbe desiderato cadere in combattimento, pugnando alla maniera dei Parti, con l'arco e la faretra, che portava per una sua posa orientaleggiante; fu stroncato da una prosaica indigestione, per aver bevuto, accaldato, acqua ghiacciata. Come accade ai personaggi eccezionali, la leggenda s'impossessò di lui, e raccontò che sua madre, Verde di Salizzole, sposata ad Alberto della Scala, lo partorì senza doglie, senza nemmeno un grido. In sua vece urlò il neonato, e lo fece così forte da spaventare tutto il palazzo, quasi volesse anticipare l'urlo di guerra che, divenuto lui adulto, avrebbe scosso il Veneto.

Can Francesco della Scala, detto Cangrande, dal destino ebbe tutto e presto: il potere, l'amore, la fama. A 18 anni era già associato al fratello Alboino nel governo della città. Nello stesso anno s'invaghì d'una giovanissima principessa, Giovanna d'Antiochia, che transitava per Verona, diretta in Germania, dove l'attendevano le nozze con un feudatario tedesco, mai visto in faccia. Era stata la famiglia, come al solito, a combinare il matrimonio, e la fanciulla doveva rassegnarsi alla ragione dinastica. Ma questa volta prevalse quella del cuore. Cangrande, appena la vide, la convinse a troncare quel viaggio che lei aveva così scarso desiderio di proseguire, e se la sposò. (Qualcosa del genere, ma con finale tragico, era successo qualche anno prima, sotto Bartolomeo, quando Giulietta Capuleti sfidò il gelo del sepolcro, per non sposare il fidanzato imposto dalla famiglia).

A vent'anni, morto Alboino, Cangrande era signore assoluto della città e cominciò la politica di espansione verso est, strappando Vicenza ai guelfi padovani, accolto con gioia dagli abitanti che festeggiarono l'evento deviando il fiume Bacchiglione, per togliere l'acqua a Padova. Il 17 settembre 1314, mentre partecipa alle nozze del nipote Franceschino con una figlia di Luchino Visconti, arriva la notizia che i padovani si accingono ad attaccare Vicenza. Cangrande s'alza da tavola, balza a cavallo e con cento uomini punta verso la città minacciata, beve per strada un bicchier d'acqua offertogli da una donna, biascica una preghiera alla Vergine e piomba sui nemici, sterminandoli.

Un'altra volta, saputo che a Vicenza alcuni tramano per consegnarla ai padovani, si traveste da popolano, gira per l'abitato, si mescola ai congiurati stimolandoli all'impresa, poi arrivano i rinforzi ghibellini, e con essi la strage. Il suo coraggio di guerriero, la sua abilità di stratega sono riconosciuti da tutti, specialmente dai nemici, che ne fanno le spese. Scrive con sgomento il trevigiano Nicolò del Rosso, rimatore guelfo:

Segnor, guardative da messer Kane
perch'el porta soto la cinta un sacho
e meterà dentro çascuno a stracho,
che al suo conseglo non sona campane.
Le maçor Alpe gl'enno tutte plane,
e' de l'arme may se vide fiaccho.

Cangrande, che mira a conquistare tutto il Veneto continentale, ha proibito ai sudditi di pronunciare la parola pace, ma che importa? È un simpatico guerrafondaio, un fulmine in battaglia e il popolo ama chi vince. Scala! Scala! è il grido veronese di guerra e d'esultanza. Il cronista Giovanni Villani, colto mercante guelfo, scrisse con una punta di gelosia toscana che gli Scaligeri non avevano sangue blu, il loro capostipite essendo un modesto commerciante di scale. Ma a parte il fatto che un Guido della Scala figura in un documento del 1096, assieme ad altri *boni homines* (gentiluomini), a Cangrande araldica e pergamene del passato non interessavano, interessava l'araldica del presente, quella prodotta con le sue mani, conquistata con le sue gesta, e quando Arrigo lo nominò vicario, aggiunse con legittimo orgoglio, allo stemma di casa, l'aquila imperiale, decorando con dovizia di aquile, a futura memoria dei posteri, armi, palazzi, cancelli, chiese e campane.

La sua affascinante personalità di ghibellino indomito, brillante soldato, scaltro diplomatico, risollevò le speranze del partito imperiale, vacillanti dopo la scomparsa di Arrigo; e nella dieta di Soncino (1318) fu eletto "capitano e rettore dell'alleanza e dell'unione dei signori e dei fedeli dell'impero in Lombardia". Dignità altissima, con appannaggio di fiorini e di milizie, che gli servì per lottare contro i guelfi e, insieme, dilatare i suoi domini, fino a comprendere Feltre, Belluno, Treviso, Vicenza, Padova, insomma tutto il Veneto tranne la Laguna e il Polesine.

I guelfi temevano che lo Scaligero puntasse a fondare un regno. È ancora il trevigiano Nicolò del Rosso a registrare questa paura, in tre versi che sono il più bell'omaggio che potesse fare un nemico:

E se valor, senno e fortuna bona,
come fin a qui, per lui opraranno,
el sarà re d'Italia enançi un anno.

Dove non bastavano le armi, arrivava con l'astuzia, l'intrigo, la corruzione. Quando Enrico II, conte di Gorizia, marciò contro Bergamo per rimettervi dentro il partito della chiesa, che ne era stato cacciato, Cangrande lo invitò a palazzo, gli mise in mano una borsa contenente sessantamila fiorini, e l'altro fece dietro front, dimenticandosi e di Bergamo e del papa. Con questo non scese mai a compromessi, circa i diritti dell'impero. Suo padre Alberto, per liberare Verona dall'interdetto e riconciliarsi con Roma, aveva fatto bruciare in Arena oltre un centinaio di patarini, catturati a Sirmione (1278). Lui invece resistette alla scomunica lanciata da Giovanni XXII, il successore di Clemente V, che aveva invano ordinato a lui, al milanese Matteo Visconti e al mantovano Passarino Bonaccolsi di rinunciare al titolo di vicario imperiale, cosicché si formò un triangolo ghibellino tra Milano, Mantova e Verona, che aveva la sua punta di diamante in quest'ultima città.

Cangrande non cedette e il clero fu solidale con lui. Ascoltava puntuale la messa che i preti celebravano regolarmente, con la scusa che l'interdetto non era stato comunicato secondo la procedura dovuta. Prima di attaccar battaglia, faceva un digiuno propiziatorio. Si dice che la chiesa di Santa Maria della Scala sia stata eretta da lui, ex voto per una malattia felicemente superata. Agli enti ecclesiastici faceva larghe donazioni. Insomma, era un cattolico, non clericale. S'inchinava ai dogmi della fede, riconosceva alla chiesa il magistero nelle cose dello spirito, non il diritto d'intromettersi nelle faccende politiche e territoriali.

La stessa posizione ideologica di Dante. Perciò Dante, tramontata con la stella di Arrigo ogni speranza di tornare in patria, accettò volentieri l'ospitalità del veronese, che non solo aveva una grande stima di lui, ma là pensava come lui. Conosceva Verona, v'era già stato qualche anno prima, per un breve periodo, quando governava Bartolomeo; ma con il fratello s'instaurò un'amicizia più profonda, cementata dalla consonanza d'ideali.

Mentre lo Scaligero sfidava le scomuniche, il poeta nel *Paradiso*, scritto durante il soggiorno veronese, rovescia il suo sarcasmo su quei papi che le usavano come arma politica. A Verona, nido di memorie e di sogni ghibellini, uomini e cose gli ricordavano il suo passato di guerrigliero e di propagandista dell'imperatore. Nel tempio di santa Anastasia, piccolo pantheon ghibellino costruito anche col concorso degli Scaligeri, riposava Walramo, fratello dell' "alto Arrigo", caduto all'assedio di Brescia. Avrà pianto sulla sua tomba?

Ma non fu solo il perfetto accordo tra l'azione politico-militare di Cangrande e il pensiero politico-poetico di Dante, che rese a costui talmente gradito il secondo soggiorno veronese, da protrarlo per sei anni. La posizione geografica e la struttura urbanistica di Verona gli ricordavano Firenze e, per dirla coi versi d'un poeta dialettale del Novecento, il veronese Fragiocondo,

> *... ghe piasea Verona*
> *col so vecio San Zen, le ciese bele,*
> *i montesei distiradi a corona*
> *e i merli rossi de le Toresele;*
> *e l'Adese, che alegro e verdesin*
> *zugava co' i mulini e co' la rua,*
> *el someiava a l'Arno fiorentin,*
> *così che 'l se sentiva a casa sua.*

Qui trovò parecchi fiorentini e toscani, emigrati per ragioni di commercio o cacciati per motivi politici. Le sbrigative democrazie comunali erano congegnate in modo che quando la maggioranza prendeva il potere, spesso la minoranza non passava all'opposizione: andava in esilio. Famiglie Bianche o ghibelline, trapiantate a Verona, e come Dante malate di nostalgia e di rabbia, erano i da Lisca, i Cipriani, gli Uberti, gli Alberti, i Baldi, i Giusti, nomi tuttora esistenti. Un Lapo degli Uberti fu podestà ghibellino di Verona; sei secoli più tardi, il senatore Giovanni Uberti divenne sindaco democristiano. C'era anche Spinetta Malaspina, scappato dai suoi feudi di Lunigiana; c'erano perfino degli omonimi, due Dante Alighieri, toscani, non meglio identificati. Verona, che si vantava d'essere *oppressorum consolatrix*, consolatrice degli oppressi, gli dava un senso di sicurezza, di protezione, perciò vi trasferì la famiglia, facendosi raggiungere dai figli. Pietro si dedicò allo studio delle leggi e prese moglie. Ma non commise l'errore del padre, sposò una donna del suo partito, figlia d'un Bianco profugo da Pistoia. Jacopo s'avviò, senza convinzione, alla carriera ecclesiastica. Di Gemma, nessuna notizia. Restò a Firenze. Ignoriamo se abbia avuto la possibilità, o almeno il desiderio, di ricongiungersi con l'esule. Qualche studioso, cedendo alla tentazione campanilistica, congetturò che i gradini del solenne anfiteatro romano abbiano suggerito al poeta l'idea dei gironi infernali. Sta di fatto che proprio a Verona qualcuno aveva avuto, prima di lui, nella seconda metà del Duecento l'idea di descrivere in versi i castighi e le delizie che attendono, nell'aldilà, i peccatori e i buoni cristiani.

Era costui un oscuro frate dell'ordine dei Minori, talmente oscuro che ne conosciamo appena il nome, fra Giacomino, autore del *De Jerusalem celesti* e del *De Babilonia infernali*, rispettivamente 280 e 340 versi, in quartine. Due operette scritte a scopo devozionale e pedagogico, folte di immagini goffamente ingenue e materialistiche. Il paradiso di fra Giacomino ha le mura fondate su perle, merli di cristallo, un fiume d'oro, fontane d'argento, alberi con frutti più dolci del miele, e tanti uccelli che cantano:

Kalandrie e risignoli et altri begi oxegi
çorno e noito canta sovra quigi arboselli,
façando li versi plu preciosi e begi
ke no fa viole, rote né celamelli.
Lasù è sempre virdi li broli e li verçer
en li quali se deporta li sancti cavaler,
li quali no à mai cura né lagno né penser
se no de benedir lo Creator del cel.

Il tremendo ingresso dell'inferno dantesco

Per me si va nella città dolente

viene così immiserito nell'anticipazione della *Babilonia* di Giacomino:

> *O miser sì, cativo, dolento, maleeto,*
> *quelui ch'a tal onor firà là dentro meso!*

A edificazione del fedele, il buon frate usa il ricatto, prettamente medioevale, del pauroso e dell'orrido, avvertendolo, con immagini del più grossolano realismo, che nell'inferno troverà

> *... bisse, liguri, roschi e serpenti,*
> *vipere e basalischi e dragoni mordenti:*
> *agui plui ke rasuri taia l'onge e li denti,*
> *e tuto 'l tempo manja e sempr'è famolenti.*
> *Lì è li demoni cun li grandi bastoni,*
> *ke ge speça li ossi, le spalle e li galoni,*
> *li quali è cento tanto plu nigri de carboni,*
> *s'el no mento li diti de li santi sermoni.*

Bastonato a dovere, il dannato viene lessato in acqua bollente, infilzato nello spiedo e arrostito, previa spruzzatina di aceto, fiele, sale e fuliggine; infine presentato a Lucifero che però è di bocca fine, dice che è malcotto e lo respinge in cucina, mentre la turba dei dannati sghignazza

> *e urla come luvi e baia come can.*

Il poeta conclude il terrificante grottesco, ammonendo il cristiano:

> *Mo' eo v'ò dar conseio, se prendro lo volì:*
> *fai la penitencia enfin che vu poì;*
> *de li vostri peccati a Deo ve repentì,*
> *e perseverando en quello le pene fuçirì* (fuggirete).

Non sappiamo se Dante abbia preso visione di questo "precedente" dal quale, è evidente, aveva poco da imparare. Il suo Aldilà è ben altra cosa, e fra Giacomino sta all'Alighieri come un capitello dei crocicchi campestri sta ad una cattedrale gotica. Man mano che componeva il *Paradiso*, Dante inviava in lettura i canti a Cangrande, e secondo un'interpretazione abbastanza diffusa, sarebbe lui il Veltro che nel poema è preconizzato salvatore d'Italia. In un primo tempo il poeta riteneva spropositate le lodi che dappertutto esaltavano le qualità dello Scaligero, poi "io venni qui a Verona a controllare personalmente quello che avevo sentito dire" scrive al principe "e qui *magnalia vestra vidi*, vidi le vostre grandiosità, il bene che avete fatto, e lo sperimentai; e come prima aveva dubitato che, quanto dicevano di voi, fosse esagerato, dopo riconobbi che ciò che avete fatto era eccezionale".

Oltre che fulmineo guerriero, Cangrande era saggio governante d'una città di quarantamila anime, con industrie e commerci floridi, quarantaquattro associazioni di categoria, dette *misteria* (mestieri), nove delle quali riguardavano la sola arte della lana. C'erano decine di micro-ospedali, che assieme ai malati accoglievano tutti i bisognosi di assistenza, vecchi, poveri, pellegrini. Verona era chiamata "città marmorina" per la bellezza dei suoi edifici e Cangrande fece scomparire gli ultimi tetti di paglia, incanalare e interrare gli scoli delle abitazioni, multe severe a chi inquinava l'Adige con gli scarichi industriali, a chi gettava immondizie sulle pubblica via, perfino a chi faceva i suoi bisogni in Piazza delle Erbe.

Ritenendo inadeguata al suo prestigio la vecchia dimora di Bartolomeo, nell'edificio, tuttora esistente, all'angolo di via Arche con piazza Indipendenza, costruì presso la chiesa di Santa Maria Antica, accanto al cimitero di famiglia, un nuovo palazzo, oggi prefettura.

Ma pria che 'l Guasco l'alto Arrigo inganni
parran faville de la sua virtute
in non curar d'argento né d'affanni

dice l'avo Cacciaguida di questo signore illuminato, che non fece rimpiangere ai veronesi le perdute libertà comunali. Già il fratello Bartolomeo li aveva avvezzati a ingoiare pillole antiliberali, stabilendo che su certe questioni dovevano essere consultati i gastaldioni, cioè i capi delle corporazioni, previo suono della campana civica: però le chiavi della campana le teneva il capitano del popolo il quale, guarda caso, era Bartolomeo. Cangrande attuò anche una politica assistenziale e sociale, ragion per cui, prosegue Cacciaguida,

a lui t'aspetta e a' suoi benefici:
per lui fia trasmutata molta gente,
cambiando condizion ricchi e mendici.

A corte inaugurò il pre-Rinascimento. Giochi, danze, cacce, tornei, una festevolezza baldanzosa che contrastava con la malinconia del poeta, oramai verso la cinquantina, e sempre in cerca d'una professione stabile e decorosa, quella del professore, per esempio, che gli procurasse l'indipendenza economica. Non che si lamentasse dell'ospitalità di Cangrande, tutt'altro. A palazzo ogni ospite disponeva d'un appartamento, arredato in conformità con la sua professione o condizione.

Per gli uomini d'arme, l'allegoria del Trionfo, per gli esuli la Speranza, per i poeti il Bosco delle Muse, per i frati predicatori il Paradiso. Gli appassionati di zoologia visitavano i serragli del palazzo dove miagolavano, squittivano, ruggivano babbuini, gatti pregiati, struzzi, falconi e leoni collezionati per hobby principesco. Le sue imprese, la sua munificenza fecero di Verona la capitale morale dei ghibellini, dei Bianchi, dei profughi in cerca di giustizia e, in via subordinata, di pace. A questo rifugio di "indesiderabili" approdavano dotti, mercanti, guerrieri, gentiluomini, giullari e perseguitati politici, accolti a braccia aperte da

Misser Can della Scala, franca lanza,
el plu leal che sia de qui a Franza,
per lo mondo ello porta nomenanza
de prodeze.
Franco barone e de gran gentileze,
largo e cortese e nobil per certeze
el so viso era pleno d'alegreze
one stasone.

Un vivace affresco della sua corte cosmopolita ce lo dà Manoello Giudeo, in una frottola intitolata *Bisbidis*:

Qui vengon poi feste, con le bionde teste,
qui son le tempeste d'amore e d'amare.
Si trovan fantesche tutt'hora più fresche
a menare le tresche, trottare et ambiare.
L'una fa: "così?" Et l'altra: "pur sì"
et l'altra: "sta qui, ch'io vo per tornare".
In quell'acqua chiara, che il bel fiume schiara,
la mia donna cara vertù fa regnare.
Ch'amor è 'n la sala del sir de la Scala.
Quivi senza ala mi parea volare,
ch'io non mi credea di quel ch'io vedea;
ma pur mi parea in un gran mare stare.
Baroni et Marchesi di tutti i paesi,
gentili et cortesi, qui vedi arrivare;
quivi Astrologia con Philosophia
et di Theologia, udrai disputare;
quivi Tedeschi, Latini et Franceschi
Fiamminghi e Ingheleschi insieme parlare.

A questo mecenate, baciato in fronte dalla fortuna, Dante per sdebitarsi della generosa ospitalità dedicò la terza cantica (e non a Federico di Sicilia, come vuole la leggenda di frate Ilaro). "Molto a lungo esaminai i poveri doni che potevo farvi" gli scrive nella lettera dedicatoria, "e ne accantonai qualcuno, poi li considerai attentamente, domandandomi quale fosse il più degno e il più accetto a voi. E per la vostra personalità non trovai niente di meglio, nulla di più adatto che l'ultima cantica della Commedia, che s'adorna del titolo di Paradiso. Questa cantica, con la presente epistola che ha valore di dedica, a voi ascrivo, a voi offro, a voi raccomando".

Dante non rivela particolari antipatie verso i veronesi, nessuno di loro mette all'inferno. Colloca in purgatorio Alberto della Scala, perché ha usurpato i diritti di San Zeno, creando abate il figlio Giuseppe, sciancato e imbecille. Così condanna con la stessa imparzialità le intromissioni del potere religioso nel civile, e del civile nel religioso. È il suo chiodo fisso. Come aveva scritto del *De monarchia*, impero e papato, indipendenti tra loro ma cospiranti allo medesimo fine, sono i pilastri del mondo. Se uno dei due crolla, tutto il mondo crolla.

Impero e papato, il regno del corpo e il dominio dello spirito, la creta terrestre e l'angelica farfalla. Memorie romane, barbariche, carolingie, sveve si affollano nella mente del poeta che cammina per le strade della città: il teatro, l'anfiteatro, il ponte Pietra appena restaurato dagli Scaligeri, il romanico San Zeno dove sostò Enrico IV prima di andare a Canossa, tenne assemblea il "buon Barbarossa", ed Ezzelino da Romano sposò Selvaggia, figlia dello scomunicato Federico II. Sul campanile, una campana fusa nel 1149 sotto l'imperatore Corrado, suona l'Ave Maria. È la sera, l'ora che volge il disio ai naviganti, agli esuli, a chi ha perduto casa e famiglia

... se ode squilla di lontano
che paia il giorno pianger che si more

e il mesto poeta, contemplando sulla facciata della basilica la ruota della Fortuna del Brioloto, pensa all'incerto futuro, alle dure profezie dell'avo Cacciaguida, armato cavaliere da Corrado.

Della fierezza dell'antenato qualcosa gli è rimasto nel sangue. Dante si trova a disagio fra i cortigiani, non sa piegare la schiena con l'elasticità prescritta nelle regge. Qualche volta Cangrande, che pure lo ha generosamente ospitato, lo tratta con grossolanità militaresca, senza sospettare che il divino poeta è alquanto permaloso, non sa mordersi la lingua. A palazzo, durante uno dei soliti banchetti a sfondo circense, i buffoni mietevano grasse risate. Uno di questi era il beniamino del pubblico, che non cessava di applaudirne le scurrilità. Dante stava in disparte, seccatissimo. Il principe chiamò l'istrione, si rallegrò con lui, poi rivolto al poeta: "Non so capire come mai questo sciocco piace tanto alla gente, tutti gli vogliono bene e lo cercano, mentre tu, che sei un savio, non puoi dire altrettanto". E Dante, pronto più allo scherno che all'umorismo: "Perché, se non lo sai, l'amicizia nasce sempre dall'eguaglianza degli animi e dei costumi".

Un'altra volta un buffone, ricevuta dal signore una bella veste, corse da Dante, gliela distese sotto gli occhi e sghignazzò: "Tu, con tutta la tua scienza, non hai mai avuto un regalo simile".

L'altro lo fulminò: "La ragione è semplice: tu hai trovato i tuoi, io non ho trovato i miei".

Con questo caratterino diventava problematico prolungare il soggiorno presso Cangrande. Mancò a Dante, nel rapporto con gli umili e gli ignoranti, l'umorismo maieutico di Socrate, l'arte di aggirare l'ostacolo con le flessuose astuzie, colpir di punta anziché di taglio; per questo motivo stentò ad amalgamarsi con la bonomia scherzevole dei veronesi "tuti mati". Gli aneddoti veronesi sulla superbia di Dante non sono minimamente provati, d'accordo, ma conviene andar cauti prima di dichiararli inverosimili. Il poeta aveva sfidato mezzo mondo, mandandolo all'inferno per iscritto, figurarsi se si faceva scrupolo di mandarvelo a parole. Così l'asprezza del carattere rendeva ancor più duro

lo scendere e 'l salir per l'altrui scale.

Ce lo conferma il Petrarca, descrivendocelo uomo "illustrissimo nella eloquenza volgare, ma di modi un tantino ruvidi e, nel parlare, molto più schietto di quanto fosse accettabile dagli orecchi e dagli occhi, delicati e schizzinosi, dei principi nostrani".

Un giorno, mentre stava a mensa con Cangrande, un ragazzino si nascose sotto la tavola, ammucchiando vicino allo sgabello del poeta tutti gli ossi che i convitati, secondo il galateo dell'epoca, gettavano per terra. Lo scherzo, ammissibile tra eguali, diventava una provocazione quando la vittima era un uomo della permalosità di Dante. Levate le mense, che voleva dire, alla lettera, portar via i tavoli, apparve ai piedi del poeta il gran mucchio. Esclamazioni di meraviglia da parte dei commensali e commento di Cangrande: "Non c'è dubbio che Dante è un forte divoratore!" Al che il poeta, scuro in volto: "Messere, voi non vedreste tante ossa se Cane io fossi".

L'accusa di ingordo sbafatore proprio non se la meritava. Secondo il solito Boccaccio, la fonte meno insicura perché cronologicamente più vicina a lui, Dante fu "modestissimo" nel mangiare e nel bere. Non prendeva nulla fuori pasto, a tavola non varcava mai i limiti d'una moderata alimentazione. Gastronomicamente privo di curiosità, detestava i raffinati sempre in cerca di ghiottonerie. All'inferno, tra i golosi, mette Ciacco, che in fiorentino è sinonimo di porco.

Il motto "il genio passa per il palato" riceve ad opera di Dante un fiero colpo. Giorgio Federico Haendel ordinava in trattoria tre coperti e al cameriere che domandava "E gli altri due?", rispondeva "Gli altri due sono io". Cicerone non concepiva una cena *sine pavone*. Bismarck mangiava dodici uova sode, allagandole con un litro di vino. Uno dei maggiori dispiaceri provati da Rossini nella sua carriera di musicista, fu la caduta d'un tacchino farcito nelle acque d'un lago. Durante il colera di Parigi, Dumas continuava a mangiare un frutto pericolosissimo come i meloni, "tanto, non costano niente" diceva al figlio, per tranquillizzarlo.

Dante non peccò di gola, a differenza di tanti altri uomini di genio o d'ingegno, e a differenza del suo antagonista Bonifacio VIII, che in un giorno di digiuno sgridò il cuoco, perché gli aveva preparato soltanto sei pietanze. Siccome a Firenze si mangiava troppo, le leggi contro il lusso, che seguono a ruota ogni boom economico, vietarono che si servissero in casa più di due piatti di carne. Fatta la legge, fatto l'inganno, pensarono i mariti che conoscevano l'indirizzo di qualche buona trattoria. Il legislatore previde anche questo e proibì agli osti di servire *tortellos, fegatellos, milzas vel pullos vel linguas et alias pertinentias ad gulusitatem vel ghiottoneriam.*

Il valore d'un cavaliere si misurava sulla quantità di cibo trangugiato, un buon mangiatore non sarebbe mai stato un fellone. Il numero delle portate cresceva con la dignità del commensale. Alla tavola del conte di Savoia, veniva presentato al conte un piatto con dodici polli, agli scudieri con sei, ai paggi con tre. Sconosciuto l'uso della forchetta. Ignorato il cucchiaio, perché ignorate le minestre. Non si adoperavano tovaglioli, le dame si pulivano la bocca con le larghe maniche del vestito. I rifiuti finivano sotto la tavola, dove i cani tiravano a lucido il pavimento, leccandolo.

I grandi signori gareggiavano nell'allestire "corti imbandite", banchetti che duravano più giorni, con menù colossali e libero accesso ad amici e scrocconi. Una "corte" organizzata da Cangrande richiamò a Verona cinquemila cavalieri e durò oltre un mese. Per le nozze di Galeazzo Visconti s'imbandì una "corte" di otto giorni, con mille invitati. Gli ospiti di Amedeo V di Savoia, in un banchetto pasquale, divorarono quattro buoi, sei maiali, trentun montoni, centocinquantatré caprioli, settantatré capretti, eccetera. La gola, e con essa l'ira, la superbia, la lussuria, erano modi violenti e allegri di esprimere il vitalismo medioevale. In cucina, come nella conversazione, si amavano i gusti forti, i sapori piccanti. A quelle generazioni enfatiche e teatrali erano negati i dubbiosi travagli, i sorvegliati artifizi, le eleganti mediazioni della sfumatura.

Un po' alla volta, l'insulsa e grossolana vita di corte a Dante venne a noia. Non era quello il suo posto. Il suo posto era allo Studio generale (oggi università) fondato da Alberto alla fine del Duecento, con cattedre di diritto economico, medicina, abbaco e logica. La protezione accordata da Cangrande agli uomini di scienza, gli incalcolabili tesori della biblioteca Capitolare, il collegamento di questa con la vicina università di Padova, fecero delle due città venete il primo nucleo del nascente umanesimo. Dante aspirava ad una cattedra, ma anche a quei tempi, senza titoli accademici, non si faceva carriera. Il genio non contava, contava il pezzo di pergamena. Contro l'intruso, l'invidia dei letterati dottori aveva buon gioco. Possedeva la laurea? No. Aveva superato, diremmo oggi, l'esame di concorso? Nemmeno. E allora niente cattedra, niente anello, guanti, berretto e tonaca, pomposi ornamenti che consacravano la dignità del dottore. Dante forse si aspettava che Cangrande, per lui, facesse un'eccezione al regolamento. A differenza del Petrarca, che non amava il mestiere del professore, l'avrebbe esercitato assai volentieri. Uno stipendio fisso l'avrebbe aiutato a risolvere molti problemi, per esempio quello della sistemazione dei figli già grave per un incensurato, figuriamoci per un condannato a morte. Il principe, pur dimostrando grande deferenza verso il poeta, eluse la sua attesa, finse di non capire.

Qualche anno dopo, lasciata Verona per Ravenna, Dante tornò fugacemente nella città di Cangrande, per tenervi una conferenza, su un argomento quanto mai poderoso e complesso: *Quae-*

stio de aqua et terra. Si doveva stabilire se nel nostro pianeta l'acqua fosse, in qualche parte, più elevata della terra che emerge: astrusa dissertazione scolastica, imperniata sui princìpi della scienza ufficiale del tempo. Lingua della conferenza: l'austero latino, non il volgare "che parlavano anche le donnette". Era il 20 gennaio 1320. Nella chiesetta di Sant'Elena, ad ascoltare il poeta era presente tutto il clero veronese, cioè i dotti, tranne alcuni, preoccupati che la loro presenza significasse consenso. Si teneva una lezione ogni mese, durante l'inverno, ma quella di Dante dava fastidio a chi temeva un suo inserimento nella scuola veronese. "Ardenti per troppa carità," commenta il poeta ironicamente "non ammettono gli interventi degli altri". Forse non si rendevano conto che stavano escludendo un genio. O forse lo esclusero proprio perché lo era. Il genio, devono aver ragionato, avrà la gloria dei posteri, che cosa pretende di più? Lo stipendio mensile spetta ai mediocri.

XV
Mago per i Visconti

Hanno definito la superstizione la sorellastra della religione, la religione degli atei. La società medioevale fu tutt'altro che atea, eppure fu visceralmente superstiziosa. Non per difetto, ma per eccesso di religiosità, di inquietudine metafisica. Vedeva Dio dappertutto; l'aldilà, il sovrannaturale erano presenze incombenti che condizionavano la vita quotidiana anche nei suoi aspetti più futili. Un sogno, il comportamento d'un animale, una cabala di numeri erano interpretati come un segno della volontà del cielo, o del suo irriducibile nemico, il diavolo. Il dramma per i fedeli scaturiva dal non sapere con certezza se quel "messaggio" proveniva dal primo o dal secondo. *Omnia quae visibiliter fiunt in hoc mundo, possunt fieri per daemones* (tutte le cose che accadono visibilmente in questo mondo, possono accadere tramite i demoni) avevano autorevolmente sentenziato sant'Agostino e san Tommaso.

Diffusa era la credenza negli astri, supremi regolatori del destino. Ci credeva anche Dante. Prima di fondare una città, si consultavano le stelle per sapere se le loro congiunzioni favorivano o sabotavano l'iniziativa. La peste nera del 1348, che uccise a Firenze un terzo della popolazione, fu attribuita al nefasto influsso di Saturno. Astrologi e maghi ebbero grande prestigio e fortuna, con questa differenza professionale: i primi prevedevano il futuro, i secondi lo determinavano, piegando alla loro volontà il corso degli eventi. Il loro strumento operativo era la "fattura". Se questa mira al bene d'una persona, combinare un matrimonio, un affare, siamo in presenza della "magia bianca". "Magia nera" è invece quella che intende danneggiare il prossimo, nella persona o negli averi. Sul piano tecnico la magia può effettuarsi "per contatto", come quella di Clemente V, che spalmava sui cibi polvere d'oro: secondo il principio "il simile produce il suo simile", fondamentale nella magia, l'oro, elemento incorruttibile, fa diventare incorruttibile, quindi esente da malattie, l'organismo di chi lo trangugia. Ma quando una donna vuole vendicarsi dell'amante che l'ha abbandonata, corre da un mago di fiducia che, dietro congruo compenso, opera la fattura "nera": prende un pupazzo di cera e recitando formule magiche, lo trapassa con un uncino. In quel preciso istante, in qualunque parte del mondo si trovi, il fedifrago morirà. Questa si chiama, dal punto di vista tecnico, "magia imitativa" e il suo errore di fondo consiste nel credere che basti associare le idee per associare, nella realtà, i fatti.

Alla magia credevano e ricorrevano un po' tutti, nobili e plebei, letterati e analfabeti. Giacomo Duèze di Cahors, arcivescovo di Bordeaux, da giovane fu iniziato alle scienze occulte, tanto che fu ritenuto autore dell'*Elisir des philosophes* e dell'*Art transmutoire*. Clemente V incaricò un negromante di condurre un'inchiesta nell'aldilà, per scoprire quale destinazione avesse avuto l'anima d'un nipote cardinale, a lui dilettissimo. Succedutogli come papa col nome di Giovanni XXII, Giacomo Duèze perseguitò quanti coltivavano le arti magiche, non perché non vi credesse, ma perché vi credeva troppo. E spedito sul rogo, per magia, il vescovo Ugo Gerand, teneva sempre a portata di mano, come parafulmine contro le vendette dei maghi, un corno serpentino, dono della contessa Margherita di Foix. Diceva che queste delittuose stregonerie, se non venivano bloccate da una tempestiva "scongiurazione", potevano produrre effetti mortali.

Suoi nemici irriducibili, in politica e in magia, erano i Visconti: Matteo, che teneva la stanza piena di iscrizioni demoniache e si serviva di un eremita, suo consulente di fiducia, per interpellare il diavolo; e Galeazzo, grande amico di negromanti e fattucchiere, al quale un medico aveva insegnato ad adorare gli idoli. Il terrore che papa Giovanni aveva delle fatture viscontee sfociò in un processo nel quale fu coinvolto, sia pure marginalmente, Dante Alighieri. Ecco la cronaca.

Avignone, 9 febbraio 1320. Davanti ad un tribunale ecclesiastico, formato da Bertrando del Poggetto, cardinale di San Marcello, da Arnaldo de Via, cardinale di Sant'Eustachio, nipoti del papa, e da Pietro Texier, abate di San Saturnino di Tolosa, presente il notaio Geraldo di Montvert, cappellano pontificio, il chierico milanese Bartolomeo Cagnolati, prestato giuramento, racconta quanto segue.

Nell'autunno 1319 egli si trovava nella villa di Pagnano, presso Milano, e ricevette da Matteo Visconti l'ordine di recarsi da lui per un importante affare. Gli mandava a tale scopo un salvacondotto, che annullava un precedente ordine di cattura, per debiti verso il comune. Arrivato a palazzo, il Visconti gli mostrò, presenti il giudice Scotto da San Gimignano e il medico Antonio Pelacane, una statuina d'argento, alta una spanna, raffigurante un uomo nudo. Sulla fronte erano incise le parole *Jacobus, papa Johannes*, sul petto il nome d'un demonio che faceva accapponare la pelle soltanto a pronunciarlo, *Amaymon* (Mammone).

In tutta confidenza, Matteo gli spiegò:

"Caro Cagnolati, questo papa davanti a Dio è tanto papa quanto posso esserlo io. Se lo fosse veramente, la smetterebbe di perseguitarmi, di brigare per togliermi Milano. Perciò ho pensato di farla finita. Ecco una bella statuina che serve al caso nostro. Faremo un incantesimo, anzi lo farai tu, che sei esperto in queste cose".

"Chi ve l'ha detto?"

"Lo so e basta. Dunque, praticherai alla statuina i dovuti suffumigi e il papa morirà. Per il prezzo non discuto, ti darò quello che vuoi".

"Ma io non so fare, queste cose".

Interviene il giudice Scotto: "Avete ancora un po' di napello?"

"Che cosa sarebbe?"

"Il veleno che si usa in queste fatture".

"Mai avuta roba simile".

Incalza il medico Pelacane: "Eppure io l'ho visto in casa vostra".

"Si, è vero, tanto tempo fa, poi l'ho buttato via".

"Dove?"

"In una latrina. Me l'ha ordinato un frate, in confessione".

"Come si chiamava?"

"Era un certo frate Andrea, degli eremitani di sant'Agostino. Pare venisse dall'Arabia".

Spazientito, Matteo gli domanda se conosce almeno un certo Pietro Nani, di Verona, e se lo ritiene capace di operare incantesimi.

"È bravissimo, nessuno li fa meglio di lui" risponde il Cagnolati, per cavarsela.

Qualche settimana più tardi il Visconti lo convocò una seconda volta, pregandolo di recarsi a Verona, a portare la statuina al Nani, perché la suffumigasse a dovere. Il Cagnolati trovò una scusa, disse di avere forti dolori al petto, così il delicato incarico fu affidato al medico Pelacane. Per nove notti consecutive la statuina, sulla quale era stato aggiunto il nome d'una seconda potenza infernale, *Meryon*, venne suffumigata col rituale accompagnamento d'invocazioni ai demoni, la sera dopo il tramonto, la mattina al sorger del sole.

Terminate queste operazioni preliminari, spiegò il Cagnolati al tribunale di Avignone, si doveva passare alla fase più importante, il riempimento. Attraverso un minuscolo foro praticato nella nuca, il fattucchiere avrebbe versato succo di napello e, chiuso il foro con un tappo, avrebbe messo la statua all'aperto, per settantadue notti.

"Dopodiché, che cosa succede?" domandò il tribunale.

"Dopo settantadue notti la statuina verrà posta al fuoco per provocare la liquefazione e consumazione delle materie introdotte nel foro cervicale. Contemporaneamente ad esse, dovrà consumarsi a poco a poco la persona rappresentata dalla statuina".

"In quale data avvenne il riempimento?"

"Il 12 gennaio, un mese fa. Io però, fin dal primo contatto col Visconti, ho pensato di avvertire il papa, perché si guardasse da questo mortale pericolo".

Qui finisce il primo interrogatorio del Cagnolati. Il quale, invece di star lontano da Milano, ingenuamente vi ritornò e Matteo lo sottopose a tortura, perché confessasse la delazione.

Legato alla "soga", col peso di sei chili al collo dei piedi, fu sollevato e lasciato cadere per sette volte, sette terribili squassi. Dalla sua bocca usciva un unico gemito: "Non so nulla, non posso dirvi nulla". Il Visconti lo lasciò andare.

Trascorsi alcuni giorni, il Cagnolati ricevette un biglietto di Galeazzo, figlio di Matteo, che lo pregava di andare da lui, al castello di Maleo, presso Piacenza. Galeazzo, gentilissimo, si scusò per il trattamento un po' brusco ricevuto nelle sei settimane di prigione e gli chiese come mai, nonostante la fattura eseguita dal Nani a regola d'arte, il pontefice continuava a godere ottima salute.

"Per caso, hai operato tu qualche contro-sortilegio per annullare il nostro?"

"Non mi sarei mai permesso una cosa simile" rispose il chierico, "piuttosto, da quanto ho capito, mi pare che la colpa sia del Nani".

"Dici sul serio?"

"Quello ha sbagliato in pieno, non si fa mica così a suffumigare le statuine, càspita, quello è un principiante".

Lusingato dalla sicurezza professionale con cui il Cagnolati gli esponeva i segreti del mestiere, il Visconti lo pregò di ritentare lui l'esperimento:

"Oltre al risarcimento dei danni patiti, ti darò un compenso che ti basterà tutta la vita".

"Non posso, perderei la mia anima".

"Al contrario: ammesso che tu l'abbia perduta per precedenti peccati, con questa operazione la salverai. È cosa altamente meritoria quella che ti chiedo. Non vedi il danno che il papa fa alla Lombardia e all'Italia? Non vedi come parteggia sfacciatamente per i guelfi? Mentre pretende ricondurre questi alle loro case, non consente il rimpatrio dei ghibellini. Chi gli toglie la vita non compie un assassinio, ma un'opera di vera misericordia".

"Vorrei un po' di tempo per pensarci su".

"Che Dio ti conceda la grazia d'una buona riflessione. Ma sappi che per questo stesso affare ho fatto venire da me il maestro Dante Alighieri, di Firenze".

"Ottima idea. L'incantesimo fatelo fare a lui, non ho niente in contrario".

"Bartolomeo, ascoltami: per nessuna cosa al mondo permetterò che questo Dante Alighieri s'impicci nella faccenda. Anzi, non intendo palesare il mio progetto a nessuno, neanche per mille fiorini d'oro. Voglio che tu solo te ne occupi, perché in te solo nutro piena fiducia".

Due giorni dopo Galeazzo fece chiamare il chierico:

"E allora, che cos'hai pensato del lavoretto che ci libererà da questo grande demonio che è il papa?"

"Messer Galeazzo, siete proprio un uomo irresistibile. Eseguirò la vostra volontà, farò l'incantesimo".

"Bravo. Allora corri subito a Verona, a far provvista di napello".

"Non è necessario, si può trovare anche a Milano o a Como".

Acquistato da un farmacista per trenta fiorini l' *aconitus napellum*, una ranuncolacea velenosa, frequente nei pascoli alpini, il Cagnolati tornò da Galeazzo, che gli consegnò la statuina, raccomandandogli di fare tutto a regola d'arte.

"State tranquillo, il papa ha le ore contate" disse il chierico. Poi, invece di operare la fattura, corse ad Avignone a consegnare ai cardinali inquirenti la famosa statuina.

Ed ora la domanda che interessa più di tutto il resto: è verisimile, è probabile che Dante sia stato chiamato da Galeazzo, per compiere la fattura? E ammesso che sia stato interpellato, gli avrà risposto di sì? Ripugna ad ogni elementare senso logico, prima ancora che al nostro affetto per Dante, pensare solo per un attimo che il cristianissimo poeta, il fustigatore dei costumi, il predicatore di giustizia si sarebbe dichiarato pronto a commettere un assassinio, e quale assassinio. Tutta la sua opera e la sua vita testimoniano contro la mostruosa ipotesi. Ammesso e non concesso che credesse a queste stregonerie, egli possedeva ben più orgogliosi strumenti per colpire gli avversari. Una sua affilata terzina uccideva più di cento incantesimi viscontei.

Nel colloquio tra Galeazzo e il Cagnolati, registrato con gli atti del processo avignonese in documenti dell'archivio Vaticano, affiora una contraddizione, quando il signore informa il chierico di avere già fatto venire a Piacenza il poeta fiorentino, aggiungendo subito che non vuole che quello s'immischi nell'affare. La contraddizione si può spiegare con due supposizioni: o Dante, già arrivato a Piacenza, gli aveva opposto un rifiuto; oppure il Visconti finge di averlo chiamato, per solleticare e sollecitare, mediante il nome del "maestro" fiorentino, la vanità professionale e la gelosia del Cagnolati. Sia andato o no Dante a Piacenza, abbia o non abbia ricevuto l'invito a compiere il truce sortilegio, una cosa appare certa dalla confidenza fatta da Galeazzo al chierico: che l'Alighieri godeva fama di mago. In caso contrario, non si vede per qual motivo sarebbe stato tirato in ballo il suo nome.

Come era nata questa fama?

Nel poema egli aveva inserito, per finzione letteraria, molte profezie *post eventum*, che la gente meno istruita riteneva autentiche. Quindi chi predice il futuro, che nel caso nostro è un futuro anteriore, entra di diritto nella categoria degli indovini. Non basta. Nel Medioevo, per una automatica associazione d'idee, il dotto e il mago erano la stessa cosa, cultura e magia coincidevano. Quale guida per attraversare l'inferno, Dante aveva scelto Virgilio, considerato grandissimo mago per aver fatto discendere nell'Averno Enea: un viaggio che molti lettori dell' *Eneide* avevano preso alla lettera. Pertanto a Dante, affezionato discepolo del mago Virgilio, spettava quanto meno la qualifica di apprendista mago.

All'inferno, quartier generale della stregoneria, Dante è di casa, gli si aprono tutte le porte, bazzica i diavoli, assiste alle beghe fra i dannati. Sicuramente è amico di Belzebù. Davanti agli indovini condannati a camminare con la testa rivolta all'indietro, lo coglie una crisi di pianto:

Certo io piagnea, poggiato a un de' rocchi
del duro scoglio, sì che la mia scorta
mi disse: "Ancor se' tu delli altri sciocchi?"

Perché piange? Teme forse che, dopo morto, eguale pena tocchi a lui? Vedendolo passare per strada con quella faccia cotta dal molto sole preso girando per l'Italia, le donne di Verona lo segnavano a dito. Dicevano che era un mago, al quale si era abbrunita la pelle nelle frequenti discese all'inferno, dove entrava a suo piacere, a farsi dare i nomi dei peccatori, per poi scriverli nella *Commedia*. Racconta Emanuel Geibel, poeta tedesco del secolo scorso:

Passeggiava solitario — per Verona l'immortale
fiorentin vate, ch'esilio — dalla terra ebbe natale;
e in vederlo, ecco una giovine — alla piccola sorella
presso lei seduta volgersi — e sommesso le favella:
"Guarda è lui quegli che, dicono, — all'inferno scese, è Dante,
guarda quanta ira e dispregio — ha nel ferreo sembiante!
Viste, io credo, ebbe sì orribili — in quel luogo miserando,
che dal suo labbro in perpetuo — il sorriso è andato in bando".
Udì Dante, ed il silenzio — ruppe e disse: "A far che morta
sia nel volto ogni letizia — oh, all'inferno ir non importa.
Tutti i mali e gl'infortuni — e i dolori ch'io cantai
qui nel mondo tutti albergano — e a Firenze li trovai".

La fama che il poeta era in comunicazione con le potenze ultraterrene arrivò non solo a Piacenza, dal Visconti, ma anche a Genova, dove viveva un uomo colto, piccolo di persona, magrolino e sgraziato. Come càpita sovente ai brutti, s'innamorò d'una ragazza bellissima, la quale quando l'incontrava si voltava dall'altra parte. Non sapendo come piegarla ai suoi voleri, pensò di ricorrere alle arti della stregoneria e tanto brigò che trovò la maniera di farsi invitare ad un pranzo, al quale partecipava Dante. Non solo, ma riuscì addirittura, i seccatori hanno sempre una buona dose di fortuna a questo mondo, a ottenere un posto a tavola accanto a lui.

Il genovese attacca bottone:

"Messer Dante, ho sentito parlare molto bene delle vostre virtù magiche. Potrei chiedervi un consiglio?"

"Se posso, volentieri".

"Sono innamorato d'una donna".

"Bella?"

"Bellissima, questo il guaio. Lei non mi degna d'uno sguardo. Che posso fare?"

"Messere, l'affare è molto complicato. Esiste un'unica soluzione, alquanto difficile".

"Sono disposto a tutto".

"Voi sapete che le donne gravide hanno sempre voglia di cose strane, bizzarre, fuori della normalità. Se voi..."

"Se io... cosa?"

"Come posso spiegarvelo? Insomma, bisognerebbe che questa donna fosse in stato interessante, e così, tra le molte cose stravaganti e ripugnanti che desidererebbe, non è da escludere che ci possiate essere anche voi. Altra via non vedo".

Dante non si macchiò di malefiche stregonerie, possiamo escluderlo tranquillamente. E di altre colpe? Il poeta che giudicò i peccati dei suoi contemporanei non si dorrà se i posteri, osservando il contrappasso, si permettono di ficcare il naso tra i peccati e difetti suoi. Nello scegliersi, nel vasto campionario della fallibilità umana, i vizi e gli errori che l'avrebbero accompagnato nel breve arco della vita terrena, l'uomo Dante assomiglia all'artista Dante come due gocce d'acqua: la stessa dimensione di grandezza, di immaginazione impetuosa, di traboccante vitalità.

Ci sono peccatori di omissione, di rinuncia, di viltà, di egoismo, per i quali il peccato è un guscio protettivo, un nido di bambagia che li ripara dalla fastidiosa comunicazione col prossimo, superflua entità che il buon Dio, per la pace di quelli, avrebbe fatto meglio a non mettere al mondo. Ci sono i peccatori "impegnati" con i loro simili, che anche nell'aberrazione della colpa conservano e sentono, sia pure per maledirlo, il legame con gli altri. Peccatori per difetto e peccatori per eccesso. Per non aver fatto, e per aver fatto troppo. Gli avari di azione e i prodighi di passione.

Dante rientra nella seconda categoria. La sua partecipazione assidua, provocante, all'umanità che lo circondava, fece di lui un uomo completo. Poteva ripetere con Terenzio *homo sum, humani nihil a me alienum puto*, sono uomo, nessuna cosa umana considero estranea a me. L'ira, per esempio. Deprecabile sul piano della teologia morale, rivela l'infiammabile sensibilità del poeta, affezionato ai suoi pregiudizi, idee, amicizie, e implacabile con chi glieli toccava. "Il suo maggior peccato" scrive Cesare Balbo "fu l'ira che, pur repressa nelle azioni, egli sfogò in parole non che perdonategli, ma ammirate anche troppo dai posteri". Si ha un bel giustificare gli insulti lanciati contro Firenze "vipera", invocando a discolpa la rabbia del perseguitato e il capovolgimento in odio d'ogni amore tradito: oggi una denuncia per vilipendio di nazione, a Dante Alighieri, non la leverebbe nessuno. A parte la contraddizione del chiamare i fiorentini "scelleratissimi", per poi chiedere candidamente "popolo mio, che cosa ti ho fatto?"

Acrimonioso, beffardo, è anche insofferente nella polemica. In una discussione su un innocente argomento scolastico dice che, a certi contraddittori, bisognerebbe rispondere "col coltello". Attraversò l'inferno portando con sé poca carità cristiana. Quando incontra Filippo Argenti, dannato fra gli iracondi, chiede a Virgilio che, per piacere, lo attuffi nella broda dello Stige, con la crudeltà del bambino che si diverte ad annegare il gatto. Si dirà: qui Dante è un giudice che condanna. D'accordo, però si sente lontano un miglio che c'entra, con una punta di sadismo, l'antipatia personale verso l'ex nemico, un riccone, che da vivo aveva fatto ferrare d'argento il suo cavallo. Ad Alberigo dei Manfredi, congelato nel lago di Cocito, promette di tirar via il ghiaccio dagli occhi, se gli confesserà il suo nome. L'altro lo accontenta e Dante non mantiene la parola, sentenziando, con buona dose di faccia tosta

e cortesia fu lui esser villano.

Non è vero che abbia visitato l'inferno e il purgatorio per purgarsi delle passioni terrene e salire, purificato, in paradiso. Perché arrivato all'Empireo, dove ogni interesse mondano dovrebbe dissolversi nella contemplazione delle beatitudini celesti, egli, maledetto toscano anche al cospetto di Dio, non perde l'occasione, come osserva il De Sanctis, di dare un'ultima botta alla odiosamata città, informandoci che

... al divino dall'umano,
all'eterno dal tempo era venuto
e di Fiorenza in popol giusto e sano.

Non si comprende per quale motivo, davanti alla pena dei lussuriosi, simpatizzi per Francesca, tanto da svenire al racconto della sua brutta fine. Solidarietà con la categoria degli adulteri? Le donne gli piacevano. Se con Beatrice "onestissimo fu questo amore" come assicura il Boccaccio, "né mai apparve o per isguardi o per parola o per cenno alcuno libidinoso appetito né nello amante né nella cosa amata", con le altre il discorso cambia. L'idealismo, in amore, funziona solo una volta, con una donna soltanto. Non si deve giudicare Dante, prima e durante l'esilio, secondo l'angelico cliché della *Vita nuova*, infatuazione a senso unico, storia asettica d'un amore veleggiante nel limbo degli sguardi immacolati e degli innocui sospiri. In Dante "trovò amplissimo luogo la lussuria e non solamente ne' giovani anni, ma ancora ne' maturi" prosegue il Boccaccio. Nelle rime per la Pietra, una donna anagraficamente indeterminata che gli suscitò una passionaccia in piena regola, il poeta si esprime con toni di accesa sensualità:

Omé, perché non latra
per me, com'io per lei, nel caldo borro?

Poi con furia, vedendosi respinto:

S'io avessi le belle trecce prese,
che fatte son per me scudiscio e ferza,
pigliandole anzi terza,
con esse passerei vespero e squille:
e non sarei pietoso né cortese,
anzi farei com'orso quando scherza;
e se Amor me ne sferza,
io mi vendicherei di più di mille...
Canzon, vattene dritto a quella donna
che m'ha ferito il core e che m'invola
quello ond'io ho più gola,
e dàlle per lo cor d'una saetta;
che bell'onor s'acquista in far vendetta.

Anche vendicativo, dunque. Il più cristiano dei poeti non praticò il perdono. Provava, nel vendicarsi, quella gioia immorale che, secondo Stendhal, è tipica degli italiani e nasce dalla forza d'immaginazione del nostro popolo. Aveva cantato nel *Paradiso* le dolcezze della povertà, sposa di san Francesco, ma una volta passato dalla letteratura alla pratica, non seppe rassegnarsi all'indigenza, e la maledisse quando si vide costretto a rinunciare ai funerali d'un amico, perché vestito male.

Della sua superbia abbiamo visto parecchi aneddoti, storicamente non provati, ma le leggende fioriscono attorno a nuclei di verità preesistente, difficilmente nascono per generazione spontanea. Lui vivo, la sola persona che parlò sempre bene di Dante Alighieri fu Dante Alighieri. "Vaghissimo di pompe e d'onori" aggiunge il Boccaccio, che pure lo venerava come un nume. "Era presuntuoso e schivo e quasi a guisa di filosofo mal grazioso non bene sapeà conversar coi laici" aggiunge il Villani. Il carattere superbo e intollerante gl'impedì d'essere un vero politico, quello che si siede sulla riva del fiume e aspetta che passi il cadavere del nemico, e con la duttile pazienza sa piegare ai suoi disegni la volontà degli altri e il corso degli eventi. Più che un politico, si sentiva un profeta. E del profeta aveva le balenanti intuizioni, i procellosi sdegni.

La superbia lo salvò dall'invidia. L'invidioso è un autolesionista che soffre per l'aumento delle fortune o del merito altrui. L'invidia implica un confronto. Dante non fu invidioso, perché non vide attorno a sé il secondo termine di paragone.

XVI
L'ultima ambasceria

Non sappiamo per quale motivo lasciò la corte di Cangrande e se ne andò a Ravenna, ospite di Guido Novello da Polenta. Irritazione per i modi del principe? Speranza di trovare quell'incarico di insegnamento che non aveva ottenuto a Verona? Non sappiamo che cosa sia andato a fare nella sua fuggevole visita a Mantova. Non sappiamo se tra il soggiorno veronese e quello ravennate vada inserita una capatina in Istria. L'itinerario del suo esilio assomiglia al tracciato d'un fiume carsico, con improvvise apparizioni e tortuosi nascondimenti. Mettendo insieme tutte le cose che di lui "non sappiamo", verrebbe fuori un romanzo affascinante, e indiscutibilmente veritiero, ad ascoltare gli studiosi locali, secondo i quali Dante è stato dappertutto. Se è vero che negli ultimi anni egli diventò politicamente più morbido e possibilista, avvicinandosi ai guelfi, non pare da escludere una sua visita a Udine, presso il patriarca Pagano della Torre. Ma brancoliamo tra i se.

Una tradizione vuole che si sia spinto fino a Pola, sostando nell'abbazia di San Benedetto in Monte; un'altra, che sia salito fino a Tolmino, dove i contadini parlano tuttora del poeta, avvolto in un mantello rosso, seduto in atteggiamento pensoso all'ingresso d'una grotta, lunga oltre cento metri, chiamata *Dantovna Jama*, grotta di Dante. A Postumia, il lago di Cirknica, gelato d'inverno, gli avrebbe suggerito l'idea di Cocito, lastra di ghiaccio riservata ai traditori, e ben più dura dei ghiacci formati dal Danubio e dal Don:

Non fece al corso suo sì grosso velo
di verno la Danoia in Osterlicchi,
nè Tanaì là sotto il freddo cielo,
com'era quivi; che se Tambernicchi
vi fosse su caduto, o Pietrapana,
non avria pur dall'orlo fatto cricchi.

Tambernicchi corrisponde al monte Javornik (metri 1268), poco lontano da Postumia. Dante sarebbe stato anche a Parenzo, secondo un documento contenente una sentenza pronunciata contro un pescatore abusivo, *presentibus dominis Dante tuscano habitatore Parentii et Antonio Peio*, presenti i signori Dante toscano abitante a Parenzo e Antonio Peio. Questo Dante toscano è il divino poeta? È stato anche a Gorizia? In questa città, eventuale motivo di richiamo poteva essere l'amicizia col conte Enrico; di più non si può dire. Se il poeta ha vagato molto in vita, in morte ha peregrinato ancor di più, specialmente tra la fine dell'Ottocento e l'inizio del Novecento, quando fiorirono gli studi danteschi e ogni città aveva il suo club di dantofili, seduti ad un tavolo di biblioteca, agli ordini d'un dantofilo-medium che ne evocava il fantasma, pregandolo di sostare nella loro città.

Per la chiesa di Polenta, si svolse il 20 dicembre 1889, al consiglio provinciale di Forlì, una vivace seduta. Si discuteva se restaurare o no il vecchio edificio, per il quale la regina Margherita era disposta a donare mille lire, altrettante l'ufficio di amministrazione dei beni ecclesiastici, trecento la parrocchia di Polenta, duecento il vescovo di Bertinoro, milleseicento il ministero della pubblica istruzione. La provincia doveva concorrere con un migliaio di lire. Un consigliere repubblicano, interprete degli umori laicisti di molti colleghi, poco teneri verso i preti, s'alzò a dire che non valeva la pena di buttar quattrini per aggiustare chiese diroccate. Sarebbe stato meglio abbattere anche quelle che stavano in piedi. Gli rispose il presidente dell'assemblea, Aurelio Saffi, nobile figura di mazziniano e di galantuomo: "Quale italiano vorrà che non sia conservata la chiesa dove Dante pregò?". La spesa fu approvata, la chiesa dichiarata monumento nazionale.

La costruzione, d'un severo taglio romanico, sorge sulle alture vicine a Bertinoro e poggia su una doppia fila di colonne, cinque per parte. Tutt'intorno, giù per i colli verso il mare, dilaga una pace gentile, rotta dagli spari di qualche cacciatore o dal tripudio d'un cane che ha scovato il tartufo. Il Carducci domanda:

Forse Francesca temprò qui li ardenti
occhi al sorriso?...
Forse qui Dante inginocchiossi?

Dalla chiesa di Polenta la città di Ravenna, ultimo rifugio dell'esule, dista poche ore di cavalcatura. Oramai il poeta ha varcato la cinquantina e lavora a completare, limare il suo capolavoro. Lavora intensamente, quasi sapesse che gli rimane ancora poco da vivere e che farà appena in tempo a ultimare il poema, prima che la morte venga chiamarlo tra gli immortali. Non si campava a lungo in casa Alighieri. Della madre, Bella, morta quando lui era ancora bambino, aveva pochissimi ricordi. Il figlio Giovanni era morto giovane. Altrettanto dicasi di Bernardo e Bice, figli della sorellastra Tana. Il nipote Durante, figlio del fratellastro Francesco, non varcò l'età matura. La figlia Bice non andrà oltre la cinquantina.

Egli soffriva i primi acciacchi della vecchiaia, forzatamente precoce in chi aveva trascorso una vita avvelenata da amarezze che, più dei disagi fisici, lasciano il segno. E poi, un po' di artrite, un po' di uricemia... O sommo Giove, com'erano malinconiche le prospettive dell'esule, giunto ai nove decimi del cammin della sua vita! Aveva visto cadere, ad uno ad uno, i suoi ideali. Aveva creduto nella democrazia e questa l'aveva ripagato con due condanne a morte. Aveva accarezzato il sogno d'una monarchia universale, autoritaria e, diciamo pure, totalitaria, che mettesse ordine nella Penisola, ed ora la vedeva più divisa e straziata di prima. Tutti coloro che più aveva amato erano morti: Beatrice, l'amico Guido Cavalcanti, il maestro Brunetto Latini. Il carissimo Cino da Pistoia no, ma abitava lontano, aveva fatto fortuna, si era laureato a Bologna, ed ora girava l'Italia, avvocato e professore d'università.

A Ravenna si unirono a lui i figli Jacopo, Beatrice e Pietro, con la nuora e i nipoti. Beatrice prese il velo nel convento di Santo Stefano dell'Uliva. Di Gemma, nessuna notizia. Certamente era ancora a Firenze, e non si mosse. In città Dante godeva tranquilla stima e deferenza, non si ha notizia di buffoni che lo punzecchiassero. Il padrone di casa Guido Novello, nipote della tragica Francesca da Rimini, era un uomo pacifico per natura, appartenente ad una famiglia guelfa che, ai tempi della calata di Arrigo VII, si trovava dall'altra parte della barricata. Un fratello della zia Francesca, Lamberto, aveva combattuto a Firenze contro gli imperiali. Ma Guido rifuggiva da ogni fanatico estremismo, e poi amava la poesia, poeta lui stesso, onoratissimo di ospitare lo straordinario "collega", che aveva messo, sì, la zia all'inferno, ma le aveva inflitto un castigo che, ai libertini, può essere sembrato un premio: trascorrere l'eternità in compagnia dell'amante. Con Guido l'Alighieri discorreva di letteratura; con l'arcivescovo Rainaldo Concoreggio di teologia; col medico Fiduccio dei Melotti commentava gli ultimi progressi della scienza di Esculapio. Completavano quel club d'intellettuali Menghino Mezzani, canonico notaio letterato, e il notaio Pietro Giardino.

Ma che differenza fra Ravenna e Verona. Là le festose adunanze di mercanti e guerrieri, l'irrequieto ottimismo d'una città borghese galvanizzata da un principe ambizioso, qui una città del silenzio, cimitero di secoli. Ravenna si presentava al poeta avvolta nel sontuoso sfacelo delle civiltà sepolte, porto della contemplazione e della malinconia, archivio di memorie sfolgoranti e truci, la flotta di Augusto, i barbari di Teodorico e Bisanzio dorata. Al termine della sua vita, il destino, quasi ad addolcire il distacco, lo mena in una città dove la malia del passato lo scioglie dalle angustie del presente, apparecchiandolo a salpare verso l'eterno.

Le lotte sono finite, le fazioni dimenticate. Che cosa vuol dire guelfi e ghibellini? Che cosa vuol dire Bianchi e Neri? Sono parole prive di senso, bestemmie, se pronunciate davanti alle basiliche ravennati, evocanti i primi secoli della Chiesa, quando i cristiani si amavano come fratelli. Parole di confusione e di tenebra, sotto i mosaici bizantini, di San Vitale e Sant'Apollinare, lucenti e immutabili come dogmi di fede.

Un giorno Dante riceve una lettera in versi. Viene da Bologna, l'ha scritta Giovanni del Virgilio, un pedante grammatico che lo invita a non sprecare il suo ingegno nella spregevole lingua volgare. Il volgo non capisce le cose serie, i dotti snobbano le cose volgari. Desidera l'applauso dei dotti, soli competenti a giudicare? Usi il latino, idioma delle classi colte, e componga un poema sulla storia contemporanea, le gesta di Arrigo VII, di Cangrande, di Uguccione. In questo caso Giovanni sarà lieto di presentarlo ai docenti dell'università e, stia tranquillo, la laurea è assicurata. Purché, ripete, scriva in latino. La laurea a Bologna si conferiva in forma particolarmente solenne, con un fastoso corteo, trombe, gonfaloni e un araldo a cavallo che annunciava il nome del nuovo addottorato.

Dante risponde di no. Desidera l'alloro, ma a Firenze, non per aver scritto opere filosofiche in latino, ma per aver composto la *Commedia*, in volgare. Altrimenti rimane dov'è. Conosce bene Bologna. V'era stato, studente poco più che ventenne, prima di andare a combattere a Campaldino. Vi era tornato nei primi anni dell'esilio, presso certi parenti. L'andarci adesso comportava un rischio, perché il comune era caduto nelle mani di estremisti, guelfi arrabbiati, amici dei legati pontifici, venuti dalla Provenza ad eseguire le scomuniche antighibelline. Bologna è l' "antro di Polifemo", meglio non fidarsi. Meglio restare con Guido, nelle funzioni di amico e segretario, e svolgere qualche saltuario incarico di stato.

Le relazioni di Ravenna con Venezia non erano buone, per una vecchia contesa circa le saline e i dazi costieri. Un giorno i ravennati catturarono delle imbarcazioni veneziane, uccidendo il capitano e il nostromo. Alla Serenissima non parve vero cogliere il pretesto per allungare le mani sulla città romagnola, colpevole di favorire il contrabbando del sale. Guai a chi le toccava questo monopolio. Anche Padova, che aveva tentato di rompere il blocco, era stata duramente colpita. Spaventato dal ruggito del Leone di san Marco, cui si era unito il forlivese Francesco Ordelaffi, Guido Novello spedì a Venezia un'ambasceria di cui faceva parte Dante. Sarebbe riuscito ad ammansire il leone?

Venezia era, con Genova, la prima potenza marinara del Mediterraneo. Le inquietudini di alcune famiglie patrizie non ne intaccavano la forza e lo slancio d'espansione. Il fallimento della congiura di Baiamonte Tiepolo (1310) aveva generato, per contraccolpo, un'istituzione destinata a durare quanto la repubblica, il Consiglio dei Dieci, occhiuto e tenebroso tribunale incaricato di vigilare sulla sicurezza dello stato. La Serenissima armava navi e conquistava i mari, nell'arsenale batteva il cuore della nazione:

... nell'arzanà de' Viniziani
bolle l'inverno la tenace pece
a rimpalmare i legni lor non sani,
ché navicar non ponno; in quella vece
chi fa suo legno novo e chi ristoppa
le coste a quel che più vïaggi fece;
chi ribatte da proda, e chi da poppa;
altri fa remi e altri volge sarte;
chi terzeruolo e chi artimon rintoppa.

Di come si sia svolta la missione, se abbia ottenuto buoni risultati, non abbiamo testimonianze sicure, e in loro assenza la fantasia dei novellatori si è sbizzarrita, applicando a Dante, come avviene con le barzellette politiche, aneddoti già attribuiti ad altri personaggi storici. Come il seguente, già riferito al tiranno Dionigi di Siracusa.

Il poeta è seduto, con i compagni d'ambasceria, alla tavola del doge Giovanni Soranzo, e i valletti servono il pesce, d'obbligo sulla laguna. I pesci grossi toccano agli altri, i piccolissimi a Dante, il quale afferratone uno con le dita se lo porta all'orecchio, nell'atteggiamento di chi ascolta.

"Che fate, messere?" domanda il doge.

"Ho chiesto al pesce notizie di suo padre."

"E che cosa v'ha risposto?"

"Che lui è troppo giovane, non ha fatto in tempo a conoscerlo".

"Nient'altro?"

"Mi ha anche consigliato di rivolgermi ai pesci che stanno negli altri piatti, i quali essendo più adulti, certamente avranno conosciuto il babbo suo."

Torniamo alle trattative diplomatiche. Chi dice (ma è una frottola di Anton Francesco Doni, sedicesimo secolo) che il senato veneto rimandò indietro Dante, perché non capiva nulla del suo volgare né del suo latino. Chi sostiene che i veneziani trattennero gli altri membri dell'ambasceria, rispedendo indietro Dante, perché temevano di lasciarsi convincere dalla sua notoria eloquenza. Secondo il Foscolo, motivo del viaggio a Venezia sarebbe stata non la minaccia della Serenissima, bensì una richiesta di aiuto contro le interferenze pontificie nella terra di Romagna. Aiuto che i veneziani si guardarono bene dal concedere, non volendo assolutamente inimicarsi il papa. E ne avevano buoni motivi. Qualche anno prima, guerreggiando contro Clemente V, si erano impossessati di Ferrara e il papa aveva lanciato la scomunica, dichiarandoli usurpatori del patrimonio della Chiesa e infami fino alla quarta generazione. L'interdetto li colpiva nell'onore, negli averi, nel diritto di fare testamento, di trafficare e possedere merci nei porti di mare. Per liberarsi dalla terribile sanzione, avevano dovuto umiliarsi davanti alla maestà di Clemente, sborsare 90.000 fiorini d'oro, "dicono che il loro ambasciatore, camminando con piedi e mani a guisa di quadrupede agli occhi del papa, rassegnavasi al nome di cane senz'anima". I veneziani pertanto non avevano nessunissima voglia di urtarsi con la curia di Avignone. Perciò, conclude il Foscolo, rimandarono indietro Dante con un nulla di fatto.

E per colmo di scortesia, il doge gli negò un salvacondotto che gli avrebbe permesso di seguire un itinerario meno disagiato. Durante il ritorno attraverso zone paludose e malariche, il poeta si ammalò, o si aggravarono i sintomi d'una malattia latente. Il viaggio durava tre giorni. Il primo in barca, da Venezia a Chioggia, attraverso la laguna, poi per via di terra fino a Loreo. Il secondo giorno, da Loreo a Pomposa, dove i viandanti sostavano a pregare e rifocillarsi nell'abbazia benedettina. Il terzo, da Pomposa a Ravenna, in una zona infestata dalla malaria. La fibra di Dante, provata dagli stenti dell'esilio, fiaccata dai disagi d'un viaggio tra paludi malsane, sotto il sole d'agosto, non resistette all'attacco del male e il poeta si prese le febbri. A Ravenna si mise a letto, circondato dalle cure della famiglia, eccettuata sempre la moglie. La figlia Beatrice fu l'angelo consolatore del divino poeta morente.

"Oh non dubitate" scrive Giosue Carducci, "ovunque la sventura sia alle prese con un uomo di gran cuore e ingegno, ivi è pure una pia immagine di donna a confortarlo: in questa nobile parte del genere umano Antigone non manca mai. La Beatrice consolò certo l'agonia del genitore col soave eloquio della patria, con la memoria d'un puro affetto giovanile vieppiù purificata in quel nome della figlia sua: la Beatrice nata dalla Gemma Donati scorse la grande anima di Dante, nel suo passaggio alla visione di Beatrice celeste. E poi la figliola del poeta di Piccarda si rese a vita di spirito nel convento ravegnano di Santo Stefano dell'Uliva. Che aveva ella a far più col mondo dopo chiusi gli occhi e baciate l'ultima volta le fredde labbra del padre suo? Come poteva accompagnarsi ad altr'uomo, quella che elesse per sua parte l'esilio e le miserie di Dante?

"Tra chi aprì e chi chiuse il risorgimento italiano, tra Dante e Galileo, è ancora questa somiglianza, che la figliola del primo e ambedue quelle del secondo preferirono d'un modo il padre alla madre, finirono d'un modo vergini sorelle: forse nelle femmine di siffatti uomini, più che ne' maschi, rinasce, per un mistero fisiologico, troppo del padre, sì che elle possano contentarsi del resto del mondo: per loro il padre diventa come un ideale e vivono e muoiono per lui ed in lui."

La notizia della malattia diffuse in città un'accorata apprensione. Tutta la Ravenna colta, giudici e notai, amici ed estimatori, la gente minuta, anonima seguiva con trepidazione l'evolversi della malattia, ogni giorno più grave, mentre Firenze persisteva nel suo silenzio ostile. E la *Commedia*, che i posteri chiameranno *divina*, il poema "al quale ha posto mano e cielo e terra", era stato ultimato? Mancava qualche canto? Le condizioni del poeta peggioravano inesorabilmente, sotto gli occhi rassegnati dei medici. Negli intervalli lasciati liberi dalla minacciosa situazione politica, Guido accorreva al capezzale del malato, che serenamente si spegneva. "Salve divino vecchio", l'aveva elegiacamente salutato Giovanni del Virgilio. Dante sta a per entrare nei floridi regni dell'immortalità.

La sera del tredici settembre incominciò l'agonia. "L'ultima ora d'un grande" scrive Arturo Pompeati "è sempre, per la nostra immaginazione, una grande ora della storia e della poesia; ma l'ultima ora di Dante è addirittura una grande ora della vita naturale. Si pensi alle rarissime volte che la natura tornerà a foggiare un uomo della statura di Dante, ai pochissimi esemplari della nostra specie ai quali prodigherà tanti doni quanti ne aveva accumulati su questo figlio prediletto, e si intenderà la solennità di quella notte, nella quale lo spirito eroico di lui si ricongiungeva al suo Dio."

Spirò nella notte sul quattordici. Erano gli idi di settembre dell'anno 1321. Aveva cinquantasei anni, come Giulio Cesare. Guido Novello posò sulla fredda fronte del poeta la corona d'alloro che aveva sperato di cingere nel bel San Giovanni, poi ordinò che le autorità cittadine portassero a spalla la bara, nella chiesa dei frati di san Francesco, il santo da lui prediletto. Dante fu sepolto poco lontano, in una cappella vicina al sagrato. Nella casa degli orfani Guido pronunciò, secondo l'uso del tempo, l'elogio funebre del grande amico scomparso, salito a rivedere gli splendori del paradiso, che già aveva contemplato da vivo, con l'altezza dell'ingegno:

O insensata cura de' mortali,
quanto son difettivi sillogismi
quei che ti fanno in basso batter l'ali!
Chi dietro a iura, e chi ad aforismi
sen giva, e chi seguendo sacerdozio,
e chi regnar per forza e per sofismi,
e chi rubare, e chi civil negozio;
chi nel diletto della carne involto
s'affaticava, e chi si dava all'ozio,
quando, da tutte queste cose sciolto,
con Beatrice m'era suso in cielo
cotanto gloriosamente accolto.

Passati i giorni dello sgomento e del dolore, i figli frugarono tra le sue carte per trovare gli ultimi manoscritti, gli ultimi canti del poema. Ne mancavano tredici, dice la tradizione, la parte più liricamente cristiana, i canti dove poesia e fede spiccano il volo verso la contemplazione di Dio. Per mesi gli orfani cercarono in ogni angolo e ripostiglio, senza risultato, tanto che un giorno decisero di prendere penna e calamaio e completare loro l'opera. Per scongiurare questa iattura, Dante si affrettò ad uscire dal regno delle ombre e si presentò in sogno al figlio Jacopo, andato nel frattempo ad abitare in un'altra casa. Il poeta gli apparve vestito con una toga candida, avvolto in una luce abbagliante.

"Padre, dunque sei vivo?"

"Vivo, ma della vita vera."

"E il poema l'hai portato a termine? Cerchiamo da otto mesi gli ultimi canti, dove li hai messi?"

"Vieni con me."

Presolo per mano, lo condusse nella sua camera da letto, toccò una parete e aggiunse:

"Qui troverete quello che cercate".

Jacopo si svegliò di soprassalto e corse dall'amico Pietro Giardino, grande estimatore del padre, a raccontargli l'incredibile visione. Senza perdere tempo, i due si precipitarono dal nuovo inquilino dell'ex casa Alighieri, pregandolo di aprire immediatamente. Con gli occhi cuciti dal sonno, brontolando contro i disturbatori della quiete notturna, l'altro li fa entrare, Jacopo corre verso la sognata parete, trova una stuoia, la sposta, appare una finestrella, fruga con la mano, tocca un rotolo di carte. Il sogno non ha mentito, quelli sono proprio gli ultimi canti del *Paradiso*, tredici canti coperti di muffa e ragnatele.

Fin qui la tradizione, avallata dal Boccaccio. Domanda Nicola Zingarelli: ma perché in otto mesi di ricerche a nessuno era venuto in mente di sollevare quella stuoia? E l'inquilino subentrato a Dante, non avrà mai provato la curiosità di dare un'occhiata agli angoli più o meno nascosti dell'appartamento dove aveva abitato il maggior poeta del suo tempo? E lo stesso Dante, che aveva fatto del poema la ragione della sua vita, appoggiando ad esso le sue speranze di gloria, può verisimilmente averlo dimenticato in un nascondiglio, senza dir nulla ai figli, agli intimi che lo assistettero in punto di morte? Anche il sogno di Jacopo semina zizzania nel campo dei biografi e dei dantisti. L'Imbriani, il Labbruzzi, il Grion dicono: tutte falsità. Il Balbo: falso il sogno, vero il rinvenimento. Il Foscolo non esclude il sogno. Il Ricci lo difende a spada tratta e spiega così: niente di strano se a Jacopo sono apparse in sogno quella finestrella, quella stuoia che, di giorno, avrà visto chissà quante volte, senza mai badarci. A parte l'abbigliamento del poeta biancovestito, che rientra nella consueta iconografia onirica, ai dantisti, ai critici, ai commentatori, non è mai capitato di sognare il babbo o il nonno defunto?

XVII
Non riposò in pace

Dante non riposò in pace. Le inimicizie suscitate da vivo lo perseguitarono anche nella tomba, per l'accanimento del cardinale Bertrando del Poggetto che non gli perdonava non tanto il coinvolgimento nell' "affare" degli incantesimi viscontei, quanto il *De Monarchia*, autorevole avallo alla tesi dell'autonomia dell'impero rispetto al papato. Su questo tema, si era scatenata fra Ludovico il Bavaro e Giovanni XXII una lotta combattuta con le armi spirituali, senza esclusione di colpi. Colpi d'arma da fuoco eterno: anatemi e scomuniche. Ecco la successione cronologica. Marzo 1324, il papa scomunica l'imperatore. Maggio 1324, l'imperatore si appella al concilio accusando di eresia "Giovanni che si diceva papa XXII". Luglio 1324, Giovanni dichiara Ludovico decaduto dall'impero. Gennaio 1327, convocato un parlamento a Trento, Ludovico fa scomunicare e dichiarare decaduto il papa da un gruppo di vescovi ghibellini. Maggio 1327, a Milano si fa incoronare re da due vescovi scomunicati. Ottobre 1327, Giovanni bandisce una crociata contro Ludovico. Chi presterà dodici mesi di servizio militare nelle sue truppe, otterrà l'indulgenza di tutti i peccati. Chi non è in grado di combattere, può mandare un soldato al suo posto, purché lo paghi. Scomunicati tutti coloro che prestano obbedienza all'imperatore. Febbraio 1328, Ludovico dichiara Giovanni "apostata". Aprile 1328, entrato in Roma, inscena un tribunale e lo condanna a morte, tra la soddisfazione della plebe che lo brucia in effigie. I romani non dimenticano che il pontefice, ostinandosi a restare ad Avignone, ha impoverito

Roma di prestigio e, quel che più conta, di quattrini. Maggio 1328, l'imperatore crea un antipapa, Niccolò V, nella persona del frate minore Pietro da Corvara, lo incorona e si fa da lui incoronare.

In quegli anni era arrivato a Bologna, per rafforzare le posizioni dei guelfi, il suaccennato cardinale del Poggetto, intenzionato a eliminare, con le buone o le cattive, ogni opposizione, materiale e dottrinale, alla supremazia del papa e al suo disegno di ricostituire in Italia, una volta sterminati i ghibellini, un novello stato pontificio. Quando gli capitò tra le mani il *De Monarchia*, la sua antipatia per Dante degenerò in odio. Dante, morto, dava ragione a Ludovico in maniera sfacciata, come se quel libretto fosse stato scritto su commissione. E in latino, per giunta, la lingua dei potenti, e firmato dal più illustre letterato del tempo, cristiano militante, anche se estroso. I ghibellini non potevano chiedere di meglio.

Bertrando non perdette tempo e fece pubblicamente bruciare il libro. Identica sorte voleva riservare all'autore, con una condanna postuma, che consisteva nel disseppellire le ossa e arderle in piazza. Per fortuna s'intromise Ostasio da Polenta, succeduto a Guido nella signoria di Ravenna, che accorse a Bologna e con l'aiuto d'un cavaliere fiorentino, Pino della Tosa, dissuase il cardinale, risparmiando al poeta, morto, quel rogo cui si era miracolosamente sottratto da vivo. Non è finita. Il sepolcro, venerato di giorno, era diventato di notte il quartier generale delle passeggiatrici. Uno spettacolo indecente, tanto che qualcuno invocò provvedimenti *ne vagae mulieres monumentum Dantis foedis actibus deturparent*, affinché donne vagabonde non deturpassero il monumento di Dante con atti osceni.

Verso la fine del Seicento, sorsero contestazioni fra la comunità di Ravenna e i frati della chiesa di san Francesco, per il diritto di giurisdizione sulla tomba. Il comune diceva: la tomba si trova in un tempietto isolato dal convento, sulla pubblica via, senza contare che le chiavi del cancello sono in mano nostra: quindi anche la tomba è nostra. Rispondevano i frati: il sacello fa parte del recinto del convento, quindi è nostro. Quanto alla pubblica via, anche la chiesa, come tutte le chiese del mondo, vi si affaccia, e il comune non s'è mai sognato di considerarsene proprietario. Tra i due contendenti si arrivò ad un punto tale di diffidenza, che il magistrato civile, prima di prestare le chiavi ai visitatori, redigeva un atto scritto, quale ricevuta e impegno di restituzione.

Il 22 maggio 1692 il comune inviò una squadra di operai, a restaurare il tempietto cadente. Appena varcato il cancello, questi videro sbucare dal convento un gruppo di accalorati fraticelli che tenevano in mano, anziché il fiasco di vino da offrire ai muratori, scope, bastoni e altri oggetti contundenti; e agitandoli intimavano ai nuovi venuti di andarsene subito. Non che i francescani fossero contrari ai restauri, solo temevano che l'iniziativa del comune rafforzasse *de facto* le sue pretese giurisdizionali sulla tomba. I muratori tornarono sul posto dopo qualche giorno, ed eseguirono i lavori sotto un'adeguata scorta di birri. Due anni più tardi, il 26 agosto 1694, tre evasi dal carcere s'aggrapparono all'inferriata del tempietto, invocando, col carattere sacro del luogo, il diritto d'asilo. Fu loro risposto che Dante era considerato eretico e pertanto la sua tomba non aveva nulla di santo.

Le tribolazioni di Dante defunto non sono terminate. Torniamo indietro di tre secoli e spostiamoci a Firenze. Qualche decennio dopo la sua scomparsa, alcuni fiorentini furono colti dal sospetto che la città avesse commesso, esiliandolo, un grosso errore. Nel 1350, i capitani di Or San Michele consegnarono "a M. Gio. di Bocchaccio fiorini dieci d'oro, perché gli desse a suora Beatrice, figliola di Dante Alighieri Monaca nel Monistero di S. Stefano dell'Uliva di Ravenna". Un po' alla volta furono restituiti ai figli i beni paterni, con le case "bruciate o non bruciate" che ancora vi fossero. Il 27 agosto 1373 fu presentata al governo della Signoria una petizione firmata da un gruppo di cittadini, che chiedevano "di provvedere ad eleggere un uomo savio, valente e ben versato nella dottrina di questo poema, il quale per un tempo non maggiore ad un anno faccia lezione del libro, che volgarmente chiamasi el Dante, a quanti vorranno venire ad ascoltarlo in tutti i giorni non feriati, e per lezioni continuate come suol farsi, e con salario a piacer vostro, non maggiore di cento fiorini d'oro". Fu prescelto Giovanni Boccaccio, che nel successivo autunno iniziò, nella chiesa di Santo Stefano di Badia, la *lectura Dantis*.

Tuttavia il ravvedimento della città matrigna non procedeva senza ostacoli. I faziosi, i figli dei faziosi, non avevano dimenticato che il poeta era stato acre nemico dei loro padri e nonni, ed aveva invocato contro loro prima le armi tedesche, e poi le fiamme dell'inferno. Quando una ventina d'anni più tardi si progettarono pubbliche onoranze ai tre grandi della città, Boccaccio, Petrarca e Dante (quest'ultimo scomparso da tre quarti di secolo), la proposta fu approvata con 153 sì e 51 no.

Ai primi del Cinquecento, salì sul trono di Pietro un fiorentino, Leone X, pontefice splendido, amico delle lettere e delle arti e, particolare interessante, signore di Ravenna, passata sotto i papi. I fiorentini chiesero all'augusto concittadino di concedere quello che Ravenna, nei precedenti sondaggi, aveva recisamente negato: la restituzione delle ossa di Dante. La petizione inviata al papa recava, tra le altre, una firma d'eccezione, Michelangelo Buonarroti, che s'impegnava "al divin poeta fare la sepoltura sua chondecente e in locho onorevole in questa cictà". Un monumento a Dante, scolpito dal più dantesco dei nostri artisti, oltre a cancellare la meschinità dell'insulso tempietto ravennate, avrebbe segnato la definitiva riabilitazione dell'esule, nelle strade e nei cuori di Firenze, finalmente pentita. Autorizzati da Leone X, i messi fiorentini andarono a Ravenna, aprirono l'arca ma la trovarono vuota. Chi aveva rubato le ossa?

Temendo che il comune di Ravenna, o addirittura i fiorentini, le trafugassero, i frati li avevano prevenuti, trafugandole loro stessi. Un muro del sacello confinava col chiostro del convento, a questo muro era addossato il sarcofago, in modo che ai visitatori restavano visibili tre lati, nascosto il quarto. Le circostanze erano troppo invitanti perché gli ingegnosi fraticelli rinunciassero ad usare la tecnica della "banda del buco", trapanando nottetempo, dalla parte del chiostro, cioè in casa loro, la parete divisoria. Praticato un foro di sufficiente larghezza, allungarono la mano nel sarcofago, estraendone, con la dovuta delicatezza, il cranio, il femore, l'altro femore, le tibie e così via tutte le ossa del divin poeta. Poi chiusero la preziosa refurtiva in una cassetta di legno e la nascosero nel convento. I fiorentini erano serviti. E anche il comune di Ravenna. Chissà che matte risate si saran fatti in refettorio gli astuti francescani, alle spalle del magistrato che custodiva, con orgogliosa sicurezza, le chiavi d'una tomba vuota. Essi mantennero il segreto altrettanto gelosamente della cassetta. Per secoli nessuno seppe nulla.

Si arriva così al 1780, quando il cardinale Luigi Valenti Gonzaga, interprete dei mutati sentimenti della chiesa nei confronti del poeta, ordinò l'erezione d'un nuovo tempietto, degno dell'illustre inquilino e ne affidò l'incarico all'architetto Camillo Morigia. Per scrupolo di regolarità, si fece una ricognizione ufficiale e aperto il sarcofago esso apparve quale non poteva non essere da quasi tre secoli: vuoto. Rimesso in fretta il coperchio, le autorità studiarono il modo di evitare lo scandalo. In casi del genere, tenersi sulle generali è sempre la soluzione migliore, perciò le autorità dichiararono evasivamente che "vi si rinvenne ciò che era necessario per non dubitarne".

Passa qualche lustro, arriva Napoleone, sequestratore di conventi, i frati devono far fagotto. Nella fretta dello sgombero, quel Dante in cassetta diventa un guaio serio, non si sa dove metterlo, se consegnarlo al comune o portarlo via, aggiungendo esilio a esilio. L'ipotesi più naturale, rimettere le ossa al loro posto, non fu nemmeno presa in considerazione. Forse mancava il tempo per riaprire il sarcofago. Un frate sbrigativo risolse il problema, nascondendo la cassetta vicino al cimitero, presso la cappella chiamata Braccioforte, poco distante dalla tomba. I francescani partirono portando con sé anche questo segreto. Giorgio Byron, quando depose l'omaggio d'un suo libro sull'arca del poeta, e Vittorio Emanuele II, inchinandosi il giorno della battaglia del Volturno davanti alla tomba di chi aveva predicato l'unità d'Italia, certamente non sospettarono che lì sotto Dante non c'era.

Il 7 maggio 1864 il consiglio comunale di Firenze inviò a Ravenna un'ennesima supplica, perché restituisse le ossa. I romagnoli risposero con un fermo, unanime rifiuto. Ma qualora avessero accolto la richiesta e aperto il sarcofago, che cosa vi avrebbero trovato dentro? Tre piccole falangi, nient'altro. Nel maggio 1865, centenario della nascita del poeta, il sagrestano custode della Confraternita della Mercede, detto Grillo, fece un sogno. Era un uomo robusto, beveva molto e dormiva sodo. Dormiva proprio nella cappella di Braccioforte, e nel sogno gli apparve un'ombra che passeggiava vicino al cimitero, ripetendo: "Io sono

Dante". Il sagrestano raccontò la visione agli amici, che la attribuirono ai fumi del vino. Il giorno 27 dello stesso mese, mentre si ultimavano i lavori di abbellimento in vista delle celebrazioni centenarie, l'operaio Pio Feletti, nell'abbattere un pezzo di muro, sentì il piccone urtare contro uno strano oggetto. I colpi risuonavano come quando si percuote un contenitore vuoto. Spinto più dal fastidio che dalla curiosità, frugò con le mani ed ecco spuntare alla luce, proprio nel luogo visto da Grillo, una cassetta di legno corrosa dal terriccio e dall'umidità. Misurava metri 0,77 per 0,284 per 0,30. Sul legno, due scritte affermavano che dentro c'erano le ossa di Dante, collocatevi dal frate Antonio Santi, il 18 ottobre 1677.

Ravenna esultò, tutta Italia gridò al miracolo. Nella contentezza generale Firenze, che in quei giorni cingeva il serto di capitale d'Italia, sperò che Ravenna rinunciasse al sacro deposito, ma la città romagnola difese in maniera inequivocabile il suo diritto a conservarlo. Se ne accorse l'archeologo Giovanni Gozzadini, inviato dal ministero della Pubblica Istruzione per gli accertamenti di rito. Chissà perché, s'era diffusa in città la voce che fosse arrivato da Firenze un "pezzo grosso" per farsi consegnare alla chetichella la preziosa cassetta, e una gran folla di ravennati si riunì tumultuando sotto l'albergo della Spada d'Oro, dove alloggiava il Gozzadini. Lo spaventato archeologo, visti dalla finestra quei volti eccitati, ritenne opportuno scappare. Poi entrarono in scena gli antropologi. Metro alla mano, si chinarono a misurare il genio, tanti centimetri, tanti millimetri. Per calcolare il volume del cranio, lo riempirono di riso. Fu stabilito che il peso della materia cerebrale doveva essere di 1649 grammi, un cranio dolicocefalo non eccezionalmente grande (Napoleone e Byron l'avevano maggiore), la statura del poeta vivo metri 1,67. Durante le celebrazioni centenarie, i resti furono devotamente composti in una cassa di noce, calati entro il sarcofago di marmo e lì finalmente riposarono in pace, dopo tre secoli e mezzo di assenza.

Sul romanzo delle ossa di Dante, raminghe come il poeta in vita, si dovrebbe adesso scrivere la parola fine. Invece no: approfittando delle inevitabili manipolazioni di quel giugno 1865, uno scultore rubò piccoli frammenti di ossa, che vendette a prezzi favolosi. Dove sono ora quei frammenti? L'esilio di Dante continua. Perfino uno degli scienziati, travolto dalla tentazione feticista, s'appropriò una falange, venerandola come una reliquia. In punto di morte, si pentì e la restituì al comune di Ravenna. Il quale ha conservato e onorato i sacri resti con scontrosa fierezza municipale, non senza una punta di polemica repubblicana e anticlericale. Alle celebrazioni del 1865, le autorità ecclesiastiche non furono invitate. Nel 1908, all'inaugurazione della lampada offerta dalla Società Dantesca, non parteciparono né il governo né il clero. Per il sesto centenario della morte (1921), non fu mandato alcun invito ufficiale al re Vittorio Emanuele III.

Era presente invece monsignor Giuseppe Mesini, arciprete di Sant'Apollinare Nuovo, il quale si trovò accanto al sindaco Buzzi mentre, sul finire delle cerimonie, si stava richiudendo il sarcofago. Sorridendo, monsignore porse al sindaco un ramoscello d'alloro, perché lo deponesse sulle ossa di Dante. Era il delicato omaggio d'un prete buono alla memoria d'un poeta cristiano, che aveva tuonato contro i preti cattivi. Il sindaco, ufficialmente repubblicano e miscredente, toccato dalla dolcezza del gesto, disse al sacerdote:

"*Don Mesini, ch'ui daga* [gli dia] *una bandizion*".

Poi, girato un timoroso sguardo intorno, aggiunse sottovoce, per non farsi sentire dai suoi compagni mangiapreti:

"*Perché Dant l'era catòlic*".

La ricognizione scientifica di quell'anno, eseguita dai professori Giuseppe Sergi, dell'università di Roma, e Fabio Frassetti, dell'università di Bologna, accertò che Dante aveva sofferto di artrite e uricemia. Ai lavori degli scienziati, svolti in gran segreto, furono ammessi monsignor Mesini e il custode della tomba, Antonio Fusconi, mutilato della Grande guerra, che in piedi vegliò tutta notte le spoglie, sedersi gli pareva una mancanza di riguardo verso il poeta, "chissà quante notti lui è rimasto in piedi, a scrivere per noi" disse rifiutando una brandina di fortuna.

Nei paraggi della tomba, che Olindo Guerrini definì *pivirola*, macinino per il pepe, fecero minuziose ricerche gli studiosi, non rassegnati all'idea di aver perduto per sempre i manoscritti del poeta. L'ingegner Goffredo Marchetti, di Roma, in collaborazione con l'ingegner Luigi Solaini, direttore dell'Istituto Lerici presso il Politecnico di Milano, esplorò con il *mines detector* i muri del convento francescano, nella supposizione che i frati, con le ossa, vi avessero nascosto anche gli autografi. Risultato negativo. La "sensitiva" Maria Gardini, introdotta nel chiostro, non avvertì nulla di straordinario, però chiese di essere condotta "vicino alla stazione". Vicino alla stazione c'è la caserma dei pompieri, ex convento di Santo Stefano dell'Uliva, dove prese il velo la figlia del poeta. Appena mise piede nell'ex cappella, la donna annunciò che lì sotto, scavando profondamente, si dovevano trovare le ossa di una persona "che appartenne a Dante". Ma dei manoscritti, nessuna traccia. I rabdomanti Silvio Mercati, dell'università di Roma, e Ernesto Fontana, di Sassuolo, provarono col pendolo. Altra delusione.

Nei primi anni Quaranta, due contessine romane andarono nello "studio" della chiromante Esterina, una vecchia maga abruzzese, per sottoporle una delicata questione di cuore. Delle due giovani, una svolgeva semplici funzioni d'accompagnatrice, e si chiamava Marialena Serego Alighieri, discendente del poeta in linea femminile. Pagato l'onorario, le due si accingevano ad uscire, quando Esterina balzò davanti alla porta bloccando con le mani Marialena, nei cui occhi contrariati e sorpresi fissò i suoi, gioiosamente allucinati. Marialena voleva spiegarle che lei era venuta soltanto per fare un piacere all'amica, non le serviva alcuna consulenza divinatoria. Non ebbe il tempo di dirglielo. Come rapita in estasi, Esterina cominciò a balbettare: "Vedo in lei due occhi bellissimi, e dietro a questi, a distanze incalcolabili, un uomo, un grande uomo, uno dei più grandi che siano nati e nasceranno. Nella sua famiglia vedo una figura luminosa, che ha cantato le stelle e gli angeli. È morto da molto tempo, ma se ne parla ancora. Il suo nome è maggiore di tutti noi messi assieme".

La contessina restò a mezzo tra lo sbalordimento e l'incredulità. Trucco o intuizione metapsichica? Possibile che la chiromante conoscesse la sua identità? Ad ogni buon conto, considerò l'episodio come un auspicio favorevole per le ricerche dei manoscritti, che da anni eseguiva nella sua villa di Gargagnago (Verona); la stessa abitata nel Trecento dall'antenato Pietro, figlio di Dante. Il sogno di Jacopo aveva preceduto il rinvenimento degli ultimi tredici canti del poema; quello di Grillo il ritrovamento delle ossa; chissà che la visione di Esterina (è singolare questa presenza dell'elemento onirico e meraviglioso nelle vicende di Dante morto) non preludesse alla scoperta di un manoscritto di Dante, di almeno uno tra le migliaia di fogli che aveva riempito.

Come sarà stata la sua grafia? Sottile, minuta, angolosa, morbida, ariosa, rotonda? Aggrovigliata come quella di Napoleone, destrorsa come quella di Goethe, ragionieresca come quella di Leopardi? Marialena mobilitò a Gargagnago i fratelli Dante, Federigo, Massimilla, Leonardo, per un ennesimo tentativo e riprese a perforare muri, smuovere pavimenti, picchiare soffitti. Tutto inutile. La villa di Gargagnago immersa nei vigneti della Valpolicella, era stata acquistata verso la metà del Trecento da Pietro, che morì giudice a Treviso. Un suo discendente, Dante III, mediocre verseggiatore, abitò a Verona al numero 13 di via Leoncino. Alla metà del Cinquecento la discendenza di Pietro rischiava di estinguersi (quella di Jacopo, ex chierico ammogliato, si era spenta da un pezzo) per mancanza di maschi. L'ultimo ramo dell'albero era una donna, Ginevra, figlia d'un figlio di Dante III, andata sposa al vicentino Marcantonio Serego, conte del Sacro Romano Impero. Per fortuna aveva uno zio, canonico e ricco, il quale prima di morire la dichiarò erede di tutti i suoi beni, case e terre in Gargagnago, a condizione che i figli nati dal matrimonio portassero il doppio cognome Serego Alighieri. I Serego aggiunsero al loro stemma un'ala (da *aliger* = portatore d'ala) e grazie all'artificio giuridico il grande nome oggi vive anche all'anagrafe. Nella villa di Gargagnago oggi abitano il conte Dante, il cui naso sembra un calco di quello dantesco, la moglie Giovanna e i figli Pieralvise, Ginevra e Fiammetta. Le terre che appartennero a Pietro producono un prezioso recioto, cui ben s'addicono i versi del *Purgatorio*:

Guarda il calor del sol che si fa vino,
giunto a l'umor che de la vite cola.

Firenze s'è finalmente rappacificata col sangue del poeta. Alla fine del Quattrocento liberò dal bando i suoi discendenti, invitando Dante III a trasferirsi sulle rive dell'Arno. Offerta rifiutata. Nel centenario del 1865 conferì ai Serego Alighieri un titolo nobiliare, trasmissibile in linea maschile. Titolo accettato. I tardi pronipoti del condannato a morte sono adesso patrizi fiorentini; ogni anno Firenze manda a Ravenna l'olio dei colli toscani, perché arda nella lampada, un barilotto di venticinque chili portato dal sindaco, scortato da gonfalone e valletti.

A Dante la *Commedia* fruttò gloria immortale, ma neanche una lira. La figlia Beatrice, priva di dote, finì suora. Al contrario, i copisti conclusero buoni affari. Ser Francesco Nardi da Barberino, amanuense stakanovista, stilò cento copie del poema e accantonò tanti soldi da maritare le figlie più che decorosamente. I contemporanei di Dante, anche se non compresero tutta la profondità e bellezza del poema, arrestandosi davanti ai suoi veli scolastici e dottrinali, ne intuirono la singolare potenza. La *Commedia* fu copiata, chiosata, commentata in poesiole didascaliche. Ma nel Quattro e Cinquecento, secoli di sofisticate eleganze umanistiche, la sua fama si appannò. Le nocque il non eccessivo entusiasmo dimostrato dal Petrarca, fondatore e primo presidente della irritabile repubblica delle lettere. Dante parve oscuro, selvatico, barbaro, come ogni profeta in polemica col mondo. Il Cinquecento dedicò 167 edizioni al prediletto Petrarca, 34 alla *Commedia*, la quale appare accompagnata per la prima volta dall'aggettivo *divina* in un'edizione veneziana del 1555. Nel Seicento, in piena repressione controriformistica, tre edizioni soltanto, in mezzo ai fulmini dell'*Indice* che ordinò di sopprimere i versi ottavo e nono del canto undecimo dell'*Inferno* (papa Anastasio II, eretico), i versi dal 106 al 117 del canto diciannovesimo del *Purgatorio* (la cupidigia di Adriano V) e i versi che vanno dal 136 alla fine del canto nono del *Paradiso* (l'avarizia sacerdotale).

"Si citava ancora, si ammirava come per un tacito consenso" scrive il De Sanctis "*sit Divus ne sit vivus*: continuarono a chiamarla divina, ma non la lessero più." Né vanno trascurate le innegabili difficoltà d'interpretazione, che scoraggiarono i lettori, specialmente stranieri. Molti personaggi del poema appartengono alla cronaca minima del Trecento. L'*Inferno* ne ha 164, dei quali 80 sono vissuti al tempo di Dante, tra questi 64 italiani, e Voltaire lamentava che Dante in Europa non lo leggeva più nessuno, perché fa continuo riferimento a fatti che i posteri non conoscono, mentre Omero presenta figure semplici, personaggi-simbolo, intelligibili senza bisogno di chiose. La difficoltà d'approccio è accresciuta dalle dichiarate quattro chiavi di lettura:

Littera gesta docet
quid credas allegoria
moralis quid agas
quo tendas anagogia

(il senso letterale ti spiega il fatto, quello allegorico ciò che devi credere, il senso morale ciò che devi fare, il senso anagogico dove devi mirare). Per il Baretti, Dante è una gran seccatura. Il mantovano Saverio Bettinelli sentenzia che degli oltre 14.000 versi del poema se ne potranno salvare un migliaio. Malinconico destino di questo tempestoso italiano: esiliato in vita, trafugato in morte, vessato dai commentatori, venerato dagli umili, snobbato dai letterati. E per giunta, arruolato a difendere cause non sue.

A Ravenna, nel 1798, durante la Repubblica Cisalpina, si svolse una cerimonia di pretto gusto giacobino. Vincenzo Monti pronunciò il discorso ufficiale, poi un corteo portò una copia della *Divina Commedia* fino alla tomba, tra gli inni della banda municipale e due ali di folla richiamata da un manifesto che squillava furore laico e illuminista:

"Libertà-Eguaglianza. Popolo ravegnano, Cittadini fratelli: il Circolo costituzionale v'invita ad una funzione nuova per voi, e che deve meritamente interessare il vostro cuore e la vostra gratitudine. Non vi può essere ignoto che l'antico Espugnatore della Sacerdotale Impostura, il Signor dell'Altissimo Canto, il divino Dante è nostro concittadino. Oggi 14 nevoso (3 gennaio vecchio stile) ore 3 pomeridiane, ne vedrete democraticamente solennizzata la gloriosa memoria. Accorriamo tutti a spargere mirti e allori e a bagnare la sua tomba di quelle lacrime, che grondano dagli occhi del Patriota su le Sacre Ceneri dei Genj benemeriti dell'Umanità".

Il poeta cattolico, il cristiano indiscutibile, veniva utilizzato a fini di parte. I giacobini, adoratori della dea Ragione, avevano dimenticato che Dante, al di sopra della ragione, pone sempre l'incrollabile fede. L'Ottocento vide lo studio e l'amore di Dante elevati a culto patriottico. Alfieri, Foscolo, Leopardi esaltarono in lui il padre della lingua, esempio di virtù poetiche e civili; un profeta, largamente inascoltato, del nostro rinnovamento nazionale. Il Risorgimento agitò il suo nome come una fiaccola. A Gorizia, alcuni irredentisti volevano dipingere sul sipario del teatro motivi alludenti alla tradizione del soggiorno del poeta, ma il governo austriaco si oppose, in nome del rigore scientifico, disse che era "una falsità storica". Dante ha sempre fatto paura ai tiranni.

A Firenze, nel palazzo del Bargello, su una parete della cappella del podestà, dove fu firmata la condanna, si vede, in un affresco attribuito a Giotto, Dante assieme ad altre persone. I vestimenti del poeta, fra mantello e tunica, componevano i colori bianco, rosso e verde delle virtù teologali: fede, carità e speranza. Ma il granduca, temendo che i sudditi interpretassero le tinte in chiave patriottica, ordinò di ritoccare la tunica, scurendo il rosso in caffelatte. Fu l'ultimo dispetto che Firenze fece al poeta.

Il legnaghese Pietro Frattini, martire di Belfiore, prima di salire al capestro volle leggere qualche pagina della *Divina Commedia.* "Dante ha fatto più per l'Italia, per la gloria e per l'avvenire del nostro popolo, che non dieci generazioni d'altri scrittori o d'uomini di stato" ammoniva da Londra Giuseppe Mazzini. Il poeta Giosue Borsi, volontario nella prima guerra mondiale, andò in trincea con in tasca il Dantino, minuscola edizione del poema, non più grande d'un caricatore. "Forse lo porterò a Trento" aveva detto agli amici di Livorno, "gli farò vedere il suo monumento, forse lo porterò a salutare il Quarnaro '*che Italia chiude e i suoi termini bagna*'." Mentre andava all'assalto, a Zagora sull'Isonzo, una pallottola austriaca lo colpì al cuore, e i compagni che tentavano invano di soccorrerlo, videro spuntare da una tasca interna della giubba il Dantino insanguinato.

Tra Otto e Novecento, assieme agli ardori patriottici, Dante accese quelli filologici. La filologia dantesca divenne un fronzuto ramo dello scibile letterario. Sorse una Società Dantesca, pullularono bollettini e riviste specializzati nell'esplorare ogni segreta piega della vita, del pensiero, dell'opera del poeta. Fu istituita una cattedra dantesca all'università di Roma. La cultura italiana grondava Dante da tutti gli scaffali di biblioteca, da tutti i discorsi ufficiali. Nelle librerie di famiglia gli fu assegnato il posto d'onore, accanto al Boccaccio, dissimulato sotto la copertina di *Pinocchio*. Nelle città di provincia si aprirono i primi Caffè Dante, intellettuali e liberty. Medici e notai conoscevano a memoria interi canti della *Divina Commedia*, una sorta di Bibbia laica di cui i prìncipi del foro declamavano nelle arringhe le terzine più sonanti. Nel 1900, presso un circolo culturale, si tenne una conferenza sul tema: "Come abbia fatto Dante a vederci all'inferno, se c'era scuro". Esagerazioni, senza dubbio, che riguardano, più che Dante, la dantomania, già sbertucciata dall'arguto anonimo fiorentino che, stufo dell'orgia di scritte didascalico-turistiche, collocate in ogni angolo della città per il centenario del 1865, tirò col carbone una linea su un muro, e sotto vi scrisse:

Precisamente sotto questa striscia
veniva sempre Dante a far la piscia.

Esagerazioni a parte, il mito del poeta-profeta si accompagnò sempre ai risvegli della coscienza nazionale, offuscandosi nei periodi di accidioso torpore. Nelle stagioni di frementi idealità, Dante venne invocato e benedetto da chi lo conosceva a memoria, e da chi non aveva letto neanche un endecasillabo. Ma siffatte stagioni ideali, nella lunga storia d'un popolo, sono l'eccezione, non la regola. Come del resto fu un'eccezione Dante, un unicum singolare dove gli odi e gli amori dell'uomo sono gli odi e gli amori del poeta, per lui vivere era poetare e viceversa: Omero e Achille nella stessa persona, ha detto De Sanctis. Caso rarissimo, in una civiltà letteraria fiorita e mantenuta per secoli a palazzo, tra le vacue liturgie dell'accademismo; e in una società nazionale proclive agli accomodamenti, al doppio gioco, alla doppia verità. Giuseppe Prezzolini lo chiama "il più grande degli Antitaliani", come potrebbero chiamarsi i giudici implacabili del costume e malcostume della stirpe. La granitica unità, la coerenza di pensiero poesia e azione, fanno di lui "l'eccezione più impressionante, l'antitesi più grande del carattere degli italiani". La felpata prudenza, l'amore del quieto vivere, l'individualismo anarcoide fonte d'ogni tirannia, la diplomazia delle parole evanescenti, delle frasi bifronti; il tributare al padrone odierno i più lusinghieri epiteti tenendone in serbo alcuni per il probabile padrone di domani; l'arte come alibi, evasione, gioco, otium latino: nessuna di tutte queste cose visceralmente italiane si riscontra in lui. Fallito politicamente, non mendicò pietosi salvataggi. Insomma, non fu un "furbo". Per questo gli italiani stentano a riconoscersi in lui.

Il viaggio ultraterreno

Inferno

La selva oscura

Il viaggio di Dante nell'oltretomba comincia la notte del 7 aprile 1300. A 35 anni, "*nel mezzo del cammin di nostra vita*", egli si ritrova sperduto in una selva, il passo sbarrato da una lonza, un leone e una lupa, raffigurazione dei tre maggiori vizi, la lussuria, la superbia e la cupidigia. In suo aiuto accorre una figura umana, l'ombra di Virgilio, che lo esorta a non temere. Per vincere quelle tre fiere, egli dovrà "*tenere altro viaggio*", in altre parole, visitare l'inferno e i suoi dannati; il purgatorio, luogo di sofferenza serena, perché le anime sanno che questa un giorno finirà; il paradiso, dove i beati godono in eterno la vista di Dio. Solo attraverso questo viaggio egli si libererà d'ogni peccato e scoria terrena. Virgilio lo accompagnerà nei primi due regni, ma nel paradiso non può entrare. È morto senza battesimo, perciò lassù sarà sostituito, nella funzione di guida, da Beatrice. Virgilio rappresenta la ragione, Beatrice la fede. Per arrivare a Dio, la prima non basta. Questo è il mistico itinerario proposto da Virgilio e accettato da Dante con santo entusiasmo. Non senza un dubbio preliminare: possiede forze sufficienti per l'ardua impresa? Egli è un semplice, povero peccatore, largamente consapevole dei propri limiti. Non è temeraria presunzione, da parte sua, tentare questo vertiginoso salto dal terreno al celeste, dal temporale all'eterno, dall'umano al divino? Virgilio lo rassicura con parole di affettuoso rimprovero. La sua esitazione è frutto di pusillanimità, dice il maestro; e aggiunge di non essere venuto di sua iniziativa. Egli si trovava nel limbo, dimora degli spiriti che non hanno ricevuto il battesimo, quando gli apparve Beatrice, discesa dal paradiso per pregarlo di correre a salvare, dalla foresta del peccato, chi l'aveva tanto amata in vita. Ma neanche Beatrice si è mossa di sua iniziativa. L'idea è partita dalla Vergine Maria, che visto il poeta in pericolo, ne ebbe pietà e sollecitò Lucia, la quale a sua volta sollecitò Beatrice. Quindi non deve temere nulla, conclude Virgilio. Dante ha tre donne in cielo, che lo proteggono.

Gli ignavi

Varcata la porta della "città dolente", i due entrano nel vestibolo dell'inferno, dove urla e geme una turba di anime ignude, che corrono pungolate da mosconi e vespe. Sono gli ignavi, coloro "*che visser sanza infamia e sanza lodo*", non sposarono alcun ideale, non posero alcuno scopo, fosse pure vizioso o infame, alla propria esistenza. Non avendo voluto, in vita, seguire alcuna bandiera, adesso per la legge del contrappasso (= patire in senso contrario) sono condannati a seguirne una, priva di stemmi e di simboli. Il cielo li respinge perché non hanno operato il bene, l'inferno perché non sono stati nemmeno capaci di fare il male. Tra i vivi, nessuno si ricorda di loro, la condanna più grave che possa infliggere Dante, il cui ideale etico è la magnanimità. Perciò Dante ne tace il nome, così non sapremo mai se l'ombra, appena intravista, di colui "*che fece per viltade il gran rifiuto*" appartiene a Ponzio Pilato, oppure a Celestino V, che rinunciando al papato aprì la strada a Bonifacio VIII, il grande avversario del poeta.

Il limbo

Proseguendo il cammino, il poeta arriva sulla sponda del fiume Acheronte, che significa "assenza di gioia", sovraffollata di anime, in attesa di essere traghettate da Caronte, demonio dagli occhi di bragia, bianco per antico pelo. Bestemmiando Iddio e i genitori, salgono sulla barca che le porterà nell'inferno vero e proprio, di cui il primo cerchio si chiama limbo e ospita le anime dei bambini spirati senza battesimo e degli uomini nati prima di Cristo, fuori della fede, e vissuti secondo le leggi dell'etica naturale. Non s'odono pianti né grida, soltanto sospiri accorati, perché la pena dei non battezzati consiste in uno struggente desiderio di Dio, amareggiato dalla certezza di non poterlo vedere mai. Virgilio spiega a Dante che una sola volta uscirono anime dal limbo, e fu quando Gesù scese a liberare i patriarchi del Vecchio Testamento, che avevano creduto nella sua venuta.

In un luogo illuminato i due incontrano i sommi poeti dell'antichità; Omero, Orazio, Ovidio, Lucano, rendono onore a Virgilio e accolgono cordialmente Dante, il quale non senza autocompiacimento diventa "*sesto fra cotanto senno*". Dentro un castello abitano gli spiriti magni, i protagonisti della storia e della cultura, i prestigiosi personaggi dell'antichità studiati dal poeta nelle lunghe veglie notturne: Ettore, Enea, Cesare, Camilla, Bruto che cacciò da Roma i re, Lucrezia, Cornelia. Dopo gli eroi, i saggi: Aristotele "*il maestro di color che sanno*", Socrate, Platone, Democrito, Talete, Eraclito, Cicerone, Euclide, Tolomeo, Averroè, commentatore di Aristotele. Col non cristiano Averroè stanno nel limbo anche Avicenna e il Saladino, per dimostrare che basta una vita di rettitudine a strappare le anime ai tormenti dell'inferno, e ammetterle nel "nobile castello", che simboleggia la filosofia.

I lussuriosi

Giudice dell'inferno è Minosse, re di Creta, famoso per la sua saggezza, qui trasformato in mostro e posto a custodia del secondo cerchio, che è il primo dell'inferno vero e proprio. Egli comunica le sue sentenze attorcigliando la coda attorno al corpo: tanti sono i giri di coda, tanti i gironi che l'anima dovrà scendere. Più grave è la colpa, più in basso si troverà il luogo della pena. Di tutti i peccati, quello della carne Dante lo considerava il più leggero, perciò lo colloca all'inizio della dolente voragine che, dalla selva oscura, discende a cono fino al centro della terra. Tra questi peccatori, flagellati da una implacabile bufera, c'è una coppia di cui si parlò parecchio, nell'ultimo scorcio del tredicesimo secolo, per la sua tragica fine: Francesca da Rimini, moglie di Gianciotto Malatesta, zoppo e sciancato (*ciotto*), uccisa dal marito assieme all'amante, il bel Paolo, fratello di Gianciotto. Colpa di Amore, dice Francesca "*che a nullo amato amar perdona*". Per questa peccaminosa passione sono condannati, lei e Paolo, nel secondo cerchio; l'omicida Gianciotto, quando morirà, sprofonderà in zone assai più basse, perché il peccato di violenza merita un castigo più severo del peccato d'amore. Dante desidera sapere in quali circostanze i due si rivelarono la reciproca passione, e Francesca risponde che l'occasione fu l'eccitante lettura del romanzo, che narra gli amori di Lancillotto del Lago e di Ginevra. "*Soli eravamo, e sanza alcun sospetto*" dice Francesca, e quando arrivarono alla pagina in cui Lancillotto bacia Ginevra, Paolo fece altrettanto con lei. "*Quel giorno più non vi leggemmo avante*". Sentendo rievocare la tragedia, Paolo si scioglie in lacrime e il poeta, che al peccato della carne non era insensibile, cade a terra svenuto.

I golosi

Una gelida pioggia mista a grandine tormenta, nel terzo cerchio, le anime dei golosi. Tutto intorno è tenebra e fetore. Cerbero, custode feroce, li azzanna latrando con le sue tre gole e appena vede i due nuovi venuti, digrigna i denti, ma Virgilio lo placa, gettandogli nelle fauci una manciata di fango. Un dannato domanda a Dante se lo riconosce. È il fiorentino Ciacco, sconta il vizio della gola al quale ha dedicato la sua vita, frequentando solo le case dei gentiluomini, le loro mense delicate, pronto di parola e di bocca, arguto e parassita, e "se chiamato era a mangiare, v'andava — annota il Boccaccio — e similmente se invitato non era, esso medesimo s'invitava". Ciacco predice a Dante che, dopo dura lotta, i Bianchi cacceranno da Firenze i Neri, ma per poco, perché dopo soli tre anni i Neri cacceranno i Bianchi (allusione alle proscrizioni del 1302, che colpirono anche Dante). Le cause che hanno portato Firenze in così miserevole stato? La superbia, l'invidia, l'avidità. Alla domanda del poeta, dove si trovino alcuni notabili fiorentini, morti da poco, Ciacco risponde che li incontrerà nei gironi inferiori, rei di colpe ben più gravi di quella della gola. E dopo averlo pregato di ricordarlo lassù, quando tornerà nel mondo dei vivi, cade per terra, da dove non si leverà che nel giorno del giudizio universale.

Gli avari e i prodighi

"*Papè Satàn, papè Satàn aleppe*": questa l'incomprensibile minaccia lanciata da Pluto, rabbioso custode del quarto cerchio, contro Dante che timoroso s'avvia tra gli avari e i prodighi, dislocati in due emicicli. Essi spingono, in direzione opposta, enormi macigni e quando arrivano a fronteggiarsi, si rimproverano reciprocamente la colpa, i prodighi gridando agli avari: perché tieni? e questi a quelli: perché butti? Molti sono ecclesiastici, lo si capisce dalla tonsura. Dante vorrebbe riconoscere qualcuno, ma hanno il volto sfigurato. La loro punizione offre a Virgilio lo spunto per parlare della Fortuna. Essa è una delle intelligenze create da Dio, e come ogni cielo è governato da un'intelligenza motrice, così i beni della terra sono amministrati dalla Fortuna, che cambia, a suo piacere, lo stato dei popoli, delle famiglie e degli individui. Le sue mutazioni sono rapide e imprevedibili. Molti la maledicono, anche chi dovrebbe ringraziarla, ma lei non ascolta le imprecazioni degli uomini, gira beata la sua ruota, contenta di obbedire a Dio.

Gli iracondi e gli accidiosi

Dante e Virgilio arrivano allo Stige, secondo fiume infernale, nera palude che accoglie gli iracondi e gli accidiosi (quinto cerchio). I primi, che in vita danneggiarono il prossimo, ora danneggiano se stessi dilaniandosi coi denti a brano a brano; i secondi, che vissero in uno stagnante torpore, giacciono immersi nell'acqua fangosa, emettendo parole mozze che la fanno gorgogliare in superficie. Veloce come una freccia, arriva la barca di Flegiàs, custode dello Stige, per traghettare il nuovo dannato verso la città di Dite. Virgilio lo disinganna, Dante è vivo, e i due entrano nella barca, che resta immobile sotto l'inesistente peso del mantovano, pura ombra, e si abbassa sotto quello del fiorentino, sceso all'inferno col bagaglio del corpo. Durante il traghetto, Dante ha un diverbio con Filippo Argenti, suo nemico personale, appartenente alla famiglia degli Adimari, che si opposero al richiamo del poeta dell'esilio e addirittura s'impossessarono dei suoi beni. Alla tracotanza dell'Argenti, che rifiuta di dire il suo nome, Dante risponde con vendicativo scherno: non s'illuda di non essere riconosciuto, ha già capito chi è, e l'altro s'aggrappa alla barca, tentando di capovolgerla. "*Via costà con li altri cani*" intima Virgilio, congratulandosi con Dante per il giusto disprezzo dimostrato verso quell'anima rea. Ma c'è di più. Il poeta, che assieme al bagaglio del corpo ha portato quello dei suoi rancori, vorrebbe vedere Filippo attuffato nella melma, e viene subito accontentato, tutti i dannati si avventano sull'iracondo fiorentino. Il poeta che era svenuto di pietà davanti a Paolo e Francesca, ringrazia Dio per questo spettacolo crudele.

Gli eresiarchi

La città di Dite è vicina, con le sue mura rosseggianti di fuoco eterno, vigilate da un migliaio di diavoli, che non promettono nulla di buono. Virgilio va a parlamentare con loro, e gli chiudono la porta in faccia. Poco dopo appaiono sulla torre tre Furie anguicrinite, che chiamano Medusa, perché pietrifichi il terrestre visitatore. Virgilio ordina a Dante di voltarsi e gli copre gli occhi con le mani. Se vedesse quell'orrenda testa, non uscirebbe più dal carcere infernale. Scende intanto dal cielo, preannunciato da un rumore che fa tremare il fiume, un messo che con una verga apre le porte e rampogna i diavoli per il loro stolto tentativo di opporsi alla volontà divina. Oltre le mura si estende il sesto cerchio, punteggiato di sepolcri, simili a quelli che si vedono ad Arles. Sono tombe avvolte dalle fiamme e dai lamenti, e Dante domanda alla sua guida se è possibile parlare con qualche anima, dato che le tombe sono scoperchiate e manca ogni sorveglianza. L'altro risponde che gli avelli saranno chiusi, per sempre, il giorno del giudizio universale. Questa è la pena degli eresiarchi, condannati ad un fuoco proporzionale alla gravità dell'eresia. Da un sepolcro sporge in fuori col busto eretto, "*com'avesse l'inferno in gran dispitto*", il fiorentino Farinata degli Uberti, che avendo riconosciuto in Dante, all'accento, un fiorentino, gli domanda chi è, quali furono i suoi antenati. Saputo che è guelfo, replica con bella fierezza di aver cacciato i guelfi da Firenze per ben due volte (nel 1248 e nel 1260). E due volte ritornarono, ribatte il poeta, mentre i ghibellini, espulsi nel 1266 (battaglia di Benevento), in patria non tornarono più. Ultima stoccata di Farinata, sotto forma di profezia: tra quattro anni e due mesi anche tu saprai quanto è difficile l'arte di tornare in patria (allusione alla sconfitta della Lastra). Ma perché — continua il ghibellino — i fiorentini dopo tanti anni si ostinano a perseguitare i miei discendenti? A Montaperti non ero certo il solo, mentre fui il solo a difendere la sopravvivenza della città, quando i capi ghibellini, riuniti dopo la vittoria in gran consiglio a Empoli, proposero di raderla al suolo. Se ciò non avvenne, fu merito mio.

Al colloquio con Farinata s'intreccia quello con Cavalcante dei Cavalcanti, padre di Guido, amico del poeta, che si stupisce nel vederlo solo, non accompagnato dal figlio. Dante risponde che Guido, essendo ateo, non poteva seguirlo nel viaggio ultraterreno, che ha per meta la celeste Beatrice.

Mentre sostano al confine fra il sesto e il settimo cerchio per assuefare le narici alla puzza che sale dai sottostanti reparti infernali, Virgilio spiega a Dante il codice penale che governa il regno dei dannati. I peccati di incontinenza (lussuria, gola, avarizia, ira) restano fuori della città di Dite, essendo i piaceri dei sensi una colpa meno grave della violenza e della malizia. Quelli sono determinati dalla passione, questi da una libera, consapevole scelta, ed hanno un fine preciso, l'ingiustizia. In ordine di gravità, seguono nel settimo cerchio i peccati di violenza, divisi in tre gruppi: violenti contro il prossimo (omicidi), contro se stessi (suicidi), contro Dio. Quest'ultimi possono offendere la divinità: ingiuriandola (bestemmiatori); violando la natura, figlia di Dio (sodomiti); offendendo l'arte, che imita la natura figlia di Dio e perciò diventa, in un certo senso, nipote di Dio (usurai).

La frode, piegando al male il grande dono fatto agli uomini, l'intelligenza, è moralmente più detestabile della violenza, perciò occupa un settore inferiore, e può avere due bersagli: chi non si fida e chi si fida. Il primo caso è articolato nelle dieci bolge dell'ottavo cerchio, dieci "specialità" di frode che riflettono l'inesauribile fantasia degli uomini nell'ingannarsi tra loro: seduttori, adulatori, simoniaci, indovini, barattieri, ipocriti, ladri, consiglieri fraudolenti, seminatori di discordie, falsari. La frode contro chi si fida, cioè il tradimento, il più nero dei peccati, sprofonda i dannati nel nono cerchio, l'ultimo e il più piccolo di tutti, perché si trova alla fine di quel grande imbuto infernale, la cui punta coincide col centro della terra.

Violenti contro il prossimo

Per scendere al settimo cerchio, Dante e Virgilio affrontano una dirupata discesa, paragonabile agli slavini di Marco, presso Trento, e sorvegliata dal Minotauro, orrendo mostro, figlio degli amori di Pasifae con un toro. I dannati sono immersi in un ribollente fiume di sangue, il Flegetonte; chi tenta di uscirne, viene saettato da un drappello di Centauri, che galoppano lungo la riva, la freccia sempre incoccata, per tenere a bada gli indisciplinati. Tutto intorno si levano urla e gemiti. Essendo vissuto in un'età di ribalde violenze e odii spietati, il poeta non ha difficoltà a popolare quel luogo di pena. Assieme a personaggi storici, come Alessandro di Fere che dava i nemici in pasto ai cani, Dionigi di Siracusa inventore di raffinati supplizi, Ezzelino da Romano, considerato, per la sua ferocia, figlio carnale del diavolo, egli scorge l'anima di qualche contemporaneo, tra cui Obizzo II d'Este, e Guido di Montfort, vicario angioino in Toscana, che mandò all'altro mondo un nemico inginocchiato alla messa. Questi versatori di sangue altrui sono, per contrappasso, immersi nel sangue, ad un livello proporzionale ai loro crimini. Ai tiranni, agli assassini il sangue arriva fino agli occhi; agli autori di semplici ferimenti, fino alle gambe. Vicino ai tiranni, sono puniti i violenti contro le cose del prossimo, i predoni, i devastatori, che con i loro eserciti portarono la desolazione nel mondo. E qui basta un nome per tutti: Attila.

I violenti contro se stessi

In una boscaglia d'alberi nodosi e contorti Dante stacca un ramo, da cui escono, con orrore suo, parole e sangue. In ciascuna di quelle piante abita l'anima d'un suicida, e quella involontariamente straziata dal poeta è la metamorfosi vegetale di Pier della Vigna, il dotto segretario di Federico II, che incarcerato per sospetti infondati, disperando di poter dimostrare all'imperatore la sua innocenza, pose fine ai suoi inutili giorni, battendo la testa contro il muro della prigione. Appena uno si toglie la vita, la sua anima piomba nel secondo girone del settimo cerchio, si conficca nel suolo come un seme, e tosto germoglia, diventando una pianticella con rami e fronde, dove nidificano le Arpie, uccellacci dal volto umano, che straziano l'anima-albero, cibandosi delle sue foglie. Quando suonerà la tromba del giudizio universale, i suicidi non rientreranno, come le altre anime, nel loro corpo. Avendolo rifiutato da vivi, non lo riavranno da morti, e lo legheranno al loro albero, macabro pendaglio, rimorso eterno dell'insania d'un momento.

Se le Arpie tormentano i violenti contro se stessi, nere cagne inseguono i violenti contro le proprie cose, gli scialacquatori, che corrono ignudi per sottrarsi ai morsi famelici. Uno è Lano di Siena, gran spendaccione, finito in miseria. L'altro è Giacomo da Sant'Andrea, ricchissimo bontempone padovano, che per sbalordire gli amici invitati a cena, faceva incendiare, affinché non si perdessero nel buio, tutti i casolari lungo la strada. Nell'inseguire i due, le cagne calpestano, senza tanti riguardi, i cespugli dei suicidi, e da uno esce un gemito penoso. È un fiorentino di cui il poeta non ci svela l'identità, ma ce ne descrive magistralmente l'ibrida sensibilità umana e vegetale, quando il dannato prega i due forestieri di radunare sotto la pianta le povere fronde, spezzate dalle bestie furibonde.

I bestemmiatori

Capaneo era uno dei sette condottieri che mossero guerra a Tebe, dalla quale il re Eteocle aveva esiliato il fratello Polinice. Stretta d'assedio la città, il gigantesco Capaneo fu il primo a montare sulle mura e accecato dalla presunzione sfidò Bacco ed Ercole, protettori di Tebe, gridando che lui era più forte del cielo, più forte dello stesso Giove. Questi, persa la pazienza, lo fulminò. Dante incontra Capaneo nel terzo girone del cerchio ottavo, una landa di sabbia ardente sotto una pioggia di lingue di fuoco. Ma il castigo non smorza la spavalderia del gigante. Anche se Giove scagliasse tutti i fulmini che gli fabbrica Vulcano, non riuscirebbe a piegarlo perché, dice a Dante, "*qual io fui vivo, tal son morto*". Questa rabbia impenitente e impotente, questa cieca protervia, gli risponde Virgilio, è il castigo più pertinente per la sua ribelle empietà.

I sodomiti

I bestemmiatori stanno fermi sotto la pioggia di fuoco, i sodomiti camminano senza sosta, sotto la medesima pioggia, punizione che ricorda il castigo inflitto nella Bibbia a Sodoma e Gomorra. Sono peccatori appartenenti a classi sociali elevate, uomini di scienza e di chiesa, tra questi il grammatico Prisciano di Cesarea, il giurista Francesco d'Accorso che insegnò leggi a Bologna e Oxford, il vescovo fiorentino Andrea dei Mozzi. Brunetto Latini, maestro di Dante, riconosce l'ex alunno, vorrebbe parlare con lui, Dante è disposto a fermarsi, ma l'altro lo prega di proseguire, converseranno camminando, perché il dannato che si fermi anche un solo istante subirà un supplemento di punizione: stare cent'anni senza alcuna possibilità di scansare il fuoco. Brunetto era un notaio guelfo, emigrato per ragioni politiche a Parigi dove scrisse, in lingua d'oil, il *Trésor*, enciclopedia dello scibile medioevale. Restaurate le sorti guelfe, tornò a Firenze per intraprendere la carriera dei pubblici uffici, fino a diventare priore. Non era un professore nel senso specifico, ma un intellettuale di vasta dottrina, la cui parola servì di consiglio al giovane poeta studente, lasciando in lui una buona immagine paterna, che lo farà sorvolare sulle sue "amicizie particolari". Brunetto gli predice un luminoso destino, che non potrà mancare, essendo nato sotto i Gemelli, costellazione fausta per i sogni di gloria. Il prezzo sarà l'ingratitudine dei cittadini, che lo perseguiteranno per la rettitudine dimostrata nella vita pubblica.

L'omosessualità era assai diffusa in Firenze, e il reo era punito con l'evirazione, al mezzano toccava la stessa pena, oppure il taglio della mano destra. Perciò Dante dedica due canti a questi peccatori, ma il tono è sfumato, senza accenti di scandalo. I personaggi incontrati lo interessano non tanto come "diversi", quanto come personaggi illustri, testimoni e protagonisti di molte vicende cittadine. Uno è Guido Guerra, conte di Dovadola, allevato alla corte di Federico II; l'altro il cavaliere Tegghiaio Aldobrandi degli Adimari, podestà di Arezzo. Il terzo è Jacopo Rusticucci, pure cavaliere, che confida al poeta di essere caduto nel deplorevole vizio, a causa dell'insopportabile moglie.

Dante vorrebbe abbracciarli, se non lo trattenesse la paura della pioggia di fuoco. Il discorso cade su Firenze, Jacopo desidera sapere come vanno le cose in città, è appena arrivato all'inferno un loro collega di vizio, un artigiano fabbricante di borselli, con notizie poco rassicuranti. Dante coglie l'occasione per una sfuriata contro la "gente nova", il ceto di inurbati trafficanti e avventurieri venuti dal nulla, che hanno accumulato rapide e sospette ricchezze, sovrapponendosi all'antico ceppo degli onesti fiorentini veraci.

Gli usurai

Gli statuti di Padova stabilivano per gli usurai una punizione che durava nei secoli: essere ritratti in pittura nel palazzo del Comune, *cum bursa ad collum*. Con la borsa appesa al collo Dante vede seduti sul sabbione di fuoco, come da vivi stavano seduti dietro il bancone, gli usurai, intenti a fare schermo con le mani contro le fiammelle che piovono sui loro corpi, e assomigliano ai cani che d'estate cercano di liberarsi dalle mosche. Gli usurai hanno violato l'arte, la quale è figlia della natura, la quale è figlia di Dio, quindi in ultima analisi sono dei violenti contro Dio. Sulla borsa dei dannati spiccano a eterna infamia stemmi prestigiosi, il leone azzurro in campo giallo del guelfo Catello di Rosso Gianfigliazzi, prestatore in Francia; l'oca bianca in campo rosso di Ciappo degli Obriachi, ghibellino fiorentino; la scrofa azzurra in campo bianco del padovano Reginaldo degli Scrovegni, che dice bruscamente al poeta di andarsene, non vorrebbe che, uscito dall'inferno, spifferasse in giro in quali condizioni si trova adesso chi aveva, da vivo, dissanguato Padova.

Con gli usurai, termina la visita al cerchio dei violenti. Per superare la "ripa discoscesa" che lo separa da quello dei fraudolenti, i due dispongono di un solo, e spaventoso, mezzo di trasporto: il mostro Gerione, salito all'uopo dal sottostante cerchio. Faccia d'uomo onesto, corpo di serpente, coda biforcuta di scorpione, è il simbolo della frode e Dante, nel salirvi in groppa, trema di paura. Virgilio lo tiene stretto con le braccia, lo ha fatto montare davanti, perché la coda del mostro, che si agita nel vuoto, non abbia a colpirlo. E raccomanda a Gerione di volare adagio, di scendere con giri ampi e lenti. Sulle sue spalle c'è un vivo.

I seduttori e gli adulatori

Uomo schietto e orgoglioso, Dante prova ripugnanza per questa genia di peccatori che occupano le prime due bolge dell'ottavo cerchio, diviso in dieci avvallamenti concentrici, simili ai fossati dei castelli, comunicanti tra loro mediante ponti. I seduttori corrono ignudi nella prima bolgia, sferzati da diavoli cornuti. Lo scrupolo classificatorio del poeta li divide in due gruppi, seduttori per conto terzi, e seduttori in proprio. Uno dei dannati tenta di nascondersi, ma il poeta lo riconosce, è Venedico Caccianemico, che per suoi fini particolari indusse la sorella Ghisolabella a cedere alle voglie del marchese Obizzo d'Este. È bolognese, e non è il solo. In questa bolgia, ci informa il dannato, vi sono tanti bolognesi che si potrebbe benissimo mettere insieme un'altra Bologna. In senso contrario a Venedico corrono i seduttori per conto proprio, tra i quali Dante scopre Giasone, il mitico argonauta e dongiovanni, egualmente abile nel conquistare velli d'oro e cuori femminili. Sedotta Isifile, l'abbandonò per Medea, poi abbandonò questa per Creusa. Ma Medea, che coi suoi incantesimi di maga l'aveva aiutato a impossessarsi della pregiata pelliccia, si vendicò uccidendo i due figli, nati dal loro amore.

Nella seconda bolgia gemono gli adulatori, che avendo usato parole mielate per ingannare il prossimo, per la legge del contrappasso sono immersi nello sterco fin sopra i capelli. Dalla fossa esala un odore schifoso, come se in questa, che è la più fetida sezione dell'inferno dantesco, confluissero tutti i tubi di scarico delle fogne terrene. Il lucchese Alessio Interminelli ha il capo così lordo di sterco che non si capisce se sia un laico, oppure abbia la tonsura come gli ecclesiastici, mentre la meretrice Taide, un tempo profumata e adorna di cortigianesche lusinghe, bocca ridente e mano gentile, adesso "*si graffia con l'unghie merdose*". Insomma, come ha osservato un critico, tanto i dannati quanto la materia della loro pena sono, letteralmente, rifiuti della società.

I simoniaci

Simoniaco deriva da Simon Mago. Si legge negli *Atti degli apostoli* che Simone, vedendo che gli apostoli, imponendo le mani, trasmettevano lo Spirito Santo, offrì del denaro per avere lo stesso potere, e Pietro gli rispose: "Il tuo denaro sia con te a perdizione, perché credesti d'acquistare con esso il dono di Dio". I simoniaci, mercanti di cose sacre, stanno confitti all'ingiù, entro pozzetti larghi mezzo metro, sgambettando nell'aria. Sui piedi ardono lingue di fuoco. Il contrappasso è chiaro: avendo rivolto i loro sguardi più alla terra che al cielo, ora stanno capovolti, e il fuoco che il giorno della Pentecoste scese sulla testa degli apostoli, adesso lambisce, per grottesca inversione, le loro estremità. Dante domanda il nome a un dannato; l'altro, che è Nicolò III e non è in grado di vederlo, crede che il nuovo venuto sia Bonifacio VIII e si dice stupito del suo anticipato arrivo. In verità, papa Bonifacio è ancora felicemente regnante a Roma, ma il poeta, non contento di mettere all'inferno i morti, vi riserva il posto per i vivi. Quando Bonifacio morirà, andrà ad infilarsi nel buco da cui ora emergono le gambe di papa Niccolò, spingendolo sotto, a sua volta Niccolò spingerà gli altri papi simoniaci che l'hanno preceduto nel tunnel. Con questo sistema del "chiodo schiaccia chiodo", Bonifacio sarà cacciato sotto quando arriverà il suo successore Clemente V, simoniaco filofrancese.

Gli indovini

Piangono in eterno e le loro lacrime non scendono sul petto, defluiscono sulla schiena, infilandosi nella fessura delle natiche, perché la testa è girata di centottanta gradi. In vita pretesero di leggere nel futuro, guardando troppo avanti, in morte sono obbligati a guardare e camminare all'indietro, nella quarta bolgia, molto lentamente, come in processione. A questa penosa contraffazione della figura umana Dante si commuove e resta turbato, e Virgilio lo rimprovera, perché commiserare i dannati significa, indirettamente, disapprovare gli imperscrutabili decreti della giustizia divina.

Tra i dannati c'è Anfiarao, uno dei sette che combatterono a Tebe. La sua arte divinatoria non gli servì a salvare la pelle. Sapendo che sarebbe morto in quella guerra voluta da Polinice, si nascose, ma la moglie Erifile, comprata con una collana da Polinice, tanto disse e tanto fece che lo persuase ad arruolarsi. Gli eserciti antichi si portavano in guerra l'indovino di fiducia, e anche gli assediati tebani avevano il loro, il famoso Tiresia, pure lui partecipante, con gli altri veggenti, alla mesta processione retrograda. L'apparizione della indovina Manto, figlia d'arte essendo figlia di Tiresia, offre a Virgilio l'occasione per parlare del lago di Garda e del fiume Mincio dove Manto finì i suoi giorni. Sopra le sue ossa sorse Mantova, città natale di Virgilio. Agli indovini il poeta accomuna i maghi, le fattucchiere, gli operatori di stregonerie, come Michele Scotto, uno scozzese al servizio di Federico II, che quando aveva a tavola molti ospiti e poche vivande, risolveva il problema convocando una pattuglia di spiriti, sempre docili ai suoi ordini. I commensali non facevano neppure in tempo a prendere posto, e subito arrivavano enormi piatti colmi di manicaretti di ogni tipo, che in un fiat avevano attraversato le Alpi, mittenti inconsapevoli i cuochi del re di Francia o del re d'Inghilterra.

I simoniaci hanno fatto mercato degli uffici sacri, i barattieri degli uffici pubblici. Sono i faccendieri che con l'inganno e i sotterfugi hanno ricavato disonesto profitto dagli incarichi di stato; rei di peculato, di concussione, diremmo in termini odierni. Dante li immerge in un lago di pece fumante, simile a quella che bolle nell'arsenale dei veneziani, quando aggiustano le navi. Secondo la condanna per baratteria che gli era costata l'esilio, in questa bolgia dovrebbe, dopo morto, finire anche lui. Ma il fatto personale non lo sfiora nemmeno, e ribadisce indirettamente la sua estraneità all'accusa, scagliando contro i veri barattieri gli strali del suo sarcasmo. E circondandoli di diavoli bugiardi e imbroglioni, come essi erano stati in vita. I diavoli in servizio nella quinta bolgia ostentano nomi emblematici, che sono tutto un programma di furfanteria, di bruttezza fisica e morale: Malacoda, Barbariccia, Cagnazzo, Draghignazzo, Rubicante, Scarmiglione, Graffiacane.

Improvvisamente ne arriva uno che porta sulle spalle l'anima di Martin Bottaio, alto magistrato di Lucca. Giunto a metà del ponte, lo scaraventa nella pece e scappa, deve tornare a Lucca, a prendere altre anime. Il magistrato, tuffato nelle nera broda rovente, tenta di uscire, senza riuscirvi, perché i diavoli lo spingono sotto con gli uncini, come fanno i cuochi quando la carne bolle nelle marmitte. Per avere via libera, Virgilio va a parlamentare col capo dei diavoli, Malacoda, che ordina di non disturbare i due visitatori e gli assegna una scorta di nove diavoli, comandati da Barbariccia. La pattuglia, pronta per partire, aspetta dal capo un segnale, un cenno d'intelligenza, e subito si mette in moto, non appena sente che "*egli avea del cul fatto trombetta*". Su una vena di eroicomico sfottò, il poeta, che aveva precise esperienze militari, confessa di aver visto, in guerra e in pace, vari tipi di segnali dare il via a combattimenti, a zuffe, a giostre; di aver udito tamburi, trombe, campane mettere in movimento fanti, cavalieri o navi: ma non gli era mai capitato d'udire un segnale come quello usato da Barbariccia, per la sua squadra di diavoli, assieme ai quali adesso Dante cammina lungo l'argine, contemplando i barattieri che, per trovare refrigerio, emergono dalla pece con l'arco della schiena, come i delfini dall'acqua. Sfidando, è ovvio, gli uncini dei diavoli custodi.

Graffiacane ne arronciglia uno. Virgilio gli domanda il nome, l'altro risponde d'essere Ciampòlo (Gian Paolo) di Navarra, gran barattiere. Assieme a lui, è messo a lessare nella pece frate Gomita, amministratore infedele di Nino Visconti nelle terre di Gallura, e perciò mandato al capestro. Per sottrarsi agli uncini che gli hanno strappato un pezzo di braccio, Ciampòlo, che nemmeno all'inferno perde la prontezza di riflessi tipica degli imbroglioni, promette ai suoi tormentatori di far uscire dalla pece, con un fischio convenzionale, altri dannati toscani o lombardi, sui quali potranno esercitare il loro sadismo. Purché si tirino in disparte. I diavoli abboccano e Ciampòlo ne approfitta per svignarsela con un salto, mentre i diavoli scornati (è la parola) s'azzuffano tra loro, cadendo nella pece che buffamente accomuna aguzzini e vittime.

Gli ipocriti

Ipocrita, dal greco *hypokritês*, attore, è chi simula sentimenti o atteggiamenti lodevoli, non manifesta mai il suo vero pensiero, mira a sembrare più che ad essere. Dante punisce la doppiezza degli ipocriti (sesta bolgia), facendo loro indossare cappe dorate di fuori, internamente di piombo, e talmente pesanti, che quelle inflitte da Federico II ai rei di lesa maestà sembrerebbero di paglia. Procedono lentamente, come lenti e guardinghi procedevano in loro, quand'erano vivi, pensiero e parola. Dante incontra due frati bolognesi, il guelfo Catalano dei Malavolti e il ghibellino Loderingo degli Andalò, cavalieri di Maria Vergine gloriosa, un ordine religioso-cavalleresco che si proponeva di servire Dio in letizia, perciò i suoi affiliati erano chiamati frati godenti. Dopo la batosta di Benevento, i ghibellini di Firenze proposero di nominare due podestà, uno guelfo e uno ghibellino, a garanzia d'una amministrazione imparziale, perciò chiamarono i due frati, che fecero tutto fuorché lavorare per la pace cittadina, e con la loro ambigua condotta favorirono la parte guelfa, che cacciò l'altra dalla città. Non tutti gl'ipocriti soffrono la stessa pena. Quelli investiti di autorità religiosa stanno distesi sul suolo, nudi e crocifissi mediante pali, al posto di chiodi. Catalano indica a Dante Caifas, il sommo sacerdote che suggerì di mettere a morte Cristo; vicino a lui, il suocero Anna e altri farisei, il cui nome suona, dopo la lezione del vangelo, sinonimo d'ipocrisia.

I ladri

Corrono, ignudi e affamati, dentro la settima bolgia, per sfuggire ai serpenti, simbolo dell'astuzia, di cui fecero largo uso in vita. Non solo. Per impadronirsi della roba altrui, furono svelti di mano, destrezza perduta per sempre, poiché hanno le mani legate dietro la schiena da un viluppo di serpenti, che si avvinghiano al loro corpo e ne fanno strazio. Ce ne sono d'ogni forma, dimensione e veleno, più di quanti non ne producano, messi insieme, i deserti d'Africa e d'Arabia. Un rettile trafigge la gola d'un dannato e questo, per mostruosa metamorfosi, arde in rapida vampa, precipita a terra sotto forma di mucchietto di cenere, tosto si rialza riacquistando le primitive sembianze, come si dice accada ogni cinquecento anni all'araba Fenice. Il malcapitato è Vanni Fucci, pistoiese. In compagnia del notaio Vanni della Monna e di Vanni Mironne, rubò il tesoro della cappella di Sant'Jacopo, nel duomo di Pistoia. I tre Vanni fecero cadere i sospetti su un giovane estraneo al fatto, Rampino di Ranuccio, che fu condannato a morte. Senonché il padre di Ranuccio convinse Vanni della Monna a confessare la verità, l'innocente fu lasciato libero e il pentito salì al capestro. Vanni Fucci si salvò con la fuga. Per questo tristo figuro, Nero fazioso e violento, il poeta non prova alcuna pietà. L'altro schiuma di rabbia per essere stato riconosciuto, pensa che Dante difficilmente rinuncerà al piacere di raccontare ai vivi d'aver trovato, tra i ladri, un avversario politico, perciò si vendica predicendogli, con gioia maligna, il trionfo dei Neri in Firenze, il duro esilio, e i vani tentativi armati che faranno i Bianchi di rientrare in città. Poi sfida Iddio con un gesto osceno, provocando un'invettiva del poeta contro Pistoia, città su cui pesava la sinistra leggenda d'essere stata fondata dal fior fiore della canaglia, sconfitta in quei paraggi, col suo capo Catilina, dai "governativi" di Cicerone.

Dopo Fucci, ladro di cose sacre, entrano in scena i ladri, diciamo, laici. Anche questi, protagonisti di metamorfosi in cui Dante esercita, fino al limite dell'orrore, fantasia di poeta e rigore di giustiziere. Arriva di corsa un serpente con sei zampe: è Cianfa Donati, nobile fiorentino, della famiglia leader dei Neri, segnalato nella fedina penale quale ladro di bestiame. Il serpente s'avventa contro Agnolo Brunelleschi, un fiorentino che aveva iniziato la carriera di ladro fin da ragazzo, rubacchiando ai genitori. Le due figure s'avvinghiano, si fondono insieme come fossero cera, dando vita a una creatura mostruosa, che tiene dell'uomo e del serpente. Dante non ha ancora cessato di stupirsi del prodigio, che vede un altro serpente mordere l'ombelico a Buoso Donati (o degli Abati). A questo punto, nuovo, inaudito portento: il serpente, ch'è Francesco Cavalcanti, sottrae a Buoso la figura umana e Buoso a lui quella serpigna. La coda del serpente si biforca, formando le gambe, quelle dell'uomo si uniscono componendo una coda, il serpente perde le squame, la pelle dell'uomo diventa squamosa, il primo s'alza e cammina, il secondo si piega e striscia. Scambiate le due nature, Buoso se ne va, sibilando per la bolgia, mentre Francesco, ex serpente, gli sputa addosso.

I consiglieri fraudolenti

Avvolti in vampe di fuoco, numerose come le lucciole nelle notti estive, vagano per l'ottava bolgia. Una di queste fiammelle è biforcuta e Virgilio spiega a Dante che in essa ardono Ulisse e Diomede, uniti nella punizione come lo furono nella colpa, nell'ordire inganni sotto le mura di Troia. Omero ci presenta Ulisse come un eroe inseguito dalla vendetta degli dei, che dopo anni di peregrinazioni approda alla natia Itaca, abbraccia Penelope e Telemaco e si gode finalmente le borghesi dolcezze della famiglia. Dante, raccogliendo le leggende medioevali che l'avevano trasformato in un inquieto esploratore (nel suo ultimo viaggio, avrebbe addirittura fondato Ulyssipona, cioè Lisbona), ne fa al contrario un eroe della conoscenza, un ardimentoso viaggiatore che affronta i mari non per persecuzione del cielo, ma per libera scelta personale. La lingua di fuoco contenente lo spirito di Ulisse si agita e, quasi fosse lingua umana, racconta che dopo aver trascorso un anno nella dorata prigionia di Circe, invece di puntare verso Itaca, navigò il Mediterraneo occidentale, varcò le inviolate Colonne d'Ercole, spinto solo dal desiderio di esplorare l'altro emisfero, da tutti sconosciuto. Per rincuorare i compagni, ricordò loro che la nobiltà dell'uomo consiste nel superare gli ostacoli, nello sfidare i limiti decretati dalla natura e dal destino. Dopo cinque mesi di navigazione, la nave giunse in vista della montagna del purgatorio, ma una furiosa tempesta l'ingoiò, troncando il "folle volo". Folle, perché è vietato all'uomo violare il mistero, sebbene il poeta non nasconda, verso il magnanimo eroe, una schietta ammirazione. Essa nasce da un'affinità morale, dal comune slancio verso le imprese grandiose. Più fortunato di Ulisse, egli arriverà al purgatorio, perché sorretto dalla grazia. Ulisse è un Dante incompleto, gli manca la luce della fede cristiana.

Si avanza un'altra fiamma, Guido da Montefeltro, uomo d'arme ghibellino, poi diventato frate francescano, per purificarsi da una vita burrascosa. Rinchiuso nella pace del chiostro, Bonifacio VIII lo mandò a chiamare per avere da lui, famoso per la sua astuzia, un consiglio su come far cadere Palestrina, roccaforte dei Colonnesi. Temendo il frate di far peccato, se avesse dato un consiglio fraudolento, il pontefice lo tranquillizzò: non si preoccupasse, lo assolveva in anticipo. Così Guido gli suggerì di ricorrere a un inganno: e Palestrina cadde. Di solito è il diavolo che tenta il cristiano, questa volta il tentatore è il papa in persona, l'odiato Bonifacio, cui Dante, non contento di avergli preparato una buca tra i simoniaci, fa fare, con sarcastica inversione dei ruoli, la parte di Belzebù. Ma quando il frate morì e san Francesco scese dal cielo a prelevarne l'anima, trovò al capezzale un diavolo ferratissimo in teologia, che obiettò non essere valida l'assoluzione anticipata, perché non si può assolvere chi non s'è ancora pentito né si può, nello stesso tempo, volere e non volere la stessa cosa, "*per la contraddizion che nol consente*". San Francesco riconobbe lealmente i diritti dell'inferno e il diavolo, presa l'anima, la trascinò in Malebolge.

I seminatori di discordie

La nona bolgia offre uno spettacolo raccapricciante, corpi amputati, dilaniati, una massa orrenda di carname maciullato. Sono i seminatori di discordie: in vita divisero ciò che era unito, provocando scismi religiosi, guerre civili, faide familiari, adesso sono smembrati dai colpi di spada menati dai diavoli. Dal ventre squarciato di Maometto pendono in fuori gli intestini; il romagnolo Pier da Medicina ha la gola forata, il naso tronco e un solo orecchio; Curione, che spinse Cesare a varcare il Rubicone, la lingua tagliata. Il poeta incontra anche un parente, Geri del Bello, cugino del padre, che gli tende il dito minaccioso. È adirato con la famiglia, che non ha ancora pensato a vendicare la morte violenta, da lui subita per mano d'un Sacchetti. Perciò si ritira sdegnoso, senza rivolgere parola al cugino poeta. Il quale incontra anche Mosca dei Lamberti, istigatore della fatale divisione tra guelfi e ghibellini, che alza al cielo i moncherini sanguinolenti. Fu lui a suggerire agli Amidei, dopo l'affronto di Buondelmonte, vendetta totale, esclamando "cosa fatta capo ha". Mosca spaccò in due una città. Il poeta provenzale Bertram dal Bornio spaccò una famiglia, sobillando contro Enrico II d'Inghilterra il figlio Enrico. Dividere un figlio dal padre è come separare il corpo dalla testa, perciò Bertram passeggia decapitato, tenendo per i capelli la propria testa recisa, che dondola a mo' di lanterna, emettendo, al posto della luce, parole.

I falsari

Rinchiusi nella decima bolgia, sono raggruppati in quattro categorie, secondo lo strumento usato per la frode: i metalli, la persona, la moneta, la parola. Gli alchimisti sono sfigurati dalla scabbia e passano l'eternità a grattarsi. I falsari della persona corrono mordendosi tra loro. Capocchio da Siena viene addentato dal fiorentino Gianni Schicchi, abilissimo in vita nel contraffare la voce e i gesti altrui. Al punto che Simone, figlio (altri dicono fratello) del defunto Buoso Donati, per procurarsi un testamento favorevole, ne occultò il cadavere, fece entrare nel letto Gianni e chiamò il notaio, perché ne registrasse le ultime volontà. Il finto Buoso approfittò dell'occasione e con voce di finto morente dettò al notaio di voler lasciare a Gianni Schicchi, cioè a se stesso, presente l'esterrefatto e impotente Simone, cinquecento fiorini e la mula, la più bella di Toscana.

I falsari di monete, afflitti dall'idropisia, boccheggiano per la sete. Mastro Adamo, che nel castello di Romena falsificò il fiorino per i conti Guidi, assomiglia a un liuto, con quel suo pancione gonfio che, battuto, rimbomba come un tamburo. Il quarto gruppo è formato dai falsari della parola. Per il tormento della febbre, la loro pelle fuma, come d'inverno le mani bagnate. Due nomi, due esempi: il greco Sinone che, con perfida eloquenza, convinse i Troiani a portare in città il cavallo di legno; e la lussuriosa moglie di Putifarre che, respinta dal casto Giuseppe, si vendicò accusandolo presso il marito d'aver tentato di sedurla.

I traditori dei parenti

Con la decima bolgia finisce l'ottavo cerchio, oltre il quale si apre la voragine d'un pozzo, popolato di giganti, piantati fino all'ombelico dentro Cocito, il lago ghiacciato del nono cerchio. Dante riconosce Nembrot, ideatore della torre di Babele; Fialte che, sovrapponendo una montagna sull'altra, s'illuse di scalare il cielo; Anteo, figlio della Terra, gigante invincibile finché restava in diretto contatto con lei. Questo mitologico anticipatore del mammismo, morì ucciso da Ercole che, saputo il trucco, lo tenne sollevato con le braccia e lo strozzò, mentre sgambettava nel disperato tentativo di ristabilire il contatto con la Terra madre. Sono bestioni disumani e feroci, degni custodi del cerchio dove si espiano i peccati più bestiali. Come tutti i giganti, hanno poco cervello, e Virgilio ne approfitta. Per indurre Anteo a deporre lui e Dante nel sottostante lago, ne esalta la forza, ricordando i mille leoni da lui uccisi; ne stuzzica la gelosia, avvertendolo che, se lui rifiuta, si rivolgerà agli altri; infine ne solletica la vanità, promettendogli che Dante, tornato nel mondo dei vivi, parlerà bene di lui. Anteo acconsente e afferrati i due forestieri li depone sul ghiaccio di Cocito. Dove abita la più malvagia categoria di peccatori, i traditori. Ma anche nel tradimento bisogna distinguere: per esempio, tradire il vincolo di parentela (non scelto da noi) è meno infame che tradire gli amici (da noi liberamente scelti), perciò i traditori dei parenti sono sistemati nella prima zona, detta Caina, dal nome di chi uccise il fratello Abele. Immersi nel ghiaccio, il capo all'ingiù, battono i denti dal freddo, e non vedono, perché il pianto che cola dagli occhi si congela sulle palpebre.

I traditori della patria

Stanno immersi nel ghiaccio, fino a metà del viso. Attraversando questa zona, detta Antenora, dal nome del troiano Antenore, il poeta inavvertitamente ne calpesta uno che, per la collera, accenna a Montaperti. Nell'animo suo nasce un sospetto, forse è lo sciagurato che, a Montaperti, trovandosi accanto al portabandiera della cavalleria fiorentina, gli tagliò proditoriamente la mano, sicché i soldati, vedendo abbattuta l'insegna, si perdettero d'animo e volsero in fuga. Chi sei? domanda con ansia il poeta, e non ricevendo risposta, gli tira furiosamente i capelli, per farlo parlare. Finché il grido d'un altro dannato conferma il suo dubbio: sì, quello è Bocca degli Abati, che tradendo Firenze guelfa causò tante sventure alla città.

Poco dopo il poeta assiste ad un episodio di antropofagia, il pisano conte Ugolino della Gherardesca rode il cranio dell'arcivescovo Ruggieri degli Ubaldini. Per la legge del contrappasso, nel macabro banchetto il corpo del prelato sfama chi era stato, da lui, condannato a morir di fame. Era il 1288, Dante aveva 23 anni, ricordava benissimo. Accusando il conte d'aver venduto alcuni castelli ai nemici di Pisa, Ruggieri aveva sollevato la popolazione, e fatto rinchiudere Ugolino e i teneri figli dentro la torre dei Gualandi. Dopo otto mesi di prigionia — racconta il dannato — udirono che la porta, invece di aprirsi per la quotidiana razione di cibo, veniva inchiodata di fuori. Per un giorno e una notte restarono tutti senza parole. Al sorger dell'alba Ugolino, leggendo nel volto dei figli il suo stesso terrore, si morse le mani, e i ragazzi credendo che ciò facesse per desiderio di cibo, non esitarono ad offrire le loro carni: "*Padre, assai ci fia men doglia - se tu mangi di noi: tu ne vestisti - queste misere carni, e tu le spoglia*". Per tre giorni nessuno parlò. Al quarto morì Gaddo; tra il quinto e il sesto, Uguccione, Nino e Anselmuccio. Il conte sopravvisse per altri due, brancolando tra i cadaveri, "*poscia, più che 'l dolor, poté 'l digiuno*". All'atroce racconto Dante esplode in un'invettiva contro Pisa, augurando che le isole Capraia e Gorgona si muovano verso l'Arno e ne sbarrino la foce, in modo che il fiume, straripando, anneghi tutti gli abitanti; poiché se il conte Ugolino era colpevole, lui solo doveva pagare, non i quattro ragazzi innocenti.

I traditori dei commensali

Nella terza zona, la Tolomea (dal biblico Tolomeo dei Maccabei, anfitrione assassino), i peccatori sono incastrati nel ghiaccio, supini, e non possono nemmeno piangere, perché il gelo gli vetrifica gli occhi. C'è un faentino con un genovese. Il primo è frate Alberigo dei Manfredi, che finse di rappacificarsi con un parente, l'invitò a pranzo, e alla frutta lo fece sgozzare dai servi. Di Alberigo, però, si trova all'inferno soltanto l'anima; il corpo vive ancora sulla terra, gestito da un diavolo che ha preso il posto dell'anima, precipitata *ante mortem* nel lago di Cocito. È il "vantaggio" della Tolomea, osserva il poeta, con una punta d'ironia verso queste anime, reclamate dall'inferno prima ancora che il corpo muoia. Sono crimini bestiali, e l'inferno non può attendere. Anche il genovese Branca d'Oria si trova già all'inferno con l'anima, mentre il suo corpo nel mondo dei vivi è governato da un incaricato di Belzebù. Volendo impadronirsi delle terre che il genero Michele Zanche possedeva in Sardegna, lo aveva invitato a casa sua, e fatto uccidere alla fine di uno di quei banchetti nei quali la morte arrivava col dessert.

I traditori dei benefattori

Entrato nella quarta zona, gelido carcere di chi tradì i benefattori, il poeta vede confusamente qualcosa di enorme muoversi nell'aria, simile a un mulino a vento. Sono le ali di Lucifero, che ribellatosi a Dio cadde a capofitto, trapassò la terra, fermandosi al suo centro geometrico. Metà del suo corpo si trova nell'emisfero boreale, metà nell'australe. Egli ha tre teste, nera rossa gialla, e sotto ognuna agita un paio d'ali di pipistrello, generando un vento gelido che mantiene Cocito a temperatura sotto zero. I dannati non parlano, totalmente immersi nel ghiaccio, come festuche sotto vetro. Eccettuati tre: Bruto, Cassio e Giuda, maciullati senza sosta dalle tre bocche di Lucifero. Bruto e Cassio espiano la colpa di avere, uccidendo Cesare, tradito il fondatore dell'impero, e Giuda quella di aver tradito Gesù. Da lui, massimo traditore, la zona prende il nome di Giudecca.

La visita di Dante all'inferno è terminata. Aggrappandosi al vello di Lucifero, egli scende con Virgilio lungo il suo corpo, e arrivati alla cintola, cioè al centro della terra, i due si capovolgono e infilano un cunicolo che li conduce all'altro emisfero.

Purgatorio

La spiaggia

L'inferno è una sotterranea voragine conica nell'emisfero boreale, il purgatorio una montagna che sorge in quello australe. Il passaggio dal regno della disperazione a quello della purificazione è segnato da un mutamento del paesaggio, alla oscurità infernale subentra la luce del mattino, e nell'azzurro cielo, "*dolce color d'oriental zaffiro*", splendono le quattro stelle della Croce del Sud, non visibili nell'emisfero boreale, simboleggianti le virtù cardinali: prudenza, fortezza, giustizia, temperanza. Improvvisamente compare il guardiano Catone, vegliardo dalla lunga barba, che crede i due fuggiti dall'inferno. Virgilio lo rassicura, Dante è vivo, e lui l'accompagna, attraverso l'oltretomba, in cerca della libertà morale. Quella libertà "*ch'è sì cara - come sa chi per lei vita rifiuta*", aggiunge alludendo alla fine di Catone, che aveva preferito uccidersi, piuttosto che sottomettersi alla tirannide di Cesare. Per questa stoica coerenza Dante non lo assegna al limbo, come pagano, né al settimo cerchio dell'inferno, come suicida, ma lo promuove, con felice arbitrio poetico e morale, custode del purgatorio.

Virgilio strofina la mani sull'erba bagnata di rugiada e pulisce il viso di Dante, sporco di fuliggine infernale. Spunta l'aurora. Dal mare avanza come saetta un angelo che pilota una navicella senza remi né vele, basta lo sventolio delle ali a farla correre, col suo carico di anime, che sbarcano cantando " *In exitu*

Israel de Aegypto". Dante riconosce il musicista Casella, amico di gioventù, per tre volte tenta di abbracciarlo, per tre volte le braccia tornano vuote al petto. Ma perché, essendo morto molto prima del 1300, solo adesso egli giunge alla montagna del purgatorio? Casella spiega che le anime non dannate, appena muoiono, si riuniscono alla foce del Tevere, luogo d'imbarco, dove l'angelo-nocchiero stabilisce, a suo insindacabile giudizio, la graduatoria delle precedenze. Nel 1300 c'è stato, per fortuna, il Giubileo che ha riversato una pioggia d'indulgenze su migliaia d'anime in lista d'attesa. L'incontro tra i due amici suscita un lieto tumulto di comuni ricordi, Casella intona una canzone di Dante, musicata da lui, *Amor che nella mente mi ragiona*, e la canta con così nostalgica soavità che tutte le anime si fermano ad ascoltare. Tutte, meno Catone, che bruscamente le invita a non perdere tempo, a correre subito verso il monte e iniziare la loro purificazione. Per le canzoni d'amore, pur se nobili e gentili, in purgatorio non c'è posto. Sono zavorra mondana.

Gli scomunicati

Dante ha un attimo di sgomento. Mentre il sole s'alza sull'orizzonte, vede davanti a sé la sua ombra, non quella di Virgilio. Teme che l'abbia abbandonato, l'altro gli spiega che, essendo uno spirito, lui non può fare ombra. Uno stupore, eguale e contrario, prova un gruppo di anime che, vedendo l'ombra di Dante proiettata sul suolo, indietreggiano impaurite. Una di esse, ferita alla fronte e sul petto, gli si avvicina e si rivela per lo scomunicato Manfredi, figlio di Federico II, caduto alla battaglia di Benevento. Sebbene si fosse pentito in extremis dei suoi peccati, l'arcivescovo di Cosenza fece disseppellire il cadavere e disperdere le ossa "a lume spento", come s'usava con gli scomunicati. La colpa di Manfredi fu la negligenza nel pentirsi, perciò deve sostare nell'antipurgatorio, fatto di balze dirupate ai piedi della montagna vera e propria, trenta volte il tempo che visse in contumacia della chiesa. Tuttavia questo tempo può essere abbreviato dai suffragi dei vivi, e Manfredi supplica il poeta di ricordarlo a sua figlia Costanza, affinché preghi per lui.

I pigri

I due affrontano un sentiero assai più disagevole di quello che sale a San Leo, nelle Marche, o sul monte di Bismantova, presso Reggio Emilia. Piedi e mani non bastano, ci vorrebbero le ali. Dante si meraviglia perché, guardando verso oriente, il sole lo colpisce da sinistra. La ragione è semplice, gli spiega Virgilio: abbiamo cambiato emisfero, e aggiunge per tranquillizzare l'allievo che questa montagna è fatta in modo tale, che quanto più si sale, tanto più dolce diventa la salita. Ma prima avrai bisogno di parecchie soste, s'inserisce, affettuosamente derisoria, una voce a Dante ben nota. È Belacqua, un vecchio amico, fabbricante di liuti nato stanco, che da vivo aveva programmato la sua giornata fiorentina secondo i canoni della più rigorosa pigrizia. Quando Dante gliela rimproverava, rispondeva con Aristotele che "*sedendo et quiescendo anima efficitur sapiens*" (sedendo e riposando l'anima diventa sapiente). Al che Dante replicava che "se per sedere si diventa savio, niuno mai fu più savio di te". Negligente nella vita e negli affari, Belacqua lo fu anche nel pentirsi. Perciò è intruppato nella schiera di coloro che, per pigrizia, tardarono a riconciliarsi con Dio e sono condannati a stare nell'antipurgatorio tanto tempo quanto vissero.

I morti violentemente

Identica attesa tocca ad un terzo gruppo, quelli che perirono di morte violenta e aspettarono la fine della vita, per pentirsi. Accortisi che Dante cammina in carne ed ossa, lo circondano desiderosi di essere riconosciuti e, magari, ricordati nel mondo dei vivi. Uno alla volta, si rivelano. Il primo a parlare è il guelfo Jacopo del Cassero, da Fano, odiato a morte da Azzo VIII d'Este. Chiamato podestà a Milano, passò attraverso il territorio padovano, credendolo fuori delle insidie del nemico, ma arrivato a Oriago s'impigliò tra le canne d'una palude, sprofondò nel fango e finì ucciso dai sicari dell'Estense, lanciati all'inseguimento.

Il secondo spirito è Bonconte da Montefeltro, comandante

ghibellino a Campaldino, che spiega il mistero del suo corpo, mai più ritrovato. La sera di quella memorabile giornata, mentre lui giaceva ferito a morte, si scatenò un diluvio che ingrossò i fiumi, una vera tempesta d'inferno e, per restare nella metafora, il diavolo in persona corse a prendersi il suo corpo. Ma prima di spirare, Bonconte pronunciò il nome della Vergine, così la sua anima fu salva e il diavolo sfogò la sua vendetta sul cadavere, scaraventandolo nei gorghi dell'Arno. La storia di Bonconte occupa 45 versi: cronaca dettagliata e appassionata, per l'interesse personale dell'autore, ex combattente. Quella di Pia dei Tolomei, che parla dopo Bonconte, è sfumata e allusiva: sette versi soltanto. È un "giallo al castello", la misteriosa fine d'una nobildonna uccisa in Maremma, dal marito Nello Panocchieschi. Nessuno, tranne lui, sa il perché.

La mesta schiera degli assassinati si stringe attorno a Dante, chiedendo preghiere e suffragi, e Dante, per liberarsene, promette a tutti: come chi vince al gioco prodiga mance, ai postulanti che l'assediano. Ripreso il cammino, Virgilio domanda ad un'anima, che se ne sta sola soletta, qual è la via più breve, l'altra vuol sapere chi è, e appena Virgilio pronuncia il nome di Mantova, si getta tra le sue braccia. Anche lui è mantovano, si chiama Sordello, poeta di corte e d'amor cortese. I due, fino a un istante prima sconosciuti, si stringono con tenero abbandono, nel ricordo del luogo natio. Davanti a questa scena d'amor patrio, Dante esplode nella dolente apostrofe "*Ahi serva Italia, di dolore ostello*". A Sordello è bastato sentire il nome della sua città, per far festa a Virgilio, cosa impensabile nella Penisola straziata dagli odi, sconvolta dal caos, l'autorità imperiale latitante, le città spaccate in guelfi e ghibellini, Bianchi e Neri, Montecchi e Cappelletti, Monaldi e Filippeschi. E chiude l'invettiva con una sarcastica sfuriata a Firenze, dove tutti parlano di giustizia, ma nessuno la pratica: città capricciosa, instabile, presuntuosa, che muta ininterrottamente leggi e magistrature, simile al malato che si rigira nel letto perché s'illude, cambiando posizione, di alleviare il dolore.

Il giorno sta per morire, e senza la luce del sole, allegoria della grazia divina, non è possibile, in purgatorio, salire nemmeno d'un passo. Perciò Sordello conduce i due in una valletta amena, tappezzata di fiori variopinti, dove cantano il *Salve Regina* le anime dei principi, che per eccessivo attaccamento ai beni della terra trascurarono quelli del cielo. Sordello, trovatore e uomo di mondo, li conosce e li addita ad uno ad uno: l'imperatore Rodolfo, Ottacchero II re d'Ungheria e di Boemia, Filippo III di Francia, Arrigo I di Navarra, Pietro III d'Aragona, Carlo d'Angiò, Enrico III d'Inghilterra. Ben pochi di loro furono fortunati nella successione, perché è raro che le qualità del padre passino nel figlio. La virtù non si eredità. Si conquista, col consenso di Dio.

È l'ora della sera, "*l'ora che volge il disio - ai naviganti e 'ntenerisce il core*" mentre il suono dell'*Ave* inonda di nostalgia l'animo dei viandanti, dei profughi, e nessuno meglio di Dante conosceva tale sentimento. I principi intonano un inno, e dal cielo discendono due angeli a proteggerli dal serpente, che ogni sera viene a tentarli. Impugnano spade fiammeggianti, prive di punta, a significare, nello stesso tempo, la giustizia e la misericordia divina.

I tre poeti entrano nella valletta, dove Dante trova un vecchio amico pisano, Nino Visconti, giudice in Sardegna. Nino lo prega, quando tornerà nel mondo, di raccomandarlo ai suffragi della figlia Giovanna. Della moglie, no. Rimasta vedova, Beatrice d'Este lo ha dimenticato, passando a seconde e rapide nozze con Galeazzo Visconti. Tra le erbe e i fiori, guizza un morbido fruscio: Sordello indica a Virgilio il serpente in agguato, che tosto gli angeli mettono in fuga, poi tornano in cielo. Cessato il pericolo, un'anima s'avvicina a Dante per domandargli notizie della Val di Magra. Lui è Corrado Malaspina, marchese di Lunigiana. Il poeta risponde celebrando il valore e la generosità della sua famiglia, la cui fama vola in tutta Europa. Corrado replica con una profezia: non passeranno sette anni, che il poeta verificherà di persona quanto quella fama corrisponda a verità.

La porta del purgatorio

Passa la notte e all'albeggiare Dante, vinto dal sonno, s'addormenta sull'erba della valletta. Sogna. Gli sembra di trovarsi sul monte Ida e che un'aquila dalle penne d'oro lo rapisca, come era già successo a Ganimede, portato sull'Olimpo a far da coppiere agli dei. Ghermita la preda umana, il rapace vola in alto, verso la sfera del fuoco, dove Dante ha la sensazione di bruciare, assieme all'aquila. Tanto che si sveglia e si trova accanto il solo Virgilio. Tutti gli altri sono scomparsi. Il mantovano lo ragguaglia: mentre lui dormiva, è discesa Lucia dal cielo e l'ha condotto, dalle balze dell'antipurgatorio, alla porta del purgatorio. Questa è a pochi passi, custodita da un angelo armato di spada fiammeggiante. Dante s'inginocchia e l'angelo gli segna sulla fronte, con la punta, sette P, emblema dei sette peccati capitali, da cui si libererà, man mano che salirà le sette cornici della montagna. Poi infila nella toppa una chiave d'oro e una d'argento, la prima rappresenta il potere divino di cancellare i peccati, la seconda la scienza sacerdotale, entrambe indispensabili al confessore. La porta s'apre cigolando. Comincia la salita. Con un ordine preciso: non voltarsi mai. Chi si volta, dovrà tornare indietro.

I superbi

Camminano faticosamente nella prima cornice, curvi sotto il peso di grossi macigni. Siccome in vita si considerarono esseri superiori agli altri (superbo, dal latino *supra*, sopra), espiano la colpa con una pena diametralmente opposta. Assomigliano alle cariatidi, che nei palazzi sostengono le architravi. A sostegno pedagogico della loro purificazione, le pareti della cornice allineano, in bassorilievi di marmo candido, esempi classici d'umiltà. Sono sculture d'una bellezza divina, difatti il loro autore è Dio. Il primo esempio raffigura l'arcangelo Gabriele che dà l'annuncio a Maria, e lei risponde, obbediente: "Ecco l'ancella del Signore". A sinistra, un altro bassorilievo racconta il trasporto dell'Arca a Gerusalemme, il re David che danza alzandosi le vesti e la superba moglie Micol che, da una finestra, lo guarda corrucciata.

Nella terza scultura, l'imperatore Traiano, pur circondato da un festoso stuolo di cavalieri, trova il tempo per dare udienza alla vedovella, che chiede giustizia per il figlio ucciso. Questo gesto fruttò al monarca pagano il trasferimento dall'inferno al paradiso. Promozione non in regola con l'ortodossia, ma la poesia ha altre leggi.

Qual è la via più breve per salire alla seconda cornice? domanda Virgilio a un gruppo di superbi che avanzano, recitando il *Pater noster*. Salite a destra, risponde l'anima di Omberto Aldobrandeschi, dei conti di Santafiora, signorotto prepotente, fatto uccidere dai senesi per le sue ruberie. Nel gruppo, Dante riconosce il miniaturista Oderisi da Gubbio e si congratula per i suoi successi. Ma Oderisi, che da vivo era orgogliosissimo e mai avrebbe fatto una simile ammissione, confessa che la sua fama è stata largamente superata da Franco Bolognese, aggiungendo che non v'è nulla di più effimero della gloria terrena. Anche Cimabue credette d'essere il più grande nella pittura, poi fu superato da Giotto, così il poeta Guido Guinizelli fu eclissato da Guido Cavalcanti, "*e forse è nato - chi l'uno e l'altro caccerà di nido*" (Dante allude a se stesso?). La fama è un vento mutevole, che cambia nome secondo la direzione. Un altro esempio? Provenzan Salvani, capo del partito ghibellino senese, già famoso in tutta la Toscana, ora dimenticato da tutti. Non dalla giustizia divina, la quale gli ha risparmiato la sosta nell'antipurgatorio, in premio d'un gesto d'umiltà veramente singolare. Per riscattare un amico, prigioniero di Carlo d'Angiò, egli non esitò a mendicare per le vie di Siena. E non passerà molto tempo, conclude Oderisi, che anche tu, Dante, proverai che cosa vuol dire tendere la mano alla carità altrui.

Dopo gli esempi di umiltà esaltata, compaiono esempi di superbia punita, incisi in bassorilievi orizzontali, simili a quelli delle tombe terragne. Il primo dei superbi, in ordine cronologico e teologico, è Lucifero, precipitato dal cielo per la sua ribellione. Segue Briareo, mostro dalle cento braccia, che combatté contro Giove e cadde fulminato. Nembrot guarda smarrito la sua incompiuta torre di Babele. Niobe, che rinfacciò a Latona la sua scarsa prolificità, piange i suoi quattordici figli, sterminati dalle frecce di Apollo e di Artemide, i due figli di Latona, pochi ma di mira infallibile.

Ecco i superbi puniti da se stessi: il re Saul, suicida per il dolore d'essere stato sconfitto dai filistei; Aracne, impiccatasi per essere stata vinta da Minerva nei lavori di ricamo. Seguono i superbi puniti dai nemici, o dalle vittime: Sennacheribbo, re degli assiri, ammazzato dai figli; Ciro, decapitato dalla regina Tamiri, che per vendicare il figlio, gettò la testa del persiano, sempre assetato di sangue, in un otre colmo di sangue; Oloferne, tracotante generale assiro, ucciso dall'astuta Giuditta. Basterebbero questi esempi a tenere gli uomini lontani dal peccato di superbia, dice il poeta, avviandosi alla scala che porta alla seconda cornice. L'angelo dell'umiltà, con un battito d'ala, gli cancella una delle sette P scritte in fronte. Dante si sente più leggero.

Gli invidiosi

Nella seconda cornice, carcere degl'invidiosi, voci vaganti forano l'aria, gridando esempi della virtù opposta, cioè di carità: la sollecitudine di Maria che alle nozze di Cana esortò Gesù a compiere il miracolo; la generosa amicizia che legò Oreste e Pilade; l'ammonimento di Cristo, che invita ad amare i nostri persecutori. Anche con gl'invidiosi è rispettato il contrappasso. Invidiare deriva da *in-videre*, guardare contro, considerare con occhio ostile l'altrui felicità, perciò agli invidiosi è tolta la facoltà di vedere, hanno gli occhi cuciti col fil di ferro, come si fa con gli sparvieri. Avendo cercato di danneggiarsi a vicenda, per ironico castigo sono costretti ad appoggiarsi l'uno all'altro, come i ciechi che domandano l'elemosina all'ingresso della chiesa.

Passare davanti a loro e fingere di non vederli, con la scusa che non vedono, sembra a Dante una scortesia, perciò domanda se tra loro c'è qualche gente latina. Una voce femminile risponde che lì non esistono nazionalità, sono tutti cittadini d'un altro mondo. Nel mondo che ha lasciato morendo, lei era una cittadina senese, di nome Sapia, e nient'affatto savia, aggiunge giocando sul nome. Anzi, fu talmente forsennata la sua invidia, da godere della sconfitta dei suoi, battuti dai fiorentini a Colle d'Elsa.

Nell'ultimo tempo della sua vita si pentì, ed evitò l'antipurgatorio per le preghiere d'un venditore di pettini, Pier Pettinaio, da tutti i senesi ritenuto un sant'uomo.

Due anime si domandano chi sia quel privilegiato che passeggia per la cornice con gli occhi non cuciti, desiderano sapere donde venga e il poeta risponde di venire da una città, posta su un fiume che nasce in Falterona. Non dice l'Arno. Una delle due anime approva la perifrasi, è meglio non nominare quel fiume, quella valle, non più abitata da uomini. Il fiume nasce in Casentino, notoria terra di porci, arriva ad Arezzo, popolata di botoli ringhiosi, attraversa Firenze, tana di lupi, per gettarsi in mare a Pisa, covo di volpi. I due sono il ghibellino Guido del Duca, di Bertinoro, e il guelfo Rinieri da Calboli, da Forlì. Guido coinvolge nella condanna della Toscana anche la sua Romagna, dove la nobiltà delle antiche famiglie si è irrimediabilmente imbastardita. A Bertinoro, a Ravenna, a Bologna, a Faenza, a Castrocaro, sono scomparse le avite virtù, la civile convivenza, gli usi gentili, soppiantati dalla cupidigia, madre d'ogni malvagità.

Ascoltato lo sfogo, il poeta prosegue accompagnato da voci che solcano l'aria, declamando casi classici d'invidia punita. La voce di Caino urla: "Mi ucciderà chiunque m'incontri". Le fa eco Aglauro figlia di Cecrope, re dell'Attica, gelosissima della sorella Erse. Un giorno che Mercurio, invaghito di Erse, voleva entrare da lei, Aglauro tentò di bloccarlo sulla porta, e il dio, che non aveva tempo da perdere, la pietrificò. Perciò l'infelice ragazza grida, monito agli invidiosi: "Io sono Aglauro, che divenni sasso".

Gli iracondi

Gesù l'aveva fatta grossa. Andata la Sacra Famiglia a Gerusalemme per la Pasqua, si era allontanato dai genitori, senza avvertirli, ed era entrato nel tempio, a discutere con i dottori della legge. Aveva 12 anni. Maria e Giuseppe, che già avevano lasciato la città, accortisi della sua sparizione, erano tornati indietro, cercandolo presso amici e conoscenti, e dopo tre giorni di angosciate indagini lo trovarono nel tempio, impegnato nella disputa con i sapienti. Maria, che aveva vissuto tre giorni di spasimo, trovò la forza di smorzare il rimprovero nella dolcezza della sua innata mansuetudine, e sublimando in sorriso il legittimo risentimento disse: "Figliolo, perché hai fatto questo? Tuo padre ed io addolorati andavamo in cerca di te". Questa è una delle visioni balenanti nella terza cornice, esempi di mansuetudine per gli iracondi, che accecati in vita dai fumi dell'ira, adesso vagano entro una cortina di nebbia, scura come la notte. La figlia di Pisistrato, tiranno di Atene, era stata pubblicamente baciata da uno spasimante, e la moglie indignata pretendeva una punizione per l'intraprendente giovanotto. Moglie mia, rispose Pisistrato, che cosa faremo a chi ci vuol male, se castighiamo chi ci vuol bene? Terza visione: il protomartire Stefano, mentre viene lapidato dai giudei, prega per loro.

Il fumo della cornice è così denso che Dante si appoggia alle spalle di Virgilio e domanda ad un'anima di passaggio se quella è la via giusta per salire. L'altro, che è Marco Lombardo, consigliere di principi, vissuto nelle corti di Lombardia, risponde di sì. Marco, nostalgico come Dante del buon tempo antico, conversando con lui sulla corruzione del mondo, dice che è opinione errata attribuirla all'influsso dei cieli. Se ciò fosse vero, sarebbe cancellato il libero arbitrio. L'incidenza delle stelle sul destino degli uomini consiste nel suscitare in loro tendenze, attitudini, ma l'ultima parola spetta alla ragione e alla coscienza singola. Ragione e coscienza non sono influenzabili dalle stelle. Per aiutare gli uomini a compiere scelte giuste, a non inseguire beni fallaci, sono necessarie le leggi, purtroppo i primi a violarle sono gli ecclesiastici, il pontefice che usurpa le competenze dell'impero. Gli effetti nefasti di questa confusione di poteri si vedono in Lombardia, regione che una volta brillava per valore e cortesia. Dopo la Toscana e la Romagna, è questa la terza regione maltrattata da Dante nel giro di poche terzine. Fatta eccezione per tre persone, e precisamente Corrado da Palazzo, podestà di Piacenza, Gherardo da Camino, signore di Treviso, e l'esule reggiano Guido da Castello, la Lombardia può oggi essere attraversata da chiunque non desideri incontrare galantuomini.

Gli accidiosi

L'angelo della pace, agitando un'ala, cancella la terza P dalla fronte del poeta, uscito dall'iracondo fumo, e lo invita a salire alla successiva cornice, dimora degli accidiosi, che corrono senza sosta, per espiare il contrario peccato di lentezza, indolenza, apatia. Virgilio gli spiega la topografia morale della montagna purgatrice. Ogni azione umana è generata dall'amore, che può essere naturale (istintivo) o d'elezione. Il primo non sbaglia mai; il secondo può errare "*per malo obietto - o per troppo o per poco di vigore*". In altre parole: perché sceglie il male, oppure perché si rivolge ai beni celesti con scarsa sollecitudine, o ai beni terreni con troppa. Chi indirizza la propria scelta verso il male, cade in uno dei seguenti peccati: superbia, invidia, ira. Chi sceglie il bene e lo segue con "poco di vigore" cade nell'accidia. Chi si dedica alle cose terrene con "troppo di vigore" dovrà purgarsi nelle tre cornici superiori, riservate all'avarizia, alla gola e alla lussuria.

È mezzanotte. Virgilio ha fatto una professorale dissertazione sulla natura dell'amore e del libero arbitrio, all'attento allievo, che sente un po' di sonnolenza, bruscamente scossa dal clamore che fanno gli accidiosi, gridando di corsa esempi di accidia punita: gli ebrei morti nel deserto, dopo avere abbandonato Mosè; i troiani che rinunciarono a proseguire il viaggio con Enea. Altri gridano esempi di sollecitudine: Maria che si affrettò a visitare Elisabetta, Cesare che incalzò i pompeiani. Per trovare la scala verso la quinta cornice, Virgilio interroga un'anima e quella risponde correndo, e si scusa, se il desiderio di purificazione, che le impedisce di rallentare, sembrerà scortesia. Dice d'essere Gherardo, abate veronese di San Zeno, vissuto al tempo del Barbarossa. Lui ha peccato d'accidia, ma ben peggiore è la colpa di Alberto della Scala, che ha affidato quel delicato incarico all'indegno figlio Giuseppe, deforme e bastardo.

Vinto dal sonno, il poeta s'addormenta. Sogna una brutta femmina, guercia, sciancata, mani monche, piedi storti, che a guardarla, oh miracolo, si tramuta in maliarda sirena, come quella che affascinò Ulisse. Simbolo dei tre peccati allogati nelle cornici superiori, sta per soggiogare il poeta col suo canto, per fortuna discende dal cielo una donna che strappa le vesti alla mala femmina e ne mostra il ventre, dal quale esce un fetore così forte che Dante si sveglia.

Gli avari e i prodighi

L'angelo della sollecitudine toglie un'altra P dalla fronte del poeta, che s'inoltra tra gli avari e i prodighi, distesi bocconi a terra, legati mani e piedi, sospirando *Adhaesit pavimento anima mea*, giacerà sul pavimento l'anima mia. Uno si svela per papa Adriano V, genovese, costretto a guardare per terra, come l'aveva guardata da vivo, dimenticando, per cupidigia dei beni terreni, di alzare gli occhi al cielo. Dante, per riverenza, s'inginocchia, l'altro lo invita ad alzarsi, cariche e onori nel purgatorio sono soppressi, tutte le anime sono eguali, e lo prega di andarsene, perché il tempo perso conversando rallenta quello della purificazione.

Una voce ripete esempi di povertà serenamente accettata: Maria partorì in un presepe, il romano Fabrizio preferì una onesta povertà a una ricchezza colpevole, san Nicola dotò tre fanciulle, per sottrarle alla prostituzione. Chi narra queste storie edificanti è Ugo Capeto, capostipite dei re francesi, e loro giudice implacabile. Infatti si produce subito in una requisitoria contro i suoi sciagurati discendenti, le cui fortune poggiano, fin troppo saldamente, sulla menzogna e sulla rapina. E ne elenca i misfatti: Carlo I d'Angiò uccise Corradino di Svevia; Carlo di Valois prese a tradimento Firenze; Carlo II d'Angiò si riscattò dalla prigionia vendendo la figlia; Filippo il Bello sottopose il papa agli oltraggi che aveva patito Cristo, poi per rapace avidità mandò a morte i Templari. O mio Signore, quando mi sarà concessa la grazia di vedere vendicati questi crimini? conclude Dante con impeto biblico, per bocca di Ugo. La santa impazienza del poeta trova conforto negli esempi di cupidigia punita: uno per tutti, il re Mida, morto di fame, avendo ottenuto di convertire in oro quanto toccava con le proprie mani.

Un terremoto scuote la montagna, Dante s'impaurisce, a differenza delle anime purganti, le quali sembrano gioirne e intonano *Gloria in excelsis Deo*. Appare l'ombra di Stazio, poeta latino del primo secolo, che rassicura il collega fiorentino del quattordicesimo. Il terremoto non è dovuto a cause naturali. Perturbazioni atmosferiche e sismiche qui non entrano; oltre la porta del purgatorio non piove, non nevica, non grandina, non tira vento, non guizzano lampi. Questo monte trema — un tremito d'esultanza — ogni volta che un'anima, terminata la sua purificazione, è fatta degna del paradiso. E questo è il caso di Stazio, macchiatosi di prodigalità, che dopo 500 anni di espiazione sta salendo verso Dio. Stazio confessa a Virgilio che sono stati gli ammonimenti contenuti nella sua *Eneide* a farlo ravvedere, altrimenti sarebbe precipitato nel quarto cerchio dell'inferno. E fu sempre Virgilio, con la quarta ecloga, annunciatrice della nuova èra cristiana, a spingerlo in braccio alla vera fede. Così prese il battesimo. Di nascosto, perché temeva le persecuzioni di Domiziano. Questa antieroica prudenza gli è costata una sosta di 400 anni nella cornice degli accidiosi. Ora finalmente, pagato il suo debito, sale tra i beati. Virgilio, cui deve la conversione, no. Privo di battesimo, resterà in eterno a sospirare nel limbo, perché, dice Stazio con commossa similitudine "*facesti come quei che va di notte - e porta il lume dietro e sé non giova - ma dopo sé fa le persone dotte*".

I golosi

Un albero stracarico di frutti, sul quale nessuno può arrampicarsi perché ha rami sottili in basso e grossi in alto; una cascata d'acqua limpida, e una sfilata d'anime pallide, magrissime, gli occhi infossati, formano lo scenario della sesta cornice. Condannati alla fame e alla sete, i golosi rinnovano continuamente il supplizio passando sotto i pomi invitanti, accanto alle fresche acque che è vietato toccare. Così macilenti e disperati dovevano essere gli ebrei durante l'assedio di Gerusalemme, quando una madre arrivò, per fame, a mangiare le carni del figlio. Una voce grida esempi di temperanza: le matrone romane non toccavano vino, gli uomini dell'età dell'oro s'accontentavano d'acqua e ghiande, e il Battista nel deserto banchettava con miele e cavallette.

Il goloso Forese Donati, amico di gioventù, di baldanzose avventure, di pungenti tenzoni poetiche, riconosce e festeggia Dante, che ha un attimo di esitazione: lui riconosce Forese non alla vista, tant'è sfigurato, bensì alla voce. Ma come mai, essendo morto da soli quattro anni, con pentimento tardivo, sei già uscito dall'antipurgatorio? domanda Dante. L'amico risponde che sono state le preghiere della moglie Nella a risparmiargli la sosta fra i negligenti. Nella, una santa donna. L'unica virtuosa, in mezzo a tante svergognate, che girano per Firenze, cosa che non fanno neanche le saracene, a petto scoperto. E tua sorella Piccarda, dov'è? incalza Dante. Mia sorella è in paradiso, dice Forese e, prevenendo altre domande, indica alcuni compagni di pena: papa Martino V, ghiotto di anguille di Bolsena e vernaccia; e il lucchese Bonagiunta Orbicciani, buongustaio e rimatore, che amava, non riamato, la poesia. Bonagiunta gli domanda se è lui l'autore della canzone *Donne che avete intelletto d'amore* e il fiorentino coglie l'occasione per fissare i canoni estetici del dolce stil novo, la nuova, rivoluzionaria poetica che obbediva al dettato dell'ispirazione, specchio del sentimento, non di formule retoriche, di paradigmi scolastici.

Per consolare Dante, pessimista come lui sulle sorti di Firenze, Forese gli predice prossima la fine, e che brutta fine, del fratello Corso, trascinato all'inferno dal cavallo. Al termine della quinta cornice, l'angelo della giustizia aveva cancellato una P dalla fronte del poeta; analoga operazione fa al termine della sesta l'angelo dell'astinenza.

I lussuriosi

Salendo la scala che porta all'ultima cornice, Stazio spiega a Dante la teoria della generazione e il motivo per cui le ombre, che pure non hanno bisogno di mangiare, dimagriscono. Arrivati alla sommità, i tre poeti camminano sull'orlo della cornice, attenti a non cadere, da una parte, nel vuoto, dall'altra nelle fiamme che tormentano, senza bruciarle, le anime dei lussuriosi. Anche qui, i soliti esempi di virtù contraria, gridati dai penitenti: la castità di Maria; l'intransigenza di Diana, che caccia la ninfa Elice, troppo arrendevole con quel dongiovanni di Giove. Le anime procedono in mezzo alle fiamme, in due schiere opposte, e quando s'incontrano si baciano rievocando episodi di lussuria punita. La prima schiera, formata di peccatori contro natura, grida "Sodoma e Gomorra"; la seconda, che commenta la lussuria di Pasifae, moglie di Minosse, congiuntasi con un toro, comprende le anime che calpestarono le leggi del matrimonio.

Queste informazioni sono fornite da uno del secondo gruppo, Guido Guinizelli, caposcuola del dolce stil novo, che aveva in Dante uno dei più entusiasti e autorevoli seguaci. Preso dalla commozione, Dante vorrebbe avvicinarsi al maestro e abbracciarlo, se non lo trattenesse il timore di bruciarsi. Eppure tra quelle fiamme egli deve passare, se intende proseguire il cammino. Glielo dice, con affettuosa insistenza, l'angelo della castità. Dante esita, ha paura. Fìdati di me, interviene Virgilio; non ti ho forse aiutato in altre difficili situazioni? Non ti ho difeso dai diavoli, protetto nell'arduo volo in groppa a Gerione? L'altro, che ricorda con orrore gente vista morire sul rogo, non si muove. Virgilio tenta l'ultima carta. Oltre questo muro di fuoco, l'avverte, ti aspetta Beatrice. Basta udire il caro nome, perché Dante si spogli d'ogni paura ed entri risoluto tra le fiamme, così calde, dice il poeta, che sarebbe stato grande refrigerio, per lui, tuffarsi in una caldaia di vetro fuso.

Scavalcata la barriera di fiamme, i tre arrivano ad una scala. Ma oramai è notte, ed essendo vietato proseguire col buio, si coricano ciascuno su di un gradino. Dante s'addormenta e, per la terza volta, sogna. Vede una donna giovane e bella, Lia, simbolo della vita attiva, che raccoglie fiori, mentre la sorella Rachele, personificazione della vita contemplativa, non si stanca di fissare lo sguardo in Dio. Al risveglio, i poeti salgono la scala e Virgilio prende commiato. Il suo compito è finito. Ha condotto Dante attraverso l'inferno e il purgatorio, ma nel luogo dove Dante sta per entrare, Virgilio, cioè la ragione umana, non può guidarlo. La funzione di guida ora spetta a Beatrice, alla fede.

Il paradiso terrestre

La visione di Lia ha anticipato l'apparizione d'un'altra donna, Matelda, che il poeta incontra nella foresta del paradiso terrestre, fra stormir di fonde, cinguettio d'uccelli e dolce fruscio d'acque sgorganti da una fonte perenne, e convogliate in due fiumi, il Leté che toglie il ricordo del peccato, l'Eunoé che ravviva quello delle buone azioni compiute. Matelda cammina lungo il Leté, cogliendo fiori, e Dante seguendola sull'altra sponda, estasiato dalle delizie del luogo, maledice Eva, che col suo peccato ce le ha fatte perdere.

Tra i rami balena uno splendore che avanza accompagnato da canti melodiosi, sembra di vedere alberi d'oro in movimento, poi da vicino Dante scopre che sono sette candelabri (i doni dello Spirito Santo) che tracciano nell'aria una scia, come stendardi senza fine. Seguono incoronati di gigli ventiquattro seniori biancovestiti (i libri dell'Antico Testamento), inneggianti a Maria, e dietro a loro quattro animali (i vangeli), a scorta d'un carro trionfale (la Chiesa) che procede su due ruote (l'Antico e il Nuovo Testamento), tirato da un Grifone, mezzo leone e mezzo aquila (il Cristo, con la sua doppia natura). Accanto alla ruota destra danzano una donna rossa come il fuoco, una verde smeraldo, una candida come neve (le virtù teologali: carità, speranza, fede), vicino alla ruota sinistra procedono quattro donne vestite di porpora (le virtù cardinali: temperanza, fortezza, prudenza, giustizia). Nelle ultime posizioni, ecco due vecchi pensosi (gli Atti degli apostoli e le Epistole di san Paolo) e altri quattro personaggi (le epistole canoniche). Chiude la processione un vecchio che ha, come gli altri, il capo cinto di rose e avanza dormendo (l'Apocalisse).

Quando il carro arriva davanti a Dante, s'ode un tuono, i candelabri si fermano, i ventiquattro seniori intonano *Veni sponsa de Libano* ed ecco apparire, dentro una nube di fiori gettati dagli angeli, una fulgente figura di donna.

L'apparizione di Beatrice

È Beatrice. Il poeta, che non la vedeva da una decina d'anni, "*d'amor sentì la gran potenza*", e simile al bambino che, impressionato da una cosa insolita, si aggrappa alla mamma, si volta per confidare a Virgilio l'incontenibile emozione. Ma Virgilio non c'è più, e Dante, sentendosi smarrito, piange. "Dante, per ben altre sventure tu dovrai piangere" lo ammonisce Beatrice. Il poeta abbassa gli occhi, sotto il rimprovero della donna, che è soltanto all'inizio della predica. Rivolta agli angeli, elenca con materno corruccio gli errori da lui commessi. Fin che lei viveva, era riuscita a tenerlo sulla retta via, ma dopo la sua morte il giovane tralignò, cadendo così in basso che lei dovette intervenire presso Virgilio, e supplicarlo di mostrare al traviato poeta gli spaventosi tormenti dell'inferno, nel quale sarebbe certamente precipitato, se non si fosse ravveduto in tempo. "È vero?" domanda Beatrice a Dante. "È vero" confessa umilmente il poeta, con il pianto alla gola. Scomparsa Beatrice dalla terra, si avvilì in amori volgari. Eppure la natura e l'arte non hanno mai creato nulla di più bello di Beatrice; nessun'altra cosa mortale era in grado di sostituirla nel suo cuore.

Adesso, per liberarlo dal ricordo di quelle dissipazioni, Matelda lo immerge nelle acque del Leté, poi lo consegna alle quattro virtù cardinali, perché lo portino al cospetto del Grifone. Negli occhi di Beatrice, che li fissa nel Grifone, Dante vede specchiarsi le due nature di Cristo, e finalmente Beatrice guarda in viso, per la prima volta, il suo antico innamorato, reo confesso e purificato dalla confessione, svelandosi in tutta la sua sfolgorante bellezza che nessuna lingua, nessuna penna potrà mai descrivere.

Il carro della Chiesa

La processione si mette in moto, al ritmo d'un canto angelico, e arriva sotto un albero altissimo, le cui fronde aumentano con l'altezza. Tutti mormorano "Adamo", quello è l'albero della scienza, del bene e del male, che tentò il nostro progenitore. Nella scena finale del purgatorio, densa di concettoso simbolismo e fantastiche intuizioni, Dante ripropone la sua visione storico-filosofica dei rapporti tra Impero e Papato. Il Grifone lega il carro all'albero, interpretato come raffigurazione dell'autorità imperiale, poi sale al cielo, mentre dall'albero discende un'aquila (le persecuzioni degli imperatori romani) che ferisce il carro. Dileguatosi il rapace, sbuca una volpe (l'eresia), subito messa in fuga da Beatrice.

Seconda discesa dell'aquila, che si avventa sul carro, lasciandovi alcune penne (le donazioni imperiali alla Chiesa). L'allegorico assalto prosegue con un drago, che esce da terra e asporta un pezzo del carro, sul quale spuntano improvvisamente, orrendo prodigio, sette teste (i peccati capitali). Oramai non è più un carro, ma un mostruoso gigante (la corte di Francia), che tiene sulle ginocchia una meretrice discinta (la curia papale). Il gigante la bacia, poi slega il carro, trascinandolo lontano (il trasferimento ad Avignone). Come in una dissolvenza cinematografica, compaiono le sette donne (le virtù) in lacrime per le offese patite dal carro, che cantano, a voci alterne, *Deus, venerunt gentes*, il salmo della profanazione del tempio.

Beatrice preannuncia a Dante che chi ha trasformato il carro in mostro cadrà sotto la vendetta divina. L'autorità imperiale non resterà a lungo senza erede. Presto verrà "*un cinquecento diece e cinque*", in lettere romane D V X, un inviato del Signore che libererà il mondo dal gigante e dalla meretrice. Ricordi bene il poeta ciò che ha visto e sentito, e lo racconti ai vivi. È mezzogiorno. Le sette donne arrivano al limitare della foresta, alla fonte donde sgorgano, per subito divergere, i due fiumi. Matelda conduce il poeta sulla riva dell'Eunoé e gli fa bere l'acqua, rinnovatrice dei buoni ricordi e dei savi proponimenti. Dante si sente come un albero che ha messo nuove fronde, "*puro e disposto a salire alle stelle*".

Paradiso

Le anime che mancarono ai voti

Beatrice fissa gli occhi nel sole, Dante fissa i suoi in quelli di Beatrice, e si sente trasumanare. Diventa più che uomo. La donna lo informa che essi non si trovano più sulla terra, stanno salendo verso l'alto con la velocità del fulmine. Non si meravigli di ciò. Tutto si muove"*per lo gran mar dell'essere*" secondo leggi eterne. Il fatto che Dante, puro da ogni peccato, salga verso Dio, è cosa perfettamente naturale, come il fiume che dalla montagna scende verso la pianura.

I due arrivano nel cielo della Luna, la prima delle nove sfere che, secondo il sistema tolemaico, girano, inalterabili e incorruttibili, attorno alla Terra, e il poeta si fa spiegare l'origine delle macchie lunari, nelle quali l'opinione del volgo vedeva il profilo di Caino, curvo sotto un fascio di spine. Tra le anime beate, che appaiono come immagini riflesse da vetri, Dante incontra Piccarda Donati, sorella dell'amico Forese e del nemico Corso, assegnata a questo cielo, per aver mancato ai voti di castità. È il cielo più lento di tutti e il meno vicino a Dio. Dante le domanda se per caso desidera una collocazione più avanzata, l'altra risponde che la beatitudine del paradiso consiste nell'uniformare la propria volontà a quella dell'amato, che è Dio. Accettare le sue decisioni è il massimo della felicità. Passando al suo caso personale, racconta la sua vicenda di "vergine sorella", entrata giovinetta tra le clarisse, per prendere il velo e dedicarsi a Cristo. Ma il fratello Corso la rapì dal convento per maritarla all'amico Rossellino della Tosa.

Con lei c'è una compagna di sventura, Costanza, figlia di Ruggero II, re di Sicilia, anche lei (ma è una leggenda) strappata alla clausura e sposata (e questa è la verità storica) ad Enrico VI, al quale diede un figlio, il futuro imperatore Federico II. Cantando *Ave Maria*, Piccarda sparisce " *come per acqua cupa cosa grave*", e Beatrice, che capisce i pensieri del poeta prima che parli, gli spiega che la colpa di queste anime consiste nel non aver resistito fino in fondo alla violenza; nell'aver ceduto, sia pure contro voglia, al sopruso altrui. E porta l'esempio di gente che tenne duro fino al martirio: come san Lorenzo, che preferì farsi arrostire. Ma è possibile compensare il mancato rispetto d'un voto? Il voto, spiega Beatrice, è un atto di altissimo valore, perché comporta la rinuncia spontanea al bene più grande che Dio abbia regalato agli uomini: il libero arbitrio. Il voto non si cancella. Si può eventualmente commutare la materia, purché la nuova offerta non sia minore della precedente e il papa approvi la sostituzione. Perciò i voti non vanno presi alla leggera. Jefte, giudice di Israele, prima di andare alla guerra giurò di sacrificare a Dio, in cambio della vittoria, la prima persona incontrata per strada. E tornando vittorioso, la prima persona che incontrò fu sua figlia, che regolarmente sacrificò. Agamennone, bloccato dai venti contrari che gli impedivano di salpare verso Troia, per propiziarsi il cielo sacrificò la figlia Ifigenia. Voti così temerari e iniqui sono da evitare.

Le anime desiderose di gloria

Stanno nel cielo di Mercurio. La loro buona condotta in terra fu determinata da sete di onori e di gloria, ciò ne sminuisce il merito, perché il loro agire ha deviato dal fine dell'uomo, che è Dio. Si presentano come splendori di fiamma, che cantano e danzano. Una di esse, l'imperatore Giustiniano, sommo ordinatore della legislazione romana, traccia una breve storia dell'aquila imperiale, partendo dallo sbarco di Enea sulle rive del Tevere. L'aquila dimorò alcuni secoli ad Alba Longa, poi si trasferì nella città fondata da Romolo, donde spiccò il volo alla conquista del mondo, in una serie non interrotta di vittorie: le imprese dei sette re, la lotta contro i Galli di Brenno, le tre guerre per debellare la superbia cartaginese. Le guerre di Pompeo. La campagna di Cesare nelle Gallie e il passaggio del Rubicone. La sconfitta di Bruto e Cassio per opera d'Ottaviano, primo imperatore che fece conoscere al mondo un lungo periodo di pace. Quando l'aquila passò nelle mani di Tiberio, avvenne la redenzione del genere umano, con la crocifissione di Cristo, e sotto Tito questa morte fu vendicata, con la distruzione di Gerusalemme.

Giustiniano a questo punto condanna i ghibellini che hanno confiscato il sacro emblema dell'aquila, facendone un meschino distintivo di partito; e i guelfi, che in odio all'impero appoggiano il re francese. Accanto a lui splende la luce di Romeo da Villanova, segretario di Raimondo Berlinghieri, conte di Provenza, di cui amministrò oculatamente i beni, maritò splendidamente le figlie, ma l'invidia dei cortigiani lo colpì e lui abbandonò la corte, e se n'andò ramingo per il mondo mendicando, come Dante espulso dall'iniqua Firenze, il pane quotidiano.

Cantando *Osanna* al dio degli eserciti, Giustiniano s'allontana con passo di danza, dopodiché Beatrice scioglie al poeta un dubbio circa la morte di Cristo. Dice che la colpa commessa da Adamo disobbedendo a Dio era d'una tale gravità, ch'era impossibile per l'uomo, essere finito, riparare l'offesa recata a Dio, essere infinito. Essendo impensabile che l'uomo, da solo, si sollevasse da tanta abiezione, fu necessario l'intervento di Dio: lui soltanto, nella sua infinita bontà e potenza, poteva sanare l'oltraggio. Se avesse perdonato, avrebbe calpestato la giustizia. Se avesse punito, avrebbe calpestato l'amore. Per salvaguardare l'una e l'altro, fece incarnare il Figlio, il cui sacrificio sulla croce, di valore incommensurabile, riscattò gl'incommensurabili peccati del genere umano.

Le anime che amarono

Senz'accorgersi, Dante arriva nel cielo di Venere, nuova tappa del mistico pellegrinaggio. Più sale, più aumenta lo splendore di Beatrice. Gli spiriti che in terra subirono l'influsso di Venere e amarono, si muovono in questo pianeta, roteando con velocità proporzionale alla vista che godono di Dio. Uno di loro ferma la danza vorticosa, dicendosi disposto a soddisfare ogni sua curiosità. "Chi sei?" domanda il poeta. "Non mi riconosci?" risponde l'angioino Carlo Martello, "eppure eravamo amici, e se non fossi morto così giovane, avrei dato prove concrete dalla mia amicizia". Figlio di Carlo II lo Zoppo, il principe Carlo sarebbe stato destinato a grandi cose, se il mal governo degli angioini non avesse provocato a Palermo la rivoluzione del Vespro. A Napoli ora comanda il fratello Roberto, al quale augura di procurarsi, lui figlio avaro d'un padre generoso, consiglieri meno famelici.

Ma come avviene che da un buon padre nascono figli cattivi? A questa domanda di Dante lo spirito risponde che la Provvidenza esercita le sue virtù attraverso i pianeti, i quali fanno piovere la loro influenza sui corpi inferiori. Siccome l'uomo è nato per vivere in un consorzio civile, occorre una varietà di uffici e di compiti, e, conseguentemente, di attitudini, per cui uno nasce Solone e un altro Serse. Tale predisposizione a una particolare funzione o mestiere la dà il cielo, non è ereditaria, così avviene che Esaù e Giacobbe, figli dello stesso padre Isacco, non la pensino alla stessa maniera. Prova ne sia il piatto di lenticchie, che il primo ottenne dal secondo, in cambio della primogenitura. Ciascuno nasce con una inclinazione, che va incanalata ai fini del bene comune. In teoria. In pratica, viene avviata alla carriera ecclesiastica gente che, meglio del rosario, maneggia la spada, e un predicatore cinge la corona di re.

Oltre al principe, altre tre anime conobbero i piaceri dell'amore: una nobildonna, un vescovo, una meretrice. La prima è Cunizza da Romano, sorella d'Ezzelino, moglie di Rizzardo di San Bonifacio, fuggita col poeta Sordello, dopo un paio d'anni si stancò di lui e si unì a un non meglio identificato cavalier Bonio, poi sposò Aimerio di Breganze. Rimasta vedova, l'instancabile amatrice passò ad altre nozze, e quando la fortuna degli Ezzelini tramontò, riparò a Firenze, dove campò fino a 81 anni, dedicando a Dio, in vecchiaia, lo stesso ardore che aveva, in gioventù, riservato a Venere. Il secondo è Folchetto da Marsiglia, poeta provenzale, *tombeur* di dame e castellane, finché annoiatosi della vita di corte non voltò pagina, diventando frate, vescovo, e infine crociato contro gli Albigesi. La meretrice è Raab, una sorta di Maddalena dell'Antico Testamento, che nascondendo le spie ebree, aiutò Giosue a prendere Gerico. Per questo gesto di coraggio, Raab meritò, ci assicura san Paolo, la salvezza eterna.

Le anime dei sapienti

Sono vivi fulgori che cantano e ruotano, in corone concentriche, attorno a Dante e Beatrice, nel quarto cielo, del Sole. In vita coltivarono studi severi di filosofia, di teologia, alcuni furono dottori della chiesa, e uno si offre di parlare col poeta, che deve essere un personaggio eccezionale, se gli è stato concesso di salire vivo nel regno dei cieli. Costui è il domenicano Tommaso d'Aquino, autore della *Summa Theologica*, colosso della metafisica cristiana, con alla destra il suo maestro Alberto Magno. Seguono Salomone, Dionigi l'Areopagita primo vescovo di Atene, lo spagnolo Paolo Orosio, il senatore Severino Boezio, consigliere di Teodorico e da lui ucciso per sospetto tradimento; Isidoro di Siviglia, il venerabile Beda teologo inglese, ed altri, tra cui Sigieri di Brabante, accusato di eterodossia e chiamato quindi a Roma per l'abiura.

Gli spiriti della corona riprendono a danzare e cantare, avvolgendo in una indicibile sensazione di gaudio il poeta, che compiange il resto dell'umanità, invischiata nei miserabili affanni terreni — chi studia leggi, chi medicina, chi regna con la violenza, chi con l'inganno, chi traffica, chi ruba, chi ozia — mentre lui è rapito nelle delizie del paradiso.

Il domenicano san Tommaso tesse l'elogio di san Francesco, colonna della chiesa col suo ardore serafico, come san Domenico lo fu con la sua cherubica sapienza. Fin da giovane Francesco dimostrò amore per una donna da tutti evitata come la peste, la Povertà, e se la sposò, sfidando le ire del padre. Poi andò in Terrasanta a predicare il vangelo, alla Verna ricevette le stimmate, e quando morì volle giacere nudo sulla nuda terra. Eguale a quella di Francesco è la gloria di san Domenico; purtroppo, osserva Tommaso, i domenicani sono usciti dal sentiero tracciato dal fondatore, più che la virtù cercano il potere, gli onori terreni. Non tutti, sia ben chiaro, hanno tralignato; ma i fedeli alla regola sono così pochi, che basta poco panno per vestirli.

All'elogio di Francesco fatto da un domenicano corrisponde, per un principio di celeste cavalleria, quello di san Domenico fatto da un francescano, il dotto teologo Bonaventura di Bagnoregio, che guida una seconda corona d'anime sapienti. Se Francesco sposò la povertà, Domenico fu l'amante, "*l'amoroso drudo*" della fede cristiana, il cui destino fu segnato sul fonte battesimale con il nome di Domenico, che deriva da *Dominus* e vuol dire uomo del Signore. Agguerrito nella conoscenza dei sacri testi, non chiese al papa prebende, benefizi vacanti, soltanto il permesso di combattere l'eresia che minacciava l'unità della chiesa. Dove maggiore era la resistenza, più tenace era la sua lotta. L'ordine religioso creato da Domenico suscitò entusiastiche vocazioni; a questo punto il francescano ricambia la sportiva autocritica del domenicano, riconoscendo che non tutti i seguaci del Poverello d'Assisi rispettano la sua regola; c'è chi vuol renderla più rigida; chi, al contrario, l'interpreta con esagerato lassismo.

Le due corone di spiriti riprendono a roteare attorno a Dante, che per dare un'idea approssimativa di quei fulgori invita il lettore a immaginare le quindici stelle più luminose dello Zodiaco, le sette dell'Orsa Maggiore e le due grandi dell'Orsa Minore, ordinate in due corone concentriche, che girino in senso contrario tra loro. Man mano che sale nei cieli, egli affronta ardue questioni di teologia, uno alla volta gli si chiariscono i dubbi che, sulla terra, la ragione umana non era in grado di sciogliere. Tommaso gli insegna che tutte le creature sono una emanazione della mente divina, però soltanto in Adamo e in Cristo, creati direttamente da Dio, la natura umana fu perfetta; in tutte le altre creature l'influsso divino interviene con disuguale intensità, perché furono generate indirettamente, attraverso le cause seconde. Salomone lo informa che i loro spiriti, vestiti di pura luce, brillano secondo il grado di grazia meritato da ciascuno. Non solo. Dopo la resurrezione finale, riacquisteranno il corpo, così aumenterà la loro perfezione e, di conseguenza, la luminosità.

Dante fissa gli occhi in Beatrice e s'accorge d'essere arrivato in un nuovo cielo, quello di Marte, rosseggiante ostello dei combattenti e dei caduti per la fede. Luci scarlatte formano una gigantesca croce, rimescolandosi vorticosamente nei quattro bracci, come il pulviscolo atmosferico dentro un raggio di sole. Una di esse percorre il braccio destro, con guizzo di stella cadente scende ai piedi della croce e si rivela: è il trisavolo Cacciaguida, esultante perché vede realizzata un'attesa che durava da quando, accolto tra le schiere celesti, aveva letto in Dio, tra le molte cose future, l'eccezionale viaggio ultraterreno che sarebbe stato concesso a un suo discendente. Cacciaguida è il fondatore della famiglia, cui ha dato il nome il figlio Alighiero, bisavolo del poeta, da cent'anni bloccato nella prima cornice del purgatorio. Moronto ed Eliseo si chiamavano i suoi fratelli, sua moglie Alighiera veniva dalla valle del Po. Quando l'imperatore Corrado III fece la crociata contro gli infedeli, lasciò la famiglia, si arruolò e morì in Terrasanta. La sua data di nascita? Il 1090, nel sesto di Porta San Pietro, in una Firenze lieta del suo modesto e onesto vivere, caste le donne, laboriosi gli uomini, sconosciuta la smania di ricchezza, l'ostentazione del lusso, l'invidia sociale. La popolazione era un quinto dell'attuale, non contaminata dall'afflusso indiscriminato di forestieri. Se la chiesa non avesse perseguito una politica antimperiale, molta gente inurbatasi, molti villani rifatti, faccendieri, imbroglioni, profittatori, sarebbero ancora ai loro paesi, a mendicare come i loro padri. E le famiglie dei grandi, i Guidi, i Cerchi, i Buondelmonti, sarebbero ancora nei loro castelli. La disordinata immigrazione, il mescolarsi di gente nuova con l'antica ha guastato il tessuto sociale, la tempra morale della città, brontola l'avo Cacciaguida, il cui rimpianto del passato a Dante non basta. Egli desidera conoscere il suo immediato futuro di esule.

L'avo l'accontenta, predicendogli l'espulsione da Firenze. Dovrà andarsene, come se n'andò da Atene l'innocente Ippolito, per la vendetta della matrigna che, da lui respinta, l'accusò presso il marito d'avere insidiato la sua virtù. La colpa, come sempre, sarà imputata allo sconfitto, prosegue Cacciaguida, così dovrà lasciare la famiglia, gli amici, cercare un tetto e un pane ramingando da una città all'altra. I guai maggiori gli verranno dai compagni di partito e di esilio, sicché abbandonerà anche loro e farà sdegnosamente parte per se stesso. Dure tribolazioni l'aspettano, non senza un largo compenso, perché la sua fama vivrà nel mondo quando i crimini dei suoi nemici saranno già puniti e dimenticati. Purché racconti per filo e per segno tutta l'esperienza del suo straordinario viaggio.

Il pronipote appare preoccupato: se riferirà le terribili cose viste nell'inferno, teme di farsi molti nemici tra i contemporanei, cosa poco consigliabile per un esule, bisognoso di tutto e di tutti; se tace, perderà fama tra i posteri. Cacciaguida l'esorta a parlare, senza riguardi per nessuno. Per questo preciso scopo gli è stata concesso di visitare i tre regni dell'oltretomba. La sua voce assomiglierà a quella del vento, che scuote le cime più alte. Non è sufficiente motivo d'onore per lui? "*Lascia pur grattar dov'è la rogna*" insiste l'antenato, racconta tutto, nei minimi particolari; per catturare l'attenzione del lettore, per colpire la fantasia e la coscienza, occorrono esempi concreti, nomi e cognomi.

Terminata la profezia, Cacciaguida presenta a Dante le anime che albergano nella croce. Man mano che le nomina, lampeggiano festosamente: Giosue, Giuda Maccabeo, che significa il martellante, Carlo Magno, Orlando, Guglielmo d'Orange, Goffredo di Buglione, Roberto il Guiscardo. Infine l'antenato torna al suo posto nella croce, al centro della quale sta Cristo.

I principi saggi e giusti

Volando come stormi d'uccelli nel cielo di Giove, le anime dei principi saggi e giusti si dispongono in forma di lettere dell'alfabeto, componendo la frase DILIGITE JUSTITIAM QUI IUDICATIS TERRAM, amate la giustizia voi che giudicate la terra. Poi si raccolgono tutte nella M dell'ultimo vocabolo, iniziale di Monarchia, la sacra parola considerata dal poeta l'estrema risorsa per salvare il mondo dallo sfacelo. Infine, come da un ciocco ardente sprizzano miriadi di faville, le anime si levano in volo a disegnare la figura d'un'aquila, emblema dell'impero. Dante chiede a questi spiriti, irraggianti giustizia, d'aver pietà di coloro che, in terra, sono guastati dal cattivo esempio della chiesa, e non perde l'occasione per sferzare i papi che usano le scomuniche quale arma personale e, dimenticato l'insegnamento di Pietro e Paolo, si ricordano solo del Battista, per via della sua immagine impressa sui cari, e non mai abbastanza accumulati, fiorini d'oro.

L'aquila parla. Ha l'ali aperte, le sue luci sembrano rubini accesi dal sole e, cosa mirabile, la sua voce contiene le voci di tutti gli spiriti beati che ne compongono il grifagno profilo. Parla al singolare, ma il pensiero è plurale. Alla domanda del poeta: perché i galantuomini vissuti fuori dalla religione cristiana restano esclusi dal paradiso, l'uccello oppone l'imperscrutabilità della Provvidenza. I disegni divini non sono comprensibili dall'uomo. Gli basti sapere che Dio, essendo la giustizia in persona, non può volere il male. In paradiso entra solo chi ha creduto in Cristo venuto o in Cristo venturo. Ma non basta. Molti che a parole si dicono cristiani, agiscono peggio dei pagani. La fede senza le opere è morta. Lo si vedrà il giorno del giudizio, all'apertura del gran libro che registra le buone e le cattive azioni; tra quest'ultime, la devastazione della Boemia fatta da Alberto d'Austria; la frode di Filippo il Bello che conia monete false, e i crimini di altre teste coronate, che depredano i popoli affidati alle loro cure.

Le luci che formano l'occhio dell'aquila appartengono a principi eccellenti per virtù e sapienza. La pupilla è Davide, autore dei Salmi; il ciglio è formato da Traiano, Ezechia, Costantino, Guglielmo il Buono, Rifeo. Sebbene pagani, Traiano e Rifeo si trovano in paradiso: il primo, risorto grazie alle preghiere di Gregorio I, credette in Cristo e si salvò; il secondo, difensore di Troia, fu un campione di giustizia e il Signore lo compensò, preannunciandogli il venturo Messia.

Le anime contemplanti

Nel cielo di Saturno, il settimo, appare a Dante una scala d'oro così alta che non s'intravede la cima, percorsa da un fremito di splendori, le anime contemplanti, che salgono, scendono e ruotano sui gradini. Una di queste luci s'avvicina al poeta rivelandosi per Pier Damiano, monaco al convento di Santa Croce di Fonte Avellana e, verso la fine della sua vita, cardinale contro voglia. L'austero frate che, nei suoi scritti, denunciò con realistica crudezza i vizi del clero, ripete la sua irata condanna, cui fa eco in segno di consenso un accorrere di fiammelle, e un grido altissimo, simile a tuono. Dante si spaventa, si aggrappa con lo sguardo a Beatrice, che subito lo tranquillizza, in paradiso ogni gesto, ogni comportamento è determinato dalla carità e dalla giustizia. Quel grido fragoroso invocava un castigo contro i preti tralignanti. Tutto qui.

Altro incontro: san Benedetto, fondatore del convento di Montecassino sulle rovine d'un tempio d'Apollo. Con lui sono san Macario di Alessandria e san Romualdo di Ravenna, frati rispettosi della regola. Benedetto informa Dante che quella scala balenante di luci, la stessa che Giacobbe vide colma d'angeli, sale fino all'Empireo, purtroppo pochi desiderano salirla, la regola conventuale è trascurata, pochissimi ricordano che Pier Damiano cominciò "*senz'oro e senz'argento*", e lui, Benedetto, "*con orazione e con digiuno*". Ma il giusto castigo non tarderà.

Le anime trionfanti

Con incredibile velocità Dante percorre la scala, raggiungendo il cielo delle stelle fisse, dentro la costellazione dei Gemelli. Sotto questa stella egli è nato, nel 1265; al suo benefico influsso attribuisce l'ingegno poetico, perciò scioglie un ringraziamento unito a una preghiera: che i Gemelli gli diano la forza per parlare degnamente di loro, e delle sempre crescenti meraviglie del paradiso. Per incoraggiarlo con la visione del molto cammino percorso, Beatrice lo invita a voltarsi e guardare i sette cieli che stanno sotto di lui, e vede la Luna senza macchie, Mercurio, Venere, il Sole di cui ora sostiene impavido la vista, Marte, Giove e Saturno. In fondo, entità del tutto trascurabile, gli appare l'astro su cui gli uomini accanitamente si combattono, la Terra, "*l'aiuola che ci fa tanto feroci*".

Dall'alto scende una pioggia di migliaia di luci; e come nei plenilunii sereni la luna domina l'innumerevole corteo di stelle, così il poeta vede un sole che accende e sovrasta miriadi di faville. È il trionfo di Cristo, un fulgore abbagliante, un'estasi che dilata la mente dai consueti confini, e chi non la prova non può immaginarla, e chi la prova non può raccontarla. L'apparizione di Cristo è durata un attimo. Sebbene sia già risalito all'Empireo, la sua luce continua a piovere sulla beatitudine delle anime trionfanti. Una di queste è la Vergine, attorno alla quale gira, aureola luminosa, l'arcangelo Gabriele. L'arcangelo canta le sue lodi e tutte le anime, in coro devoto, ripetono: Maria.

San Pietro, detentore delle chiavi della fede e della verità, sottopone Dante ad un esame. "Che cos'è la fede?" domanda il principe degli apostoli. Nell'atteggiamento umile del baccelliere davanti al maestro, Dante risponde che la fede è sostanza di cose sperate e argomento delle non parventi. Su essa poggiano le nostre speranze e la credibilità di tutto ciò che sfugge all'umana percezione. "Hai tu la fede" riprende san Pietro "e da dove l'hai attinta?" "Io l'ho" ribatte il poeta, "pura e completa, da non lasciare alcun dubbio. La fonte è l'Antico e il Nuovo Testamento, pagine ispirate da Dio e confermate dai miracoli". "Ma chi ti assicura che quei miracoli siano realmente accaduti?" incalza l'esaminatore. Risposta: "Supponiamo che il mondo si sia convertito al cristianesimo senza miracoli: questo sarebbe un miracolo ancor più grande e convincente". Recitato l'atto di fede, Pietro gli gira attorno tre volte, in segno di approvazione.

L'esame sulla fede evoca nei ricordi di Dante il bel San Giovanni, dove fu ad essa iniziato, tramite il battesimo, e dove spera, in un soprassalto di nostalgia verso la terra, poc'anzi vista lontanissima e quasi dimenticata, di tornare un giorno, laureato poeta. Girandogli attorno come corona luminosa, Pietro gli ha ridestato il desiderio d'un'altra corona, l'alloro delle Muse. Pur tra gli incanti del paradiso, l'amara terra, l'ostile Firenze, le strenue passioni umane gli sono rimaste intatte nel fondo geloso del cuore.

Tocca l'esame sulla speranza, la seconda virtù teologale. Esaminatore san Giacomo. La speranza, dice Dante, è l'aspettazione della gloria futura, frutto congiunto della grazia divina e del merito personale. Tale virtù gli proviene dalle sacre scritture, dai Salmi di Davide, e dall'epistola dello stesso Giacomo, che grazie alla speranza affrontò serenamente il martirio. Arriva un terzo spirito, vestito d'una luce abbagliante come quando si tenta di guardare una eclissi parziale di sole. È san Giovanni, che esamina Dante sulla virtù della carità. "Per quali ragioni ami Iddio?". "Per ragionamento filosofico, per l'autorità dei libri sacri, per quello che Dio disse a Mosé, per quello che tu hai scritto nell'Apocalisse. L'amo perché ha creato il mondo, perché mi ha messo al mondo, perché è sceso nel mondo per salvarci, perché ha promesso ai suoi seguaci un premio eterno nell'altro mondo".

Ai tre esaminatori si aggiunge la luce di Adamo, e Dante non resiste alla curiosità di conversare col primo genitore degli uomini, porgli delle domande. Ma non c'è bisogno. Adamo, che ha letto il suo pensiero in Dio, lo previene: il suo peccato non fu l'aver gustato il frutto, bensì l'aver disobbedito a Dio. Sulla terra è rimasto 930 anni, e 4302 nel Limbo. Brevissimo invece il soggiorno nel paradiso terrestre: appena sette ore, dalle sci del mattino all'una. I beati intonano un inno di lode al Signore con tanta letizia trasparente in volto, che al poeta sembra "*un riso dell'universo*". Poi la scena cambia. San Pietro riprende la parola, trascolorando in rosso acceso per lo sdegno che lo agita. Motivo della sua ira è la condotta del pontefice, che usurpa il suo posto in terra. La chiesa di Cristo, dice Pietro, e alla sua invettiva tutti i beati avvampano d'eguale indignazione, non fu creata perché pontefici degeneri accumulassero ricchezza, praticassero la simonia, e lupi rapaci prendessero abito di pastori. Però il rimedio a questo scandalo non è lontano, e l'apostolo raccomanda a Dante di dirlo a voce alta, appena tornerà sulla terra.

Le gerarchie angeliche

Dante volge uno sguardo alla terra, un altro a Beatrice, e sale nel nono cielo, il Cristallino ovvero Primo Mobile. Mosso da Dio, motore immobile, esso contiene le nove gerarchie angeliche, intelligenze motrici dei singoli cieli, nove cerchi di fuoco che girano attorno a un punto luminosissimo, Dio. Più gli sono vicini, più aumentano di velocità, perché la vicinanza accresce l'ardore di carità. Il più veloce è il cerchio dei serafini. Seguono, in ordine di velocità decrescente, i cherubini, i troni, le dominazioni, le virtù, le potestà, i principati, gli arcangeli, gli angeli.

Dio creò gli angeli, spiega Beatrice, per oggettivare lo splendore della sua bontà. Erano tutti buoni, ma quando Lucifero cedette alla superbia, molti lo seguirono nella ribellione e nella rovina. I rimasti furono colmati della grazia di Dio, che donò loro, in premio, l'intelligenza e la volontà. Non la memoria. Non ne hanno bisogno, perché vedono tutto in Dio.

La candida rosa

Come in cielo, allo spuntar dell'aurora, le stelle impallidiscono fino a scomparire, così i nove cerchi angelici e il punto di fuoco spariscono dalla vista del poeta, che torna a guardar Beatrice, per l'ultimo tratto della mistica ascesa. Arrivano nell'Empireo, il decimo cielo, attraversato da un fiume di luce che scorre tra due rive smaltate di fiori. Dal fiume sprizzano faville che vanno a posarsi sui fiori, per poi rituffarsi nel vortice luminoso. La fiumana di luce adesso prende un nuovo aspetto, s'allarga in una specie di lago, di diametro più grande del sole, le faville si tramutano in angeli, i fiori in figure biancovestite, anime di beati che si dispongono in mille gradini concentrici, sembra uno sterminato anfiteatro, o meglio, una candida rosa, dai petali immensi. Beatrice conduce il poeta nel mezzo della rosa e gli mostra la fortunata adunanza di coloro che godono la vista di Dio. È un'assemblea affollatissima, sono pochi i posti non ancora occupati (presagio dell'imminente fine del mondo?). Su un seggio vuoto, brilla una corona, essa riserva il posto ad Arrigo VII, che salirà in paradiso dopo aver invano tentato di pacificare l'Italia ribelle.

Davanti alla rosa sfrecciano stormi di angeli, il viso rosso fiamma, le ali d'oro, la veste simile a neve, che fanno la spola tra Dio e i beati, trasmettendo a questi l'ardore attinto volando lassù. Il poeta si volta per esprimere a Beatrice la gioiosa stupefazione, ma lei non c'è più. La sua missione è finita. Lo ha condotto dalla terra al cielo, dal peccato alla beatitudine, ora è tornata ad occupare il suo posto, nel terzo giro della rosa. In sua vece, gli va incontro un vecchio vestito di bianco, san Bernardo da Chiaravalle, il *doctor mellifluus* che predicò la seconda crociata e scrisse opere ascetiche, dedicate specialmente alla Madonna, chiamandola con tenere metafore: rosa di Gerico, scala dei santi, pietra angolare, arca dell'alleanza, urna d'oro, tabernacolo di Dio, specchio delle perfezioni. Per questa sua mistica confidenza con la Regina del cielo, Bernardo è il più idoneo a introdurre Dante alla visione di Maria, che appare fulgente di regale bellezza, in un vorticoso tripudio d'angeli. Bernardo indica a Dante i beati della rosa. Ai piedi di Maria, Eva. Sotto Eva, Rachele e Beatrice, poi, discendendo per i gradini, Sara madre di Isacco, Rebecca sua moglie, Giuditta, Ruth. Alla sinistra delle donne ebree stanno i credenti in Cristo venturo; a destra, in Cristo venuto. Alla destra di Maria siedono Pietro e Giovanni, alla sinistra Adamo e Mosé. Di fronte a Maria, i padri spirituali della chiesa: il Battista, Francesco, Benedetto, Agostino. Nei gradini della metà inferiore della rosa, un gaio stuolo di bambini circoncisi o battezzati.

La visione di Dio

Per abituare gli occhi a sostenere l'imminente visione di Cristo, il poeta li fissa nel volto della persona che più gli assomiglia, la Madonna. A volo discende dall'alto l'arcangelo Gabriele, che le distende davanti le ali, intonando *Ave Maria* . Siamo prossimi alla contemplazione del mistero divino, vertice spirituale e culmine poetico del viaggio dantesco. Soltanto la Madonna può concedere la grazia di tanta visione e la virtù per sostenerla. Bernardo intona la preghiera "*Vergine madre, figlia del tuo figlio*", supplicandola di aiutarlo nel supremo, esaltante cimento. Maria guarda Bernardo, annuendo; Bernardo invita il poeta a guardare in su. Ma a questo punto egli rinuncia a dire ciò che ha visto, non basta la parola ad esprimerlo né la memoria a contenerlo.

Il suo stato d'animo è quello di chi, avendo fatto un sogno, al risveglio non rammenta ciò che ha sognato, ma ne conserva l'emozione. Di quella visione ha dimenticato la memoria, non la dolcezza. Penetrando negli abissi della luce divina, ha visto tre cerchi, di tre colori e d'eguale grandezza, riflessi l'uno nell'altro:

il mistero della Trinità. Nel secondo cerchio, una figura umana, il Cristo fatto uomo: il mistero dell'incarnazione. Un improvviso fulgore colpisce la sua mente e il mistero s'illumina di verità. Ma non può ridirla. Per raccontare anche un'infinitesima parte di ciò che ha visto in Dio, la mente umana non basta: ci vorrebbe Dio.

Cronologia

1265 Nasce Dante Alighieri.
Nicola Pisano comincia a scolpire il pulpito del duomo di Siena.
1266 Tommaso d'Aquino inizia la *Summa Theologica*.
A Benevento, le truppe di Carlo d'Angiò sconfiggono quelle di Manfredi, capo del partito ghibellino.
1267 Si apre la prima cartiera a Fabriano.
Sorge il Torrazzo di Cremona.
1268 Muore Corradino, ultimo degli Svevi.
1270 Ottava crociata, guidata da san Luigi, re di Francia.
1271 Marco Polo parte per l'Oriente.
1273 Rodolfo d'Asburgo imperatore.
1274 Il concilio di Lione istituisce il conclave.
I mongoli tentano d'invadere il Giappone.
1277 Una galera genovese va dall'Italia alle Fiandre.
Ottone Visconti signore di Milano.
1279 Qubilai diventa padrone di tutta la Cina.
1280 Sciopero di tessitori nelle Fiandre.
I mongoli tentano per la seconda volta d'invadere il Giappone.
1280-1282 Carestia in Polonia, Boemia e Moravia.
1281 Compaiono in Italia i primi occhiali.
1282 Vespri Siciliani.
1284 Alla Meloria, i Genovesi sconfiggono i Pisani.
Venezia conia il ducato d'oro, detto zecchino.
1288 Bonvesin da la Riva scrive *De magnalibus urbis Mediolani*.
1289 A Campaldino, i guelfi fiorentini sconfiggono i ghibellini d'Arezzo.

1291 Schwytz, Uri e Unterwalden stipulano un'alleanza, primo nucleo della Confederazione elvetica.
1293 Ordinamenti di Giustizia di Giano della Bella.
1294 Elezione di Bonifacio VIII.
1296 Prima pietra della chiesa di Santa Maria del Fiore, a Firenze.
1297 A Venezia, serrata del Maggior Consiglio.
1298 I genovesi sconfiggono i veneziani nella battaglia di Curzola.
1298 (circa) Marco Polo detta il *Milione* a Rustichello da Pisa.
1300 Primo giubileo.
1302 Bolla *Unam Sanctam*, che afferma, in polemica con Filippo IV detto il Bello, la supremazia del potere ecclesiastico.
Muore Cimabue.
Pace di Caltabellotta: gli Aragonesi restano a Palermo, signori della Sicilia, e gli Angioini a Napoli, signori dell'Italia meridionale.
1303 Muore Bonifacio VIII.
1304 Nasce Francesco Petrarca, muore Benedetto XI.
Giotto affresca a Padova la Cappella degli Scrovegni.
1309 Clemente V porta la sede pontificia ad Avignone.
1310 Arrigo VII scende in Italia.
1313 Muore Arrigo VII,
Nasce Giovanni Boccaccio.
1314 Muoiono Filippo IV il Bello e Clemente V.
Il francescano Odorico da Pordenone parte per l'Asia orientale.
Primo orologio pubblico in Francia, a Caen.
1315 A Morgarten i contadini svizzeri sconfiggono la cavalleria degli Asburgo, ponendo le basi della libertà elvetica.
A Montecatini, i ghibellini di Uguccione della Faggiuola travolgono le milizie guelfe fiorentine.
1315-1317 Grande carestia di grano ed epidemia in Occidente.
1316 Elezione di Giovanni XXII.
1317 A Napoli, Simone Martini dipinge l'*Incoronazione* di re Roberto d'Angiò.
1321 Muore Dante Alighieri.

Bibliografia essenziale

La bibliografia su Dante e il suo tempo è sterminata. L'autore ha soffermato la sua attenzione, in particolare, sulle seguenti opere:

AA. VV. *Dante - La vita, le opere, le grandi città dantesche, Dante e l'Europa*, Milano, 1921.

AA. VV. *Storia della cultura veneta - Il Trecento*, Vicenza, 1976.

AA. VV. *Verona e il suo territorio*, voll. II-III, Verona, 1964-75.

Pierre Antonetti, *La vita quotidiana a Firenze ai tempi di Dante*, Milano, 1983.

Atti del convegno internazionale di studi danteschi, voll. 2, Firenze, 1965-66.

Cesare Balbo, *Vita di Dante*, Torino, 1857.

Bernardino Barbadoro-Luigi Dami, *Firenze di Dante*, Firenze, 1965.

Michele Barbi, *Dante, vita, opere, fortuna*, Firenze, 1933.

Gino Barbieri, *Il pensiero sociale del Medio Evo*, Verona, 1968.

Piero Bargellini, *Vita di Dante*, Firenze, 1964.

Giuseppe Billanovich, *Tra Dante e Petrarca*, in *Italia medioevale e umanistica*, VIII-1965.

Gerolamo Biscaro, *Dante e i sortilegi di Matteo e Galeazzo Visconti contro papa Giovanni XXII*, in *Archivio storico lombardo*, XLVII (1920).

Giovanni Boccaccio, *Trattatello in laude di Dante*, in *La letteratura italiana - Storia e testi*, vol. IX, Milano-Napoli, 1965.

Leonardo Bruni, *Vita di Dante*, Milano, 1904.

Romolo Caggese, *Roberto d'Angiò e i suoi tempi*, vol. I, Firenze, 1921.

Cambridge University Press, *Storia del mondo medievale*, vol. VI, Milano, 1980.

Giosue Carducci, *Opere*, vol. X, Bologna, 1936.

Carlo M. Cipolla, *Le avventure della lira*, Milano, 1958.
Dino Compagni, *La cronica*, Verona, 1942.
Umberto Cosmo, *Vita di Dante*, Bari, 1949.
Fabio Cusin, *Antistoria d'Italia*, Milano, 1971.
Dante e Verona, studi pubblicati a cura di Antonio Avena e Pieralvise di Serego Alighieri, Verona, 1921.
Robert Davidsohn, *Storia di Firenze*, voll. III-IV-V-VI-VII, Firenze, 1957-65.
Ildebrando della Giovanna, *Dante mago*, Roma, 1898.
Isidoro del Lungo, *Da Bonifacio VIII ad Arrigo VII*, Milano, 1899.
id., *Dante nei tempi di Dante*, Bologna, 1888.
Francesco De Sanctis, *Saggi critici*, vol. II, Milano, 1941.
Francesco d'Ovidio, *Dante e la magia*, in *Nuova Antologia*, settembre 1892.
E. Dupré Theseider, *Bonifacio VIII*, in *Dizionario biografico degli italiani*, XII, Roma, 1970.
Will Durant, *Storia della civiltà - L'epoca della fede*, vol. IV, Milano, 1957.
Francesco Ercole, *Le tre fasi del pensiero politico di Dante* in *Giornale storico della letteratura italiana*, supplemento n. 19-21, Torino, 1922.
Giovanni Fallani, *Dante e la cultura figurativa medioevale*, Bergamo, 1971.
Ugo Foscolo, *Discorso storico sulla Commedia di Dante*, in *Opere*, Milano, 1956.
Pietro Fraticelli, *Storia della vita di D. A.*, Firenze, 1861.
Arsenio Frugoni, *Il giubileo di Bonifacio VIII*, in *Bullettino dell'Istituto storico italiano per il Medio Evo*, n. 62, Roma, 1950.
Johann Huizinga, *L'autunno del Medio Evo*, Firenze, 1966.
Jacques Le Goff, *Il basso Medioevo*, Milano, 1967.
id., *La civiltà dell'Occidente medievale*, Firenze, 1967.
Licisco Magagnato, *Arte e civiltà del Medio Evo veronese*, Torino, 1962.
Jacques-Paul Migne, *Patrologia*, tomi 144-145, Parigi, 1853.
Indro Montanelli, *Dante e il suo secolo*, Milano, 1964.
Raffaello Morghen, *Medioevo cristiano*, Bari, 1968.
John Julius Norwich, *Storia di Venezia - Dalle origini al 1400*, Milano, 1981.
Nicola Ottokar, *Il comune di Firenze alla fine del Dugento*, Torino, 1962.
Giovanni Papanti, *Dante secondo la tradizione e i novellatori*, Livorno, 1873.
Ludovico Pastor, *Storia dei papi dalla fine del Medioevo*, vol. I, Roma, 1910.
Edouard Perroy, *Il Medioevo*, Firenze, 1958.

Giorgio Petrocchi, *Biografia di D.A.*, in *Enciclopedia dantesca - Appendice*, Roma, 1978.
id., *Itinerari danteschi*, Bari, 1969.
Henri Pirenne, *Storia d'Europa*, Firenze, 1956.
Arturo Pompeati, *Dante*, Firenze, 1921.
Giuseppe Prezzolini, *L'Italia finisce*, Milano, 1981.
Yves Renouard, *Gli uomini d'affari italiani del Medio Evo*, Milano, 1973.
id., *Le città italiane dal X al XIV secolo*, vol. II, Milano, 1976.
Corrado Ricci, *L'ultimo rifugio di D.A.*, Milano, 1891.
Luigi Salvatorelli, *Profilo della storia d'Europa*, vol. I, Torino, 1944.
Antonio Scolari, *Il messia dantesco*, Bologna, 1913.
id. *Verona e gli scaligeri nella vita di Dante*, in *Dante e Verona*, Verona, 1965.
Gaetano Salvemini, *Magnati e popolani in Firenze*, Firenze, 1899.
Natalino Sapegno, *D.A.*, in *Storia della letteratura italiana*, vol. II, Milano, 1965.
Giovanni Villani, *Istorie fiorentine*, Milano, 1834.
Pasquale Villari, *I primi due secoli della storia di Firenze*, Firenze, s.a.
Michele Vocino, *Storia del costume*, Roma, 1961.
Gioacchino Volpe, *Il medioevo*, Firenze, 1966.
Nicola Zingarelli, *La vita, i tempi e le opere di Dante*, voll. 2, Milano, 1948.

INDICE DEI NOMI

Indice

IL VIAGGIO TÈRRENO

IL VIAGGIO ULTRATERRENO

BUR
Periodico settimanale: 11 febbraio 2004
Direttore responsabile: Rosaria Carpinelli
Registr. Trib. di Milano n. 68 del 1°-3-74
Spedizione in abbonamento postale TR edit.
Aut. N. 51804 del 30-7-46 della Direzione PP.TT. di Milano
Finito di stampare nel gennaio 2004 presso
il Nuovo Istituto Italiano d'Arti Grafiche - Bergamo
Printed in Italy

ISBN 88-17-00075-2